Ein ewiges Rätsel ist das Leben,
und ein Geheimnis bleibt der Tod.

Die Autorin

Eva Isabella Leitold lebt mit ihren beiden Söhnen und ihrer Zwergpintscherdame in der grünen Steiermark in Österreich und arbeitet als Verlegerin, Lektorin und Autorin. Sie beschreibt sich selbst als verträumten, romantischen und idealistischen Menschen, der dem Chaoten in ihr denselben Raum gibt wie dem Perfektionisten. Sie glaubt an Karma und an Seelenverwandtschaft, betrachtet das Leben aber dennoch mit einer gesunden Portion Humor.

Weitere Titel der Autorin:

Team Zero: Heißkaltes Spiel
Team Zero: Heißkaltes Verlangen
Team Zero: Heißkaltes Geheimnis

Eva Isabella Leitold

TEAM ZERO

Heißkaltes Geheimnis

Paranormal Romantic Suspense

ROMANCE EDITION

HEISSKALTES GEHEIMNIS

EVA ISABELLA LEITOLD

8712 Niklasdorf, Austria

Neuauflage
1. Auflage erschienen 2012 im Sieben Verlag
Covergestaltung: © Sturmmöwen
Titelabbildung: © vgstudio, Massimo Saivezzo

Printed in Germany

ISBN-Taschenbuch: 978-3-902972-91-0
ISBN-EPUB: 978-3-902972-92-7

www.romance-edition.com

1. Kapitel

Dienstag, 5. November, Illinois

Special Agent Josephine Silver war der Tod nicht fremd. Sie hatte sich während ihrer Dienstzeit als Cop und nun als Mitglied des *Team Zero* – eine mit paranormal begabten Agenten besetzte Spezialeinheit des FBI – stundenlang in den Köpfen perfider Killer herumgetrieben, ihren grausamen Gedanken und Vorhaben gelauscht und die fürchterlichsten Taten miterlebt. Sie hatte Leichen gesehen, die brutal zugerichtet waren und Sterbenden, für die jede Hilfe zu spät gekommen war, in den letzten Momenten beigestanden.

Aber das hier, Himmelherrgott, das hier war die Spitze aller Perfiditäten, die sie je gesehen hatte, und ihr Magen rebellierte mehr, als ihr Verstand zu begreifen bereit war.

Auf den Fersen hockte sie auf dem gefrorenen und mit Laub bedeckten Waldboden, betrachtete mit verengten Augen das, was von dem toten, spärlich bekleideten Mädchen übrig geblieben war. Viel war es nicht. Ihr zierlicher Körper war übersät von Blutergüssen, Brandwunden, Schnitt- und Stichverletzungen. Ihr fehlten Zehen, sowie die Finger der rechten Hand und nur mit einer gehörigen Portion Fantasie erkannte man unter der blutgetränkten, einst blonden Haarmähne ein Gesicht, das ebenfalls jede nur erdenkliche Farbe spiegelte. Der Schädel war am Hinterkopf eingeschlagen, der Kiefer ausgerenkt, die Nase und das rechte Jochbein gebrochen und von der Unterlippe ...

»Abgebissen«, sagte der Rechtsmediziner, der ihrem Blick gefolgt war und auf der anderen Seite der Leiche hockte.

Josy nickte, bar jeden Wortes und schluckte, um das Frühstück unten zu behalten. Als das *Team Zero* vor vier Stunden verständigt und von der FBI-Zentrale in Colorado nach Illinois beordert wurde, hatte man ihnen nur bruchstückhaft geschildert, was zu erwarten war. Dass es sich bei der Toten mit ziemlicher Sicherheit um Tia Wright handelte, die Tochter eines Abgeordneten, die seit einem halben Jahr vermisst und im Auftrag des Gouverneurs erfolglos vom FBI gesucht worden war, hatten sie erst bei ihrer Ankunft erfahren. Es hätte jedoch die Tochter eines X-beliebigen sein können. Josy wäre nicht minder entsetzt gewesen. Nicht auszudenken, welch furchtbaren Todeskampf dieses Mädchen hatte ausfechten müssen. Ihr Mörder war wie ein blutrünstiges Tier ans Werk gegangen und hatte keinerlei Gnade walten lassen, während er sein Opfer – vielleicht sogar über Tage – systematisch zu Tode folterte.

Ohne um Erlaubnis zu bitten, formten sich altbekannte Bilder in Josys Kopf. Bilder, die ihr die Kehle zuschnürten, bis sie den Blick von der Toten abwenden musste und ihn auf die Baumgruppe dahinter lenkte, wo sich eine Handvoll Beamte der Spurensuche tummelte. Hektischer Atem formte Wölkchen vor ihrem Gesicht und ihr Puls schnellte so plötzlich in die Höhe, dass ihr schwindelte. *Reiß dich zusammen, verdammt noch mal*, ermahnte sie sich.

»Alles okay bei dir?«

Die vertraute männliche Stimme war wie Balsam. Erleichtert, sich an ihr orientieren und wieder zu sich finden zu können, blickte sie auf. Special Agent William Turner, der telekinetisch begabte Leiter des *Team Zero* und der Mann, den sie über alles liebte, sah besorgt und mitfühlend zu ihr herab. In seinen eisblauen Augen und hinter der Sorge um ihr Befinden erkannte sie dieselbe Bestürzung, die auch sie über den Tod des Mädchens fühlte. Doch im Gegensatz zu ihr hatte Will sich und seine Gefühle bestens unter Kontrolle. Mit einem aufmunternden Gesichtsausdruck reichte er ihr die Hand und half ihr, aufzustehen.

»Ja, alles okay«, sagte Josy, mehr um sich selbst zu überzeugen und verdrängte die unerwünschten Erinnerungen an ihren ersten Fall beim *Team Zero*, den sie vor acht Monaten gelöst hatten. Damals entpuppte sich Dan – ihr ehemaliger Vorgesetzter bei der SWAT-Einheit – als wahnsinniges Monster, der junge, unschuldige Frauen wie Vieh abschlachtete, als besäße er das Privileg, über Leben und Tod zu entscheiden. Nun wurde sie die drückende Ahnung nicht los, dass der Fall von damals diesem viel zu ähnlich war. Dabei meinte sie nicht die Art der Tötung, sondern die emotionale Gesinnung des Täters. Der enorme Hass, die erbarmungslose Wut, die Josy in der Tat erkannte, hatte nichts mit einem Gelegenheitstäter zu tun. Mit niemandem, der einfach ausgerastet war und die Kontrolle verloren hatte.

Der Täter war kühl und kontrolliert an die Sache herangegangen. Hatte genossen, sein Opfer zu quälen, zu foltern und dabei zuzusehen, wie es langsam, qualvoll und grausam verendete. Hatte genossen, wie alles Leben in den Augen des Mädchens erlosch und es seinen letzten, schmerzvollen Atemzug tat. Und genau in diesem Augenblick hatte er sich allmächtig gefühlt.

Gottverdammter Scheißkerl! Josy bemerkte erst, die Fäuste geballt zu haben, als Will nach ihren Händen griff und ihre Finger langsam öffnete.

»Du denkst an Dan«, stellte er fest, und es war keine Frage.

Josy atmete scharf aus, um ihren Gefühlen zumindest ein Ventil zu geben und sah zu Will hoch. Leugnen wäre zwecklos. Er konnte viel zu gut in ihr lesen und hatte sie längst durchschaut. »Ja.«

Nachsichtig verzog er das Gesicht und nahm sie beiseite, um den Rest des Einsatzteams der Bundespolizei nicht an ihrem Gespräch teilhaben zu lassen. Jedoch hätte sich auch so niemand um sie gekümmert. Jeder der Beamten war damit beschäftigt, seinen Mageninhalt dort zu behalten, wo er hingehörte und dabei seinen Job zu erledigen. Das Finden der abgetrennten Gliedmaßen stand dabei ganz oben auf ihren To-do-Listen.

»Du glaubst, eine Parallele zu dem Fall von damals zu erkennen?« Er klang nicht, als würde er ihre unausgesprochenen Bedenken nicht ernst nehmen, jedoch so, als wünschte er sich eine andere Antwort als jene, die ihr wohl ins Gesicht geschrieben stand. Seine Miene wurde weicher. »Josy, das hier hat nichts mit Dan zu tun«, sagte er sanft und ihr entging das unausgesprochene *weil Dan tot ist* nicht, das nun zwischen ihnen hing und ihr das leidige Gefühl gab, er befürchte, sie könne wegen allem, was passiert war, doch noch anfangen, durchzudrehen.

Josy hatte mit Dan nicht nur einen Vorgesetzten an den Wahnsinn verloren, sondern auch einen Freund, und wenn es etwas gab, das sie nachts schweißgebadet hochfahren ließ, dann die blutigen

Bilder, die Dan eigens für sie erschuf. All die Frauen waren ermordet worden, weil Dan glaubte, ihr einen Gefallen tun und ihre Vergangenheit vergelten zu müssen. Josy war hart im Nehmen und gewiss nicht jemand, der schnell einknickte, aber die Albträume würden sie gewiss noch lange heimsuchen und Will wusste es, weil er der Einzige war, dem sie nichts vormachen konnte. Jedoch wusste er ebenso gut, dass man sie nicht mit Samthandschuhen anfassen musste.

»Ich weiß, Will. Aber der Irre, der das hier angerichtet hat«, sie deutete zu der Leiche, die der Rechtsmediziner noch immer untersuchte, »hat aus demselben Motiv gehandelt wie Dan. Aus der reinen Lust am Töten. Und wenn du mich fragst, hat der Typ bereits schon davor fleißig geübt.«

Will ließ Josy los, dann fuhr er sich durch das kurze, schwarze Haar, wie er es immer tat, wenn Chaos herrschte. »Kannst du ihn spüren?«

»Nein.« Die Aura des Täters, die es ihr ermöglicht hätte, in seinen Verstand einzudringen, hatte sich längst aufgelöst. Alles, was Josy spüren konnte, war der Tod, der wie eine Gewitterwolke über dem kleinen Wäldchen hinter der vornehmen Wohngegend hing. »Der Rechtsmediziner meint, sie sei seit mindestens zwei Tagen tot. Genaueres erfahren wir die Tage.«

Will verschränkte die Arme vor der breiten Brust und sah sie nachdenklich an. »Wir sollten diesen Fall übernehmen. Denkst du, du kriegst das mit Ray und mir hin oder soll ich stattdessen Jeff einspannen?«

Josy zog die Brauen nach oben. Jeff, der Trainer des *Team Zero*, der die Gabe der Intuition besaß, wurde in fünf Monaten Vater und hatte genug damit zu tun, Cass auf Händen zu tragen. Das war auch gut so, denn Cass bekam die Hormonveränderung nicht sonderlich gut.

»Natürlich kriege ich das hin. Mir geht's gut, Will. Ehrlich.«

Nachdem Will einen mürrischen Blick in den wolkenverhangenen Himmel geworfen hatte, stemmte er die Hände in die Hüften. »So viel zum Thema Urlaub, was?«

»Tja, wie's aussieht, ist uns so was nicht vergönnt«, erwiderte

Josy und spürte ihr schief geratenes Grinsen. Obwohl sie es mit Humor zu nehmen versuchten, wussten sie beide, dass eine Verschnaufpause dringend nötig wäre. Für sie alle. In den vergangenen Monaten war die Hölle losgewesen und ihre Reserven schlitterten auf den Nullpunkt zu. Nachdem Dan sein Blutbad vollbracht hatte und ihnen nur knapp entwischt war, schloss er sich einer geheimen, militärischen Organisation an. Den Schöpfern dieser experimentellen Einrichtung, darunter angesehene Wissenschaftler, gelang es, paranormal begabte Menschen durch Verabreichung eines Virus in mutantenartige Killer zu verwandeln. Befehlbare Todesschwadronen, die im Namen einiger ausgeflippter und machthungriger Regierungsclowns töten sollten.

Das *Team Zero* hatte alle Hände voll zu tun gehabt, diesem Irrsinn Einhalt zu gebieten. Erst vor wenigen Wochen und nur mithilfe von Lieutenant Chogan Stafford, dem Prototypen des militärischen Experiments, hatten sie es geschafft, auch den zweiten und letzten Stützpunkt der Organisation zu stürzen und Dan, wie so vielen anderen Abschaum, aus dem Weg zu räumen.

Dabei waren sie nur knapp einem Kollateralschaden entgangen, was den Verlust eines geschätzten Teammitglieds bedeutet hätte. Noch fataler, wenn man in den Kollegen seine Familie sah, so wie sie es taten. Ian waren während des Einsatzes mal wieder alle Sicherungen durchgebrannt, was im sprichwörtlichen Sinn nicht an seiner Gabe der Elektrokinese, sondern an seinem Wesen lag, und nun erholte er sich trotz Unterstützung der Heilerin nur langsam von seinen schweren Verletzungen. Er lag auf der Krankenstation in der gemeinschaftlichen Unterkunft in Colorado und dort würde er auch noch gut eine Woche bleiben, bis er wieder aufstehen und ohne fremde Hilfe gehen konnte.

Inzwischen kümmerte sich Alexa, die Empathin des Teams, um die Tonnen an Papierkram, die liegen geblieben waren. Will hatte den Engpass bis zum nächsten Einsatz bereits befürchtet und gehofft, Chogan, den die Jungs seit Jugendzeiten vom Militär kannten, würde sich ihnen anschließen. Mit seiner Erfahrung als ausbildender Offizier, seinem Scharfsinn und der Gabe der Telepathie wäre er eine wahre Bereicherung für das Team gewesen, und zwar in jeder Hinsicht. Doch als der Lieutenant nach dem gemeinsamen Einsatz erfuhr, dass sein Mädchen ihn vor fünf Jahren an die Organisation verraten hatte und er sich nicht, wie eigentlich gedacht, im Gegenzug für ihr Leben auf das Experiment eingelassen hatte, zog er sich nach Wyoming zurück. Was Will zusätzliche Sorgen bereitete, denn der Lieutenant war in keiner guten Verfassung gegangen und er befürchtete, dass sich sein Freund etwas antun könnte. Dennoch war Will nichts anderes übrig geblieben, als Chogan ziehen zu lassen. Das Team hatte oberste Priorität. Und nun dieser Fall, für den nur mehr Ray, das Genie unter ihnen, Will und Josy übrig blieben, sich mit ihm zu befassen. Der dringend benötigte Urlaub musste wieder einmal aufgeschoben werden.

Was soll's, dachte Josy und boxte Will liebevoll gegen den Arm. »Wir kriegen das schon hin. Verlass dich drauf. Und sobald wir diesen Dreckskerl geschnappt haben, bunkern wir uns für einen Monat ein. Nur du und ich, dem Rest der Truppe besorgen wir Flugtickets nach Hawaii.« Sie zwinkerte und entlockte Will ein Grinsen.

»Wenn das ein Versprechen ist, lass ich mich glatt drauf ein.«

»Darauf kannst du wetten«, erwiderte sie fest, als könnte sie das trügerische Gespür verbannen, das ihr mit einem Mal etwas ganz anderes zuflüsterte. Wie aus dem Nichts zerrte ein kalter Windzug an ihrem Haar und ihr Blick glitt zwischen den Bäumen hindurch auf das prächtige Haus in viktorianischem Stil, auf dessen Grund man die Leiche heute Morgen gefunden hatte. Inzwischen musste Ray ihnen einen Durchsuchungsbefehl besorgt haben. Dann nichts wie an die Arbeit. Mal schauen, wie viele Leichen dieser Jim Hendriks im Keller seiner Sommerresidenz versteckt hatte.

2. Kapitel

Montag, 4. November, Painesville, Ohio

Die Ohrfeige hallte durch das Marmorfoyer des alten Herrenhauses und explodierte wie glühend heißer Funkenregen in Paiges Kopf. Die Wucht des Schlages brachte sie ins Straucheln. Sie taumelte rückwärts, bemüht, dem vermeintlichen Sturz zu entgehen, bis sie schmerzhaft mit dem Rücken gegen das gusseiserne Geländer der nach oben geschwungenen Treppe stieß. Die kantige Verzierung bohrte sich wie ein frisch geschliffener Speer durch den dünnen Kaschmirpullover in ihre Schulter, und eine Welle reinsten Schmerzes jagte durch ihren Körper. Instinktiv unterdrückte sie einen Aufschrei, presste die Lippen aufeinander und schluckte den Laut. Auf keinen Fall durfte sie Jim zeigen, wie hilflos sie war, wie wenig sie der zerstörerischen Kraft seines Gefühlsausbruches entgegenzusetzen hatte. Wenn er den Hauch eines Risses in ihrer Fassade entdeckte, würde er erst aufhören, auf sie einzuprügeln, wenn sie die Besinnung verlor.

»Wie kannst du es wagen, du elendes Miststück!«

Der große, brünette Mann spie jedes Wort aus, als befürchtete er, andernfalls daran zu ersticken. Mit jedem Schritt, den er sich näherte, begann ihr Herz lauter zu pochen. Kalter Angstschweiß brach ihr aus. Ihre Hände begannen, unkontrolliert zu zittern. Ihr Atem kam stoßweise, überschlug sich förmlich. Sie versuchte, sich zu sammeln, sich abzuschirmen, eine innere Barriere zu errichten, damit die Flut seiner Emotionen sie nicht fortreißen konnte in dieses unendlich dunkle Loch, aus dem es kein Entrinnen gab.

Jims Gefühle waren viel zu intensiv, füllten schwer und drückend den übergroßen Raum bis zu der stuckverzierten Decke. Die Luft schien vor eisigem Zorn zu knistern, zu vibrieren, kleine flirrende Wellen zu schlagen.

Er hätte sie nicht berühren, sie nicht schlagen müssen, um sie seine Wut spüren zu lassen. Sie flüsterte wie ein wütender Regenschauer über ihre Haut und drang bei jedem Atemzug tief in sie ein, als wollte seine Dunkelheit Paige auch von innen heraus zerstören.

Sie unterdrückte ein Schluchzen, rang die Tränenflut nieder, die sich hartnäckig einen Weg nach draußen bahnte. Das blanke Entsetzen, das Gefühl der Machtlosigkeit und die Angst vor dem Wahnsinn, der in Jim steckte, und der die Klauen bereits nach ihr ausstreckte, drohte sie zu überwältigen. *Nicht weinen. Nur nicht weinen!*

Verzweifelt kämpfte sie gegen den Drang, sich auf die Knie zu werfen, die Hände schützend über den Kopf zu legen und wie ein verängstigtes Häufchen Elend um Gnade zu betteln. Es würde nichts nützen. Im Gegenteil. Je mehr Schwäche sie zeigte, desto wütender würde er werden, also blieb sie aufrecht und mit bebenden Schultern stehen. Starrte auf den Steinboden und ignorierte die spöttisch trüben Blicke der kleinen, pausbäckigen Barockengel, die auf kniehohen Säulen den Gang bis zur schweren Eingangstür säumten.

Schwarz polierte Halbschuhe betraten ihr Sichtfeld. Der dunkelgraue Stoff des sündhaft teuren Anzugs fiel in einer perfekten Falte auf Jims Schuh und offenbarte ein gutes Stück weiter oben das Ausmaß seiner hitzigen Erregung. Es machte ihn scharf, ihr seine Macht zu demonstrieren. Sie zu demütigen, zu unterwerfen und zu schlagen, bis er ihr seinen Willen aufgezwungen und ihr den letzten Rest Selbstwertgefühl aus dem Leib geprügelt hatte.

Sie schauderte ob der Vorstellung, was ihr heute noch blühte und schickte ein Stoßgebet gen Himmel, während sie aus dem Augenwinkel einen Blick auf Jims Hände erhaschte. Sie waren zu Fäusten geballt und erinnerten nicht im Entferntesten an den kultivierten, fähigen Herzchirurgen, der Tag für Tag Kindern das Leben rettete. Auch nicht an den barmherzigen Fremden, der ihr in der dunkelsten Stunde Hilfe angeboten und Hoffnung geschenkt hatte. Der sie getröstet, sie sanft in die Arme genommen und mit ihr darum gebangt hatte, ihr Kind möge nach der schweren Operation, die sie sich ohne Jim niemals hätte leisten können, wieder aufwachen.

Nun, zwei Jahre später, erinnerte alles an diesem Mann nur noch an Schmerz und Demütigung. An Lieblosigkeit und Zerstörung. An abgrundtiefen Hass, den sie mit jedem Tag zu spüren bekam und an das Opfer, das sie bereit war zu bringen, um ihr Kind vor dem sicheren Tod zu retten.

Sie würde es wieder tun. Für Dean wäre sie bereit gewesen, nicht nur ihren Körper, sondern auch ihre Seele zu verkaufen. Doch egal wie oft sie versuchte, sich einzureden, dass das Opfer den Preis wert gewesen war ...

»Willst du mir auf diese Weise deine Dankbarkeit zeigen?«, blaffte Jim sie an, und Paige zuckte unwillkürlich zusammen, als seine Stimme durch den Raum hallte.

Sie spürte seinen bedrohlichen Blick. Er brannte sich wie ein glühender Nagel in ihr Fleisch.

»Ist das deine Art, dich erkenntlich zu zeigen? Mir zu widersprechen, anstatt mir zu danken, dass ich deinen Sohn in der besten Schule des Landes untergebracht habe?«

Er packte sie grob am Kinn und zwang sie, ihm ins Gesicht zu sehen. Seine Augen waren zu Schlitzen verengt und sprühten Funken. Seine Stirn war tief gefurcht, die blassen Lippen aufeinandergepresst und die hochgeschwungenen Brauen erinnerten an den Teufel. An ihren ganz persönlichen Teufel, der ihr das Kind wegnehmen wollte. Der Dean nach Rhode Island in eine Erziehungsanstalt schicken wollte, Hunderte Kilometer entfernt. Unerreichbar. Das konnte sie nicht zulassen. Das würde sie nicht zulassen. Niemals! Jedoch verließe sie diesen Raum nicht lebend, wenn sie nun abermals gegen seine Entscheidung aufbegehrte.

Paige schluckte den dicken Kloß hinunter, um Platz für Worte zu schaffen. »Es tut mir leid«, flüsterte sie, obwohl alles in ihr schrie, Jim weiterhin zu trotzen. Stattdessen senkte sie den Blick, um das Chaos ihrer Gedanken zu verbergen. Ihre Wangen brannten noch immer wie Feuer, ihre Schulter schmerzte und ihr Herz pochte vor Furcht und Bestürzung bis zum Hals. Heute war sie zu weit gegangen. Jim hatte sie mit seinem Plan überrumpelt, ihren fünfjährigen Sohn wegzuschicken, und sie vergaß sich selbst, als sie die Stimme hob und sagte, dass dies niemals geschehen würde, dass sie sich ihr Kind nicht wegnehmen ließe. Jim würde den unüberlegten Ausraster nicht verzeihen. Er würde nicht gnädig sein. Er würde sie bestrafen. Sie hatte es in seinen Augen gesehen.

»Ist das alles?«, knurrte er, ließ ihr Kinn los und fasste nach ihrem Hals.

Seine Hände waren nicht groß, aber groß genug, um ihr die Luft zu rauben. Sie spürte Panik hochsteigen. Wie heißes Gift schoss sie durch ihre Adern, und sie konnte ein hysterisches Aufkeuchen nicht zurückhalten. Ein befriedigtes Lächeln stahl sich auf Jims schmale Lippen. Seine Augen glänzten ob Paiges Betroffenheit, die mit jedem Pulsschlag größere Wellen in ihr schlug.

Seit Wochen schon spürte sie eine Veränderung. Jims Wut, sein Hass auf Gott und die Welt, insbesondere auf Paige, wurde von Auseinandersetzung zu Auseinandersetzung stärker, gewaltiger, brutaler und es dauerte von Mal zu Mal länger, bis er sich beruhigt und an ihr abreagiert hatte. Wenn Dean nicht mehr hier war, würde sie verloren sein. Jims Willen hilflos ausgeliefert. Das war es, was er wollte. Den letzten Strick ihrer Sicherheitsleine durchtrennen.

»Es tut mir leid«, hauchte sie abermals und wand sich innerlich bei jedem Wort, das ihr über die Lippen kam. »Es wird nicht wieder vorkommen, dass ich deine Entscheidungen anzweifle.«

»Nein, wird es nicht. Insbesondere nicht bei diesem Thema.«

Jim trat noch näher. So nah, bis sich ihre Körper berührten. Ekel vermischte sich mit Panik und alles in ihr schrie nur noch ein Wort. Flucht! Aber sie konnte sich nicht rühren. Sich nicht bewegen. Das Geländer in ihrem Rücken. Jim, der sie mit seinem Körper und seinem zornerfüllten Blick geißelte. Wie ein Hase, der in die Augen der Schlange starrte, stand sie da und betete, dass es bald vorbei sein würde.

»Du wirst morgen Deans Koffer packen«, fügte er hinzu und seine Stimme troff vor Triumph und Genugtuung.

Ergeben und wie betäubt nickte sie. Jim ließ von ihr ab. Jedoch nur, um ihr mit dem Handrücken ins Gesicht zu schlagen. Sein mit Smaragden besetzter Ring zerkratzte ihre Unterlippe. Dunkle Flecken tanzten vor ihren Augen. Sie schmeckte Blut, Schmerz und Scham und spürte gleichzeitig, dass Jim lächelte.

»Dann sind wir bald ungestört, meine Liebe. Nur noch du und

ich«, sagte er, griff in ihr kinnlanges Haar und zog ihren Kopf zurück, damit sie ihn ansehen musste. Erkennen musste, was er vorhatte.

Bitte, bitte nicht! Nein! Doch ihr Flehen wurde nicht erhört. Wie so oft. Jim drängte näher. Seine Hände waren überall. Wanderten über ihren bebenden Körper. Gleichzeitig war da wieder diese Dunkelheit. Eine kalte, lähmende Dunkelheit, die aus ihm herausströmte und nach ihr griff. Wieder und wieder.

Immer fester schloss Paige die Augen. Sie konnte nicht mehr. Nein, sie wollte nicht mehr. Sie wollte das alles nicht mehr spüren! Wollte ihn nicht mehr spüren! Der Gedanke, nun auch noch ihr Kind zu verlieren, war wie ein Stachel, der sich tiefer und tiefer in ihr Herz grub und mehr, als sie ertragen konnte. Nein! Niemals! Vielleicht hatte sie längst aufgegeben, für sich selbst zu kämpfen und sich in ihr Schicksal gefügt. Aber für ihr Kind würde sie es auch mit dem Teufel aufnehmen – gäbe es den leisesten Funken Hoffnung, diesen Kampf zu gewinnen ...

In einem Anflug schier unerträglicher Verzweiflung raffte sie ihre verbliebenen Reserven zusammen und wünschte sich von hier fort. An einen anderen, besseren Ort, wo sie vergessen konnte. Nur einen Augenblick vergessen.

Erinnerungen stiegen empor. Erinnerungen an eine Zeit, in der Angst noch nicht ihr Leben bestimmte und ihre Alpträume zu bewältigen waren. Sie hielt sich an diesen Erinnerungen fest, wie ein Ertrinkender sich an den Rand des untergehenden Schiffes krallen würde. Und plötzlich fühlte sie sich ... erleichtert. Ein herrlich erlösendes Gefühl erfüllte sie. Eine klare, helle Wärme, die sie schützend umgab, von Kopf bis Fuß einhüllte wie ein dicker, behaglicher Wintermantel.

Dann veränderte sich die Situation. Aus Wärme wurde glühende Hitze und für einen verstörenden Moment glaubte sie, lichterloh zu brennen. In Flammen zu stehen. Die Welt wurde durchgeschüttelt, kippte zur Seite und der Boden unter ihren Füßen drohte nachzugeben.

Was zum ...?

Paige riss die Augen auf, als ein Aufschrei durch den Raum gellte. Jim war zurückgewichen. Starrte sie an, als hätte er sie nie zuvor gesehen. Als wäre sie eine Fremde, die in sein Haus eingedrungen war und mit einer Waffe auf seinen Kopf zielte. Verblüfft, entsetzt, fassungslos.

Paige hörte das Blut in ihren Ohren rauschen, und sie hatte nicht die leiseste Ahnung, was soeben geschehen war. Hatte sie Jim zurückgestoßen? Ihn angegriffen? Ihn verletzt?

Wie?

Sie wusste es nicht, fürchtete jedoch, Jim würde nun endgültig ausrasten. Er wich noch einen Schritt zurück, rang mit sich, wich ihrem Blick aus und verwirrte sie vollends. Sekunden wurden zu Minuten, die quälend langsam und wie im Zeitraffer verstrichen, während Paige wie angewurzelt dastand und ihr Verstand zu begreifen versuchte. Surreal. Als hätten Jim und sie die Rollen getauscht.

Die Gegensprechanlage ging schrillend los und ihr war, als würde das laute Geräusch die Zeit antreiben und sie und Jim aus dieser seltsam trägen Masse reißen, um sie zurück in die Realität zu schleudern.

Als wäre nie etwas passiert, strich er sein Sakko glatt, und Paige sah ihm nach, wie er auf die massive Eingangstür zuschritt und die Sprechanlage aktivierte. Sie verstand nur Wortfetzen, glaubte jedoch, eine tiefe männliche Stimme zu erkennen, die Jim bat, das Außentor zu öffnen.

Niklas Heavers. Jims Golfkumpel.

Erleichterung schlug wie eine Flutwelle über ihr zusammen. Paige griff nach dem Treppengeländer, damit sie nicht zusammensackte. Es war vorbei. Für heute war es vorbei.

Jim tippte den Code der Alarmanlage ein, schloss die Tür auf und wenig später betrat Niklas Heavers das Haus. Ein großer, blonder Mann, der seinen üblichen Anzug gegen Jeans und Hemd getauscht hatte und trotz legerer Kleidung noch immer Autorität verströmte. Der Rechtsanwalt begrüßte Jim und als er Paiges Blick begegnete, setzte er ein herzliches Lächeln auf, was ihn um Jahre jünger erscheinen ließ.

»Guten Abend, Paige. Ich hoffe, ich komme nicht ungelegen?«

»Gewiss nicht«, erwiderte Paige bemüht ruhig und neigte den Kopf zur Seite, um die Verletzungen und ihre vor Scham geröteten Wangen zu verbergen.

»Gut.« Niklas wandte sich an Jim und legte ihm einen Arm um die Schultern, als wären sie nicht erst seit wenigen Wochen, sondern bereits seit Jahren die besten Freunde. »Du hast erwähnt, dass du einen irischen Whiskey vorrätig hast. Nun, heute würde ich mir ein Glas anbieten lassen.«

Jims Gesicht nahm einen gefälligen Ausdruck an. Er deutete in das angrenzende Wohnzimmer und ließ Niklas den Vortritt, der vor Paige stehen blieb und ihr seinen Mantel reichte.

»Wären Sie so freundlich?«

»Natürlich.« Mit gesenktem Blick griff Paige nach dem edlen Stoff und Niklas berührte kurz ihre Hand, bevor er sich förmlich bedankte und mit Jim das Wohnzimmer betrat. Die Schiebetüren wurden zugezogen und sie hörte die gedämpften Stimmen der Männer. Sie wusste nicht, wie lange sie so dastand und ins Nichts starrte. Es war Deans Stimme, die sie ins Jetzt zurückholte.

»Mommy?«

Paige sah hoch zur Galerie und erblickte den Kleinen. In seinem grünkarierten Pyjama, mit wuscheligem, brünettem Haar und aus großen, blauen Augen starrte er zu ihr herab.

»Ich hab ein Geräusch gehört und bin aufgewacht. Ich finde meinen Dino nicht mehr. Kommst du und hilfst mir suchen?«

Das erste Mal an diesem Abend schlich sich etwas wie ein Lächeln auf ihr Gesicht und sie schöpfte tief Atem. »Klar, mein Schatz.«

Erst als sie die Treppe hochgestiegen und an dem angrenzenden Flur, der zu den Angestelltenzimmern führte, vorbeigegangen war, wagte sie einen Blick auf das, was Niklas ihr zugesteckt hatte und noch immer von ihrer Faust umschlossen wurde. Vorsichtig entfaltete sie das kleine Stück Papier.

Jim wird die nächsten zwei Tage in Atlanta ein Seminar leiten. Das ist Ihre Chance, Paige, zu fliehen und ich bin bereit, Ihnen zu helfen. Ich warte morgen Nacht um zwei Uhr hinter dem Anwesen auf Sie und Ihren Sohn.

Der Code für die Alarmanlage: 7325

Bitte vertrauen Sie mir.

N. H.

3. Kapitel

Mittwoch, 6. November

Dean, aufwachen«, flüsterte Paige und ihre Stimme klang selbst gesenkt viel zu rau und getrieben.

Als sie die Tür zu Deans Zimmer von innen leise anlehnte und wenig später neben seinem Bettchen in die Hocke ging, war es kurz vor halb zwei Uhr morgens. Wahrlich keine angenehme Zeit, um durch das gespenstisch stille Haus zu geistern und sie brauchte einige Augenblicke, bis sie ihre Atmung in Einklang und das Zittern ihrer Hände unter Kontrolle hatte.

Abgesehen von den brodelnden Ängsten, die das Vorhaben begleiteten, mit ihrem Kind zu flüchten und ihren Körper seit Stunden unter Hochspannung setzten, behagte ihr die Dunkelheit kein bisschen. Wie ein düsterer, undurchdringbarer Schatten hatte sie sich über das Anwesen gelegt und kühles Mondlicht tauchte das Innere des Hauses in düsteren, graublauen Nebel. Das Rauschen des Windes, der die toten Blätter im Garten aufwirbelte und durch jede Ritze der alten Sprossenfenster drang, erhöhte das dumpfe Gefühl in ihrer Brust. Der Anblick unheimlicher Schatten, die von den kahlen Ästen der großen Eiche an die Wände geworfen wurden, machte es nicht besser. Immer, wenn der Novemberwind um das Herrenhaus säuselte, erwachten die Schemen zum Leben, wanden sich, dehnten sich aus, krochen wie knorrige Finger über die Mauern, als wollten sie Paige berühren, sich an ihr festkrallen. Es schien, als wollte die Trostlosigkeit der Jahreszeit ins Haus kriechen, um Wärme zu erfahren. Die es nicht gab und niemals geben würde ...

Geh! Verlasse diesen Ort ...

Tu es! Bevor es zu spät ist ...

Vehement unterdrückte sie einen eisigen Schauder, verdrängte die wispernden Stimmen aus ihrem Kopf und die hässlichen Gespenster aus ihren Gedanken. Vor langer Zeit schon hatte sie sich geschworen, sich von diesem Haus und ihren Ängsten nicht besiegen zu lassen und sie würde ihnen auch heute nicht nachgeben. Flüchtig wischte sie die klammen Hände an ihrer Jeans ab, bevor sie sich neben Dean auf der Matratze niederließ. Behutsam, um ihn nicht zu erschrecken, strich sie der kleinen, schlafenden Gestalt durch das weiche Haar, und Zärtlichkeit überschwemmte sie.

Er sah blass aus. Zerbrechlich. Mit seinem Plüsch-Dino unter dem Arm und dem friedlichen Gesichtsausdruck wirkte er unglaublich verletzbar. Wie vor zwei Jahren, als sein Herz aufhören wollte, zu schlagen und ihn nur noch Maschinen am Leben hielten. Die Erinnerung an diese entsetzliche Zeit, die ihnen beiden so viel abverlangt hatte, holte sie unvermittelt ein und streute Salz in eine nie verheilen wollende Wunde. Obwohl Dean heute so gut wie gesund und das Loch in seinem Herzen geschlossen war, war er kleiner und schmächtiger als Kinder in seinem Alter und konnte noch immer nicht ganz mit den Jungs in der Spielgruppe mithalten.

Doch trotz der Strapazen und Beeinträchtigungen hatte er sich nie unterkriegen lassen. Dean war eine Kämpfernatur, viel stärker als Paige es in ihren kühnsten Träumen würde sein können und dafür bewunderte sie ihn. Gleichzeitig war Dean ein viel zu genügsames Kind, das sich nie darüber beklagen würde, dass seine Mutter ihm zu wenig gerecht wurde.

Innerlich seufzte sie bei diesem Gedanken. In den vergangenen Monaten war ihr schlichtweg alles über den Kopf gewachsen. Der erbitterte innere Kampf, gegen ihre Albträume zu bestehen, war nicht mehr zu bewältigen gewesen und sie hatte sich zu sehr in sich zurückgezogen. Ohne zu bemerken, sich auch von Dean distanziert zu haben. Die Einsicht, zu wenig für ihn dagewesen zu sein, schmerzte, riss sie fast entzwei, und sie machte sich schreckliche Vorwürfe.

Sie würde sich bessern, schwor sie, bei allem, was ihr heilig war. Alles würde sich bessern. Sobald sie diesen grässlichen Ort, dieses unheimliche Haus, Jim und die qualvollen Erinnerungen an ihn weit hinter sich gelassen hatten, würde für sie beide ein neues Leben beginnen. Ein besseres Leben ohne Furcht, Kummer, Sorgen und Entbehrungen.

Fast schmerzhaft sehnte sie sich danach, morgens aufzuwachen und nicht diese entsetzliche Unruhe zu spüren, die fortwährend durch ihren Körper summte und sie Tag für Tag dem Abgrund einen Schritt näher brachte. Sie sehnte sich nach Normalität. Nach Sonnenschein und Unbekümmertheit. Danach, einfach nur Mutter sein zu dürfen und Dean ein sicheres, behütetes und liebevolles Zuhause bieten zu können. Etwas, das sie selbst dringend brauchte und vermisste. Nun war die Aussicht auf ein sorgloses Leben zum Greifen nah. Sie würde diese Möglichkeit nutzen. Für Dean, aber auch für sich.

In den letzten vierundzwanzig Stunden hatte sie Niklas Heavers Nachricht Dutzende Male gelesen. Sich erlaubt, an seine Worte zu glauben und Hoffnung zu schöpfen, hatte sie sich jedoch erst, als Jim am Nachmittag kurzfristig nach Atlanta aufgebrochen war und sie mit zwei der Angestellten zurückließ.

Jim weit weg zu wissen, war eine enorme Erleichterung, die allerdings von der Frage, ob sie Niklas Heavers vertrauen konnte, überschattet wurde. Warum wollte er Dean und ihr helfen? Aus Mitleid? Aus Nächstenliebe? Wusste er, was Jim für ein Monster war? Dass er ihr Dean wegnehmen und in ein Internat schicken wollte? Oder hatte Jim Niklas dazu gebracht, ihre Loyalität zu testen? Diese nicht auszuschließende Befürchtung jagte ihr eine Heidenangst ein. Dennoch musste sie es auf einen Versuch ankommen lassen.

Seit mehr als anderthalb Jahren suchte sie nach einem Ausweg aus dieser hoffnungslosen Situation und war bereits an den Überlegungen einer Fluchtmöglichkeit gescheitert. Jim war wie ein Besessener. Er kontrollierte und überwachte sie auf Schritt und Tritt. Um sie an das Haus zu fesseln, hatte er eine Alarmanlage eingebaut, die nicht nur Fremde abhalten sollte, in das Haus einzudringen. Sie konnte das Anwesen ohne die Eingabe des Codes ebenso wenig verlassen. Nur wenige Vertraute kannten die Zahlenkombination. Wie sie nun wusste, gehörte Niklas Heavers zu diesen Personen und dieser hatte ihr ein Ticket in die Freiheit versprochen. Egal welche Zweifel an ihr nagten und wie beängstigend die Befürchtung war, erwischt zu werden oder direkt in eine

Falle zu rennen, sie würde dieses Ticket nutzen.

Du musst ...

Es ist deine einzige Chance ...

Geh, Paige ...

»Dean, Honey, aufwachen«, wiederholte sie flüsternd und küsste den Jungen auf die Stirn. Dieses Mal reagierte er, öffnete die Augen und sah verschlafen und fragend unter langen Wimpern zu ihr hoch. Paige beugte sich zu ihm und bemühte sich um eine gefasste Stimme, damit Dean ihr Unbehagen nicht wahrnehmen konnte. Keinesfalls wollte sie ihn erschrecken oder verängstigen. Es reichte aus, dass ihr der Puls bis in die Schläfen klopfte. »Hör zu, Schatz, wir spielen jetzt ein Spiel, okay?«

Dean nickte, sagte jedoch nichts, als wüsste er instinktiv, sich still verhalten zu müssen. »Mommy nimmt dich auf den Arm und wir gehen hinaus in den Garten. Dabei müssen wir sehr leise sein. Denkst du, du schaffst das?«

Wieder nickte Dean. Erleichtert, weil er nach keiner Erklärung verlangte, sondern bedingungslos auf sie vertraute, atmete Paige aus und drückte ihn an sich. Kurz genoss sie das herrliche Gefühl, seinen kleinen, warmen Körper zu spüren, seinem gesunden Herzschlag zu lauschen und seinen Geruch einzuatmen. Ihr Selbstvertrauen wuchs. Es würde alles gut werden. Niklas Heavers war immer freundlich zu ihnen gewesen und anders als bei Jim hatte sie bei ihm nie das Gefühl gehabt, er wäre ein schlechter Mensch mit bösen Absichten. Im Gegenteil. Sie hatte ihn nur als liebenswürdigen, höflichen und zuvorkommenden Mann erlebt und er strahlte eine Herzlichkeit aus, die echt wirkte.

Bitte vertrauen Sie mir.

Genau das würde sie tun.

Paige ließ Dean los und tastete unter dem Bett nach den beiden Daunenjacken sowie dem Rucksack, den sie hinter Spielzeugkisten versteckt hatte. Warme Kleidung zum Wechseln, Kekse für Dean und etwas Geld, das sie sich über zwei Jahre vom Haushaltsgeld abgezweigt hatte, befanden sich darin. Es war nicht viel, aber sie würden die nächsten Wochen über die Runden kommen, bis sie eine Bleibe und einen Job gefunden hatte.

Sie setzte den Kleinen an den Rand des Bettes. Draußen war es bitterkalt und Dean hatte erst eine schlimme Erkältung hinter sich, also packte sie ihn warm ein, bevor sie ihn hochhob und an sich drückte. Er hielt seinen Plüsch-Dino fest, legte beide Arme um ihren Hals und bettete seinen Kopf an ihre Schulter.

Und nun weg von hier, dachte Paige und spürte im selben Atemzug, wie sich ihr Körper wieder anspannte. Vorsichtig öffnete sie die Tür einen Spalt und spähte hinaus in den düsteren Flur, der sich still und einsam vor ihnen erstreckte. Das Dienstmädchen und Karl, der sich während Jims Abwesenheit um dessen Angelegenheiten kümmerte, hatten sich vor Stunden auf ihre Zimmer zurückgezogen. Bestimmt schliefen sie tief und fest, ohne zu ahnen, was Paige mit Dean vorhatte. Dennoch beschlich sie ein mulmiges Gefühl bei dem Gedanken an die beiden Menschen, die Jim um einiges näherstanden als ihr, und sobald sie den Schutz von Deans Zimmer hinter sich gelassen hatten und sie in die Dunkelheit der Gänge eingetaucht waren, wurde das Unbehagen stärker. Verwandelte sich in drückende Beklemmung.

Nachts wirkte das altmodisch eingerichtete Herrenhaus noch unheimlicher als bei Tageslicht. Heizungsrohre gaben knackende Geräusche von sich, während der alte Kessel im Keller surrte und noch immer konnte Paige den Wind hören, der um das Haus schlich und wie ein verletzter Wolf klagend vor sich hin heulte.

Doch an diese Geräusche hatte sie sich längst gewöhnt. Viel grausamer war das Empfinden, aus allen Ecken und Ritzen beobachtet zu werden. Es suchte sie auch jetzt heim, doch sie versuchte, es zu verdrängen, auszublenden, wie die flüsternden Stimmen, die sie jede Nacht zu hören glaubte, seit sie hier lebte. Die ihr zuwisperten, dass sie nicht hierher gehörte, dass sie davonlaufen sollte und sich nie wieder nach diesem Ort umdrehen durfte.

Paige vertrieb die Stimmen. Stattdessen konzentrierte sie sich auf ihre Füße und huschte wie ein Gespenst über den langen, dicken Läufer des Flurs, der ihre Schritte dämpfte, nicht jedoch das Frösteln, das über ihre Wirbelsäule tänzelte. Immer unangenehmer kribbelte ihr Körper, und sie war in kaltem Schweiß gebadet, als sie endlich die geschwungene Treppe erreichte, die hinunter in das Erdgeschoss führte.

Es war, als würde dieser Ort ein düsteres Eigenleben besitzen, das erwachte, wenn die Sonne hinter dem Grand River verschwunden war.

Diese Dunkelheit ist es, die Besitz von Jim ergreift und aus ihm einen bösen Menschen macht ...

Er darf dich niemals finden ...

Er bringt den Tod ...

Lauf weg, Paige ...

Beeile dich ...

Aufhören! Bitte hört auf, bat Paige stumm und drückte Dean fester an sich, während sie die Treppe nach unten in das Foyer eilte, vorbei an den starrenden Engelsstatuen und durch das Kaminzimmer, um in Jims Büro nach dem Ersatzschlüssel zu suchen. Sekunden erschienen wie Minuten, und als sie das Büro endlich erreicht hatte, war ihr, als wäre eine kleine, fürchterliche Ewigkeit verronnen. Ihre Nerven waren zum Zerreißen gespannt und sie wünschte sich nur noch eines: Endlich von hier fort zu sein. Sachte und mit klammen Händen drückte sie die Messingklinke nach unten. Ein Schauder kratzte über ihren Rücken. Ihre Muskeln krampften und Paige hielt mitten in der Bewegung inne. Lauschte angestrengt in die trügerische Stille und betete, sich verhört zu haben.

Bestürzung jagte Adrenalin durch ihre Adern, als sie abermals ein klopfendes Geräusch vernahm. Vor Schreck und zugleich auf das Schlimmste gefasst, fuhr sie herum, um im selben Moment innerlich aufzustöhnen.

»Es ist nur Warren«, flüsterte Dean kaum vernehmbar.

Paige starrte den dicken, grauen Perserkater an, der auf dem Fenstersims saß und aus großen, goldenen Katzenaugen durch das matte Glas der Fensterscheibe zurückstarrte. Vorwurfsvoll? Missbilligend? Sie wusste es nicht. Der Kater gehörte Jim und war ihr nicht geheuer. Wenn sich ihre Wege kreuzten, stellte er das Nackenfell auf und fauchte, als wollte er ihr mitteilen, dass sie nicht willkommen war. Ich mag dich auch nicht, dachte sie, stieß den angehaltenen Atem aus und kehrte dem Tier den Rücken.

Sie hasste es, so ängstlich zu sein. Früher war das anders gewesen. Als junges Mädchen hatte sie die Nächte den Tagen vorgezogen und es von Herzen geliebt, in der Finsternis auf der Veranda ihrer inzwischen verstorbenen Eltern zu sitzen, um der Stille zu lauschen und die nächtliche Friedlichkeit auf sich wirken zu lassen. Heute waren ihr selbst die Tage nicht hell genug und ein dicker, verzogener Kater reichte aus, um sie zu Tode zu erschrecken. Jim und dieser Ort hatten sie das Fürchten gelehrt und aus ihr ein angsterfülltes, kleinlautes Etwas gemacht, das sich vor seinem eigenen Schatten fürchtete und nicht mehr viel mit dem immer fröhlichen, selbstbewussten Mädchen von damals gemein hatte.

Paige verdrängte die Wehmut, die sie ergreifen wollte, und nahm sich zusammen, bevor sie Jims Arbeitszimmer betrat. Wie erwartet waren seine Sachen ordnungsgemäß verstaut, der Schreibtisch penibel aufgeräumt und sie brauchte nicht lange, um zu finden, wonach sie suchte. Sie nahm den Ersatzschlüssel an sich, schloss die unterste Schublade des Sekretärs wieder und warf einen Blick auf die antike Standuhr, die auf einem Sockel neben dem hohen Sprossenfenster thronte. Zehn vor zwei Uhr. Wenn sie Niklas Heavers pünktlich erreichen wollte, durfte sie keine Zeit verlieren. Sorgfältig darauf bedacht, keinen Lärm und sich unsichtbar zu machen, eilte sie zurück in die Eingangshalle und steckte den Schlüssel in das Schloss der Haustür. Rasch tippte sie die Zahlen ein, die Niklas Heavers für sie notiert hatte und ihr verschlug es den Atem.

Rot. Die Led-Anzeige blinkte weiterhin rot.

Entgeistert starrte Paige das Lämpchen an, während träges Entsetzen in ihr hochkroch. Das konnte doch nicht ... Das durfte nicht ... Nein! Bitte lieber Gott, nein!

Ahnte Jim, dass Niklas Heavers ihr helfen wollte? Oder hatte er zur Sicherheit den Code geändert, bevor er nach Atlanta aufgebrochen war? Egal was von beidem zutraf, es änderte nichts daran, dass sie gefangen bleiben würde. Verzweiflung durchfuhr sie wie ein Stromschlag und ihre Hände zitterten, während sie die Zahlen erneut eingab. Vielleicht hatte sie sich vertippt. Vielleicht ...

Grün.

Oh Gott, danke! Ihre Knie fühlten sich viel zu weich an, während sie den Schlüssel zweimal im Schloss drehte. Die wuchtige Tür sprang mit einem leisen Klick auf, und Erleichterung schoss wie hellster Sonnenschein durch sie hindurch. Sie hatten es geschafft!

Tief durchatmend trat sie hinaus in die kalte, klare Novembernacht. Funkelnde Sterne und ein satt leuchtender, gelber Vollmond erhellten das Dunkel und es roch nach Schnee. Rein und sauber. Ein Neubeginn. Leise zog sie die Tür hinter sich zu, ohne sich noch einmal umzuwenden.

Dann rannte sie. Rannte im Schatten der hohen Kiefernbäume und immergrünen Sträucher über die unebene und weitläufige Rasenfläche des Anwesens, die auf eine kleine Anhöhe führte. Der Wind frischte auf, zerrte an ihrem Haar und brannte in ihren Lungen, aber das war egal. Sie hielt Dean, dessen Gewicht sie kaum wahrnahm, fest an sich gedrückt und wurde erst langsamer, als sie die Umzäunung des Grundstückes erreichte. Genau an der Stelle, die durch die leichte Erhöhung einen Spalt unter dem massiven Eisenzaun bildete. Vor wenigen Wochen bei einem Spaziergang mit Dean war ihr diese Stelle aufgefallen und nun würde sich herausstellen, ob sie darunter hindurchpasste. Paige stellte den Jungen ab, der neben ihr in die Hocke ging und interessiert zusah, wie sie den Rucksack unter dem Zaun durchschob.

»Wo gehen wir hin, Mommy?«

Paige legte ihm den Zeigefinger auf die Lippen. »Das erzähle ich dir alles später, Honey, okay?«, flüsterte sie, denn zu mehr fehlte ihr nach dem Sprint der Atem. Sie zog ihm die Mütze tiefer ins Gesicht und deutete auf die andere Seite des Zauns. »Kommst du da durch?«

Dean nickte eifrig und machte es vor. Dann war Paige an der Reihe. Sie war mit ihren ein Meter fünfundsechzig nicht besonders groß und hatte in den letzten zwei Jahren einiges an Gewicht verloren. Nun kam ihr die kleine, schlanke Gestalt zum ersten Mal zugute.

Sie zwängte sich unter dem Zaun durch, griff nach dem Rucksack und nahm Dean wieder hoch, nachdem sie ordentlich Luft geschöpft hatte. Dann sah sie sich um. Der Wald, der an Jims Anwesen anschloss, war mehrere Hektar groß und dicht. Wenn sie dem Trampelpfad entlang des Zaunes gen Süden folgte, würde sie sehr bald einen Jungwald erreichen, durch den eine Forststraße führte. Da sie annahm, dass Niklas Heavers mit dem Auto gekommen war und dort auf sie wartete, ging sie in diese Richtung.

Bei jedem ihrer Schritte achtete sie darauf, keinen Lärm zu machen und nicht versehentlich auf einen Ast oder eine Wurzel zu treten. Sobald sie sich der Stelle näherten, die Niklas mit seinem Fahrzeug zum Stehenbleiben gezwungen haben musste, bedeutete sie auch Dean, sich still zu verhalten. Bevor sie sich zu erkennen gab, wollte sie sich überzeugen, auch tatsächlich Niklas Heavers anzutreffen und niemanden sonst.

Im Schutz eines dichten Lorbeerbusches spähte sie zur Forststraße hinüber, die in einem breiten Auslauf endete und erkannte tatsächlich eine dunkle Silhouette, die Niklas Heavers groß gewachsene, schlanke Gestalt erahnen ließ. Als der Mann in Blue-Jeans und dunklem Parka sich zur Seite drehte, erhellte Mondlicht sein Gesicht und Paige fiel eine tonnenschwere Last von den Schultern.

Niklas Heavers war gekommen. Allein. Trotz der Kälte fühlte sie glühende Euphorie aufsteigen. Fühlte Freude bis in ihre Fingerkuppen kribbeln und für einen herrlich erlösenden Moment verwandelte sich die Nacht in einen strahlend hellen Tag. Sie würden von hier wegkommen. Ein neues Leben beginnen. Frei sein. Heute noch!

Mitgerissen von ihren überschäumenden Emotionen trat sie aus dem Schatten der Büsche, und als Niklas sie erkannte, kam er auf sie zu. Er hatte einen angespannten Ausdruck im Gesicht, den sie als Sorge zu deuten glaubte.

»Paige, Gott sei Dank. Geht es Ihnen gut?« Er betrachtete sie von Kopf bis Fuß, und als sie dankbar und mit einem dicken Kloß im Hals nickte, sah er sie erleichtert an. Liebevoll strich er Dean über den Kopf. »Hey, Sportsfreund. Bei dir auch alles in Ordnung?«

»Ja, Mr Heavers«, erwiderte Dean freundlich, aber müde und kuschelte sich wieder an Paiges Schulter.

Das Lächeln, das Niklas Dean schenkte, war herzlich und wärmte Paiges Innerstes. Ein weiterer Teil ihrer Anspannung löste sich und vor Erleichterung fiel es ihr schwer, die Tränen zurückzuhalten. Doch Rührseligkeit konnte sie sich im Moment nicht leisten. Sie musste sich daran erinnern, noch nicht in Sicherheit zu sein. Darüber hinaus gab es einige Fragen, die ihr auf der Seele brannten und auf Antwort drängten. Paige sah zu Niklas Heavers hoch und räusperte sich. Dennoch klang ihre Stimme sehr dünn. Die letzten Stunden hatten sie Kraft und Energie gekostet. »Warum tun Sie das? Warum helfen Sie uns?« Sie musste es wissen. Musste die Antwort kennen, um die Ungewissheit loszuwerden.

»Wir sollten zuerst von hier weg. Kommen Sie«, sagte er, nahm ihr den Rucksack ab und deutete zu einer Gruppe eng zusammenstehender Jungbäume hinter dem Forstweg. »Mein Wagen steht da drüben.«

Gut versteckt. Er brauchte es nicht auszusprechen, sie sah in sein Gesicht und verstand. Niklas wusste, wer Jim war. Wusste, wozu er fähig war. Nun hatte sie ihre Antwort, die jedoch neue Fragen aufwarf. Später, sagte sie sich und sah zu Boden, um nicht über ihre müden Beine zu stolpern.

Eine kurze, jedoch nicht unangenehme Pause entstand, die Paige erlaubte, sich einigermaßen zu fangen und ihre Emotionen zu ordnen. Ihr war, als könnte sie fliegen, und gleichzeitig fühlte sie sich gehetzt, was sie immer wieder dazu brachte, einen Blick über ihre Schulter und durch den düsteren, kahlen Wald zu werfen, der durch das schräg einfallende Mondlicht gespenstisch und ausladend wirkte.

»Es gibt da etwas, das Sie wissen sollten, Paige«, begann Niklas und lenkte ihre Aufmerksamkeit auf ihn. Weg von den raschelnden, knackenden Geräuschen, die ihr einen Schauder nach dem anderen bescherten. »Ich bin privater Ermittler, kein Rechtsanwalt. Mein Auftraggeber sucht nach seiner vermissten Tochter, die zuletzt vor einem halben Jahr mit Jim Hendriks in einem Einkaufszentrum in Illinois gesehen wurde.«

»Sie sind Polizist?«, fragte Paige verwirrt und blieb stehen, während alle anderen Informationen in den Hintergrund traten. Wie konnte das sein? Wie hatte Niklas Heavers sie alle nur derart täuschen können? Insbesondere jedoch Jim, der über viel zu gute Kontakte zur Polizei und zu anderen Behörden verfügte. Misstrauen flammte auf und Niklas schien es zu bemerken.

»Ich war ein Cop«, verbesserte er. »Seit drei Jahren arbeite ich für eine große Detektei und ermittle verdeckt. Meist suche ich nach vermissten Personen. Ist das so schwer zu glauben?« Seine Augen leuchteten vergnügt, jedoch auch voller Verständnis für ihre Skepsis.

»Nein, es ist nur schwer vorstellbar, dass jemand es geschafft hat, Jim in die Irre zu führen. Und das über Monate.«

»Andere zu täuschen gehört zu meinem Spezialgebiet«, sagte Niklas in neckendem Ton und sie erkannte seine Bemühung, ihr die letzten Zweifel und Ängste zu nehmen.

Plötzlich tat es Paige unsäglich leid, ihm statt Dankbarkeit nur Misstrauen entgegenzubringen. Sie berührte ihn an der Schulter. »Danke. Vielen Dank, Niklas. Ihre Hilfe bedeutet uns immens viel, das sollten Sie wissen.«

Augenblicklich erlosch das Leuchten in seinen Augen. Ernst und bedauernd blickte er sie an und Mitgefühl sprach aus seiner Stimme. »Ich kann nur erahnen, was Jim Ihnen angetan hat. Welchen Schmerz er Ihnen zugefügt und welche Narben er hinterlassen hat. Und es tut mir sehr leid.«

Sanft, fast schon zärtlich zeichnete er die verblasste Narbe über ihrer rechten Augenbraue nach. Perplex und gleichzeitig ergriffen über die unerwartete und innige Anteilnahme ließ sie die Berührung zu. Wartete, bis er die Hand wieder sinken ließ und sie milde anlächelte.

»Allerdings sehe ich in Ihnen nicht nur ein Opfer, sondern auch eine sehr starke Frau, die nicht aufgeben wird, für sich und ihr Kind zu kämpfen. Ich bin überzeugt, dass sich für Sie beide alles zum Guten wenden wird. Sie müssen nur fest daran glauben und dürfen niemals aufgeben. Versprechen Sie mir das?«

»Ja«, flüsterte Paige, mehr brachte sie nicht über die Lippen. Niklas' Worte, sein Mitgefühl und die Wärme in seinem Blick berührten sie tief. Es war lang her, dass jemand Anteil an ihrem Leben genommen und ihr Mut zugesprochen hatte. So lang, dass sie sich nicht einmal mehr daran erinnern konnte, wie es war, mit ihren Sorgen und Albträumen nicht allein zu sein. Sie spürte eine Träne, die heiß über ihre Wange rollte, und wollte den Kopf zur Seite neigen, als Niklas sie samt Dean, der auf ihrer Schulter eingeschlafen war, vorsichtig in die Arme nahm.

»Es ist okay«, sagte er leise. »Alles ist okay.«

Paige ließ sich halten und fühlte, wie gut es tat, sich anlehnen zu dürfen. Auch wenn sie sich diesem behüteten Moment nur kurz hingab, gab er ihr Kraft und stärkte ihre Zuversicht.

»Geht's wieder?«, wollte Niklas wissen, nachdem er sie losgelassen hatte.

»Ja. Es geht mir gut«, versicherte sie und suchte fast verzweifelt nach einer Möglichkeit, das Thema zu wechseln, solange sie die Tränen zurückhalten konnte, als ihr einfiel, was Niklas noch gesagt hatte. »Sie suchen nach einer vermissten Frau und glauben, Jim hätte etwas damit zu tun?« Schon die Vorstellung war zermürbend.

»Richtig. Ich will Sie mit alldem nicht belasten, aber Sie sollten wissen, dass Jim eine üble Vorgeschichte hat. Er trat schon früher im Zusammenhang mit Körperverletzungen in Erscheinung und ich rate Ihnen, sich in Zukunft von diesem Mann fernzuhalten. Am besten Sie bringen so viel Abstand wie möglich zwischen ihn und sich, nachdem Sie ihn angezeigt haben.«

Alles in ihr versteifte sich. Sie versuchte, ihre heftige Reaktion zu verbergen, doch es war bereits zu spät. Niklas hatte es bemerkt.

»Sie müssen Jim anzeigen, Paige«, sagte er mit Nachdruck. »Wenn Sie eine einstweilige Verfügung erwirken wollen, werden Sie nicht drumherum kommen.«

Langsam schüttelte sie den Kopf. »Ich habe nicht vor, Jim anzuzeigen. Alles, was ich will, ist weit wegzukommen und ein neues Leben zu beginnen.«

Niklas stöhnte auf und es klang wie ein Wehlaut. »Ich kann verstehen, wenn Ihnen die Sache unangenehm ist, aber ...«

»Nein, Sie können eben nicht verstehen«, sagte Paige sanft, weil sie ihn nicht schon wieder vor den Kopf stoßen wollte. »Ich will mit Jim und allem, was zwischen uns vorfiel, abschließen. Das kann ich nicht, wenn ich in seiner Nähe bleiben muss, um ein Gerichtsverfahren durchzustehen.« Dazu fehlten ihr die Kraft und das Durchhaltevermögen. Außerdem würde sie mit ihren Anschuldigungen niemals durchkommen. Jims Freundeskreis reichte von hier bis New York und schloss die gesamte Ostküste ein. Ganz zu schweigen von der Prominenz, die sich in seinem Bekanntenkreis tummelte. Dank Jims enormen finanziellen Mitteln, die er dem Erbe seiner Eltern verdankte, hatte er in den letzten Jahren vielen Menschen, so wie auch ihr und Dean, helfen können und große Wohltätigkeitsorganisationen mit Unmengen an Spendengeldern unterstützt. Jim Hendriks stand da wie ein Heiliger und hatte davor schon als geachtetes und hochgeschätztes Mitglied der guten Gesellschaft gegolten. Paige würde den Kürzeren ziehen, sollte sie versuchen, gegen ihn zu kämpfen und vermutlich alles verlieren, was ihr wichtig war und sie noch besaß. Er würde sie vernichten. In jeder Hinsicht.

Nein. Jim anzuzeigen kam nicht infrage. Ausgeschlossen. Sie musste dankbar sein für die Möglichkeit, die Niklas ihr heute Nacht bot. Flucht war die beste und einzige Option.

»Wussten Sie, dass Jim verheiratet war?«, fragte Niklas.

»Wie bitte?« Ihr wurde heiß.

»Er hat es Ihnen verschwiegen. Natürlich.«

»Warum nur wundert mich das nicht?«, murmelte sie.

»Weshalb, meinen Sie, hat er das getan?«

Weil man Geheimnisse besser für sich behält, dachte Paige und hatte keinen blassen Schimmer, woher dieser Gedanke gekommen war. Fröstelnd blickte sie sich um, bevor sie einmal kurz die Schultern hob. »Ich weiß es nicht.«

»Weil er seine Frau fast zu Tode prügelte, bevor sie sich endgültig von ihm trennte. Kathleen hatte auch nicht den Mumm, ihn anzuzeigen. Sie flüchtete, genau wie Sie es tun wollen, und Jim wird wieder damit durchkommen, einem Menschen körperliche und seelische Narben zugefügt zu haben.«

Paige atmete scharf aus, doch ehe sie etwas erwidern konnte, kam ihr Niklas zuvor. »Er wird es wieder tun, Paige. Mit der Nächsten und der Übernächsten. Sie könnten das verhindern und ich würde Sie unterstützen. Ich gebe Ihnen mein Wort. Sie wären nicht allein. Aber laufen Sie nicht davon. Bitte.«

Er appellierte an ihr Gewissen und Paige hätte seiner Bitte vermutlich nachgegeben, wenn es nur um sie gegangen wäre. Doch hier ging es nicht nur um sie. Es gab auch noch Dean und sie wusste, dass ein Kampf gegen Jim alles, was sie gewaltsam zu verdrängen versuchte, hochkommen lassen und sie bitter quälen würde. Sie würde sich mit ihrem Schmerz und den Demütigungen auseinandersetzen müssen, darüber nachdenken, darüber sprechen müssen. Sie würde weiter abrutschen. Keinen Halt mehr finden. Im Sumpf aus Dunkelheit und Scham ertrinken und es wieder nicht schaffen, für Dean eine gute Mutter zu sein.

Nein. Vielleicht schlummerten irgendwo in ihr der Wunsch und das Verlangen, Jim am Boden zu sehen, für alles, was er ihr angetan hatte, und für alles, was er war und niemals sein würde. Doch ihr Kind kam an erster Stelle. Immer und ohne Ausnahme.

»Es tut mir sehr leid«, sagte sie und Niklas schloss kurz die Augen, um sie dann betrübt, jedoch einsichtig anzusehen.

»Mir auch«, erwiderte er und strich sich das blonde Haar zurück. »Ich kann Sie nicht doch noch umstimmen?«

Stumm verneinte sie. Senkte den Blick und streichelte Dean über die Wange. Sein Atem streifte ihre Haut und sein kleines Herz schlug ruhig und gleichmäßig gegen ihre Brust, während seine dünnen Arme um ihren Hals lagen. Er hielt sich an ihr fest, im Vertrauen darauf, seine Mutter würde ihn unbeirrt vor den schlechten Dingen dieser Welt beschützen. Ja, sie traf die richtige Entscheidung. Die einzig richtige. Niklas' Blick war ihrem gefolgt und ruhte nun auf dem schlafenden Jungen.

»Vielleicht ist Flucht doch die bessere Entscheidung.«

»Gewiss, das ist sie.«

Langsam nickte er. »Darf ich Ihnen noch eine Frage stellen?«

»Natürlich.«

»Kommt Ihnen diese Frau bekannt vor?«

Er zeigte ihr ein Foto, das er aus der Innentasche seines Parkas nahm. Ein blondes, hübsches Mädchen im Alter von vielleicht zwanzig Jahren lachte ihr mit großen, blauen Augen entgegen.

»Nein«, erwiderte Paige aufrichtig, als im selben Augenblick ein Ruck durch ihren Körper fuhr und etwas in ihr aufblitzte. Das merkwürdige Gefühl war jedoch so schnell wieder verschwunden, dass sie es nicht einmal benennen konnte. »Ist es das Mädchen, nach dem Sie suchen?«

»Ja. Ihr Name ist Tia Wright.«

Paige sah sich das Bild noch einmal in aller Genauigkeit an, bevor sie sagte: »Leider muss ich Sie enttäuschen, aber ich habe diese Frau noch nie gesehen.«

Niklas atmete hörbar aus und steckte das Foto wieder weg. Er wirkte enttäuscht, lächelte jedoch, als sich ihre Blicke trafen.

»Wissen Sie schon, wo Sie mit Dean unterkommen werden?«

Ihr entkam ein Seufzer. »Nein, ich ...«

»Hier.« Niklas reichte ihr eine Visitenkarte. »Christopher McLean ist ein alter und sehr guter Bekannter. Er könnte Ihnen ... Sie kennen den Mann?«, fragte er überrascht.

Paige nickte, selbst erstaunt über diese Erkenntnis. »Ja. Ich bin mit Christopher zur Schule gegangen. Er war mir ein guter Freund. Nun lebt er in Wyoming?«

»Seit einem Jahr.«

»Das wusste ich nicht.« Sie hatte Christopher zuletzt vor zwei Jahren gesehen. Er hatte sie mehrmals besucht, als Dean wegen der Herzoperation im Krankenhaus lag. Wenige Wochen nach Deans Entlassung war der Kontakt zu ihm abgebrochen. Was gut war, denn Jim hatte kein Verständnis für Freundschaften und jegliche vehement unterbunden, was Paige mehr als ein Mal in schlimme Verlegenheit gebracht hatte.

»Christopher vermietet Zimmer an Studenten«, sagte Niklas und zog gleich darauf eine Grimasse. »Als ehemaliger Cop sollte ich mir eher die Zunge abbeißen, als Sie darauf aufmerksam zu machen, dass Christopher Ihnen neue Papiere besorgen könnte. Aber heute mache ich eine Ausnahme und hoffe, dass Sie für eine Weile untertauchen können.«

Das brachte Paige zum Lächeln. »Das klingt gut. Danke. Ich werde mich mit Christopher in Verbindung setzen.«

Sie dachte an ihre Cousine, die in Kanada lebte. Hilde und ihre Mutter waren die einzigen Verwandten, die sie noch hatte und vielleicht war es eine gute Idee, die beiden für eine Weile zu besuchen. Mit neuen Papieren, mit einer neuen Identität könnten sie ihre Spuren verwischen, denn Jim wusste nichts von Hilde und Martha. Dean und sie könnten ein neues Leben beginnen und vielleicht würden sie gerade auf diese Weise und dort oben mitten in der Wildnis, wo Hilde ein kleines Gästehaus betrieb, zur Ruhe kommen. Ja, das war eine ausgezeichnete Idee und besser, als sich allein durch die Weltgeschichte schlagen zu wollen, bis sie sicher sein konnte, dass Jim die Suche nach ihnen aufgab.

Ich werde dich niemals gehen lassen.

»Gut«, sagte Niklas in ihre Gedanken hinein und tippte auf die Rückseite der Visitenkarte, wo eine weitere Nummer vermerkt war. »Meine private Handynummer. Falls Sie Ihre Meinung ändern oder etwas brauchen, können Sie mich jederzeit anrufen. Jederzeit. Hören Sie?«

»Das ist überaus freundlich. Ich danke Ihnen.« Paige steckte die Visitenkarte in die hintere Tasche ihrer Jenas, und Niklas warf den Rucksack auf den Beifahrersitz des Range Rovers. Das Fahrzeug glich einem Monstrum. Mit den kniehohen Reifen, so schien es, konnte selbst der Mount Everest bezwungen werden und der Rammschutz an der Front des Wagens bestand aus soliden Metallstangen. Paige stellte sich ein etwas anderes Fahrzeug vor, wenn sie an Niklas Heavers dachte. Einen Sportwagen oder zumindest eine schicke Limousine, aber niemals ein so wuchtiges Auto, das einer Festung auf vier Rädern glich.

Niklas Mundwinkel zuckten, als stünden ihr die Gedanken ins Gesicht geschrieben. Galant hielt er ihr die Tür auf, damit sie Dean auf die Rückbank setzen konnte. Der Junge schlief tief und fest und wachte nicht mal auf, als sie ihn anschnallte und ihm einen Kuss auf die Stirn gab. »Morgen, wenn du aufwachst, sind wir in Sicherheit, Honey«, flüsterte sie ihm zu und schloss die Tür, um sich auf den Beifahrersitz zu setzen. Doch so weit kam sie nicht. Niklas hielt sie zurück.

»Nein. Sie fahren.« Er reichte ihr den Schlüssel und Paige starrte ihn verblüfft an. »Dachten Sie, ich würde Sie und Ihren Sohn mitten in der Nacht an der nächsten Bushaltestelle hinauswerfen?«

Niklas konnte sich das Schmunzeln nicht verkneifen und deutete hinter die Ladefläche des Range Rovers, wo sie ein Motorrad entdeckte. »Wie Sie sehen, habe ich an alles gedacht.«

»Sie schenken mir Ihr Auto?« Paige konnte es noch immer nicht fassen.

»Der Range Rover ist zwar topfit, aber nicht mehr der Jüngste und diente nur noch als Ersatzfahrzeug, also machen Sie sich bitte keine Gedanken.«

»Ich danke Ihnen vielmals, Niklas Heavers. Sie sind ein wunderbarer Mensch.« Paige nahm den Schlüssel an und gab dem Bedürfnis nach, Niklas zu umarmen. Als sie ihn losließ, bemerkte sie, dass er sich nun ebenfalls aufmerksam umsah.

Er kann es auch spüren, dachte sie und eine Gänsehaut kroch über ihre Arme. Spüren, wie unheimlich und gespenstisch dieser Ort war. Wie ausladend. Wie beunruhigend und gefährlich.

»Sie sollten keine Zeit mehr verlieren«, meinte er, ihre Gedanken aussprechend und forderte sie auf, einzusteigen. Sobald sie hinter dem Steuer saß, deutete er zum Handschuhfach. »Darin finden Sie alle nötigen Papiere. Der Wagen ist auf mich angemeldet, allerdings habe ich Ihnen eine Fahrerlaubnis ausgestellt. Falls Sie in eine Verkehrskontrolle geraten und die Erlaubnis nicht reichen sollte, Sie haben ja meine Nummer.«

Einmal mehr fehlten Paige die Worte. Niklas hatte vorausschauend geplant und an alles gedacht. Das würde sie ihm nie vergessen.

»Ich hoffe, Sie finden das Mädchen«, sagte sie und meinte jedes Wort. Es tat ihr leid, nicht in der Lage zu sein, ihm zu helfen, so wie er ihr half. Sie hätte gern mehr getan als zu sagen, dass sie das Mädchen noch nie gesehen hatte.

»Das werde ich.« Er lächelte, doch es fiel ein wenig steif aus. »Passen Sie auf sich und Dean auf, Paige Prescott.«

Mit diesen Worten warf er die Tür zu und eine bissig kalte

Ahnung fuhr Paige durch und durch. Pures Entsetzen erfasste sie, raubte ihr den Atem, noch ehe sie das Geräusch zuordnen konnte, das nach einer mit kleinen Metallstückchen gefüllten Plastikflasche klang, die zwei Mal kräftig geschüttelt wurde.

Paige blieb der Schrei im Halse stecken, da wurde Niklas bereits mit voller Wucht gegen die Fahrertür geschleudert; die Augen in Unglauben weit aufgerissen, die Unterarme und das Gesicht gegen das Glas gepresst.

Die nächsten Sekunden glichen dem Herz eines Hurrikans. Vollkommene, unnahbare Stille. Als hätte alle Energie der Welt aufgehört, zu pulsieren. Paiges Sinne waren gelähmt, ihr Körper versteinert, nicht funktionsfähig, während ihr Verstand nicht erfassen wollte, was eben geschehen war. Aus dem Augenwinkel erkannte sie eine kräftige Gestalt, die mit schnellen Schritten auf sie zukam und die Zeit mit sich zu reißen schien. Wie im Traumzustand neigte sie den Kopf und erfasste Niklas, der rückwärtstaumelte, strauchelte und aus ihrem Blickfeld verschwand.

»Mommy!«, rief Dean und rüttelte sie aus der Benommenheit.

Ihre Lebensgeister erwachten mit einem herben Schlag zum Leben, während sie sich wie aus weiter Ferne sprechen hörte.

»Halte dich fest, Dean!« Jede weitere Handlung passierte mechanisch und aus einem Antrieb heraus, den sie nicht bewusst steuerte. Sie fühlte nichts, während sie das Fahrzeug verriegelte, den Wagen startete und das Gaspedal bis zum Anschlag durchdrückte. Die Räder drehten auf dem teils gefrorenen, teils matschigen Untergrund durch, bis sie griffen und der Wagen anzog. Mit einem Surren in den Ohren und einem wild hämmernden Puls steuerte sie auf den langhaarigen Mann zu, der ein schweres Gewehr bei sich trug. Weiterlaufend hielt er auf sie zu. Und in diesem Moment erkannte sie ihn. Diego. Jims Scherge.

In ihr zersprang etwas. Bilder rasten durch ihren Kopf und übernahmen die Herrschaft über ihre Empfindungen, die wie Herbstlaub durcheinanderstoben. Sie sah das Innere des Schuppens. Roch den modrigen Geruch von vergorenem Heu, altem Holz und abgestandener Sommerluft, die ihre Haut mit Schweiß bedeckte. Erkannte sich selbst, halb bekleidet auf dem Boden liegend und Bestürzung in den Augen, während sie sich gegen den Mexikaner zur Wehr setzte, der sie mit dem Gewicht seines schweren Körpers unter sich begrub. Sie schmeckte Tränen auf den Lippen und spürte die heftige Verzweiflung und Hilflosigkeit, die sich wie ein Krebsgeschwür durch ihr Fleisch fraß. Doch plötzlich war da auch Wut. Wut darüber, was man ihr antat. Was man ihr wegnehmen wollte und weggenommen hatte. Das Recht, über sich selbst und ihren Körper zu bestimmen.

Dieser elende Bastard! Eine Wildheit flammte auf, die sie niemals zuvor gekannt hatte und gleichzeitig bemerkte sie die Verwirrung im Gesicht Diegos. Als ihm ihre Absicht bewusst wurde, blieb er stehen, hob das Gewehr und zielte.

Seine Überlegung kam zu spät. Mit einem grässlichen Rums, als rammte sie einen massiven Holzzaun, prallte der stämmige Körper gegen die Front des Range Rovers. Der Ruck, der darauf folgte, schleuderte sie nach vorn. Sofort versuchte sie, das Fahrzeug wieder unter Kontrolle zu bekommen und stieg panisch auf die Bremse. Das Heck rutschte zur Seite. Das Auto schlitterte noch ein gutes Stück weiter, und über etwas, ehe es zum Stehen kam.

Ihre Hände zitterten und es war ihr schleierhaft, wie sie es schaffte, den Schlüssel umzudrehen, und den Motor abstellte. Dann traf sie die Realität mit der Wucht einer Abrissbirne. Sie hatte eben einen Menschen überfahren. Niklas war angeschossen worden. Dean saß ebenfalls im Wagen. Jesus!

Sie stählte sich innerlich, ehe sie sich zu ihm umdrehte. Mit großen Augen sah er sie an. Kreidebleich. Aber unverletzt. Lieber Gott, danke! »Alles gut?«

Zögernd nickte er, bevor sich sein Mund öffnete. »Ja.«

»Das ist gut. Sehr, sehr gut«, sagte sie, um überhaupt etwas zu sagen, denn die alles verschlingende Selbstanklage war kaum zu ertragen. Die Erinnerung an die Stunden im Schuppen hatte ihren Verstand ausgeschaltet und davor ...

Himmel, Niklas!

»Mommy, bitte steig nicht aus dem Auto«, bat Dean und klammerte sich an seinem Plüsch-Dino fest.

Paige wurde schlecht. Sie wollte nicht aussteigen. Sie wollte den

Motor anlassen und weit wegfahren und das so schnell wie möglich. Aber Niklas ... Sie konnte ihn, nach allem, was er für Dean und sie getan hatte, nicht seinem Schicksal überlassen. Es war bitterkalt. Wenn ihn Diegos Gewehr nicht umgebracht hatte, würde es die Kälte tun. Sie war es ihm schuldig. Auch wenn es ihr alles andere als behagte, aus dem Wagen zu steigen.

Kurz schloss sie die Augen, um den Kopf freizubekommen und wieder nüchtern zu denken. Ihr schwindelte noch immer, Adrenalin schoss durch ihre Adern und das Dröhnen in ihren Ohren wollte einfach nicht leiser werden, während ihre Gedanken Schlittenfuhren. Wie viele von Jims Schergen liefen hier draußen im Wald Patrouille? Und warum hatte sie von all dem nichts gewusst? War es Zufall gewesen, dass Diego sie erwischt hatte, oder war er ihnen vom Anwesen gefolgt? Egal wie die Antworten lauteten, sie konnte Niklas nicht zurücklassen. Sie konnte es nicht mit ihrem Gewissen vereinbaren.

Sie blickte in die Nacht, musterte die Umgebung und spähte in den Wald. Nichts und niemand. Auch der Eindruck, beobachtet zu werden, hatte sich verflüchtigt. Waren sie sicher? Im Seitenspiegel erfasste sie den Mexikaner, der unter dem Auto lag. Reglos. War er tot? Oder nur bewusstlos? Der Zusammenstoß musste ihm alle Knochen gebrochen haben. Auch wenn er wieder aufwachte, wäre er bestimmt keine große Gefahr, redete sie sich ein. Ein Stück weiter neben ihm lag das Gewehr. Damit hätte sie alle Trümpfe in der Hand.

Sie beugte sich zu Dean zurück und fasste nach seinem Arm. »Ich werde nur ganz schnell nach Niklas sehen. Danach fahren wir weit weg von hier, okay?«

Er sah ein wenig gefasster aus als noch vor wenigen Minuten und nickte, nachdem er seinen Plüsch-Dino an sich gedrückt hatte. Es tut mir so leid, was du alles durchmachen musstest, dachte sie. So unendlich leid. Doch es wird alles wieder gut werden. Das verspreche ich!

»Bin sofort wieder da«, versicherte Paige, bevor sie die Türen entriegelte und sich abermals umsah. Keine Menschenseele war zu erkennen, und sie stieg aus, nicht ohne den Schlüssel an sich genommen und das Fahrzeug verschlossen zu haben. Der bewusstlose Mexikaner zu ihren Füßen sah alles andere als gut aus und atmete sehr schwach. Er blutete aus der Nase und aus dem Ohr. Der linke Arm hing schräg über dem Kopf und das rechte Bein war in einem schmerzhaft aussehenden Winkel verdreht. Sie hatte ihn voll erwischt. Obwohl es ein schreckliches Gefühl war, jemanden vorsätzlich angefahren zu haben, beruhigte sie Diegos Anblick dennoch. Er konnte ihnen nicht mehr gefährlich werden. Nicht mit diesen Verletzungen. Vorsichtig, ohne den Mann aus den Augen zu lassen, bückte sie sich, um das Gewehr an sich zu nehmen. Dann trat sie einige Schritte zurück und wurde sich plötzlich der tiefen Stille gewahr, die um sie herrschte. Als hätte sie den Wind mit diesem Gedanken aufgefordert, fuhr er durch die Bäume, wirbelte Laub auf, das raschelnd um ein paar Büsche tanzte. Unheimlich. Beklemmend. Dunkel. Paige rieb sich wärmend die Arme und horchte auf, als sie ein leises Ächzen vernahm. Niklas? Er musste einige Meter hinter dem Auto liegen. Da es ihr kein bisschen gefiel, Dean zurückzulassen, nahm sie die Beine in die Hände und rannte zu der Stelle, wo sie ihn vermutete. Ihre Knie fühlten sich wie Gummi an und sie verfluchte jeden Meter, der sie weiter weg von ihrem Kind führte.

Endlich fand sie ihn. Die Augen weit geöffnet und gen Himmel gerichtet, das Gesicht in stummem Schmerz verzerrt, die Lippen wächsern, lag Niklas auf dem kalten, kahlen Erdboden. Unter ihm hatte sich eine dunkle Lache ausgebreitet, die durch die leichte Hanglage langsam auf ihre Turnschuhe zufloss. Ihre Brust zog sich zusammen und für einen schrecklichen Moment glaubte sie, keine Luft mehr zu bekommen. Vor Bestürzung entkam ihr ein Schluchzer. Trotz der traurigen Gewissheit hockte sie sich neben Niklas und legte zwei Finger an seine Halsschlagader.

Er war tot. Ihretwegen. Jims wegen. Etwas in ihr brach. Zersplitterte. Fiel von ihr ab und wurde vom Wind fortgetragen. Sie schloss die Augen und dachte an all die schrecklichen, demütigenden und qualvollen Stunden zurück, die sie in den letzten zwei Jahren erlebt hatte. Als sie heute Nacht geflüchtet war, dachte sie, es sei vorbei. Doch es würde niemals vorbei sein. Nicht in diesem

Leben.

»Es tut mir so leid«, flüsterte sie und meinte damit Niklas, ihr Kind und sich selbst. Langsam erhob sie sich und lief zu Dean zurück. Dabei fühlte sie sich um Jahre gealtert. Ausgelaugt, traurig und erschöpft. Morgen, sagte sie sich, als der Kummer immer stärker an ihrem Bewusstsein rüttelte, morgen würde sie sich damit auseinandersetzen. Nicht heute. Nicht jetzt. Es tat viel zu weh.

Sie sperrte den Wagen auf und wollte einsteigen, als ein rasselndes Keuchen sie innehalten ließ. Der Mexikaner war wach, bemühte sich nach Leibeskräften, unter dem Range Rover hervorzukommen. Doch er war zu geschwächt, um seine Position zu verändern. Sobald er bemerkte, dass sie neben ihm stand, hob er leicht den Kopf und sah sie aus blutunterlaufenen Augen durchdringend an. In seiner Miene lagen Empörung, Schmerz und Zorn.

»Er wird dich jagen ...«, krächzte er kaum hörbar. »Er wird dich finden. Er wird dir dein Kind wegnehmen und dann wird er dich töten.«

Blut rann aus seinem Mundwinkel und er hustete, dann schlossen sich seine Lider und sein Kopf fiel zur Seite. Paige sah den Toten an und wartete darauf, so etwas wie Entsetzen, Abscheu oder Betroffenheit zu fühlen. Aber sie fühlte nichts. Nichts außer Kälte und Traurigkeit über Niklas' Tod. Ohne Hast legte sie das Gewehr auf den Fahrersitz, dann griff sie nach den Füßen des Mexikaners und zog ihn unter dem Auto hervor. Kurz darauf hatte sie den Motor angelassen und durchquerte das Waldstück. Als sie die Hauptstraße erreichte und sich in den Verkehr eingereiht hatte, konnte sie die Tränen nicht mehr zurückhalten.

4. Kapitel

Mittwoch, 6. November, Illinois

»Hast du was gefunden?«

Will lehnte am offenen Zugang, der zum hintersten Kellerraum der Sommerresidenz des Herzchirurgen führte, und erwartete offenbar Josys Urteil.

»Nein, nichts. Aber ich weiß inzwischen, dass ich dieses Haus hasse«, erwiderte sie und tastete mit behandschuhten Händen weiter das feste Mauerwerk des Gewölbes auf Ungereimtheiten ab. Eine Halogenlampe, die sie in der rechten Ecke zu ihr aufgebaut hatte, erhellte den fensterlosen Raum, der außer ein paar brüchigen Holzregalen leer war und mit dem Lehmboden und den vielen Spinnen ziemlich ungemütlich wirkte. Wie auch der Rest des Hauses. Schon als sie es am Nachmittag betreten hatte, spürte sie eine ungeheure Abneigung dagegen, was gewiss nicht von Vorurteilen dem Besitzer gegenüber herrührte. Sie war lange genug Cop, um Mutmaßungen oder Hypothesen nicht in ihr Denken und Fühlen einfließen zu lassen. Aber dieses Haus ... Es besaß etwas Dunkles. Anders konnte sie es nicht beschreiben.

Um ihre Gabe, in den Geist von Menschen einzudringen, nutzen zu können, musste sie die jeweilige Aura aufgenommen haben, die sich wie ein Geflecht aus Emotionen äußerste, und sie erkannte Farbreflexe, sobald sie ihr Bewusstsein erweiterte und auf die Reise in ein anderes schickte. Diese Farben ermöglichten ihr erste Eindrücke über den Seelenzustand des Menschen. Negative Suggestionen gaben dunkle Töne her. Positive, helle.

Aber das hier ... Dieses Dunkel, das ihr einen Schauder nach dem anderen über den Rücken trieb, war anders und das Problem war, es keinem Menschen zuordnen und daher nicht genau bestimmen zu können. Was sie spürte, hatte gewiss nichts mit Traurigkeit oder Kummer zu tun, was ebenfalls dunkel anmuten würde, sondern mit Zerstörung und Verderben. Und nun suchte sie seit Stunden verbissen nach etwas, das ihr das unwohle Gefühl belegen oder vielleicht als Beweis für Jim Hendriks Schuld herhalten konnte. Bisher war die Suche leider erfolglos geblieben und inzwischen rannte ihr die Zeit davon.

Ray, der ihnen seit dem frühen Nachmittag half, das Haus auf den Kopf zu stellen, hatte ihnen einen Durchsuchungsbefehl und ein Zeitfenster von einem Tag besorgt, damit sie in Ruhe jeden Winkel des Anwesens durchforsten konnten. Und zwar bevor eine Sonderkommission anrückte und womöglich wertvolle Beweise, die auf paranormaler Ebene zu finden waren, zunichtemachte. Indes war die Fahndung nach Jim Hendriks auf Hochtouren gelaufen. Vor vier Stunden informierte man sie, dass der Herzchirurg am Airport von Painsville festgenommen und in Illinois in Untersuchungshaft genommen worden war. Was bedeutete, dass der Staatsanwalt, der Ray den Weg freigeräumt hatte, die Sonderkommission nicht mehr lange zurückhalten konnte. Josy hatte gehofft, dass um diese unchristliche Zeit keiner der Jungs mehr freiwillig ausrückte, aber da es sich hier um den Mord an der Tochter eines Abgeordneten handelte, wurde von allen Seiten Druck gemacht. Was die Chancen, dass sich ausschließlich das *Team Zero* mit dem Fall beschäftigen konnte, denkbar minimierte. Es war bereits zu viel Wirbel um den Tod von Tia Wright gemacht worden, was letztendlich zu einem großen Problem werden und die Ermittlungen beträchtlich behindern konnte.

»Ray telefoniert mit dem Staatsanwalt«, informierte Will und trat neben sie. »Wenn wir Glück haben, können wir noch heute Nacht mit Hendriks sprechen. Es wird Zeit, hier abzubrechen, Josy.«

Mit einem Seufzer ließ sie die Arme sinken und zog die Handschuhe aus. »Ich bin sicher, ein Detail übersehen zu haben«, sagte sie. »Hier stimmt etwas nicht, und inzwischen würde ich meinen Arsch darauf verwetten, dass Tia Wright in diesem Haus gefangen gehalten worden ist. Die ganzen sechs Monate seit ihrem Verschwinden.«

Nur beweisen musste sie es noch, was angesichts der momentanen Sachlage ziemlich schwierig werden könnte. Die Spurensuche hatte eine Blutspur gefunden und so unglaublich es nach dem endgültigen Obduktionsbefund auch klang, aber das Mädchen war in fast zu Tode gefoltertem Zustand auf dem Bauch liegend über

500 Meter querfeldein gerobbt, bis sie in dem kleinen Waldstück die Kraft verlassen hatte. Die Spur begann jedoch erst 50 Meter südlich des Hauseinganges. Das war der Knackpunkt an der vertrackten Sache. Entweder es hatte jemand äußerst gründlich sauber gemacht, nachdem das Mädchen irgendwie hatte flüchten können – was sie vor das nächste Rätsel stellte: Wie konnte man Blut von gefrorenem Rasen kratzen? – oder das Mädchen war dort abgeladen worden. Was sie so gut wie ausschloss. Warum war es dann nicht auf das Haus zugekrochen, sondern in die entgegengesetzte Richtung mitten in den eisigen Tod? Das war nicht nachvollziehbar. Selbst wenn man entgegenhielt, dass sich das Mädchen bereits im Delirium befunden haben musste und nicht mehr richtig hatte denken können – Bullshit. Der Überlebenstrieb erlosch erst mit dem letzten Atemzug und bis dahin hätte sie instinktiv gehandelt und versucht, sich zu retten.

Nein, sie war geflüchtet. Vor diesem Haus und dessen Besitzer. Josy hatte noch nicht zu Ende gedacht, da lief ihr zum gefühlt tausendsten Mal ein Schauder über den Rücken. Verdammt, es war einfach zu unheimlich hier und sie war bei Gott kein Schisser.

»Du spürst etwas, nicht wahr?«

»Ja.« Josy gestikulierte, als würde sie eine handfeste Erklärung für ihre Gefühle und Gedanken herbeizaubern können. »Ich kann dir nicht mal genau beschreiben, was ich fühle, aber es bedeutet ganz und gar nichts Gutes. Es ist beängstigend und beunruhigend und es ist hier überall. In jedem Zimmer, in den Wänden – einfach überall.«

Will runzelte die Stirn und nickte. Er stellte ihre Aussagen und Vermutungen, auch wenn sie auf den ersten Blick noch so absurd erschienen, nie infrage, sondern vertraute darauf, dass ihr Gespür sie in die richtige Richtung führen würde. Für dieses Vertrauen war sie ihm unheimlich dankbar, denn es ermöglichte ihr, voll und ganz in ihrer Arbeit aufzugehen.

»Wir haben ein Problem, Leute«, schallte Rays Stimme durch den Raum und der blonde Hüne musste den Kopf einziehen, um durch den metallenen Türrahmen zu passen. Der Blick aus moosgrünen Augen, in denen sie sonst so gut wie nie lesen konnte, entlockte ihr ein Aufstöhnen. »Was ist es denn dieses Mal, hm?«

»Hendriks hat einen ziemlich guten Anwalt und ein Alibi für die zwölf Stunden, die den Todeszeitpunkt abstecken. Die Verletzungen des Mädchens waren zu frisch, um eine andere Vermutung zuzulassen.«

»Gibt's nicht.«

»Ich fürchte doch.«

»Scheiße.«

»Dito.«

Will fuhr sich unwirsch durchs Haar und Josy stemmte die Hände in die Hüften. »Ray, der Typ hat was mit Tia Wrights Verschwinden und auch mit ihrem Tod zu tun. Ich kann es nicht beweisen, aber ...«

»Du hast es im Gespür«, beendete Ray den Satz für sie mit einem Gleichmut in der Stimme, der Spott gleichkam. Josy kannte ihn besser und deutete Zustimmung. »Damit liegst du ziemlich gut«, führte das Genie des Teams weiter aus. »Ich habe soeben mit Miller telefoniert. Hendriks Name taucht in fünf weiteren Vermisstenfällen auf – zwei haben es bis zur Anklage geschafft und wurden mangels Beweisen wieder fallen gelassen. Alles Frauen im Alter von neunzehn bis fünfundzwanzig, die kurz vor ihrem Verschwinden mit Jim Hendriks gesehen wurden.«

»Das wird ja immer besser«, murrte Josy.

»Hat man eines der Mädchen inzwischen gefunden?«, wollte Will wissen.

Ray verneinte. »Der erste der fünf Vermisstenfälle wurde vor fünf Jahren angezeigt. Der letzte vor drei Monaten.«

»Die Dunkelziffer?« Will verschränkte die Arme.

»Liegt mit einer neunzigprozentigen Wahrscheinlichkeit bei der doppelten Zahl.«

»Da hol mich doch der ...« Josy biss sich auf die Zunge und erinnerte sich, wo sie sich befanden. Die Hölle konnte sich nicht hässlicher anfühlen.

»Wurde das Alibi bereits überprüft und bestätigt?« Sie klammerte sich an jeden Strohhalm. Alles war besser als dieses elende Nichts.

»Ja. Er hat in Ohio eine zwanzigstündige Operation geleitet.«

Josy schloss die Augen. Wie war das möglich? Und wenn das Mädchen doch zum Sterben zurückgelassen worden war? Vor Tagen bereits? Sie hatte es bis in dieses Waldstück geschafft. Welche Kräfte konnten erwachen, wenn es um das eigene Überleben ging? Übermenschliche? Sie wollte Rays Einschätzung hören, deshalb fragte sie ihn.

»Die Operation musste vorbereitet werden. Hendriks nahm alle Untersuchungen an seinem Patienten selbst vor. Wenn man dies alles bedenkt, muss das Mädchen mindestens fünf Tage mit den Verletzungen überlebt haben, damit Hendriks als Täter infrage kommt und zwischen Ohio und Illinois hin- und herpendeln konnte«, erörterte Ray sachlich und Josy stieß Luft durch die Nase.

Verletzungen. Die Untertreibung des Jahrtausends. So gut wie jeder Knochen war zu Brei geschlagen worden. Ihr Körper war eine mit Haut überzogene Masse. Viele Körperteile wie Finger und Zehen fehlten und dann das riesige Loch in ihrem Schädel ... verdammter Mist, das sprach alles gegen ihre These, Hendriks hätte es getan.

»Ausschließen würde ich es dennoch nicht«, meinte Ray nachdenklich. »Aber vor einem Gericht wird diese Möglichkeit nicht standhalten können. Womöglich wird sie nicht mal in Betracht gezogen.«

Scheiß Bürokratie! »Sie lassen ihn also wieder laufen.«

»Der Rechtsanwalt hat einen Antrag auf Kaution gestellt, um seinen Mandanten während der weiteren Untersuchungen freizubekommen. Der Staatsanwalt wird aufgrund der schwachen Beweislage genehmigen. Fragt sich, wie lange Hendriks braucht, um eine halbe Million Dollar aufzutreiben.«

»Keine zwei Stunden womöglich«, schätzte Will.

»Vermutlich nicht, nein.«

»Dann haben wir nicht mehr lange Zeit, um uns den Kerl anzusehen«, sagte Will. »Lasst uns aufbrechen.«

5. Kapitel

Mittwoch, 6. November, Indiana

Als sich die ersten Sonnenstrahlen anschickten, durch die dichte Wolkendecke zu dringen, hatten sie Ohio bereits hinter sich gelassen und fuhren über den Freeway durch Indiana. Paige hielt das Lenkrad fest in den Händen und summte leise zur Melodie des Beatle Songs *All You Need Is Love*, um die Müdigkeit in Schach und ihre Konzentration aufrecht zu halten. An der letzten Tankstelle hatte sie sich mit ausreichend Süßem und Kaffee versorgt, der langsam Wirkung zeigte. Gott sei Dank, denn einen längeren Halt konnte sie sich nicht leisten. Sie wollte so viel Abstand wie möglich zwischen sich, Jim und ihre Vergangenheit bringen. Was bedeutete, dass noch mindestens acht Stunden Fahrt vor ihnen lagen, bevor sie guten Gewissens aus dem Auto steigen konnte. In Illionis würde sie nach einem Motel Ausschau halten.

Dean schlief immer noch. Eingekuschelt in eine saubere Wolldecke, die sie beim letzten Zwischenstopp im Kofferraum gefunden hatte und mit ihrem Parka, den sie kurzerhand zum Kissen umfunktionierte, lag er leise atmend auf der Rückbank; seine Beine angezogen und seinen Plüsch-Dino fest an sich gedrückt, als befürchtete er selbst im Schlaf, jemand könnte ihm sein liebstes Stück wegnehmen.

Zärtlich dachte Paige daran zurück, was Dean ihr vor einiger Zeit über sein Kuscheltier erzählt hatte. Er war felsenfest davon überzeugt, es besäße Superkräfte, konnte all die schlechten Träume und Ängste von ihm abwenden und würde ihn beschützen.

Manchmal wünschte sie, die Welt aus Kinderaugen betrachten zu können und wieder die Fähigkeit zu besitzen, an die Macht eines Kuscheltiers zu glauben. Oftmals reichte der Glaube bereits aus, um sich besser zu fühlen. Egal ob man schlechte Träume abwenden oder Gedanken und Emotionen vertreiben wollte.

Paige seufzte tief und sah durch die Windschutzscheibe hinauf in das wolkige Grau, in der Hoffnung, ein kleines Stück Himmel zu entdecken. Doch alles, was sie sah, wirkte so trübsinnig, wie sie sich fühlte. Seit Stunden hoffte sie auf Erleichterung. Darauf, die Schemen letzter Nacht und all die fürchterlichen Eindrücke mochten verblassen, wie es sonst auch passierte, wenn Stunden voller Höllenqualen hinter ihr lagen. Doch heute war es anders. Ihr war, als wäre die kleine, heilende Flamme in ihrem Inneren erloschen, die den Schmerz und den Kummer sonst stets erträglicher machte. Sie konnte diesen Teil ihres Empfindens nicht in sich vergraben, um ihn zu verdrängen. Er quälte sie wie ein hässlicher Splitter, der tief in ihrem Fleisch steckte, wo sie nicht hinkam, um ihn hinauszuziehen. Vielleicht war ihr noch immer ganz elend, weil die Geschehnisse auch einen anderen betrafen und nicht nur sie.

Dabei hatte sie Niklas Heavers nicht mal richtig gekannt. Sie wusste nicht, ob er Familie besaß. Eine liebende Frau vielleicht und Kinder, die darauf warteten, dass ihr Daddy nach einem langen Arbeitstag nach Hause kam. Es war auch nicht wichtig, wie gut sie ihn kannte. Die Schulgefühle über seinen Tod waren dennoch niederschmetternd. Hätte er ihnen nicht geholfen, wäre er nicht gestorben. Nein, verbesserte sie sich, er wäre nicht getötet worden. Die Härchen auf ihren Unterarmen sträubten sich und Paige schauderte. Sie drehte die Heizung ein Stückchen höher, aber es half alles nichts. Das Schlimmste war, dass sie nicht wusste, was sie tun sollte. Wie sie helfen konnte. Wie sie wiedergutmachen sollte, dass ein Mensch sein Leben verloren hatte. Ihretwegen.

Eine Telefonzelle aufzusuchen, um die Polizei zu verständigen, kam nicht infrage, wenn sie wollte, dass ihr Aufenthaltsort nicht ermittelt werden konnte. Sobald Jim herausfand, dass sie geflüchtet war – was spätestens geschah, wenn sie mit Dean nicht zum Frühstück erschien – würde er sie als vermisst melden. Er würde mit seinen Freunden bei den Behörden in Kontakt treten, die sofort begannen, nach Dean und ihr zu suchen – und zwar dort, wo der Anruf getätigt worden war.

Niklas' private Nummer zu wählen, wagte sie ebenso nicht. Was, wenn man seine Leiche bereits gefunden hatte? Trug er sein Handy bei sich, konnte man den Anruf ebenfalls zurückverfolgen und eine andere Nummer hatte er ihr nicht gegeben. Egal wie sie es drehte oder wendete, ihr blieb nicht mehr zu tun, als ihn und seine Familie in ihre Gebete einzuschließen und zu hoffen, sie würden den Schicksalsschlag überwinden.

Was für ein furchtbares Chaos! Statt traurig zu sein, sollte sie sich an einem Tag wie diesem erleichtert und erlöst fühlen. Sie waren Jim entkommen, konnten ein neues Leben beginnen, waren frei. Und dennoch spürte sie diese Freiheit weder in ihrem Kopf noch in ihrem Herzen.

Auch die Zuversicht, Jim würde ihre Flucht als gegeben betrachten, schwand, je länger sie darüber nachdachte. Auch wenn man es dem zuvorkommenden, intelligenten Mann aus gutem Hause nicht ansah, hinter seiner sorgfältig zurechtgelegten Fassade verbarg sich das Wesen eines Psychopathen und sie hatte es in vielerlei Hinsicht kennengelernt. Jims Antriebe entsprangen böswilliger Natur, waren völlig unverständlich und unvorhersehbar. Würde sie sich für den Rest ihres Lebens vor ihm verstecken müssen?

Ich werde dich niemals gehen lassen.

Als ihr die gehässigen Worte und das selbstsichere Funkeln in seinen Augen wieder in den Sinn kamen, fröstelte sie. *Er wird dich jagen. Er wird dich finden. Er wird dir dein Kind wegnehmen und dann wird er dich ...*

»Sind wir schon in Indiana?«

Eine hellwache Stimme riss sie aus den beängstigenden Grübeleien, die sie rasch und soweit wie möglich von sich schob. Sie blickte in den Rückspiegel. Deans brünettes Haar, das dringend einen neuen Schnitt benötigte, stand zu Berge und auf seiner Wange zeichnete sich der Abdruck des improvisierten Kissens ab. Unter langen Wimpern und aus leuchtend blauen Augen himmelte er sie an. Die Liebe, die ihr entgegenstrahlte, tat gut.

Nein, sie würde sich nicht unterkriegen lassen, und wenn das bedeutete, sich mit Dean bis in alle Ewigkeit verstecken zu müssen, dann würde sie eben genau das tun. Mit neuen Papieren und neuer Identität hoch oben im Norden Kanadas konnte sie es schaffen, Jim endgültig aus ihrem Leben zu verbannen und endlich die Freiheit genießen, nach der sie sich seit Jahren sehnte.

»Ja, Schatz, wir fahren durch Indiana«, gab sie zur Antwort, als sich ein neugieriger Dean bereits die Nase an der Fensterscheibe platt drückte, um die traumhafte Landschaft zu bestaunen. Vor seinen Augen erstreckte sich ein farbenfrohes Idyll aus herbstlichen Wäldern, tiefblauen Seen, klaren Flüssen und hoch emporragenden Bergen, die zum Wandern einluden und dem Kleinen ein erstauntes »Wow« entlockten. Paige lächelte. In Kanada war die Landschaft noch beeindruckender, und wenn sie recht überlegte, freute sie sich schon auf das Abenteuer, das sie dort erwartete. Es eröffnete unendlich viele Möglichkeiten. Während der Junge einen Kindergarten besuchte und neue Freunde kennenlernte, könnte sie wieder anfangen zu malen und nebenher in einem Supermarkt jobben oder als Hausmädchen in Hildes Motel arbeiten. Diese Aussichten waren ermutigend. Vielleicht würde sich der Traum, ein kleines Häuschen mit dem symbolisch weißen Zaun zu besitzen, doch noch erfüllen. Irgendwann. Sie besaß Geduld und nun ausreichend Zeit und Energie, sich für die Umsetzung dieses Wunsches aufzuopfern.

»Hast du gut geschlafen, Honey?«

Dean riss sich vom Fenster los und grinste sie fröhlich an, was seine Zahnlücke zum Vorschein brachte. »Hab ich. Und du erratest nie, wovon ich geträumt hab.«

Er wirkte so aufgeweckt und gut gelaunt, dass er Paige ansteckte und gleichzeitig nahm er ihr eine große Last von den Schultern. Sie hatte befürchtet, die nächtlichen Ereignisse könnten ihn übel mitgenommen und Spuren hinterlassen haben. Zu ihrer Erleichterung schien es, als hätte er bereits vergessen. Wieder wünschte sie, die Welt aus Kindesaugen betrachten zu können.

»Ich habe vom Meer geträumt!«, rief Dean aus und gestikulierte mit den Händen. »Es war richtig schön dort. Die Sonne schien auf ganz blaues Wasser. Da gab es hohe Wellen und Fische und Surfer und viel, viel Eiscreme und der Strand war blitzeweiß. Bitte Mommy, können wir zum Meer fahren?«

Paige musste über seine Begeisterung schmunzeln, die in diesem Ausmaß wohl nur ein Kind an den Tag legen konnte. »Ich muss dich leider enttäuschen, mein Schatz. Wir fahren nach Wyoming und besuchen dort einen alten Freund. Ist es okay, wenn wir ein anderes Mal ans Meer fahren? Im Sommer zum Beispiel, wenn es schön warm ist?«

Dean überlegte und schlussfolgerte scheinbar, dass der Sommer eher in Betracht kam als der Herbst. »Okay, dann eben im Sommer. Aber dann ganz bestimmt.«

»Dann ganz bestimmt«, versprach sie. »Hast du Hunger?« Sie griff in den Rucksack, der auf dem Beifahrersitz lag, und reichte ihm eine Tüte Apfelsaft und ein Sandwich mit Hühnchen, das sie an der Tankstelle besorgt hatte. Genüsslich kaute er sein Frühstück und sah aus dem Fenster, während Paige den Nachrichten lauschte und an ihrem inzwischen lauwarmen Kaffee nippte. Als sie vernahm, dass es ab kommender Nacht schneien würde, zog sie die Nase kraus. Schnee würde sie in ihrem Zeitplan zurückwerfen. Auch wenn Dean es bestimmt ganz toll fände, wenn der Winter Einzug hielt, wäre ihr lieber, das Wetter würde noch mindestens ein paar Tage anhalten. Zumindest, bis sie Wyoming und damit Christopher erreichten, den sie noch immer nicht kontaktiert hatte. Sie wollte abwarten, weil sie nicht wusste, wie lange sie noch unterwegs waren. Das Gleiche galt für ihre Cousine. Außerdem konnte sie so vermeiden, dass Hilde sich Sorgen machte. Was sie gewiss tun würde, sobald sie erfuhr, dass Paige allein mit Dean eine so weite Strecke zurücklegen wollte.

»Mommy?«

»Ja?« Im Rückspiegel erkannte sie, wie Dean seinen Plüsch-Dino von einer Hand in die andere reichte und an dessen Fell zupfte. Etwas behagte ihm nicht.

»Wenn wir in Wyoming waren, werden wir wieder zurück zu Jim fahren?«

Er sah sie noch immer nicht an, als fürchtete er sich vor dem, was er in ihrem Gesicht finden könnte. Sie umklammerte das Lenkrad fester. »Nein, mein Schatz, wir werden nicht wieder dorthin zurückfahren. Nie, nie wieder.«

Er nickte nachdenklich. Endlich sah er auf und sie begegnete seinem Blick im Spiegel, der ihr alles andere als behagte. »Versprichst du mir etwas, Mommy?«

»Natürlich. Was denn?«

»Bitte lass mich nie allein.« Sein Flüstern schnürte ihr die Kehle zu, dennoch hielt sie den Blickkontakt aufrecht. »Niemals, Dean. Ich werde dich niemals allein lassen.«

»Versprich es.«

»Ich verspreche es.«

Er schaute sie lange aus leuchtend blauen Augen an und ihr entging das kurze Aufblitzen von Unsicherheit nicht, was ihr einen Stich versetzte. So kannte sie Dean nicht. Er vertraute ihr. Immer. Scheinbar war doch zu viel vorgefallen, als dass er es so einfach wegstecken konnte. Sie sollte versuchen, ihn abzulenken. Was im Übrigen auch ihr nicht schaden würde. Als sie beschloss, einen kurzen Halt einzulegen, entdeckte sie ein Schild mit der Aufschrift Billys Truck Stop, das auf einen Schotterparkplatz zeigte. Darauf thronte ein Diner. Perfekt.

Paige setzte den Blinker und parkte neben zwei Harleys, dann drehte sie sich zu Dean um. »Zeit für unsere Morgentoilette, und danach lade ich dich auf eine heiße Schokolade ein. Na, wie klingt das?«

Deans Zweifel schienen mit einem Mal wie weggewischt und er strahlte bis über beide Ohren. »Das klingt super. Bekomm ich auch Pfannkuchen?«

6. Kapitel

Freitag, 8. November, Nebraska

Gegen die leise Befürchtung, Jim oder einer seiner Schergen könnte plötzlich ihren Weg kreuzen und sie nach Ohio zurückverfrachten, verstrichen die nächsten zwei Tage ohne große Vorkommnisse. Der Schnee war ausgeblieben und sie kamen gut voran. Niemand verfolgte sie, niemand überwachte sie, niemand kontrollierte sie. Paige fühlte sich unabhängig wie schon lange nicht mehr und die Schatten in ihrem Inneren lichteten sich mit jeder Meile, die sie sich aus Jims Reichweite entfernten.

Pausen machten sie nur, wenn es wirklich nötig war. In Illinois waren sie in einem günstigen Motelzimmer untergekommen und hatten sich ordentlich ausgeschlafen. Inzwischen saß Paige wieder seit über zwanzig Stunden hinter dem Steuer und sie spürte Müdigkeit, die sie auch mit viel Kaffee und Süßkram nicht mehr besiegen konnte. Vermutlich war sie bereits resistent gegen jegliche Aufputschmittel. Sie gähnte und ihre Augen begannen zu tränen, was ihre Sicht verschwimmen ließ, die bei der Dunkelheit ohnehin nicht die beste war. Wenn sie vermeiden wollte, den Wagen im nächsten Straßengraben zu versenken, musste sie den geplanten Halt früher ansetzen. Die geschätzten vier Stunden, die ihr bis Wyoming und dank der spiegelglatten Straßen noch fehlten, konnte sie in diesem Zustand nicht mehr zurücklegen. Sie brauchte Schlaf, dringend, also entschied sie, beim nächstbesten Motel anzuhalten.

Erfreulicherweise musste sie nicht lange nach einer Bleibe suchen. Als sie die Ortstafel einer kleinen Stadt namens Crawford passierte, kündigte ein schiefhängendes Schild eine Pension an, die direkt an der Hauptstraße gelegen sein sollte. Genauso war es auch. Paige bog in den Innenhof einer ehemaligen Schlächterei und rümpfte erst mal die Nase, als sie sich über den Zustand des Motels im Klaren wurde.

Der Anblick dessen, was hierzulande wohl nicht mal mehr als Blockhütte durchgehen würde, umringt von Gestrüpp und Alteisen, das achtlos in den Vorgarten geworfen worden war, trübte ein wenig ihre Freude. Auf dem Parkplatz stand ein ausgeschlachteter Pick-up, der so elend aussah, dass sie befürchten musste, der Rost könnte auf den Range Rover überspringen, wenn sie daneben parkte. Das große Einfahrtstor der Schlächterei war mit Graffiti besprüht und ein uraltes Motorrad lehnte gegen das marode aussehende Geländer der Motelveranda, über dessen Eingang eine flackernde Lampe Licht spendete.

Paige murrte vor sich hin, nachdem sie angehalten und den Motor abgestellt hatte. Die Häuser an der Durchfahrtsstraße waren ihr um einiges hübscher und anheimelnder erschienen, jedoch war das hier die einzige Pension gewesen, die sie gesehen und die noch dazu geöffnet hatte, was das Schild über der Tür belegte. In ihrer Situation konnte sie außerdem nicht allzu wählerisch sein, also zuckte sie halbherzig mit den Schultern, zog den Schlüssel ab und stieg aus.

»Wow«, rief Dean begeistert, schlug die Autotür zu und eilte wie der Blitz zur Veranda. »Das ist genau so ein Motorrad, wie das von Johns Bruder Mitch.«

»Ach ja?«, fragte Paige und nahm den Rucksack an sich, bevor sie den Wagen versperrte. John hatte dieselbe Spielgruppe besucht wie Dean und sein älterer Bruder besaß tatsächlich ein Motorrad. Drei Mal die Woche holte er John damit ab und die Kinder durften sich das Motorrad ansehen. Etwas, das kleine Jungs um vier Nummern größer machte und in hellstes Entzücken versetzte.

»Ja«, strahlte Dean, der in die Hocke gegangen war. »Schau doch mal genau hin, Mommy. Fällt dir die Ähnlichkeit denn nicht auf?«

»Jetzt, wo du es sagst«, erwiderte Paige lächelnd und betrachtete Dean, der sich das alte Ding ansah, als wollte er sich jedes Detail einprägen, um sich später selbst so eines zu bauen.

»Komm, Honey, du kannst dir das Motorrad morgen genauer ansehen. Ich bin müde.« Wie zur Bestätigung musste sie gähnen. Dean richtete sich wieder auf und warf einen Blick auf das Motel. »Cool, ein Spukschloss«, brachte er auf den Punkt, was sie dachte. »Werden wir heute Nacht hier schlafen?«

»Sieht ganz so aus.«

Der nächstgrößere Ort auf der Landkarte lag gut eine Stunde entfernt, und wenn sie nicht im Auto schlafen wollte, würde ihr nichts anderes übrig bleiben, als sich hier ein Zimmer zu nehmen. Die Veranda war im Gegensatz zum Vorgarten relativ sauber und auch die Fenster sahen aus, als würde jemand regelmäßig putzen. Wenn die Zimmer ebenfalls gepflegt und in annehmbaren Zustand waren, war ihr der Rest, vor allem der Parkplatz und der Garten, relativ egal.

Sie schulterte den Rucksack und nahm Dean bei der Hand, dann schritten sie über das knarrende Holz der Veranda auf die Eingangstür zu. Paige zog das Fliegengitter auf, klopfte und öffnete gleich darauf die Tür, die nur angelehnt war. Dunkles Kirschholz, dicke rote Teppiche und ein hübscher Kronleuchter, der jedoch bestimmt älter war als Paige und Dean zusammen, gaben dem Raum ein bisschen etwas von einem alten Theater. Es roch jedoch keineswegs muffig oder abgelebt, sondern nach frisch gewaschener Wäsche und ein wenig nach Wandfarbe, was den renovierten Eindruck erklärte. Gott sei Dank, dachte Paige mehr als erleichtert. Eine Nacht würden sie sich hier bestimmt wohlfühlen.

Die kleine Klingel, die auf dem Tresen stand, gab ein helles Geräusch von sich. Kurz darauf wurde der rote Vorhang zur Seite geschoben, der den Empfang von einem Hinterzimmer trennte und eine junge Frau Anfang zwanzig mit pechschwarzen Rastazöpfen und ebenso dunkler Kleidung trat heraus. Ihr Gesicht war so weiß wie die frisch gestrichenen Wände, einzig der knallrote Lippenstift sorgte für ein wenig Abwechslung. Ein Piercing zierte ihre rechte Augenbraue und eins den linken Nasenflügel und sie kaute auf ekelhafte Weise einen Kaugummi. Paige steckte die Hand in die Hosentasche, um nicht in Versuchung zu geraten, das Mädchen zu bitten, den Kaugummi auszuspucken.

»Guten Abend«, sagte Paige stattdessen und schenkte Mel, so stand es auf dem kleinen Schild, das an der Bluse des Teenagers hing, ein freundliches Lächeln. Es fand keine Erwiderung und auch sonst tat sich außer den Kaubewegungen nicht viel in Mels Gesicht.

»Hey«, kam es gelangweilt zurück. »Kann ich helfen?«

»Ja. Ich möchte für meinen Sohn und mich ein Zimmer mieten. Für eine Nacht.«

Mel betrachtete Paige ausgiebig, dann beugte sie sich über den Tresen und sah Dean an, bevor sie den Kalender zur Hand nahm, und eine Weile darin hin und her blätterte. »Sorry, nichts frei.« Der Kaugummi wanderte von einer Backe in die andere, ehe Paige begriff, was gesagt worden war.

»Kein einziges Zimmer?« Erstaunt besah sie sich das grüne Board an der hinteren Wand, auf dem mehrere Schlüssel hingen. Im Grunde so gut wie alle, bis auf zwei.

»Wir vermieten nur für mindestens eine Woche. Nicht nächteweise«, sagte Mel, die ihrem Blick gefolgt war, dann schob sie sich in Paiges Sichtfeld und somit vor das Schlüsselbrett.

»Dann zahle ich eben das Doppelte«, flutschte es aus Paige heraus, ehe sie sich zurückhalten konnte. Sie war hundemüde und so viel konnten zwei Nächte in diesem Motel nicht kosten, dass es ein Riesenloch in ihr Budget riss.

»Das geht nicht, sorry. Außerdem müssen Sie einen Tag vorher reservieren, damit eines der Zimmer vorbereitet werden kann.«

»Wie? Ist nun eines frei und nur nicht vorbereitet oder sind alle belegt?«

»Für heute Nacht sind alle belegt.«

Mel log. Aber warum? Vielleicht war sie diejenige, die die Betten überziehen musste. So motiviert, wie die junge Frau aussah, wollte sie nur vermeiden, nach oben zu gehen und sich an die Arbeit zu machen. Na toll. Paige seufzte und Mel lehnte sich gegen den Tresen.

»Wenn ich Ihnen einen Tipp geben darf, Lady. Diese Gegend ist kein Ort für Leute wie Sie. Aber wenn Sie unbedingt ein Zimmer brauchen, vorn an der Ecke bei Tonis Laden sind zwei Zimmer frei. Toni vermietet auch nächteweise.«

Diese Gegend ist kein Ort für Leute wie sie ... Was glaubte Mel denn, wer sie waren? Paige zog dreißig Dollar aus der Tasche, legte das Geld auf das Holz und schob es dem Mädchen entgegen. Der Blick, den ihr die junge Frau darauf zuwarf, verursachte ihr einen flauen Magen. Zudem machte sie keine Anstalten, das Geld zu nehmen. Mel starrte sie nur weiterhin an, und zwar auf ziemlich seltsame Weise, als sähe sie durch Paige hindurch. Eine Welle der Angst überrollte sie so heftig, dass sie nur mehr aus diesem Haus hinauswollte. Viel zu hastig griff sie nach den Dollarscheinen, schulterte den Rucksack und nahm Dean bei der Hand, der hinter sie getreten war. Ein überflüssiges Danke entkam ihr noch, ehe sie auf dem Absatz kehrtmachte und auf die Tür zusteuerte.

»Auf Wiedersehen. Beehren Sie uns bald wieder«, murmelte das Mädchen, bevor der Vorhang raschelte und die Tür hinter Paige zuschlug.

Zurück auf der Veranda fiel ihr das Atmen entschieden leichter.

»Das Mädchen war komisch«, sprach Dean aus, was sie dachte und zog ein Gesicht wie zehn Tage Regenwetter. Paige bemühte sich um ein Lächeln und scheiterte. Das bizarre, unheilvolle Gefühl, das sie vor wenigen Minuten heimgesucht hatte, war nach wie vor da. Automatisch zog sie Dean näher.

»Mom!«

Aufgebracht zerrte er an ihrer Hand. Da erkannte sie bereits selbst, was ihn aus der Fassung brachte. Oh Gott. Der Wagen! Jemand hatte die Reifen abmontiert. Die Motorhaube war geöffnet und die Fahrertür stand ebenfalls sperrangelweit offen. Bitte nicht! Das durfte doch nicht wahr sein! Wie lange waren sie in dem Motel gewesen? Zehn Minuten? Vielleicht fünfzehn?

»Scheiße«, entfuhr es ihr. Sie befanden sich buchstäblich am Arsch der Welt, in einer Stadt, in der die Leute nicht gerade sehr entgegenkommend waren, sie war müde, verschwitzt, völlig ausgelaugt und nun war auch noch das Auto hinüber. Gott, das konnte nur ein bitterböser Traum sein! Entmutigt rieb sie sich mit der Handfläche über das Gesicht und die Tränen aus den Augen. Am liebsten hätte sie sich an Ort und Stelle niedergelassen, um sich den Frust von der Seele zu heulen. Konnte man so ein Pech haben? Was wollte jemand schon mit ein paar abgefahrenen Reifen anfangen?

»Fahren wir jetzt mit dem Bus?«, wollte Dean wissen und rückte seine Mütze zurecht.

»Ich weiß es nicht«, entgegnete Paige resigniert. Sie wusste es wirklich nicht. Vermutlich gab es in dieser Gegend nicht mal eine Haltestelle für einen Überlandbus. Und wenn doch, dann fuhr der bei ihrem Glück erst morgen. Sie sah auf die Uhr an ihrem Handgelenk. Halb neun. Stockdunkel und eisigkalt. Sie brauchten eine Unterkunft. Jetzt.

»Wir werden diesem Toni einen Besuch abstatten«, informierte sie Dean, der nickte. Auf der Hauptstraße waren sie bei einem Diner vorbeigefahren. Vielleicht lag Tonis Laden auf dem Weg dorthin, dann konnte sie sich die Unterkunft mal kurz ansehen, ehe sie begann, sich vollkommen verrückt zu machen.

Mit einem Gemisch aus Wut und herber Enttäuschung im Bauch näherte sie sich dem Range Rover, um nachzuschauen, ob Deans Spielekonsole und sein Plüsch-Dino noch zu retten waren. Beides lag auf der Rückbank und sie nahm es an sich. Dafür fehlte das Radio, beide Seitenspiegel und nach dem Blick in den Motorraum zu schließen, auch die Batterie. Die Frage, warum Menschen so etwas taten, war vermutlich überflüssig, immerhin musste sie sich glücklich schätzen, dass weder Dean noch sie bei einem Raubüberfall verletzt worden waren. Es hätte Schlimmeres passieren können und wie sagte man so schön? Nun kann es nur mehr aufwärtsgehen. Leider wartete sie vergebens darauf, es auch zu glauben.

*

»Wie haben Sie mich gefunden?«, verlangte Chogan zu wissen, dessen Seelenfrieden empfindlich gestört wurde.

Bemüht ruhig stellte er das Whiskeyglas auf den schmuddeligen Tresen der heruntergekommen Bar, verschränkte die Arme und blickte dem untersetzten Mann mit Halbglatze ins gerötete Gesicht, das ihm seit Militärzeiten bekannt war. Schweißperlen standen dem pensionierten Offizier auf der Stirn, die er hastig mit einem Taschentuch wegwischte und ein gehetzter Ausdruck lag in seinen blassen Augen. Was vermutlich weniger mit Chogans bescheidener Frage als vielmehr mit der allgemeinen Atmosphäre des Lokals zusammenhing, die an den Aufenthaltsraum einer Haftanstalt erinnerte. Mit dem Unterschied, dass Hochprozentiges hier legal war und sich niemand darum scherte, sollte einer der Irren dem anderen ein Messer in den Rücken stoßen.

»Ich ...«

Gregor sah sich erneut entsetzt um und Chogan gab ihm einen Moment, sich zu fassen. Er konnte dem alten Mann das Unbehagen nicht verdenken. Dieser Teil von Crawford hatte so gar nichts mit Alice´ Wonderland zu tun, das man auf der gegenüberliegenden Seite der Brücke vorfand. Hier erlag man eher dem Eindruck, in der Hölle gelandet zu sein. Gregors Miene sprach für sich. Er mutmaßte, ob in Hell-Ford nicht sämtliche Verrückten untergebracht waren, die man kürzlich aus diversen Anstalten entlassen hatte. Und dieser Mutmaßung stand nicht viel entgegen. Der stämmige Bursche beim Flipper-Automat verspielte vermutlich Geld, das er am Nachmittag ein paar alten Ladys abgenommen hatte und der schmächtige Typ beim Billardtisch könnte glatt als Psycho aus selbigem Film durchgehen. Muttersöhnchen in Hemd und Bundfaltenhose, die kinnlangen Haare zurückgegelt und verkniffen lächelnd. Nettes Bürschchen, aber wehe, ein Weibchen rückte ihm auf die Pelle oder stellte gar seine Männlichkeit infrage. Schicht im Schacht.

Im Grunde interessierte sich Chogan für die Vorgeschichten der Wahnsinnigen in dieser Bar kein Stück. Wenn es nach ihm ginge, konnte jeder einzelne noch so viel Dreck am Stecken haben, solange man ihn in Ruhe ließ und einen weiten Bogen um ihn machte. Er war nicht hier, um sich zu amüsieren, sondern weil er ein Plätzchen brauchte, wo ihm das verdammte Gefühl der Isolation nicht in den Ohren klingelte und ihn immer weiter in dieses verflucht tiefe Loch zog, an dem er fleißig geschaufelt hatte. Nach redseliger Gesellschaft war ihm allerdings nicht zumute und das schien Gregor ebenfalls zu bemerken.

»Es tut mir leid, wenn ich ungelegen komme«, schickte er voraus und warf einen letzten Blick in die heitere Runde, bevor er sich auf Chogan konzentrierte. »Ich habe gehört, dass Sie öfter hierherkommen, und dachte, ich versuche heute einfach mal mein

Glück. Ich besitze Informationen, die vielleicht wichtig für Sie sein könnten.«

»Das wage ich zu bezweifeln«, erwiderte Chogan, und hegte eine klare Vorstellung, worauf dieses Gespräch hinauslaufen sollte. Er griff wieder nach dem Whiskeyglas. Soviel er wusste, suchte Gregor noch immer nach dem Mörder seines Bruders. Dieser war, wenn auch eher unfreiwillig, Mitglied der militärischen Organisation gewesen, die durch Einsatz eines Virus aus paranormal begabten Männern mutantenartige, steuerbare Killer gemacht hatte. Auch Chogan war in diesen Genuss gekommen. Er war Prototyp des Experiments gewesen und auch derjenige, der dem Albtraum vor einem halben Jahr zusammen mit dem *Team Zero* ein blutiges Ende bereitete. Die Chance also, den Mörder unter den Organisationsmitgliedern lebend zu finden, ging nahe null. Egal welche Information Gregor anzubieten hatte, um sich damit Hilfe zu erkaufen, Chogan wollte es nicht wissen. Es war vorbei. Endgültig, und Gregor sollte sich besser damit abfinden, wollte er sich selbst einen Gefallen tun. Rache war nicht immer das Allheilmittel. Chogan wusste es, weil er die seine bereits bekam, sie jedoch bis heute nicht genießen konnte. Im Gegenteil. Nachdem er alle Verantwortlichen bis auf zwei Menschen eigenhändig ausgeschaltet hatte, die für seine Odyssee verantwortlich gewesen waren, war nur eine bitter schmeckende Leere zurückgeblieben, die ihn von innen auffraß. Alles von ihm auffraß, Stück für Stück, nur nicht die Erinnerung an fünf gottverdammte Jahre voller Demütigung, Erniedrigung und physischer Qualen. Alles, was er jetzt noch für sich und seinen inneren Frieden tun konnte, war zu versuchen, mit der Vergangenheit abzuschließen.

Was ihm in der Blockhütte mitten im Nirgendwo samt der Jahresration Jack Daniels nicht wirklich gelingen wollte. Der Einfall, sein freiheitliches Dahinvegetieren in Einsamkeit zu zelebrieren, war nicht so grandios gewesen wie geplant. Isolation bedeutete nämlich nicht, sich von allem abzuschotten, was einen quälte. Im Gegenteil. Seine Gedanken, seine Gefühle, all die Wut schien in dieser selbstgewollten Einsamkeit an grausamer Intensität zugenommen zu haben. Einzig hier, zwischen all den grimmigen

Gesichtern und dem billigen Fusel, erlag er nicht dem Eindruck, die Decke würde ihm auf den Schädel fallen und ihn unter einem Haufen Seelenmüll begraben. Dank Gregor wurde ihm auch noch das bisschen Glückseligkeit zunichtegemacht und Chogan hätte ihm am liebsten den Hals umgedreht. Allmächtiger, er wollte einfach nur seine Ruhe haben. War das so schwer zu kapieren?

»Hören Sie ...«, begann er, doch Gregor fiel ihm sofort ins Wort.

»Ich weiß, wo Corinna sich aufhält.«

Das Whiskeyglas in seinen Händen bekam einen Sprung und er musste sich zusammennehmen, es nicht zu zerquetschen oder vorzugsweise an die nächste Wand zu schleudern. Nein. Niemals. Er wollte nicht wissen, wo Corinna lebte. Die Frau, die er geliebt und die ihn bitter verraten hatte. Einzig sie hatte von seiner telepathischen Gabe gewusst, die für die militärische Organisation von unbezahlbarem Wert gewesen war. Für niemanden außer Corinna hätte er sich ohne zu zögern auf das Experiment eingelassen, im Glauben, ihr damit das Leben zu retten. Nein, es war besser, nicht zu wissen, wo sie lebte. Besser und gesünder für alle Beteiligten.

»Gehen Sie«, sagte er und konnte nur mühsam ein Knurren zurückhalten, weil Gregor keine Anstalten machte, seiner Aufforderung zu entsprechen.

»Sie haben das Recht, zu wissen, wo sie sich aufhält«, erwiderte der alte Offizier in fester Überzeugung. »Und Sie haben das Recht, zu vergelten, was diese Frau Ihnen angetan hat.«

»Wie sieht Ihrer Meinung nach Vergeltung aus?«, fragte Chogan scharf und spürte altbekannte Wut hochkochen, die er seit Monaten eisern zu unterdrücken versuchte. Wie oft hatte er das Bedürfnis verspürt, seine SIG aus der Versenkung zu holen, ein neues Magazin einzulegen und die Verräterin aufzuspüren, um ihr und ihrem Lover – seinem Henker – eine Kugel zu verpassen. In der Hoffnung, danach wieder eine Nacht durchschlafen zu können. In der Hoffnung, seine dunkle Seite zu besänftigen, die ebenso danach gierte, den letzten Rest dieser Bagage auszuschalten, die Ethik und Moral nicht einmal buchstabieren konnte. Aber was, verdammt noch mal, sollte dieser Racheakt an seiner vertrackten Situation ändern? Nichts, war die ernüchternde Antwort. Nichts, außer seine Hände in noch mehr Blut zu tauchen. »Verschwinden Sie«, wiederholte er und nahm das neue Whiskeyglas entgegen, das ihm der Barkeeper samt skeptischem Blick auf Gregor reichte.

»Ich weiß, wie sehr Sie Corinna hassen«, beschwor der Offizier ihn weiter. Offenbar hatte er noch nicht begriffen, wie wenig Geduld Chogan besaß. »Ich weiß es, weil auch ich jemanden hasse und dieser Hass ...«

»Sie wissen gar nichts«, murrte Chogan, hob das Glas an seine entstellten Lippen und trank den Inhalt in einem Zug leer. Hass war nicht annähernd das Wort, das sein Befinden wiedergab. Er hasste Corinna nicht, sondern verachtete zutiefst, was aus der einst so korrekten Frau geworden war, die an ihrem ersten Tag beim Militär davon schwärmte, die Welt zu verändern. Dazu verfluchte er jeden Tag aufs Neue die Torheit, zu blind vor Liebe gewesen zu sein, um ihre wahren Absichten zu erkennen. Idiot, der er war, hatte er viel zu spät kapiert, einer Intrigantin aufgesessen zu sein. Ihr Leben, für das er sich im Gegenzug an die Organisation verkaufte, war nie in Gefahr gewesen.

Jahrelange Drecksarbeit für und mit dem Militär sowie der Einsatz an der Front im Irak hatten ihn nicht lehren können, was Schmerz, Scham und abgrundtiefe Demütigung bedeuteten. Jeder einzelne Tag dieser fünf Jahre schon. Nein. Gregor hatte keinen blassen Schimmer, wovon er sprach.

Chogan zog ein paar Dollarscheine aus der hinteren Tasche seiner Jeans und legte sie auf den Tresen. Dann wandte er sich dem Unruhestifter zu, der seinen Mund sofort wieder schloss, sobald sich ihre Blicke kreuzten.

»Ich rate Ihnen, mir in Zukunft aus dem Weg zu gehen, denn das nächste Gespräch wird nicht enden wie dieses. Und nun viel Glück auf dem steinigen Weg der Rache. Stolpern Sie nicht zu oft, denn irgendwann fehlt Ihnen die Kraft, wieder aufzustehen.«

Damit kehrte er dem Mann den Rücken.

Nur langsam klärte die kalte Novemberluft Chogans erhitzten Geist. Die unliebsamen Erinnerungen, die Gregor wachgerüttelt hatte, klangen in ihm nach wie ein Misston auf einem verstimmten Klavier, den man immer wieder anschlug. Einige Male musste er tief durchatmen, bis er seiner Emotionen Herr wurde und das Verlangen unterdrückte, gegen etwas zu schlagen, und sei es nur mit der Faust gegen die nächste Hauswand.

Bereits im Gehen streifte er die hinaufgerafften Ärmel seines Langarmshirts bis zu den Handgelenken hinunter und steckte die Fäuste in die Taschen seiner Jeans. Obwohl er der Einzige war, der die leeren Straßen entlangirrte, sehnte er sich plötzlich nach Einsamkeit. Nach der Intimität seiner Blockhütte, wo er sich mit einer Flasche Jack Daniels dem Vergessen hingeben konnte. Gott, wie verkorkst er war.

Zerstreut fuhr er sich über den Schädel und überquerte die Hauptstraße, um zu seinem Truck zu gelangen. Das alte Ding hatte er auf dem Schotterparkplatz nahe der Brücke geparkt. Wenn er in diesen Teil der Stadt kam, nahm er nie den Eskalade. Der Wagen wäre ein gefundenes Fressen für Diebe und sonstiges Gesindel, das aus allen Löchern gekrochen kam, sobald es etwas zu holen witterte. Der rostbraune Truck mit dem abgesplitterten Lack und den zerkratzten Felgen sah hingegen so erbärmlich aus, dass selbst das minderbemitteltste Schlitzohr einen großen Bogen darum machte, aus Angst, der Wagen könnte ihm unter dem Hintern in alle Einzelteile zerfallen.

Bei der Vorstellung musste Chogan grinsen, als ihm im selben Moment ein Gefühl, so sanft wie ein Peitschenhieb, aufsehen ließ. Bald würde er eine Seitengasse erreichen und bereits beim Blick in diese Richtung sträubten sich ihm die Nackenhaare. Automatisch spannte sich sein Körper an, schaltete um auf Kampfbereitschaft, während seine inneren Sensoren aufbrüllten. Vehement schüttelte er den Kopf und verbannte die unheilvollen Wahrnehmungen. Sollten sich die Einwohner von Hell-Ford doch gegenseitig die Schädel einschlagen. Womit und weswegen auch immer. Das hatte ihn nicht zu interessieren.

Obwohl er sofort innere Schutzwälle hochzog, wurde das bedrohliche Empfinden bei jedem Schritt stärker. Es drängte ihn, lockte ihn, legte sich wie ein unsichtbares Band um seinen Körper, um ihn zu ködern. Großer Gott, wie er dieses sensible Gespür hasste. Seinen telepathischen Fähigkeiten hatte er es zu verdanken, dass seine Instinkte und Sinne weit sensibler waren als die eines gewöhnlichen Menschen. Doch seit die militärische Organisation – durch jahrelange Verabreichung dieses Virus – aus ihm ein Monstrum gemacht hatte, waren seine Sinne und Instinkte präziser als die eines verdammten Wolfs. Die letzten Monate und die vielen enervierenden Versuche, so etwas wie Normalität in sein Leben zurückzubekommen, hatten ihn gelehrt, sich mit den Veränderungen abzufinden. Ob es ihm nun passte oder nicht, er würde immer dieses Monster bleiben, das man geschaffen hatte, um zu töten. Mit dem Unterschied, heute selbst über sein Handeln zu entscheiden. Jedenfalls in nüchternen Momenten, solange die dunkle Seite friedlich in ihm schlummerte.

Chogan hielt inne. Wollte die Straßenseite wechseln, um der ungebetenen Kontroverse zu entgehen, die ihn in wenigen Schritten einholen würde. Dabei verbannte er die liebliche Stimme aus seinem Kopf, die beharrlich versuchte, ihm ins Gewissen zu reden. Oh nein, hier ging es längst nicht mehr um Ehre, Courage oder Heldentum. Er hatte damals auch geglaubt, das Richtige zu tun. Eine Unschuldige zu retten. Es hatte ihn alles gekostet und noch viel mehr. Nicht noch einmal würde ihm so etwas passieren. Nie wieder. Er trug genug Narben als Zeichen seiner Heldenhaftigkeit, die in Wahrheit nur Dummheit bedeutete.

Doch egal wie sehr er sich dagegenstemmte, etwas hielt ihn davon ab, sich abzuwenden. Etwas Helles. Etwas Mächtiges, das stärker war als sein Wille. Innerlich fluchte er, doch gleichzeitig fragte er sich, wer für diese starken, lichten Energien verantwortlich war, die ihn bannten und wie magisch anzogen.

Er spürte sie. Hörte sie. Schmeckte sie bei jedem Atemzug. Menschliche Auren. Ihre Kraftfelder brachten die Atmosphäre zum Knistern. Sein Innerstes zum Vibrieren. Seine dunkle Seite vor Gier zum Erzittern. Lockerte er die Kontrolle über seine telepathische Gabe, würden sie lebendig werden. Sichtbar. Greifbar. Er würde eindringen können in flimmernde Säulen aus reinster Energie, die durchzogen waren von unterschiedlichsten Farbfragmenten. Flackernde Lichter. Züngelnde Reflexe. Tiefste Finsternis. Emotionen. Das Echo der Seelen.

Um im Geiste zu anderen zu sprechen, musste er ihren Abdruck kennen. Ihn verinnerlicht haben. Für gewöhnlich jedoch entschied einzig er, wann er sich öffnete. Dass es in diesem Moment anders war, machte ihn stutzig und weckte seine Neugierde. Eine ungesunde Neugierde, wie er wusste. Dennoch. Er war sicher, noch nie von etwas vergleichbar Hellem berührt worden zu sein. Unschuld. Reinheit. Willensstärke. Ein außergewöhnlicher Mensch. Ob es dessen Vorteil war, ihn auf sich aufmerksam gemacht zu haben, stand auf einem anderen Blatt geschrieben. Er hatte keine Ahnung, wie gut er sich, aber vor allem die Dunkelheit in ihm, durch mentales Training bereits im Griff hatte. Seit dem Blutvergießen vor sechs Monaten, wo er dem letzten Ausraster erlegen war, war es zu keiner Ausnahmesituation mehr gekommen. Fest stand jedoch, je ruhiger und gelassener er sich fühlte, desto leichter fiel es ihm, Kontrolle zu wahren. Was während eines Disputs denkbar schwierig werden könnte.

Er erreichte die Abbiegung zur Seitengasse. Abermals ein Peitschenhieb. Eine Druckwelle rauschte auf ihn zu. Energien einer Person, die sich zwischen den Wänden der Backsteinhäuser gebündelt hatten. Mit voller Wucht schlugen sie gegen seine Brust, gruben sich durch sein Fleisch in sein Innerstes.

Kein Seelenmüll traf ihn, sondern Angst und Verzweiflung. Viel zu stark. Viel zu gewaltig. Durchdringend und schmerzhaft. Sein Körper krampfte, erstarrte und es dauerte eine gefühlte Ewigkeit, bis er sich aus der Starre lösen konnte. Sobald der Ansturm vorbei war, schaffte er es durch reine Willenskraft, stehen zu bleiben, anstatt seinem Dämon die Führung zu überlassen. Dieser hatte den Schmerz viel eher abgeschüttelt und fokussierte sein Ziel zähnefletschend, nachdem man ihn wachgerüttelt und mit Nährstoffen gefüttert hatte.

Drei Männer, ausgerüstet mit einem Springermesser, einem Knüppel und einer Metallkette, standen vor einer auf den ersten Blick zerbrechlich erscheinenden Frau. Ihren Rücken presste sie gegen die Mauer des nächsten Gebäudes, als wollte sie samt dem Kind auf ihrem Arm hineinkriechen. Ihre schlanke Gestalt versank förmlich in der dicken, weiten Daunenjacke, wodurch sie noch verlorener und zerbrechlicher wirkte, als es ihre fragilen Gesichtszüge erahnen ließen. Zudem war sie klein. Sehr viel kleiner als er und auch die drei Schläger überragten sie um Haupteslänge.

Es war jedoch weder ihr schmächtiges Erscheinungsbild noch die deutliche Unterlegenheit, die Chogan augenblicklich gegen die halbstarken Halunken aufbrachte und seinen Zorn entfachte. Es war das pure Entsetzen und die tiefe Bestürzung, die er im blassen Gesicht der Fremden las. Das war, was ihn seine Vernunft beinah vergessen ließ.

Ein Knurren vibrierte in seiner Brust. Er biss die Zähne zusammen, bis sein Kiefer schmerzte, und unterdrückte das rasende Bedürfnis, die drei Idioten in der Luft zu zerfetzen. Seine Hände zu Fäusten geballt, bemühte er sich um einen kühlen Kopf. Er durfte dem Dämon keine Macht über sich und seine Gefühle geben. Schon gar nicht jetzt, wo ein Kind mit ins Spiel gekommen war. Chogan konnte differenzieren. Sein Dämon nicht.

Doch plötzlich ... Als hätte man einen Schalter umgelegt, veränderte sich der Ausdruck der Frau und was er sah, beeindruckte ihn. Eine wütende Entschlossenheit blitzte in ihren hellen Augen auf, die jedem Krieger zur Ehre gereicht hätte. Ihr Blick wurde klar, verdrängte jegliche Spur von Furcht, wurde aufmerksam und konzentriert. Sie war bereit, zu kämpfen.

Das Verlangen, weiterzugehen, sich abzuwenden, war nicht mal mehr flüchtig vorhanden. Allerdings war es Chogan ebenso wenig möglich, sofort einzugreifen. Viel zu fasziniert war er vom Anblick dieser Frau mit dem puppenhaften Gesicht, das mit seinem verbissenen Ausdruck wunderschön wirkte. Er sah eine Kämpferin, erkannte Stärke, Mut und eine wache Intelligenz, die ihm zutiefst imponierte.

In diesem Augenblick passierte es. Obgleich es unmöglich war, ihn bemerkt zu haben, weil ihn die Schatten der zueinanderstehenden Häuser verschluckten, hob die Fremde den Kopf. Ihre Augen, so türkisfarben wie der Indische Ozean und so hell leuchtend, dass selbst das Dunkel der Nacht verblasste, blickten direkt in seine. Der Bann, der ihn hatte reglos dastehen und sie bewundern lassen, zerbrach augenblicklich in tausend Stücke und die

Erinnerung, weshalb er einen weiten Bogen um das weibliche Geschlecht machte, brach sich Bahn durch seinen Verstand. Glühend heiß. Unerbittlich.

Er unterbrach den Blickkontakt und trat aus dem Schatten in den Lichtkegel der Straßenlaterne. Dort verschränkte er die Arme und richtete sein Interesse auf die bewaffneten Männer. »Um diese Lady umzulegen, ist nicht mehr als ein Windstoß nötig. Was ihr hier macht, ist, euch wie Narren aussehen zu lassen.« Sobald seine tiefe, sonore Stimme durch die Gasse gehallt war, hatte er die volle Aufmerksamkeit.

Fünf Sekunden. Das reichte aus und nicht nur das Dreiergespann hatte seinen Anblick verinnerlicht. Seine kräftige, groß gewachsene Gestalt. Die hässlichen Narben in seinem Gesicht. Eine, die seine Oberlippe ein Stück anhob, eine weitere, die seine rechte Augenbraue teilte, bis sie unter den kurzen, schwarzen Stoppeln seines Haaransatzes verschwand, sowie eine Brandnarbe aus Kindheitstagen, die seinen Hals bis zum rechten Ohr entstellte. Dazu seine verschiedenfarbigen Augen. Das Antlitz eines Monsters.

Als boxte man ihm gegen den Bauch, nahm er den Adrenalinstoß der Frau wahr, die sich offenbar nicht sicher war, ob sie mit den drei Männern nicht besser bedient gewesen wäre.

Tja, der Killer unter ihnen war eindeutig er. Die drei Idioten nur Stümper. Während der Schläger mit der schief geratenen Nase den zu eifrig geplanten Rückzug der Frau vereitelte, grinste der Typ mit dem Irokesenschnitt. Er ließ sein Messer auf- und zuschnappen und sah Chogan herausfordernd an.

»Willst du mitspielen?«

»Immer.«

»Dann komm und hol dir den Rest, den wir von ihr übrig lassen«, schaltete sich der Glatzkopf ein und schlug mit dem Knüppel zweimal kurz in seine Handfläche.

Die Frau zuckte zusammen und veränderte die Position, um den Jungen, der sein Gesicht an ihrem Hals barg, mit ihrem Körper abzuschirmen.

Mit gemäßigten Schritten, als verspürte er nicht diese unbändige

Mordlust, ging Chogan auf das Gespann zu und versuchte, die Lage einzuschätzen. Am schnellsten gelöst wäre dieser lächerliche Mist, wenn er den Männern auf mentalem Weg befahl, zu verschwinden. Um das zu tun, müsste er sich vollkommen öffnen. All ihre Gefühle aufnehmen, samt dem gesammelten Dreck, der in diesem Gesindel hauste. Jedoch hätte er dann keine Chance, seine dämonische Seite in Schach zu halten, die durch dunkle Emotionen angetrieben und zum Selbstläufer wurde. Da er um jeden Preis ein Blutvergießen vermeiden wollte, schirmte er sich innerlich gegen jeglichen Einfluss ab. Schließlich wollte er ...

Oh nein. Hier ging es nicht um die Frau oder um ihre Verfassung oder gar darum, was sie von ihm denken könnte, wenn er zum Monster mutierte, sagte er sich und fühlte sich sofort erleichtert, dies festgestellt zu haben und nüchtern betrachten zu können.

Vordergründig ging es um den Jungen. Er wollte den Kleinen auf keinen Fall in Gefahr bringen und ehestmöglich aus dieser Gasse rausbekommen, ohne ihm das Trauma seines Lebens zu verpassen. Schrecklich genug, dass der Knirps das bisherige Szenario miterleben musste.

Seinen Rücken der Frau und dem Jungen zugewandt, stellte er sich zwischen die Fronten. »Die Party ist vorbei. Abmarsch.«

Der Irokese lächelte verhalten. »Sagt der Kerl, dessen Visage geradezu einlädt, hineinzuschlagen.«

Höflichkeit hatte er auch nicht erwartet. Chogan ließ seinem Dämon etwas Leine. Gerade so viel, dass die Männer das grüne Aufleuchten seiner verschiedenfarbigen Augen zu sehen bekamen, während für ihn die Welt ihre Farben verlor und er nur mehr Grautöne wahrnehmen konnte.

Ein flüchtiger Moment vollkommener Ruhe. Ein Moment ohne Zwänge, ohne Ketten, ohne Selbstgeißelung. Wie einfach es wäre, sich dieser Erlösung hinzugeben. Sich in der Leichtigkeit des Augenblickes zu verlieren. Vergessen, wie schmerzhaft und zermürbend der Kampf gegen sich selbst war. *Gib dich mir hin*, lockte der Dämon. *Lass los und öffne dich. Ich zeige dir, wie Freiheit schmeckt ...*

Er kannte diese Freiheit bereits. Sie schmeckte bitter und metallisch auf der Zunge.

Als die Typen vor Schreck einen Schritt zurücktraten, sog ihn die Realität aus dem Grau zurück in das Dunkel der Nacht. Sofort verschloss er sich wieder und hoffte, dass der kurze Blick in sein Dämonengesicht ausreichte, um die Party zu sprengen.

Doch die Typen aus Crawford waren scheinbar geeicht, was teuflische Gesellen betraf. Nun überlegte jeder einzelne der Drei, ihn vielleicht schon mal gesehen zu haben. Ein Verbündeter? Oder bedeutete er vielleicht doch Gefahr? Findet's raus, Jungs.

Der Glatzkopf deutete mit dem Knüppel in Richtung Frau. »Sie schuldet uns ein paar Dollar. Wegzoll nennt man das bei uns.«

»Ach ja?«, fragte Chogan und sah kurz über seine Schulter. »Und Sie haben nicht bezahlt?«

Die Frau deutete ein Kopfschütteln an.

Chogan schnalzte mit der Zunge. »Na so ein Pech aber auch.«

Glatzkopf machte einen Schritt auf ihn zu. »Was willst du eigentlich, Alter? Wir hassen ungebetene Gäste, die ein Stück vom Kuchen haben wollen, also verpiss dich in deine Höhle, wo du rausgekrochen bist.«

Das hatte er auch vor, sobald er diesen Idioten Beine gemacht hatte. Blitzschnell fasste er nach dem Mantelrevers des Glatzkopfes, entwendete ihm den Schläger, presste den Kerl gegen seine Brust und hielt den Holzstiel waagerecht gegen dessen Kehle. Oh Mann, der Typ stank nach einer ganzen Kuhweide. Widerwillig beugte sich Chogan an dessen Ohr, ohne die beiden anderen aus den Augen zu lassen, die mit dem Glotzen noch nicht nachgekommen waren.

»Und ich hasse schlechte Gesellschaft, genau wie schlechten Whiskey«, flüsterte Chogan und spürte, wie sich der Groll über diese Bastarde zu einer Monsterwelle sammelte, die keinesfalls überschwappen durfte. »Ich bin bereit, über diesen kleinen Vorfall hinwegzusehen, wenn ihr euch bei der Lady entschuldigt und brav nach Hause geht.«

Glatzkopf schnaubte. »Keiner entschuldigt sich bei der Schlampe.«

Chogan drückte fester zu. Ein Wimmern entkam dem Kerl. Im gleichen Atemzug holte der Dritte im Bunde aus und schwang seine Kette, die auf Chogan zugesaust kam. Er griff danach, bekam die letzten Glieder zu fassen, wickelte sich das Stück Metall in einer fließenden Bewegung um die Hand und zog mit einem Ruck, was den Typ am anderen Ende ins Straucheln brachte. Irokese hatte es sich rasch anders überlegt und suchte das Weite. Chogan verpasste dem Glatzkopf eine, dass ihm beinah Hören und Sehen verging, und wickelte die Kette um den Hals des anderen Typen, als hätte er ein Lasso in der Hand.

»Wollt ihr noch eine Runde oder reicht das für heute?«

Glatzkopf stolperte nach links, rammte mit der Schulter die Kante des nächsten Müllcontainers, dann stolperte er aus der Gasse und verschwand um die Ecke. Der Typ, der sich in der Kette verfangen hatte, versuchte, seine Finger zwischen die Glieder zu bekommen. Seine Gesichtsfarbe war bedenklich, doch Chogan zerrte fester. Reiß dich zusammen, sagte er sich im Geiste immer wieder.

»Genug«, keuchte der Schläger und starrte ihn flehend an, sobald ihm dämmerte, dass Chogan keinen Millimeter nachgeben würde. »Ich schwör's, ich hau sofort ab.«

Ehe Chogan es sich anders überlegen konnte, lockerte er die Kette, nahm sie dem Idioten ab und schickte ihn mit einer Kopfbewegung aus der Gasse, die er röchelnd und japsend verließ.

Die Schritte verhallten nur langsam und Stille legte sich über den diesigen Asphalt. Eine tiefe Stille, die in ihm widerhallte und ihm jäh bewusst machte, außer einer seltsamen Beklemmung plötzlich nichts mehr zu fühlen. Keine Wut. Keinen Zorn. Keine Verbitterung. Nichts. Als hätte man all seine Gefühle mit den Schritten, die verklungen waren, fortgetragen. Gefühle, die ihn stets begleitet hatten und ihm so vertraut waren, dass er sich mit einem Mal viel zu leer vorkam, verloren.

Es war beängstigend und verwirrend.

Aber da war noch etwas anderes. Das Energiefeld, das ihn hierher getrieben hatte. Sie war es, der er es zu verdanken hatte, beinah in die Knie gegangen zu sein. Und jetzt, wo die Männer fort waren und er nur mehr die Aura des Jungen, aber vor allem die ihre spüren konnte und diese nicht mehr von der starken Angst beeinflusst war, erkannte er deren Schönheit und Reinheit. Sie umgab ihn noch immer, so gleißend hell, dass er glaubte, von innen heraus zu leuchten. Der Dämon seufzte wohlig, als wäre es eine angenehme Erfahrung, nicht nur die Seuche von Spinnern abzubekommen, während sein Verstand einen Warnschuss abgab und *weg hier*, brüllte. Seine Beine fühlten sich nicht angesprochen. Wäre auch zu schön gewesen. Er war wirklich nicht mehr zu retten. Wenigstens knurrte er die Fremde nicht reflexartig an, damit sie abhaute und diesen seltsam wohlig warmen Lichtschimmer gleich mitnahm.

Dafür brauchte er geschlagene zwei Anläufe, bis er es schaffte, sich umzudrehen. Ihr in die Augen zu sehen. Als er es tat, hielt er instinktiv den Atem an, als könnte er eine Mauer zwischen ihr und sich errichten. Was schwachsinnig war. Seine ganze Aversion dem weiblichen Geschlecht gegenüber war schwachsinnig, aber dieser Argwohn hatte sich so tief in seine Zellen gebrannt, dass er ihn vermutlich niemals würde ablegen können. Er konnte auch nicht verhindern, sofort nach Gemeinsamkeiten zu Corinna zu suchen. Auch wenn es ihm einen Stich versetzte, die Frau mit dem porzellanartigen Teint, die ihn dankbar, aber auch misstrauisch ansah, mit einer hinterhältigen Intrigantin zu vergleichen. Es war nicht fair, aber überlebensnotwendig.

Die Erleichterung darüber, dass sie rein gar nichts mit der dunkelhaarigen und etwas rundlicheren Corinna gemein hatte, mutete fast übermächtig an. Nun, wo er so nah stand, erkannte er, dass die Fremde noch viel kleiner war als zuerst angenommen. Sie reichte ihm bis zur Brust und so wie ihr die dicke Jacke an den Schultern hing, musste sich darunter ein überaus schlanker, zierlicher Körper befinden. Ein Blick auf zarte Handgelenke und feingliedrige Finger, die sie in die Hose des Jungen verkrallt hatte, bestätigte seine Vermutung. Ihre wohlgeformten Beine steckten in hautengen Jeans, die ab den Knien im Schaft von flachen, schwarzen Stiefeln verschwanden, die bis oben geschnürt waren. Ihr brünettes Haar war zu einem fransigen Pagenkopf geschnitten. Im Schein der Laterne schimmerten darin rötliche Strähnen, die ihr zartes Gesicht umschmeichelten und noch weicher wirken ließen.

Ihr Anblick erinnerte ihn an die Puppen, die seine Schwester in jungen Jahren gesammelt hatte; helle, fast durchscheinende, makellose Haut, volle rosige Lippen, hohe Wangenknochen und mandelförmige Augen, die ein solch ungewöhnliches Türkis widerspiegelten, dass man glaubte, darin den Indischen Ozean zu sehen. Dazu Wimpern, lang und dicht, die betörende Schatten auf ihre rosigen Wangen warfen.

Diese Frau war das Abbild eines erotischen Männertraums. Sie war auf fragil wirkende Weise atemberaubend schön. Gefährlich schön. Ihr Erscheinungsbild passte zu den blendend hellen Schwingungen, die sie ausstrahlte und die wider Willen etwas in ihm in Bewegung setzten. Etwas Machtvolles, das seine Haut prickeln ließ und die primitivsten Instinkte weckte. Den Beschützer, aber auch den Mann, der sich nach Berührung sehnte. Nach einem Körper, der sich an seinen schmiegte. Nach Zärtlichkeit. Nach etwas, das sich gut und richtig anfühlte und ihn für wenige Stunden vergessen ließ, wer er war und was man aus ihm gemacht hatte. Er sehnte sich danach, sich als Mensch zu fühlen, als Mann und nicht wie das Monster, das er mit jeder Faser seines Seins verkörperte. Lange hatte er nicht mehr so empfunden. Nicht empfinden können und auch nicht empfinden wollen, weil die Dunkelheit in ihm alles war, was ihn noch aufrecht hielt. Er musste daran festhalten und so verbannte er die irritierenden Gefühle aus seiner Brust, wo sie keinen Platz fanden. Nicht in diesem Leben. Nicht in seiner Welt.

Demonstrativ verschränkte er die Arme und sah die Fremde herausfordernd an. »Was suchen Sie um diese Zeit hier draußen?« Dank des barschen Tons erhielt er nun endlich diesen Blick, der einem Mann wie ihm vorbehalten war.

Sie schrak zurück. Distanzierte sich und versuchte gleichzeitig, sich das Entsetzen nicht anmerken zu lassen. Zu verbergen, wie verachtenswert er war, wie abstoßend, und dass sie sich im Kern vor ihm noch mehr fürchtete als vor den drei Halunken von vorhin. Gut so. Damit war gewährleistet, dass sie ihm samt ihrem Licht nicht auf den Pelz rückte.

Die Fremde räusperte sich und hob etwas trotzig den Kopf, als wollte sie sich größer machen, um sich selbst etwas zu beweisen. Aus ihrem Mund kam dennoch nur Gestammel. »Ich ... also wir ... « Sie räusperte sich abermals. »Wir waren auf dem Weg zu Tonis Laden.«

»Der ist um diese Zeit geschlossen, Lady«, gab Chogan zurück und konzentrierte sich auf den Jungen, der sich ihm zugewandt hatte und ihn seltsam ansah. So, als traute er seinen Augen nicht. Die Narben, richtig. Die Tatsache, dass er aussah, als wäre er erst kürzlich aus dem Hochsicherheitstrakt ausgebrochen – was ironischerweise zutraf – um gleich darauf durch ein Minenfeld zu spazieren, lenkte ihn von der extrem weiblichen, etwas kehligen Stimme ab, die wie eine süß-herbe Liebkosung über seine Haut streichelte.

»Ich weiß, wir wollten dort ...« Sie sprach nicht weiter, offenbar nicht sicher, ob sie ihm sagen sollte, was sie bei Toni wollten.

»Ihr wolltet dort ...?«

Sie straffte die Schultern. »Ein Zimmer. Wir wollten ein Zimmer für diese Nacht mieten.«

Herrgott noch mal. Dann konnten sie auch gleich auf der Straße übernachten. Tonis Laden war ein Madenloch. Der Junge blinzelte. Innerlich atmete Chogan scharf aus. Ein wenig Freundlichkeit würde ihn schon nicht umbringen.

»Kommen Sie«, sagte er etwas milder, und als sie nicht reagierte, fügte er hinzu: »Ich bringe Sie zu Ihrem Wagen und dann suchen Sie sich eine andere Bleibe. Wenn Sie über die Brücke fahren, finden Sie etwas anheimelndere Unterkünfte als in diesem Teil der Stadt.«

Sie presste die sinnlichen Lippen aufeinander und starrte in den Nachthimmel. Resignation. Er erkannte Müdigkeit in den zarten Zügen, die sie verbissen versuchte, zu verdrängen. Der Junge sah zuerst seine Mutter, dann ihn an und erklärte leise:

»Unser Auto wurde ausgeraubt. Er hat keine Reifen mehr, Mister.«

Verdammt, das hätte er sich denken können. Warum sonst, wenn nicht gerade in lebensmüdem Zustand, würde man in dieser Gegend aus seinem Fahrzeug steigen? Die Situation war der erschöpften Frau sichtlich unangenehm und ihre Lage mehr als unerfreulich, aber er wollte kein allzu großes Mitleid empfinden, deshalb überging er die Sache mit dem Auto. Das würde sie selbst regeln müssen. Morgen. Jetzt mussten die beiden von der Straße runter.

Angesichts des Misters und der damit verbundenen, unerwarteten Höflichkeit des Kindes musste sich Chogan allerdings ein Lächeln verkneifen. Der Kleine war goldig und erinnerte ihn ein wenig an sich selbst. An eine Zeit, in der er noch nicht so verbittert gewesen war. Der Junge hatte dunkelblondes Haar und ebenfalls leuchtend helle Augen, nur dass seine blau waren, nicht türkisfarben wie die seiner Mutter. Er hatte eine Zahnlücke zwischen den unteren Schneidezähnen, daher schätzte Chogan ihn auf fünf, maximal sechs Jahre. Auch er war gut gekleidet, trug wie seine Mutter schicke Markenklamotten, soweit er das beurteilen konnte. Die beiden kamen bestimmt nicht aus der Umgebung und arglos, wie sie aussahen, war es kein Wunder, in so eine Lage geraten zu sein. Wusste der Geier, was dieses Gesindel mit ihnen angestellt hätte, wäre er nicht vorbeigekommen. Darüber nachdenken durfte er nicht, denn das brächte ihn nur wieder auf hundertachtzig. Scheißkaff.

»Dann bringe ich euch zu einem anständigen Hotel«, sagte er und bedeutete, dass sie ihm folgen sollten.

»Danke«, gab die Frau kleinlaut von sich und wartete auf eine Reaktion, die sie in seinem Gesicht zu lesen versuchte. Außer Verdruss und hässlichen Narben würde sie dort nichts finden.

»Wofür?«, wollte Chogan dennoch wissen und erinnerte sich daran, früher nie ein Danke für seine Hilfe erwartet zu haben und dass ihm dieses »Wofür« so selbstverständlich über die entstellten Lippen kam, als würde er »Keine Ursache«, sagen.

»Dass Sie uns vor diesen Männern gerettet haben«, erwiderte die Fremde und ihre melodiöse, leicht raue Stimme ließ abermals Flammen über seine Haut bis in seine Lenden züngeln.

Darauf folgte ein zögerndes und dadurch umso hinreißenderes Lächeln, das jedem weniger beherrschten Mann das Herz erweicht hätte. Ihn dazu gezwungen hätte, sich vor ihre herrlich schlanken

Beine zu werfen, um dort um Vergebung für all die begangenen Sünden zu bitten.

Ihn brachte ihr Lächeln auf den Boden der Tatsachen zurück. Er nickte knapp und kehrte dem Gespann den Rücken. Wenn sie ihm folgten, würde er sie zu einem Hotel bringen. Wenn nicht, war das nicht sein Bier. Eine gute Tat in fünf Monaten reichte aus, um seinen Seelenfrieden zu erschüttern. Wusste der Teufel, was die letzten fünfzehn Minuten wieder anrichten würden.

*

Paige spürte, wie sich Dean nach und nach in ihren Armen entspannte und damit begann, ihr Haar zwischen den Fingern zu zwirbeln. Eine Geste, die er immer machte, wenn er kurz vor dem Einschlafen war, um sich zu beruhigen. Seine Ruhe nahm auch ihr den Rest der Untergangsstimmung, die in ihr wütete, seit diese brutalen Schläger aufgetaucht waren.

Der Kleine legte den Kopf an ihre Schulter und sah dem Mann hinterher, der nach wenigen Schritten die Gasse verlassen haben würde. Auch sie blickte ihm nach, dem dunklen Retter. Sprachlos. Fassungslos. Verwirrt. Nicht sicher, was sie denken, was sie fühlen sollte. Sie spürte eine unterschwellige Gefahr von ihm ausgehen. Eine Kraft, eine Stärke, eine Überlegenheit, wie Paige sie noch bei keinem Menschen zuvor wahrgenommen hatte. Der Fremde erschien ihr überlebensgroß. Sein vor Kraft strotzender, muskulöser Körper wie eine tödliche Waffe. Machtvoll und unbezwingbar. Und selbst jetzt, wo er ihr nicht mehr so nah war, wie noch vor wenigen Sekunden, nahm sie den Nachhall seiner durchdringenden Präsenz wahr, die wie ein Echo in ihr widerklang. Ihr Innerstes auf intimste und innigste Weise berührte wie eine bittersüße Melodie, die ihr heiß und kalt über den Rücken flüsterte.

Auch das Flattern in ihrem Bauch war noch da. Doch konnte sie nicht sagen, ob es ausgelöst worden war durch die unbändige Angst oder durch den Anblick purer Männlichkeit. Sie war viel zu aufgewühlt. Viel zu durcheinander, um die seltsamen Eindrücke richtig einzuordnen, die sie wie Schneeflocken durchwirbelten.

Eines wusste sie jedoch mit Sicherheit. Mit den Menschen in dieser Gegend stimmte etwas nicht. Sie waren unheimlich und aggressiv. Ihr dunkler Retter war auch aggressiv gewesen, wenn auch auf eine ruhige, gezügelte Weise, die bestimmt zehn Mal gefährlicher werden konnte, als das lautstarke Aufbegehren der drei Schurken. Effektiver. Zerstörerischer. Todbringender.

Obwohl alles an diesem Mann einer Bedrohung gleichkam, erfasste sie ein unerklärbares Gefühl von Zärtlichkeit, das wärmend bis in ihre Fingerspitzen strömte. Einem Impuls folgend streckte sie im Geiste den Arm nach ihm aus. Berührte sein markantes Gesicht. Das störrische Kinn, das durch den Bartschatten noch kantiger wirkte. Seine Nase, die bestimmt mehr als einmal gebrochen worden war und die vielen Narben, die ihn jedoch keineswegs entstellten. Es war Verbitterung. Sie hatte alles Weiche aus seinen Zügen verbannt, ließ seine Miene hart und unnachgiebig erscheinen; seine Lippen fest und verhärmt. Nicht im Traum konnte sie sich vorstellen, wie es aussehen könnte, wenn er lächelte. Ein Lächeln von diesem Mann käme ihr wie ein Widerspruch vor, als verlangte man von einem alten, wilden Wolf, sich zähmen zu lassen. Aber das war nicht, was ihr Herz bewegte und ihr einen Fremden nahebrachte. Es waren seine Augen. Eines blassgrün, das andere braun. Tiefe Einsamkeit lag hinter beherrschter Wut verborgen und unheimlich viel Wissen, das so viel Last bedeutete, die ein Mensch allein nicht tragen sollte. Es zermürbte ihn. Machte ihn kaputt und schürte diese dunkle Wut in ihm. Paige konnte nicht erklären, woher sie all das über ihn wusste. Sie spürte es mit all ihren Sinnen. Spürte, wie sehr das Leben diesem Mann mitgespielt hatte. Diese Erkenntnis weckte tiefe Verbundenheit und verdrängte einige der Vorbehalte und Bedenken, einem Unbekannten zu folgen. Sie besaß ähnliche Narben, die nicht für jeden sichtbar waren, doch genau diese schmerzten am schrecklichsten, und jede einzelne hatte sie verändert.

Genauso wie ihn.

Ein Teil ihres Ichs wollte protestieren, als sie die Entscheidung traf, dem Fremden zu vertrauen. Seine Hilfe dankend anzunehmen und ihm zu folgen. Der andere, der verwundbare und schutzbedürftige Teil, der sich schmerzhaft nach starken Armen und Sicherheit sehnte, konnte ihn nicht schnell genug einholen.

Als sie sich endlich in Bewegung setzte, bemerkte sie erst, wie schwindlig ihr war, dass noch immer Adrenalin durch ihren Körper pulsierte. Paige taumelte mehr, als dass sie ging, obwohl sie sich um Haltung bemühte. An der Ecke holte sie ihn ein und schlenderte neben ihm die Straße entlang. Er nickte, als würde er sich selbst bestätigen, dass sie da waren. Das war die einzige Reaktion, die sie erhielt und es reichte aus. Ihr war nicht nach Reden zumute. Sie genoss einfach nur die Sicherheit, die sie neben ihm auf der verlassenen Straße fühlte. Gleichzeitig hatte sie genug damit zu tun, ihre letzten Reserven zusammenzukratzen, um Dean fest- und sich selbst auf den Beinen zu halten. Ermattung bahnte sich unaufhaltsam durch ihre müden Glieder und ihren erschöpften Geist. Ein Windstoß und sie würde vermutlich umkippen. Konzentriert starrte sie auf den rissigen Asphalt. Einen Schritt nach dem anderen. Immer wieder. Immer weiter.

Erst als sie einen abgelegenen Schotterparkplatz erreichten und der Mann den Wagenschlüssel aus der Hosentasche zog, blickte sie wieder auf. Sie konnte den Fluss rauschen hören, der hinter einer dichten Böschung verlief. Große Steinbrocken dienten als Umrandung des künstlich angelegten Platzes, doch nur zwei der fünf Laternen spendeten etwas Licht. Es reichte aus, um den Wagen betrachten zu können, der gelinde gesagt schrecklich bemitleidenswert aussah. Offenbar wusste der Fremde um die Angewohnheiten der Leute dieser Gegend Bescheid. Obwohl ihr nicht danach zumute war, musste sie grinsen, was nicht unbemerkt blieb.

»Er hat zumindest noch alle vier Reifen«, sagte der Besitzer, ohne gehässig zu klingen oder eine Erwiderung zu erwarten und nahm ihr den Rucksack ab, den er auf den Beifahrersitz warf.

Dabei trat er in den Schein der Laterne und offenbarte sein Profil. Paige vergaß, was sie sagen wollte. Gebannt starrte sie ihn an und erkannte etwas, was ihr zuvor nicht in diesem fesselnden Ausmaß aufgefallen war. Trotz der markanten Konturen, der mehrmals gebrochenen Nase und der vernarbten Lippe war er attraktiv. Selbst die extrem kurz geschnittenen Haare und die dunkel geschwungenen Brauen passten perfekt zu dem schmalen Gesicht und den ausdrucksstarken Zügen. Dazu der kräftige Körper; muskulöse Arme, die sich unter dem Stoff des schwarzen Langarmshirts abzeichneten, schmale Hüften und lange, feste Beine, die von dunklen Jeans umspannt wurden. Ohne jeden Zweifel. Er war der attraktivste und zugleich anziehendste Mann, der ihr je begegnet war. Dabei war er im klassischen Sinn keine Schönheit, eher auf eine düstere und gefährlich wirkende Art. Diese Merkmale waren es, die diese irritierende Wärme in ihr aufwallen ließen, bis jeder Nervenstrang in ihr zu glühen schien und sie nur noch von einem Wunsch erfüllt war. Dem Wunsch, sein Blick möge sich ein klein wenig erhellen und der Zug um seine Lippen etwas weicher werden. Sei es für einen kurzen Augenblick, um zu dem Menschen durchdringen zu können, der sich hinter der steinernen Mauer verbarg. Ehe sie wusste, was sie tat, trat sie näher und schenkte ihm ein anerkennendes Lächeln.

»Ein Danke reicht vermutlich nicht, um zu begleichen, was Sie für uns getan haben und tun. Ich möchte mich dennoch von Herzen bedanken und falls ich irgendetwas für Sie ...«

Ihr Lächeln verrutschte, als seine undurchdringliche Mine einen gequälten Ausdruck annahm, so als ertrüge er ihre Worte und ihr Wohlwollen nicht. Seine eisige Stimme ließ sie einen großen Schritt zurückmachen.

»Danken Sie dem Zufall, dass ich in der Gegend war und Sie gefunden habe, Lady. Den Rest können Sie stecken lassen. Ich fahre ohnehin in die Richtung, in die Sie müssen.«

Er öffnete die hintere Wagentür, damit sie Dean absetzen konnte, dann entfernte er sich, um den vorderen Radlauf zu kontrollieren. Verwirrt über seinen barschen und zugleich ablehnenden Kommentar starrte sie seine Kehrseite an. Erst als sie sich der Anspannung in seinem Rücken bewusst wurde, begriff sie. Diese schroffe Art diente einzig dazu, sich zu schützen. Sich jeden vom Leib zu halten, der ihm zu nah kommen und durch seinen Schutzkreis dringen könnte. Sein berechnendes Handeln erschreckte sie weit mehr als seine schroffe Ablehnung. Was musste ein Mensch erlebt und ertragen haben, um so zu werden? Um im festen Glauben zu leben, es sei besser, niemanden heranzulassen, keinesfalls jemanden, der vielleicht wusste, wie es in ihm aussah und ihn durchschaute.

Bestimmt war ihm nicht bewusst, dass sein beherztes Eingreifen und seine angebotene Hilfe bereits alles über ihn aussagte und weit über Freundlichkeit hinausging, die er so verbissen verwehren wollte. Gern hätte sie ihn darauf aufmerksam gemacht, jedoch schluckte sie die Worte. Er hatte deutlich gemacht, dass sie Abstand halten sollte und sie akzeptierte es. Hatte es zu akzeptieren, auch wenn alles in ihr danach verlangte, seine Sicht der Dinge, aber vor allem jene über sich selbst zu korrigieren.

Vorsichtig setzte sie Dean in den Wagen. Der Junge war längst eingeschlafen und es tat gut, ihn abzusetzen. Inzwischen war er schwer geworden. So leise wie möglich schloss sie die Tür des alten Trucks und sammelte sich kurz, bevor sie sich wieder umdrehte.

»Gibt es in der Nähe eine Autowerkstatt?« Ihre Frage klang beiläufig, fast nebensächlich, sodass er sie würde hinnehmen können, doch so fühlte sie sich nicht an. Die Hoffnung, den Range Rover schnell wieder fit zu bekommen, war groß und ihr Retter der Einzige in dieser gottlosen Gegend, der ihr helfen oder zumindest Auskunft geben konnte. Diese Gelegenheit musste sie nutzen, auch wenn sie ihm damit abermals auf die Füße trat.

»Auswärtige werden hier nicht gern gesehen«, brummte er und sein Kiefer mahlte, als kämpfte er gegen die Worte an, die über seine Lippen drängten. »Vielleicht kann ich Ihnen einen Satz neue Reifen besorgen. Wo steht das Fahrzeug?«

»Im Vorhof einer Schlachterei«, erwiderte sie und Zuversicht keimte auf.

Er zog eine Braue nach oben, dann schüttelte er den Kopf. »Diese Gegend ist nichts für Leute wie Sie, Lady, lassen Sie sich das gesagt sein. Sind Sie sicher, dass nur die Reifen fehlen?«

Paige biss sich auf die Unterlippe.

»Was fehlt denn noch?«

»Die Batterie ...«

»Und das Radio«, ergänzte er nickend und strich sich über das unrasierte Kinn.

»Das Radio ist nicht wichtig«, beeilte sie sich zu sagen, ehe er es sich anders überlegen konnte, doch da war das Thema für ihn scheinbar bereits ausdiskutiert.

»Steigen Sie ein«, verlangte er.

Sie hätte gern nachgefragt, ob er nun vorhatte, ihnen zu helfen, aber dazu fehlten ihr zwei entscheidende Dinge. Kühnheit und plötzlich auch Kraft, wovon so gut wie nichts mehr übrig war. Nur noch ihr Wille hielt sie auf den müden Beinen. Großer Gott, sie konnte sich nicht erinnern, jemals so erschöpft und ausgelaugt gewesen zu sein. Genau das wurde ihr nun zum Verhängnis. Beim Einsteigen stolperte sie über einen Haufen Kieselsteine und erkannte die ausgespülte Mulde dahinter zu spät. Sie strauchelte und fiel. Spürte, wie sie nach vorn kippte, und konnte nur noch die Arme ausstrecken, um zu verhindern, auf der Nase zu landen. Doch statt des erwarteten Aufpralls fühlte sie zwei starke Arme, die sie fest umschlossen und gegen eine steinharte Brust zogen.

Es war nur der Hauch von Sekunden, in denen sich ihre Körper berührten, ihr Rücken an seiner Brust, und doch reichte es aus, um ihre Welt gründlich aus dem Gleichgewicht zu bringen. Ein Kokon aus gleißendem Licht umfing sie, hüllte sie ein wie eine Lichtkuppel, die sie von der Außenwelt zu trennen schien. Eine gewaltige Hitzewelle quoll empor. Raste durch ihre Glieder, durch ihre Zellen, durch jeden einzelnen Nervenstrang, bis sie glaubte, lichterloh zu brennen. Ihre Sicht flirrte, die Konturen der Umgebung verschwammen zu einem Streifen aus rot glühendem Glanz und ein feuriges Knistern prickelte über ihre Haut, das mitten in ihrem Bauch mündete und sie vergessen ließ, zu atmen.

Sie verharrte reglos in den Armen des Fremden. Fror fest in Licht und Körperhitze und spürte Empfindungen emporlodern, die sie trunken machten. Eine Sehnsucht nach Geborgenheit. Ein Verlangen nach Zärtlichkeit. Nach Berührung. Nach Menschlichkeit. Nach Nähe und Bedingungslosigkeit. So stark, so intensiv, dass es wehtat und sie innerlich beinah zerriss. Ihr Verstand setzte kurz aus und ihre Beine drohten, nachzugeben. Der kräftige Körper, der sie noch immer eisern umschloss, hielt sie weiter aufrecht, verkrampfte jedoch so stark, dass sie befürchtete, zerquetscht zu werden. Er wich nicht zurück, stieß sie nicht von sich, sondern verharrte ebenso wie sie reglos, als würde das Geschehen auch ihn unfähig machen, zu handeln.

Seine Handflächen brannten sich durch den Stoff ihrer Daunenjacke und plötzlich spürte sie den Schlag seines Herzens gegen ihre Schulter pochen, der sich exakt auf ihren Rhythmus übertrug. Oder umgekehrt. Sie konnte es nicht sagen, es war viel zu merkwürdig. Merkwürdig und ergreifend. Ihr war, als würden sie miteinander verschmelzen. Eins werden. Dabei war sie sich seiner Nähe so sehr bewusst, dass es höllisch schmerzte, weil es sie nach mehr verlangte. Kaum konnte sie dem Impuls widerstehen, ihr Gesicht in seine Umarmung zu schmiegen, um seinen Duft einzuatmen. Herbe Seife, Sandelholz, Mann und Wind ... so vertraut. Erschreckend vertraut. Sie war sicher, wenn sie die Augen schloss und sich dieser irritierenden Vertrautheit hingab, könnte sie seinen nackten Oberkörper spüren. Sehen, wie sie bei ihm lag, mit den Fingern im Gleichtakt ihrer Herzen auf seine nackte Brust tippte. Weitere Narben ... viele Narben. Überall. Sie zeichnete sie nach. Küsste sie. Eine nach der anderen. Seine Haut war heiß, beinah glühend und schmeckte salzig, verführerisch, berauschend ...

Paige blinzelte den Tagtraum aus dem Kopf und im nächsten Moment wurde sie mit dem Gesicht voran gegen den alten Truck gepresst.

»Wer bist du?«

Ein Knurren. Eine steinharte Erektion, die gegen ihren Hintern drängte.

Angesichts der Stärke und der Wildheit, die sie gefangen hielten, stieg Todesangst in ihr hoch und gleichzeitig wollte sie, dass er noch näher kam. Seine rauen Hände über ihren Körper gleiten ließ ... Verdammt, was war hier los?

»Paige Prescott«, flüsterte sie, denn mehr brachte sie nicht über die trockenen Lippen, zu sehr war sie in diesen absurden Gefühlen gefangen, die sie heißkalt durchflossen.

»Du bist kein normaler Mensch, Paige. Was bist du?«

Ein hysterisches Lachen kroch ihre Kehle empor. »Was ich bin? Was soll ich schon sein? Was sind Sie denn, ein Verrückter?«, stellte sie die Gegenfrage, doch es klang panisch.

Außer sich vor Angst und Verwirrung versuchte sie, sich aus seinem Griff zu befreien. Was nicht gut war, denn er packte umso fester zu und umso deutlicher spürte sie seinen Körper, was die Erregung in ihrer Mitte umso lauter pochen ließ. Oh Gott! Was sollte das alles? Was passierte hier?

Die Müdigkeit, der ganze Stress und dieses Bedürfnis nach Mann, Schweiß und fiebrigen Küssen machte sie wirr. Sie neigte den Kopf und plötzlich sah sie ein kurzes, leuchtend grünes Aufflammen in den verschiedenfarbigen Pupillen des Mannes, was das Chaos in ihrem Inneren nur größer machte. Heißer Atem streichelte ihren Hals und sie spürte seine Fassungslosigkeit, seine Erregung und den Zorn darüber körperlich.

»Du sollst aufhören. Hör auf damit«, presste er gefährlich leise hervor und seinen stählernen Körper noch näher, als könnte er sich nicht zwischen Abstand und Nähe entscheiden.

»Ich ... ich weiß nicht, wovon du sprichst«, wisperte sie und blinzelte Tränen aus den Augenwinkeln. Ihr Magen zog sich zusammen und mit einem Mal war nicht mehr der Fremde es, der sie festhielt. Es war Jim, der sie hart gegen die Mauer des Schlafzimmers drückte. Jim war es, der ihr wider Willen die Kleider vom Leib riss, um grob ihren nackten Körper zu betatschen. Um sich an ihr zu vergehen. Ihr schnürte es die Kehle zu. Immer fester. Bis sie keine ... sie bekam keine Luft mehr. Bekam keine ...

»Durchatmen.«

Sanft drangen Worte in das eisige Meer aus Dunkelheit, das sie gefangen hielt. Viel zu kurz sah sie das Licht, nur um sofort wieder über die Klippe in Finsternis zu stürzen. Ihre Empfindungen waren wie ein Wasserfall. Vernichtend. Niederschmetternd. Jims Hände. Jims schmutzige, grobe Hände. Sein Mund. Seine Zunge. Schwüler, gieriger Atem. Lippen, die sie berührten. Überall. Eisern kämpfte sie gegen den Wirbel in sich an. Dagegen, auszuflippen, doch diesen Kampf hatte sie längst verloren. Sie war wie betäubt, festgefroren in der fürchterlichen Illusion und starr vor Entsetzen, das sie immer tiefer und tiefer zog.

Jemand rüttelte sachte an ihren Schultern. »Sieh mich an«, bat die sanfte Stimme, aber Paige sah nur Sternchen und schwarze Punkte vor den Augen tanzen. Und sie fühlte Jim. Überall. Überall ...

Sie wollte rennen, wollte sich die Seele aus dem Leib schreien, wollte fliehen vor all den Gefühlen und Eindrücken, die sie durchströmten, aber sie konnte nicht. Hellste Panik fesselte sie. Sie erstickte an all den Erinnerungen, an all der Demütigung, an all dem Schmerz.

Plötzlich lagen ihre Hände in viel größeren. Liebevoll streichelten raue Finger über ihre Haut, während sich eine kühle Handfläche gegen ihre überhitzte Wange legte. Sie konzentrierte sich auf diese Berührung.

»Atmen nicht vergessen. Sieh mich an, Paige. Konzentriere dich auf mich«, wurde verlangt und sie versuchte es. Hielt sich fest an der ruhigen Stimme, die beschwörend auf sie einredete und sah in ein mitfühlendes, besorgtes Gesicht. »Ja, so ist es gut. Sieh mich an. Bleib bei mir.«

Langsam, ganz langsam zogen sie weitere beruhigende Worte aus dem Schlafzimmer des Horrorhauses und führten sie behutsam zurück in die Realität, der sie auf schonungslose Weise begegnete.

Hinter der Sorge bemerkte sie leise Verzweiflung in den Augen des Mannes und Scham überkam sie. Röte schoss ihr ins Gesicht, heiß und heftig und das, obwohl sie immer noch nicht genügend Luft bekam und der Boden unter ihren Füßen gefährlich schwankte.

»Geht es wieder?«

Lieber Gott, nein. Paige nickte. »Es tut mir leid«, krächzte sie und entzog ihm die Hände, um sie um ihren Körper zu legen. Plötzlich war ihr kalt. Bitterkalt. Sie zitterte und wünschte von Herzen, im Erdboden versinken zu dürfen.

»Mir tut es leid. Ich wollte dir keine Angst einjagen. Es ist ... Gott, es ist verdammt kompliziert«, meinte der Fremde, fuhr sich unwirsch über den kahl rasierten Schädel und lehnte sich erschöpft gegen das Auto.

»Es muss dir nicht leidtun«, flüsterte Paige und meinte es auch so. Er trug schließlich keine Schuld daran, was Jim ihr angetan und hinterlassen hatte. Niemand trug Schuld. Sie wollte sich umdrehen, um Dean aus dem Auto zu holen, wurde aber aufgehalten.

»Ihr braucht ein Bett und ein paar Stunden Schlaf. Ich bringe euch in ein Hotel.« Weil sie nichts entgegnete – mit dem dicken Kloß im Hals nichts mehr entgegnen konnte – fügte er hinzu: »Setz dich in den Truck. Bitte. Tu mir und deinem Kind, aber auch dir diesen Gefallen.«

Er hatte recht. Dean brauchte ein Bett. Sie brauchte eine Toilette, um sich zu übergeben.

Sie nickte, ehe sie Trost suchend zu Dean auf die Rückbank rutschte und den kleinen Körper in die Arme nahm. Ihre Bewegungen wirkten wie ferngesteuert und genauso träge wie ihre zerrütteten Gedanken. Scham dröhnte noch immer in ihren Ohren und ihr Hals fühlte sich trocken und rau an. Einzig Dean, die Wärme seiner kleinen Gestalt, der Geruch nach Kind und Unschuld machte die Situation erträglicher und hielt sie davon ab, aus Frust und Beschämung zu weinen. Wie erbärmlich. Wo war die starke Frau, die sie sich geschworen hatte, zu sein?

Der Truck wurde gestartet und das Schweigen, das sich daraufhin ausdehnte, war unerträglich. Sie spürte Blicke, die ihr durch den Rückspiegel zugeworfen wurden, versuchte diese aber zu ignorieren. Ihr fehlte die nötige Energie, sich mit den Fragen, die zwischen ihnen hingen, auseinanderzusetzen. Das Chaos in ihrem Kopf und auch in ihrem Herzen war bereits groß genug.

Der Wagen hielt wenig später vor einem exklusiv aussehenden Hotelgebäude, wo ein Zimmer bestimmt ein kleines Vermögen kostete. Es spielte keine Rolle. Für eine Nacht würde sie es sich leisten können. Erschöpft und völlig am Ende wollte sie nur unter eine saubere Decke schlüpfen und die Augen zumachen dürfen. Behutsam nahm sie den schlafenden Dean auf den Arm, als die Fahrertür zuschlug. Sie drehte sich um, konnte jedoch nur noch den breiten Rücken des Mannes bestaunen. Er trug ihren Rucksack und verschwand zwischen den gläsernen Türen des Motels.

Was hatte er vor? Verwundert, dass er nicht sofort weitergefahren war, folgte sie ihm so rasch sie konnte und erreichte den Empfang, als er gerade ein Bündel Geldscheine aus der Hosentasche zog. Er legte die Scheine auf die Glasplatte und schob sie der blonden Dame im Tweed-Kostüm entgegen, die ihn erschrocken und gleichsam entsetzt anstarrte. Beim Anblick der Dollarscheine erhellte sich ihre Miene jedoch sofort. Klar, das war Geld, das für mehrere Nächte in diesem noblen Hotel gereicht hätte. All inklusive.

»Moment, das geht nicht«, begehrte Paige auf, doch sie wurde überhört und von einem kräftigen Arm daran gehindert, zur Empfangstheke zu gelangen.

»Sorgen Sie bitte dafür, dass den beiden jeder Wunsch erfüllt wird und sie das Zimmer erst gegen Abend räumen müssen«, bat er die Rezeptionistin, die diensteifrig nickte und das Geld an sich nahm.

»Natürlich, Sir. Ganz wie Sie wünschen, Sir. Es wird gleich jemand kommen, um die Dame mit ihrem Sohn auf ihr Zimmer zu begleiten.«

Paige wollte nach seinem Arm greifen. »Ich weiß deine Hilfe wirklich zu schätzen, aber das hier geht einfach zu ...«

Sein Blick brachte sie zum Verstummen und sie befürchtete, Frostbeulen zu bekommen, als sie abermals den Mund öffnen wollte, um ...

Perplex schaute sie zu, wie er sich über Dean beugte und ihm liebevoll eine Haarsträhne aus der Stirn strich. Um die Mundwinkel des Fremden zuckte es und gleichzeitig erhellte ein Anflug von Zärtlichkeit seine Züge. Es war ein Moment, der frei war von Zweifeln und an den sie sich auf ewig erinnern würde. Für einen kurzen, unermesslich kostbaren Augenblick sah sie keine Verbitterung, keinen Verdruss, keinen Groll, sondern nur noch einen bemerkenswert selbstlosen Mann, der viel zu viel Güte besaß und den die Einsamkeit mitten unter Menschen zerstören würde.

Ihr Herz flog ihm entgegen und Paige hätte ihre Seele dafür verkauft, ihn noch einmal lächeln zu sehen. Doch da zerstob der Moment bereits, als hätte er nie existiert und der Fremde, dessen

Namen sie nicht einmal kannte, verließ das Hotel. Ohne noch einmal zurückzublicken. Ohne auf Wiedersehen zu sagen. Alles, was blieb, war eine brennende Sehnsucht.

*

Chogan stieg nicht sofort in seinen Truck. Er blieb davor stehen, stemmte die Hände gegen die maroden Dachträger und lehnte die Stirn gegen das kalte Glas des Fensters, um seinen erhitzten, dröhnenden Verstand zu klären und seine rastlosen Gefühle in Einklang zu bekommen. Er schloss die Augen. Versuchte, sich in der inneren Dunkelheit zu verlieren, aber es gelang ihm nicht. Er konnte die Eindrücke des Erlebten nicht abschütteln, die verhinderten, ins Nichts zu stürzen. Dabei hatte er gedacht, Erleichterung zu empfinden, sobald er außer Paiges Reichweite war, aber diese Annahme erwies sich als falsch. Noch immer konnte er das heftige Verlangen, sie festzuhalten, sie dicht an sich zu ziehen, um diese hellen Energien zu inhalieren, auf der Zunge schmecken. Bittersüß.

Sie hatte ja keine Ahnung, welche Sehnsüchte sie in ihm weckte und welche Ängste damit verbunden waren. Dabei hatte all sein Empfinden nur sehr wenig mit ihrem anziehenden und äußerst verlockenden Erscheinungsbild zu tun. Es war ihr inneres Strahlen, das auf ihn wirkte wie Kryptonit auf Superman. Eine kurze Berührung bedeutete eine Explosion von Sinneseindrücken, die jeden Nerv in seinem Körper zum Schwingen brachte.

Was diese Frau in wenigen Augenblicken mit ihm angestellt hatte, war gespenstisch ergreifend. Es war, als wäre sie in ihn eingedrungen, um alles Schmutzige, all die bitteren, elenden Erfahrungen und den Hass auf Gott und die Welt wieder zu etwas Gutem zu machen.

Es tat höllisch weh.

Er konnte ohne den Wahnsinn in sich nicht existieren. Dieser hatte ihn so viele Monate aufrecht gehalten, dass er sich in diesem Moment, als sie das alles von ihm fortnahm, so hilflos vorgekommen war, als hätte man einem Blinden den Stock gestohlen. Es hatte ihn rasend gemacht.

Wie konnte diese Frau nur daherkommen und einfach nehmen, was er so dringend brauchte? Es war ihm klar, dass sie nicht wusste, was sie tat. Sie hatte keine Vorstellung von dem überaus mächtigen und wertvollen Geschenk, das sie in sich trug, aber seinem Verstand war diese Logik trivial erschienen, als er sie gegen das Auto presste. Viel lieber noch hätte er sie fortgejagt, so groß war die Verzweiflung gewesen, so groß die Furcht, vor dieser endlosen, endgültigen Leere.

Als er dann ihre Panikattacke erlebt und den Kummer in ihren wunderschönen, aber zutiefst traurigen Augen gesehen hatte, hatte er sich darin wiedererkannt. Eine Lawine, die mit all ihrer Gewalt auf ihn zurollte, hätte ihn nicht wacher gerüttelt.

Was er in ihren Augen las, erinnerte ihn an die fünf Jahre, die ihn kaputtgemacht hatten. Es erinnerte ihn an jenen Tag, als man ihn das erste Mal nach stundenlanger Folter in eine Zelle im Keller der Organisation einsperrte und er wie ein Wolf auf und ab wanderte, zähnefletschend und darauf wartend, einen der Wärter zwischen seine Fänge zu bekommen, um dessen Kehle zu zerfetzen.

Es war lange niemand gekommen. So lange, bis Hilflosigkeit und Isolation zur unerträglichen Qual geworden waren.

Niemand, der es nicht selbst erlebt hatte, wusste, was es bedeutete, eingesperrt und entrechtet zu werden. Die psychische Belastung war kaum zu ertragen. Das Gefühl absoluter Machtlosigkeit kam einer Ohnmacht nah, war mörderisch. Das waren die ersten Belastungstests, die man mit ihm gemacht hatte, um herauszufinden, wie viel jemand, der eine paranormale Begabung besaß, ertragen konnte. Es sollten seine geistigen und körperlichen Grenzen ausgetestet und immer weiter gesteckt werden. Er war fast verrückt geworden.

Sein Leben lang war er derjenige gewesen, der Befehle ausgeteilt und zu dem man aufgesehen hatte. Er studierte Jura und Sportwissenschaften, ging zum Militär und bildete junge Männer aus. Danach hatte er sich zwei Jahre für den Einsatz im Irak verpflichtet, um später für die Regierung im Sicherheitsdienst zu arbeiten.

Das Kostbarste, was er in dieser Zeit lernte, war, dass Macht etwas Wertvolles, aber auch Zerstörerisches sein konnte.

Gib einem Menschen Macht und du erkennst seinen wahren Charakter.

Es stimmte. Er hatte es überall gesehen, überall erlebt. Wenn man einen Menschen mit Macht ausstattete, war er danach nicht mehr derselbe. Entweder er benutzte sie, um Gutes zu bewirken oder er begann, zu zerstören, und sei es sich selbst.

Die Grundidee der militärischen Organisation – eine Elitetruppe zusammenzustellen – war keine schlechte gewesen. Das Land brauchte gute Männer. Starke, fähige Kräfte, die an der Front bestehen konnten. Nach wie vor. Es war die Umsetzung gewesen, an der das gesamte Konzept scheiterte. Die Umsetzung der machthungrigen Bastarde, die das Projekt *unsterblicher Soldaten* geleitet hatten. Nachdem die Regierung die Investitionsgelder zurückzog, weil die Foltermethoden der Probanden kein gutes Licht auf sie geworfen hätte, war nur der letzte Dreck übrig geblieben. Die wenigen guten Männer erkannten, dass das gesamte Experiment früher oder später den Bach runtergehen würde. Zu viele verschiedene Einflüsse. Zu viel Macht und zu viele hungrige Menschen, die nach Macht gierten. Eine explosive Mischung.

Damals war Chogan bereits Eigentum der Organisation gewesen, die ihr Hauptaugenmerk auf paranormal begabte Männer gelegt hatte. Durch die Fähigkeiten und die damit verbundenen Stärken wie enorm hohe Ausdauer oder einer viel niedrigeren Schmerzgrenze als die eines normalen Menschen, erhoffte man sich den größten Profit. Und dieser wäre sicher gewesen. War er zum Teil auch. Denn als das Virus eingesetzt wurde, dessen Einsatz im Kampf gegen Terrorismus gescheitert war, unterstützten sogar Zivilisten das Projekt. Steuerbare, gewissenlose Killer. Blutrünstige Monster hatte man erschaffen, deren höchstes Ziel es war, in Blut zu baden.

Um diese finstere, primitive Seite eines Menschen zu wecken, hatte das Virus allein nicht ausgereicht. Sie war durch puren Schmerz, abgrundtiefe Demütigung und ungeheuerliche Qual aus den schwärzesten Abgründen der Seele gelockt worden. Folter als

Gehirnwäsche. Die schmerzhafteste, grausamste Manipulation, die man sich vorstellen konnte. Es gab keinen Menschen, der gegen diese Art von Konditionierung immun war. Keinen einzigen.

Wenn man ihm vor sechs Jahren genau diese Frage gestellt hätte, hätte er demjenigen ins Gesicht gelacht. Konditionierung? Schwachsinn. Chogan konnte sich selbst immer spüren und seine Fähigkeiten genau einschätzen. Niemals hätte er geglaubt, es wäre möglich, aus ihm einen gewissenlosen Bastard zu machen. Niemals hätte er geglaubt, vergessen zu können, was Gerechtigkeit bedeutete, weshalb er zum Militär gegangen war und welche Ziele er verfolgte.

Heute hatte er so viel Blut an den Händen – das er im Namen der Organisation vergossen hatte – dass er es mit Säure nicht würde wegätzen können und eine solche Verbitterung in sich, dass zwei Leben nicht ausreichend waren, um seinen Herzschlag und sein Denken wieder in geordnete Bahnen zu lenken.

Wäre Corinna nicht gewesen, hätte man in ihm diese Begabung nicht erkannt und das Projekt *unsterblicher Soldaten* wäre früh wieder eingekerkert worden. Chogan war durch seine telepathische Fähigkeit und die damit verbundenen körperlichen Attribute der Schlüssel gewesen.

Heute hatte er den Tod mehrerer Hundert Menschen auf dem Gewissen. Egal ob unschuldig getötet oder nicht ... Das Wissen, es getan zu haben, war eine Bürde, die er oftmals nicht tragen konnte und die ihn von innen auffraß. Dieses Wissen war es, das ihn an den Rand der Klippe trug. Nur einen Schritt weiter und er könnte sich in den Abgründen seiner selbst verlieren, um dem Tod entgegenzusehen.

Dieses Gefühl der Verzweiflung, der Hilflosigkeit – weil nichts so war, wie es schien und wie es sein sollte und vielleicht nie wieder so werden würde, wie man es sich erträumte – hatte er in Paiges Augen erkannt. Erst in diesem Augenblick hatte er begriffen.

Sie. Der Junge. Die Tasche.

Sie war auf der Flucht. Vor einem Menschen, vor der Vergangenheit, vor einem lebensgroßen Gefängnis und vor Erinnerungen, die sie, wenn sie schlief, einholten und in das gleiche Loch zerrten, in dem er saß. Und ob er es gewollt hatte oder nicht, er fühlte sich sofort zusammengehörig und wünschte, einfach weil er der Stärkere von ihnen war, ihr dieses Gefühl der Ohnmacht und der Angst abnehmen zu können. Vermutlich war er immer noch derselbe Idiot wie damals mit zwanzig. Ein Narr, der glaubte, die Welt besser machen zu können.

Er schnaubte. Der Mann, der mit diesem Vorsatz zum Militär gegangen war, hatte mehr Schande über die Welt gebracht als so manche Legende. Und er wusste, dass Paige besser beraten wäre, fühlte sich nicht ausgerechnet er dazu auserkoren, ihr unter die Arme zu greifen. Nur der Allmächtige wusste, welche Konsequenz das einmal mehr für ihn bedeutete. Aber ... er konnte nicht anders. Sie besaß sein vollstes Mitgefühl. Auf gewisse Weise hatte sie erlebt, was er erlebt hatte und flüchtete nun vor Gedanken und den damit verbundenen Empfindungen, ebenso wie er es tat. Wenn er an die verblasste Narbe über Paiges Augenbraue zurückdachte oder an die erst kürzlich verheilte Schramme auf ihrer Unterlippe, wusste er, dass sie mehr gemeinsam hatten als für sie beide gut war.

Er würde sie morgen zu sich holen und William Turner verständigen. Sein Freund und Leiter des *Team Zero* würde wissen, was zu tun war. Chogan wollte sich nicht gleich zu weit aus dem Fenster lehnen. Wovor oder vor wem Paige auch immer flüchtete, er konnte ihr nur beibringen, wie man diese Sache ein für alle Mal aus der Welt schaffte. Das *Team Zero* arbeitete für das FBI. Sie würden Paige helfen. Auf konventionellem Weg. Genau das Richtige. Sobald er die beiden dem Team übergeben hatte, würde er sich wieder seinem eigenen Weltuntergang widmen.

7. Kapitel

FBI – Hauptquartier, Colorado

Wie in Trance spürte Josy, wie Will nach ihren Händen griff und sich vor dem Bürostuhl, auf dem sie saß, hinhockte.

»Komm da raus, Jo. Jetzt und auf der Stelle.«

»Moment«, hörte sie sich wie aus weiter Ferne sagen. Ihre Lippen fühlten sich taub an, in ihrem Kopf surrte es, als würde ein Schwarm Insekten darin herumschwirren und ihr Körper saß nur noch aufrecht, weil sie es so wollte. Aber verflixt und zugenäht, sie konnte nicht so einfach aufgeben. Sie hatte noch nie aufgegeben und würde jetzt erst recht nicht damit anfangen. Egal was alle davon hielten. Egal was Will davon hielt.

Grobe Hände packten sie an den Schultern und rüttelten an ihr. »Verdammt, Jo, ich schwöre bei Gott, ich werde dir mehr als nur den Hintern versohlen, wenn du nicht augenblicklich da rauskommst.«

»Will ...«

»Auf der Stelle!«, fuhr er sie an und sie musste heftig blinzeln, um ihn durch die Schlieren in ihrem Blickfeld zu erkennen.

Der wütende Ausdruck und das zornige Blitzen in seinen eisblauen Augen waren ihr so vertraut wie das eigene Spiegelbild. Ein bisschen würde er schon noch verkraften. Sobald sie sich wieder in das Netz aus Gedanken fallen ließ, um zurück in Jim Hendriks Kopf zu gelangen, wo sie seit zwanzig Stunden fast ununterbrochen feststeckte, begab sie sich sofort wieder auf die Suche nach weiteren Antworten. Bisher hatten sie außer einem Namen nicht viel. Es war der einer jungen Frau, die mit Hendriks zwei Jahre liiert gewesen war, bis sie ihn vor wenigen Tagen mit ihrem fünfjährigen Sohn verlassen hatte. Paige Prescott war, seit sie zuletzt vor zwei Tagen an einer Tankstelle in Utah gesehen worden war, wie vom Erdboden verschluckt und der Chirurg schien sich nicht sonderlich für ihr Weggehen zu interessieren. Was ihn allerdings sehr interessierte, war, wie er die Anklage gegen sich abwenden konnte, denn der Staatsanwalt hatte trotz des Alibis und zu ihrer aller Überraschung seine Täterschaft nicht ausgeschlossen. Das Mädchen war über einen langen Zeitraum gefoltert worden und es war die berechtigte Frage aufgekommen, ob Hendriks nicht über einen Komplizen verfügte. Diese mögliche Tatsache rückte den Mord an Tia Wright in ein neues Licht. Das und ein Tagebuch, das eine enge Freundin von Tia der Polizei übergab, nachdem sie erfahren hatte, dass die Tochter des Abgeordneten nicht wie angenommen von zu Hause fortgelaufen, sondern ermordet worden war.

Tia hatte sich von ihrer Familie unverstanden und ungeliebt gefühlt. Das allseits beliebte Mädchen trennte sich fünf Monate vor ihrem Verschwinden von ihrem Freund und begann, sich immer mehr zurückzuziehen. Nur Caroline Gommes vertraute sie sich weiterhin an. Ihr erzählte Tia von einem Fremden, mit dem sie sich heimlich traf, der sie verstand und ihr zuhörte. Glücksmomente im Leben einer jungen Frau, die im sprichwörtlich goldenen Käfig alles andere als glücklich gewesen war. Das belegten auch ihre Tagebucheinträge. Dennoch war darin immer nur von einem mysteriösen Unbekannten die Rede. Kein einziges Mal hatte sie ihm einen Namen gegeben oder vermerkt, wo sie sich mit ihm traf oder getroffen hatte. Eine weitere Sackgasse in diesem undurchsichtigen Spiel und noch mehr Fragen, für die es nur unzureichende Antworten gab.

War Hendriks der Mann, mit dem Tia sich mehrere Male getroffen hatte? Das Bild einer Überwachungskamera, das die beiden in der Tiefgarage einer Mall in Ohio zwei Wochen vor Tias Verschwinden zeigte, war zuerst wie ein brauchbarer Anhaltspunkt erschienen. Doch Hendriks bestritt weiterhin, das Mädchen persönlich gekannt zu haben. Sie war ihm zufällig über den Weg gelaufen und er gab ihr Starthilfe, nachdem sie ihr Auto nicht anbekam, was der Tiefgaragenwärter bestätigte.

Weiterhin blieb unklar, wie Paige Prescott ins Bild passen sollte. Zeugen bestätigten, dass Hendriks und die junge Mutter eine Beziehung geführt hatten, seit er ihrem Sohn bei einer Herzoperation das Leben gerettet hatte. Warum hatte sie ihn dann in einer Nacht- und Nebelaktion verlassen? Wusste sie Bescheid über das mögliche Doppelleben Hendriks? Wohin hatte sie sich zurückgezogen? Fragen und noch mehr Fragen, die auf üblichem Weg bisher nicht geklärt werden konnten. Während Ray weiterhin Hendriks Umfeld und auch das des Opfers durchleuchtete, hoffte Josy, im Kopf des Chirurgen auf den entscheidenden Hinweis zu stoßen, der ihr endlich das unwohle Gefühl, das sie bei der Hendriks-Sache hatte, erklärte. Ihre Instinkte schrien geradezu danach: schuldig!

Jedoch waren die Gespräche, die Hendriks bislang mit seinem Verteidiger führte, eher ermüdend als aufschlussreich. Ebenso nichtssagend waren die Besprechungen mit seinen Angestellten, die er kurzerhand beurlaubt hatte, und auch die Sitzung mit seinen Kollegen, die nicht nur seine außerordentlichen Fähigkeiten als Chirurg schätzten, sondern ihn auch als guten Freund sahen. Das Seltsamste an der ganzen Sache war allerdings nicht, dass Hendriks ausschließlich Freunde hatte, von denen niemand seine Unschuld anzuzweifeln schien, sondern dass er bisher kein einziges Mal einen Gedanken an Tia Wright in Zusammenhang mit Mord oder Folter verschwendet hatte.

Entweder Hendriks war tatsächlich schuldlos, wie er nicht müde wurde, zu beteuern oder ein so guter und kaltblütiger Lügner, dass er sich die Unwahrheiten bereits selbst glaubte. Ein Phänomen, das unbestritten existierte, allerdings hätte Josy eine Lüge von der Wahrheit unterscheiden können müssen, solange sie in seinem Kopf steckte. Was sie nicht konnte. Weder sein Denken noch seine Körpersprache verrieten, ob er sich nur verstellte oder tatsächlich die Wahrheit sagte. Einzig diese dunklen Empfindungen, die Josy bereits in seinem Haus in Illinois wahrgenommen hatte und die sie auch in seinem Verstand fortwährend spürte, hielten sie davon ab, ihm seine Wahrheit auch nur im Ansatz zu glauben. Sprach man ihn auf Tia Wright an, so wie Ray es bei der Vernehmung vor zwei Tagen getan hatte, blitzte außerdem etwas in seinem Unterbewusstsein auf. Kein Bild, nichts Greifbares, sondern nur eine Emotion. Etwas Beklemmendes, das selbst Josy, obwohl sie nur als unbeteiligte Zuseherin in seinem Verstand verweilte, eine schmerzende Gänsehaut beschert hatte. Etwas Dunkles,

Grausames und Erbarmungsloses, das sie in der Tat selbst sowie in seinen blassen Augen erkannt hatte. Es schmeckte genauso beängstigend und beunruhigend wie das Empfinden, das ihr während der Hausdurchsuchung im Nacken saß.

Auch wenn momentan alle verfügbaren Fakten dagegenzusprechen schienen und sich immer mehr Steine in ihren Weg legten, stand für Josy fest, dass Hendriks etwas mit dem Mord an der Tochter des Abgeordneten zu tun hatte. Nur was, war hier die Frage – neben unzähligen anderen. Doch egal wie aussichtslos im Moment alles aussah, früher oder später würde Hendriks sich verraten. Er konnte diese Farce nicht ewig aufrecht halten, und bis es soweit war, stand ein Aufgeben nicht zur Debatte, zumindest nicht, solange ...

»Verdammt, Will! Lass mich sofort runter!«

In einer einzigen Bewegung hatte er sie über seine Schulter geworfen und marschierte auf die Tür ihres Büros zu. Überrascht von seiner Hartnäckigkeit und ebenso verärgert, weil er wusste, wie schwierig es war, eine Verbindung auf diese Distanz zu Hendriks aufrecht zu halten, trommelte sie auf seinen Rücken. Was vergleichsweise soviel brachte, als werfe man Kieselsteine gegen eine Betonwand, um sie zu Fall zu bringen. »Scheiße! Will! Ich meine es ernst!«

»Ich auch«, gab er zurück und wanderte weiter durch die Gänge des FBI-Quartiers dem Ausgang entgegen.

Dass der Rest der Mannschaft sie anstarrte, nachdem sie ihnen ausweichen mussten und Josys schwarzer Zopf beinah über den dreckigen Linoleumboden streifte, war ihr egal. Wills Nonchalance hingegen, die er sich von Ray abgeschaut haben musste, nicht. »Lass. Mich. Runter!«

Keine Reaktion.

»Heilige Scheiße, Will, hör auf mit diesem Quatsch!«

»Das sagt die Richtige.«

»He! Ich mach hier nur meine Arbeit!«

»Du bist besessen, Josy. Das muss aufhören.«

»Ich bin besessen?« Sie verschränkte die Arme, nachdem sie ihren Zopf dazwischen eingeklemmt hatte. »Ich bin hier nicht die

Einzige, die etwas erreichen will. Alle anderen arbeiten genauso hart an dem Fall, nur mich willst du mal wieder beschützen.« Sie warf einer Agentin, die die Augen verengte, um besser zu erkennen, wer da kopfüber hing und vor sich hin schimpfte, einen bitterbösen Blick zu.

»Stimmt. Ich beschütze dich, und zwar vor dir selbst. Falls du es nicht mitbekommen hast: Du bist hier die Einzige, die bisher keine Pause eingelegt hat. Alle anderen tun, was ich verlange.«

»Klar, Häuptling und es passt dir mal wieder überhaupt nicht, dass ich nicht nach deiner Pfeife tanze, richtig? Das ist es also. Du kannst mich nur zu Hause als gleichberechtigten Partner akzeptieren, aber hier, während der Arbeit bin ich es nicht!«

Will blieb stehen. »Willst du das jetzt hier mit mir ausdiskutieren? Oder möchtest du lieber warten, bis wir allein sind?«

Josy sah sich um. Inzwischen waren einige der Agenten und Bürokräfte stehen geblieben und glotzten sie ungeniert an. Fest biss sie die Zähne zusammen. Gott, er hatte recht. Mit allem. Aber Himmel, wie konnte er auch nur annehmen, dass sie es schaffte, eine Pause einzulegen, während sie wusste, dass in Hendriks ein kranker Irrer steckte, der frei herumlief und sich eher früher als später nach seinem nächsten Opfer umsehen würde, wenn sie ihn nicht aufhielten?

Erst heute Morgen fand Ray zu den fünf Vermisstenanzeigen, in denen Jim Hendriks Name auftauchte, noch zwei dicke ungeklärte Fallakten. Dabei hatte das Genie des Teams nicht mal genügend Zeit gehabt, richtig und gründlich die Datenbanken zu durchforsten, weil er am besten an fünf Orten gleichzeitig sein sollte, um Zeugen zu vernehmen. Fest stand: Der Chirurg hatte Dreck am Stecken. Ganz gewaltig sogar, und wenn nicht er es war, der das Mädchen getötet hatte, dann jemand, mit dem Hendriks zu tun hatte.

»Mr Turner, Ms Silver. Ich wünsche einen guten Abend.«

Bitte, lieber Gott, nicht! Nicht jetzt. Nicht hier. Am besten gar nicht. Schon seine Stimme verursachte ihr Magenprobleme. Ein Blick, wenn auch verkehrt herum, in Parkers scharf geschnittenes Hyänengesicht reichte, und sie hätte sich sofort übergeben können. Wenn die rechte Hand des Polizeipräsidenten sich in das Wespennest der FBI-Behörde wagte, konnte das kein gutes Zeichen sein.

Will stellte sie ab und Josy warf ihren Zopf zurück, während sie wartete, bis sich ihr Blut wieder im ganzen Körper verteilt hatte.

»Was verschafft uns die Ehre?«, wollte Will wissen und lotste den schlanken, mittelgroßen Mann, der sich viel zu viel Zeug ins Haar schmierte, in das nächste Besprechungszimmer, das frei war.

Wie selbstverständlich nahm sich Parker eine Flasche Mineralwasser, die inmitten des langen Tisches neben fünf Gläsern auf einem Tablett stand. Nachdem er die Flasche zwei Mal zwischen den Händen hin und her gereicht hatte, schob er seinen dürren Anzugträgerhintern auf die Tischplatte. Geräuschvoll zog Josy einen Stuhl heran und setzte sich demonstrativ. Will tat es ihr gleich, nur dass er um einiges imposanter wirkte, als er zusätzlich noch die Arme vor der breiten Brust verschränkte und Parker einen undurchdringlichen Blick schenkte, jenen, den auch Wolkows Scherge professioniert hatte.

»Ich bin hier wegen des Falls Tia Wright.«

Zack, da war die Katze aus dem Sack. Und was für eine. Die musste zumindest nicht den ganzen Winter durchgefüttert werden. Himmel, womit hatten sie das nur verdient?

»Der Abgeordnete Andrew Wright ist ein enger Vertrauter und Freund von Cunningham, dem Gouverneur. Sie spielen an den Wochenenden mit meinem Vorgesetzten Golf«, fuhr er fort, ohne auf eine Erwiderung zu warten.

Es musste schließlich knallen und das tat es auch. Wright – Cunningham – der Polizeipräsident Wolkows. Oh Mann, die Welt war echt ein Dorf. Einen Haufen sich viel zu wichtig nehmender Anzugträger, die ihnen permanent auf die Füße traten, fehlte ihnen zu dem ganzen Chaos gerade noch. Die Lösung dieses Falls gestaltete sich um einiges schwieriger als angenommen. Noch nie war ihnen ein Täter buchstäblich vor der Nase herumgetanzt, ohne die geringste Chance, ihn dingfest machen zu können und nun mischte sich auch noch Rang und Namen ein, die ihnen diese Tatsache allzeit vor die Stirn klatschen würden. Ein Gutes hatte das Ganze.

Josy war wieder hellwach.

Zumindest, als Parker sagte: »Wolkows hat Wright einen seiner besten, ehemaligen Ermittler zur Verfügung gestellt. Niklas Heavers. Er arbeitet seit drei Jahren für eine große Detektei in Ohio und hat sich als Rechtsanwalt ausgegeben, was ihm ermöglichte, in Jim Hendriks engsten Kreis vorzudringen. Seit drei Tagen wird er vermisst.«

Nun war auch Will wieder voll da. »Gibt es Ermittlungsakten?«

Parker lächelte verhalten. »Ja, die gibt es. Viel wichtiger ist jedoch die Frage, wo Heavers abgeblieben ist, finden Sie nicht?«

»Nein, diese Frage ist nebensächlich, solange man nicht seine Leiche gefunden hat«, erklärte Will trocken. »Bisher gibt es ein weibliches Opfer und vieles deutet darauf hin, das Jim Hendriks dahintersteckt, was die einzig relevante Frage aufwirft: Ist Hendriks ein Mörder oder nicht? Für verdeckte Ermittler bin ich nicht zuständig, solange es nicht meine eigenen sind.«

Parker nickte. »Das ist ein Argument. Nun gut. Sie können die Berichte von Heavers einsehen. Ein Anruf genügt und sie landen auf Ihrem Rechner.«

»Worauf warten wir dann noch?«, fragte Will, ohne seine sitzende Position in eine stehende übergehen zu lassen, wie Parker es ganz offensichtlich erwartete, denn er stand bereits.

Gespannt, was der Mann wieder einmal in petto haben könnte, sah Josy ihn an. Schon bei ihrer ersten Begegnung war ihr der drahtige Kerl mit den schmalen, arglistigen Augen suspekt gewesen und leider wiederholten sich diese Begegnungen in letzter Zeit ziemlich oft. Seit er erfahren hatte, dass das *Team Zero* aus Special Agents mit paranormalen Fähigkeiten bestand, fand er immer öfter den Weg zu ihnen, um Will und das Team in Ermittlungen der Bundespolizei zu verwickeln. Leider verwechselte Parker dabei allzu oft ihre Gaben mit Zauberei. Immerhin bewahrte er Stillschweigen. Worauf sie vermutlich auch nur so lange hoffen durften, wie sie ihm den Dreck von den Schuhen putzten.

»Da gibt es tatsächlich einen kleinen Gefallen, den sie mir tun müssten«, sagte Parker und setzte dieses widerliche Lächeln auf, welches die wirklich relevante Frage aufwarf, wieso es ihm noch niemand aus dem Gesicht geprügelt hatte. »Ich will wissen, wo sich Lieutenant Chogan Stafford aufhält.«

Oh, oh. Nun kannte sie zumindest jemanden, der knapp vor einem solchen Vorhaben stand.

»Was wissen Sie von Stafford?«, fragte Will und es klang, als würde ein Eisberg auf den anderen treffen.

Josy verschränkte vorsorglich die Finger ineinander, um Will nicht versehentlich zurückzuhalten, sollte er sich auf Parker stürzen.

»So ziemlich alles, möchte ich meinen. Inklusive der kleinen, blutigen Eskapade, zu der er sich dank Ihrer Unterstützung hinreißen ließ. Oder soll ich es anders formulieren? Alles, inklusive jeglicher Information über die Organisation, für welche er gearbeitet und die er mit ihnen zusammen vernichtet hat.«

Die Stille, die auf diese Aussage folgte, hätte nicht durchdringender sein können und als Josy erkannte, wie sich Will neben ihr anspannte, wusste sie, nun mehr als nur ein dringliches Problem zu haben.

Chogan war einer seiner ältesten Freunde. Keinen Mann schätzte und respektierte Will so sehr wie den Lieutenant, und Josy war sicher, wie er sich entscheiden würde, nun, wo man ihn vor die Wahl gestellt hatte. Parker hingegen hatte davon noch keine Ahnung.

»Vielleicht wissen Sie es nicht, Mr Turner, aber Lieutenant Stafford hat, bevor er sich dieser ominösen Organisation anschloss, für einige von Cunninghams Freunden im *Sicherheitsdienst* gearbeitet. Der Abgeordnete Wright ist also darüber im Bilde, was der Lieutenant für ihn und seine Familie tun könnte, sollte man keine Beweise finden, die Mr Hendriks als schuldig erweisen.«

»Ich bitte Sie, nun zu gehen«, sagte Will gefährlich ruhig und setzte damit nicht nur die Geheimhaltung des ganzen Teams, sondern auch noch das Ansehen der hiesigen FBI-Station aufs Spiel.

Auch wenn man es dem Mann in teurem Maßanzug und mit diesem dümmlichen Lächeln auf den blassen Lippen nicht ansah, aber er besaß Einfluss. Genug, um sie alle in Grund und Boden zu stampfen und Will hatte gerade mehr als deutlich gemacht, dass er es darauf ankommen lassen würde.

Parker steckte die Hände in die Taschen seiner Hose und vertiefte das Lächeln. »Überlegen Sie es sich, Mr Turner. Ich gebe Ihnen bis morgen früh Zeit, ansonsten verfällt mein Angebot.«

Will ersparte sich die Abschiedsfloskeln und blieb reglos und mit verschränkten Armen sitzen, bis die Tür von außen ins Schloss fiel. Erst dann erhob er sich.

»Lass uns an die Arbeit gehen.«

»Will.« Sie fasste nach seinem Arm. »Du hast dich richtig entschieden.«

Ziemlich ungalant fuhr er sich durch das kurze, schwarze Haar und anschließend übers Gesicht. »Parker wird uns alle gewaltig in den Arsch treten.«

»Wir werden es überleben. Wie immer.«

Er atmete scharf aus, was wohl halb Verzweiflung, halb Belustigung über ihren unerschütterlichen Optimismus ausdrücken sollte.

»Du hast gestern versucht, Chogan zu erreichen«, sagte sie, um ihn daran zu erinnern, für wen er das Risiko, sie alle auffliegen zu lassen, auf sich nahm. Der Lieutenant hatte Will sowie Ray, Jeff und den inzwischen verstorbenen Max beim Militär ausgebildet. Als einer der jüngsten Ausbilder war er auch einer der gefürchtetsten gewesen. Dennoch, so erzählte ihr Will, hatte er sich immer korrekt und gerecht verhalten. Egal wie erbarmungslos und mit welcher Härte Chogan die Jungs antrieb, er hatte sie immer spüren lassen, wie viel ihm ihre Leistung und die Bereitschaft, alles zu geben, bedeutete. Im Gegensatz zu den restlichen Offizieren bewahrte Chogan seine Menschlichkeit und vergaß nicht, wie man sich als Mensch anderen Menschen gegenüber zu verhalten hatte. Dass er niemals seine Autorität gegen die Männer, die ihm untergeordnet waren, ausspielte, sondern wie alle seine Schützlinge jede Übung, jeden mörderischen Marsch durch die Wälder mitmachte, mitschwitzte und mitlitt, während er sie mit aufmunternden Worten anspornte, hatte Will nachhaltig beeindruckt.

Und obwohl sie alle sehr genau wussten, was der Lieutenant in den letzten Jahren getan, aber auch durchlitten hatte, sah Will zu ihm auf wie zu einem großen Bruder, den er für seine Stärke und seinen Mut bewunderte. Josy kannte keinen zweiten Mann, dem Will mit mehr Respekt und Hochachtung begegnete und sie verstand ihn nur allzu gut. Chogan war ein außerordentlicher und sehr selbstloser Mensch, das hatte er mehr als einmal unter Beweis gestellt, als er dem Team ohne zu zögern Hilfe anbot, obwohl er es war, der Hilfe bitter nötig gehabt hätte. Dass er ihre Unterstützung ausgeschlagen hatte, nagte immer noch an Will, der hoffte, ihn eines Tages ins Team holen zu können.

»Er geht nicht ans Telefon«, erwiderte Will. »Ich habe ihm auf die Mailbox gesprochen, aber bis jetzt hat er nicht zurückgerufen.«

Josy nickte. »Lass ihm Zeit. Er braucht diesen Abstand.«

Was Corinna Chogan angetan hatte, war wahrlich kein leichter Brocken. Auch nicht die fünf Jahre, die er darauf der Organisation zur freien Verfügung stand. Der Lieutenant war ein stolzer Mann und würde schwerlich mit diesen Demütigungen klarkommen. Doch wie sagte man? Die Zeit heilt alle Wunden. Irgendwann würde Chogan genug von der Einsamkeit mitten im Nirgendwo haben und sich nach dem Gefühl sehnen, gebraucht zu werden und durch den Einsatz seiner Fähigkeiten etwas Besonderes und Wertvolles leisten zu können. Ein Drang, den sie alle nur zu gut kannten und der Chogan irgendwann zu ihnen führen würde.

»Ich weiß, dass er Zeit braucht.« Will zog Josy zu sich heran und umarmte sie fest. Zärtlich drückte er seine Lippen auf ihren Scheitel. »Ich liebe dich.«

»Ich dich auch.«

8. Kapitel

Samstag, 9. November, Nebraska

Paige hatte Dean in die Badewanne gesetzt, als es an der Zimmertür klopfte. Das Frühstück. Kaffee für Paige, heiße Schokolade für Dean und Blaubeermuffins für sie beide. Schon beim Gedanken daran lief ihr das Wasser im Mund zusammen und ihr Magen brummte. Sie legte das Handtuch, mit dem sie sich die Haare getrocknet hatte, auf den Waschtisch und beugte sich über die Badewanne, um das Wasser abzustellen. Von Dean guckte nur mehr der Kopf heraus, so viel nach Honig und Kokos duftender Schaum hatte sich gebildet. Sie tippte ihm gerade auf die Nasenspitze, als es erneut klopfte.

»Ich komme gleich wieder, Honey. Nicht weglaufen, hörst du?«

Dean kicherte und auch in Paiges Mundwinkel stahl sich ein Lächeln, während sie in das Nebenzimmer ging. »Einen Moment, bitte.«

Sie warf den Morgenmantel auf das Bett und schlüpfte rasch in frische Jeans und ihren abgetragenen, dunkelroten Lieblingspullover. Kurz schüttelte sie ihr Haar aus, dann ging sie auf die Tür zu.

Eine Tasse Kaffee, darauf freute sie sich. Danach wollte sie die Tagesplanung in Angriff nehmen. Hoffentlich hatte der Zimmerservice nicht das Telefonbuch vergessen, um das sie bat. Sie brauchte dringend neue Reifen und eine Autobatterie, um am späten Nachmittag nach Wyoming aufzubrechen, wo sie für morgen ein Treffen mit Christopher vereinbart hatte. Er wusste inzwischen, dass sie kommen wollten. Gleich nach dem Aufstehen hatte sie bei ihm angerufen und zu ihrer Erleichterung freute er sich, seine langjährige Freundin und Dean wiederzusehen. Auf die Sache mit den neuen Papieren wollte sie erst bei ihrem Treffen zu sprechen kommen.

Paige drehte den Schlüssel im Schloss, öffnete und verharrte mitten in der Bewegung. Die Klinke fest im Griff, setzte ihr Herz für einen Schlag aus, nur um sofort einen Takt schneller zu pochen, bis der sehnsuchtsvolle Rhythmus durch ihren gesamten

Körper geflossen war. Was war das für ein Gefühl, das übrig blieb? Unermessliche Freude? Aufregung? Erstaunen?

»Überrascht?«, fragte der Fremde und antwortete gleich selbst. »Ich schätze, ja.«

Sie war tatsächlich überrascht, doch gleichsam bezaubert, ausgerechnet ihn vor der Hotelzimmertür stehen zu sehen. Ebenso groß, kräftig und unverschämt attraktiv auf diese derbe, abgerissene Weise, wie sie sich sein Abbild eingeprägt hatte. Frisch rasiert, in ausgeblichenen Jeans und einem schwarzen Rollkragenpullover, der seinen muskulösen Oberkörper ungemein betonte, sah er sogar noch einen Tick verwegener und dadurch umso besser aus. Und wie schon am Abend zuvor löste seine Gegenwart auch jetzt ein Flattern im Bauch aus, das bis in die Fingerspitzen kribbelte. Als sie seinem Blick begegnete, der nicht mehr ganz so finster wie gestern wirkte, schlich sich ein Lächeln auf ihre Lippen, das dort festzukleben drohte.

»Guten Morgen«, sagte sie und gab sich Mühe, nicht ganz so aufgewühlt zu klingen, wie es nach außen hin den Anschein machen musste. Aber sie konnte nicht anders, als sich zu freuen, ihn wiederzusehen. Sie war in der traurigen Gewissheit eingeschlafen, dass dies niemals passieren würde und nun stand er vor ihr. Anziehend. Aufregend. Überlebensgroß. Kein Wunder, dass ihre Wangen glühten und ihr das Luftholen schwerfiel.

»Ich habe Frühstück dabei«, erklärte er mit herrlich dunkler Stimme, die jedoch nichts von seinem Empfinden preisgab und deutete auf die braune Tüte, die er mitgebracht hatte. »Darf ich reinkommen?«

»Rieche ich da etwa Kaffee?«, fragte Paige und trat zur Seite. »Dann herzlich willkommen.«

Ein Lächeln.

Es war eigentlich nur ein flüchtiges Zucken seiner Mundwinkel und ein kurzes Aufflammen in seinen Augen, aber es entging ihr nicht und die Reaktion ihres Körpers folgte prompt. Ein Schauder rieselte über ihre Wirbelsäule. Wenn seine Nähe auf offener Straße ihre Welt entrücken konnte und sein Lächeln sie schwindlig machte, wie sollte sie es schaffen, mit ihm im gleichen Zimmer zu sein?

Sie schloss die Tür und lehnte sich mit dem Rücken dagegen, um kurz durchzuatmen.

Ihr Besucher war mitten im Raum stehen geblieben und verschaffte sich einen Überblick über das vorherrschende Chaos. Himmel, sie hatte nur einen Rucksack bei sich, wo kam das ganze Zeug plötzlich her? Kleidung sowie ein paar Spielsachen von Dean lagen herum, dazu das ungemachte Bett mit den zerwühlten Laken, wo er länger als nötig hinsah. Sie wünschte inständig, vorher aufgeräumt zu haben. Peinlich berührt nestelte sie am Saum ihres Pullovers und war erleichtert, als er sich ihr zuwandte, seine Miene so unergründlich wie zuvor.

»Ihr habt alles bekommen, was ihr braucht?«, fragte er.

»Ja, danke.« Aufmerksam beobachtete sie, wie er die Tüte auf den Esstisch stellte, der neben ihm winzig wirkte und das Papier auseinanderfaltete. Eine banale Handlung und dennoch faszinierte sie jede seiner Bewegungen, die für einen Mann seiner Größe und seiner kräftigen Statur erstaunlich anmutsvoll wirkten.

»Der Kleine ist in der Badewanne?«

»Dean, ja.«

Sie ließ vom Saum ihres Pullovers ab, schob den Strickstoff zurück auf ihre Schulter, wo er hingehörte und nahm den Becher entgegen, den er ihr reichte. Dabei berührten sich ihre Hände länger als nötig und sie genoss das Gefühl rauer, warmer Haut auf ihrer.

»Ich habe mich gestern nicht vorgestellt«, sagte er. »Mein Name ist Chogan Stafford.«

Ein außergewöhnlicher Name. Aber er passte zu ihm. »Paige Prescott.«

»Ich weiß«, entgegnete er und es schwang ein klein wenig Amüsement mit, was sofort von Nüchternheit verdrängt wurde. »Ich schulde dir noch eine Entschuldigung, Paige. Was gestern vorgefallen ist ... Es tut mir leid, dich erschreckt zu haben. Das war nicht meine Absicht.«

»Du musst dich nicht entschuldigen«, erwiderte sie und packte diese wogenden Empfindungen endlich am Schlafittchen. Bei allen Heiligen, sie war keine Siebzehn mehr! Demnach würde sie sich auch wie eine Erwachsene benehmen können. In seiner Gegenwart schien das jedoch nicht möglich. Obwohl sie sich heute wunderbar fühlte, existierte nach wie vor diese anlehnungsbedürftige Seite in ihr und die wünschte sich nichts sehnlicher, als sich in die Arme dieses Mannes schmiegen zu dürfen, um zu vergessen, wie schrecklich kalt und rau die Welt da draußen war. Sie wünschte sich, Trost und Halt für sie beide. Wünschte, seine festen Lippen wachküssen zu dürfen, um selbst wachgeküsst zu werden. Dieses einsame Herz berühren zu dürfen, um sich nicht mehr so einsam zu fühlen. Gegen jede rationale Erklärung erschien er ihr als der einzige Mensch auf diesem Planeten, der das heftige Bedürfnis nach Geborgenheit und Zuneigung stillen konnte. Eine Nacht in seinen Armen und sie würde sich vermutlich unsterblich fühlen. Bei der Vorstellung, sein Körper nackt neben ihrem, biss sie sich auf die Unterlippe, nur um sich sofort zur Ordnung zu rufen.

Sie räusperte sich. »Nein, du musst dich wirklich nicht entschuldigen. Es ist alles okay. Mir geht es gut.«

Chogan nickte, wenn auch nicht sonderlich überzeugt, aber es schien, als würde auch er die letzte Nacht aus seinem Gedächtnis streichen wollen. Alles, außer ... Nein, begriff Paige und fühlte eine Spur von Wehmut aufkommen. Die Erwartung, er möge dieselbe unerklärbare Sehnsucht, diese innige Verbundenheit fühlen, entsprach ihrem Wunschdenken. Obwohl er heute weder argwöhnisch noch mürrisch wirkte, blieb seine Haltung genauso unnahbar und sein Blick ebenso zurückhaltend wie gestern. Natürlich. Immerhin kannten sie sich kaum. Wussten nichts voneinander. Vermutlich fing sie bereits an, verrückt zu werden. Träume und Wünsche mit der Realität zu vermischen, bis sie das eine vom anderen nicht mehr unterscheiden konnte. Gerade sie müsste wissen, wie selten Wünsche in Erfüllung gingen. Bisher hatte sie für jeden stets große Opfer bringen müssen oder vergebens darum gebetet.

»Warum bist du hier?« Paige nippte am Kaffee, um den faden Geschmack runterzuspülen. Dann stellte sie den Becher auf den Tisch.

»Können wir uns einen Moment setzen?« Chogan deutete auf

den Stuhl und sie folgte seiner Bitte.

»Ich möchte euch gern helfen. Egal wovor du flüchtest und was dir gestern so große Angst gemacht hat, du müsstest das nicht allein durchstehen.«

Verblüfft schaute sie ihn an. Sie hatte mit Vielem gerechnet. Sich Vieles erhofft, als er unerwartet vor der Tür stand, vielleicht sogar, er würde anbieten, ihr Auto wieder fit zu bekommen. Dass er versuchen würde, sie auf dieser sehr verletzbaren Ebene zu erreichen, darauf war sie nicht vorbereitet. Er überrumpelte sie und berührte eine schmerzende Wunde, von der sie hoffte, sie würde irgendwann von selbst heilen. Darüber reden, was sie so tief in sich verschlossen hielt, wollte und konnte sie nicht. Sie war noch nicht bereit, sich mit dem, was man ihr angetan hatte, auseinanderzusetzen und würde es vielleicht niemals sein.

»Ich komme zurecht«, erklärte sie und setzte ein unverbindliches Lächeln auf.

Chogan lehnte sich zurück, verschränkte die Arme vor der breiten Brust und betrachtete sie, als würde er in sie hineinsehen können. Vielleicht konnte er das auch. Paige war nie ein schwer zu durchschauender Mensch gewesen, sondern viel zu offenherzig. Vermutlich trug diese Offenheit dazu bei, sie so einfach verletzen zu können, wie es Unzählige bereits getan hatten.

»Verstehe«, sagte er bedächtig. »Ich will dich weder bedrängen noch musst du mir sagen, wovor du flüchtest. Deshalb bin ich nicht hier.«

Nein, sie musste es ihm nicht sagen. Weil er es bereits wusste. Sie sah in seine Augen, in denen zu viel Wissen um Elend und Leid zu liegen schien und verstand. Er kannte ihre Geschichte, wusste vermutlich sehr gut, wie es dort in diesem verschlossenen Winkel ihrer Seele aussah und sie konnte nicht sagen, ob sie Erleichterung empfinden sollte oder tiefe Scham.

In seinem Gesicht suchte sie nach einer Antwort und fand sie in jeder Narbe, in jedem harten und verbitterten Zug. Was sie in den zwei Jahren in Jims Obhut erlebt hatte, war eine Nichtigkeit im Vergleich zu dem, was er erlitten hatte. Paige schluckte trocken und betrachtete ihre Hände, die in ihrem Schoß lagen, während

Traurigkeit wie heißes Öl in ihr Bewusstsein tropfte. Nicht ihretwegen. Seinetwegen. Doch Chogan verkannte ihr Schweigen.

»Paige«, sagte er und es fühlte sich wie eine Liebkosung an. »Bitte hör mir zu. Du musst dich nicht quälen. Lass mich dir helfen. Freunde von mir arbeiten für das FBI in Colorado. Sie könnten ...«

Ruckartig hob sie den Kopf, was ein dumpfes Pochen hinter ihrer Stirn auslöste. »Nein. Keine Polizei.« Ihre Stimmung schoss auf einen Tiefpunkt zu, und ehe sie sich versah, war sie aufgesprungen und irrte wie ein Tiger im Käfig auf und ab.

Chogan erhob sich ebenfalls und trat näher, bis die Wärme seines Körpers sie zu versengen drohte. »Diese Menschen könnten euch helfen«, versuchte er ihr begreiflich zu machen, doch sie hatte längst verstanden und machte einen Schritt zurück, um aus seiner Reichweite zu gelangen.

»Keine Polizei«, wiederholte sie fest. Sie war nicht so weit gekommen, um sich Jim sofort wieder auszuliefern. Sobald sie auf einem Revier saß, würden keine zwei Stunden vergehen, bis er sie gefunden hatte. Bei Gott, nein. Sie würde nicht zulassen, dass das Spiel von vorn begann, bis sie irgendwann nicht mehr unterscheiden konnte, wer von ihnen der Übergeschnappte war.

Paige straffte sich. »Versteh mich bitte nicht falsch«, räumte sie ein, um falsche Schlüsse nicht erst aufkommen zu lassen. »Ich bin keine flüchtige Kriminelle und will deshalb nichts mit der Polizei zu tun haben. Warum ich ... Es sind sehr persönliche Gründe, die mich antreiben.«

»Das habe ich bereits begriffen und ich verstehe dich, aber ich würde das Team, von dem ich spreche, nicht mit der Polizei vergleichen.«

Chogan blieb ruhig, während in ihr ein Blizzard tobte. Dennoch versuchte sie, zumindest höflich zu klingen. »Bist du hier, weil du dich schuldig fühlst?«, fragte sie offen und etwas blitzte in seinem Gesicht auf. Ja, er fühlte sich schuldig wegen der Panikattacke, die sie erlitten hatte. »Denn das musst du nicht. Wie du siehst, geht es mir ausgezeichnet und du kannst gern wieder gehen.«

Sie wusste, sich wie ein trotziges, stures Kind zu benehmen. Aber die Angst, Jim könnte sie finden und die Tatsache, dass

Chogans Antrieb rein seinen Schuldgefühlen zuzuschreiben war, bohrten sich wie glühendes Eisen in ihre Brust, was rationales Denken nicht mehr zuließ.

»Ich bin hier, weil ich euch helfen möchte.«

Er kam überraschend nah, fasste nach ihren Armen und Paige spürte die Mauer in ihrem Rücken. Sie kam nicht raus, war zwangsläufig gefangen, nicht nur zwischen irrationaler Angst und Bedauern.

»Paige, sieh mich an. Bitte.«

Ihr Puls pochte bis zum Hals und sie musste einmal mehr erkennen, zu welch emotionalem Krüppel man sie gemacht hatte und dafür schämte sie sich. Dennoch sah sie Chogan an, der ihr so viel Güte und Verständnis entgegenbrachte, dass sich ein Knoten in ihrem Magen bildete.

»Ich bin hier, weil ich euch helfen möchte«, wiederholte er vorsichtig. »Ich bin hier, weil ich glaube, dass du einen Freund nötig hast. Ich kann dir nicht versprechen, ein guter Freund zu sein, aber ich werde mir Mühe geben. Was ich dir allerdings versprechen kann, ist, dass dir und deinem Kind nichts geschehen wird, solange du mir vertraust. Das werde ich nicht zulassen. Niemals.«

Sie glaubte ihm. Zweifelte keine Sekunde, dass er in der Lage war, sie zu beschützen, doch gleichzeitig fragte sie sich, wie viel es ihn kostete, ihr diese Sicherheit anzubieten. Zwei Menschen, deren Seelen gezeichnet waren, standen sich gegenüber und Paige senkte die Lider, um den Schmerz erträglicher zu machen.

»Kannst du das? Mir vertrauen?«, wollte er wissen und seine Stimme klang belegt.

Er hob ihr Kinn, damit sie ihn ansehen musste und ihr sank das Herz, als sie die eigentliche Frage erkannte. Kannst du es? Kannst du einem Mann wie mir vertrauen? »Chogan, ich ...«, kann dir vertrauen! Doch dazu kam sie nicht.

Dean rief nach ihr und der intime Augenblick zerplatzte wie eine Seifenblase. Chogan ließ sie los und trat zurück, als die Tür zum Badezimmer aufging und Dean, eingewickelt in ein großes Handtuch, das Zimmer betrat. Sobald er des Besuchers gewahr wurde, erhellte sich sein Gesicht.

»Hi«, grüßte Dean erfreut und ohne Scheu.

»Hey Kumpel.« Chogan deutete einen Salut an und Deans Grinsen wurde noch breiter.

»Hast du uns Frühstück mitgebracht?«, wollte er wie selbstverständlich wissen und erinnerte Paige daran, ihm noch nichts zu essen gegeben zu haben.

Sie war völlig durcheinander. Wieder mal. Trotz Wirrwarr in ihrem Inneren musste sie eine Entscheidung treffen. Keinesfalls wollte sie Chogan in ihre chaotischen Probleme hineinziehen und ihm noch mehr aufhalsen. Immerhin gab es bereits eine annehmbare Lösung. Neue Papiere und Hunderte Meilen Autofahrt in den Norden Kanadas.

»Klar habe ich Frühstück. Deshalb bin ich doch hier.« Chogan nahm die Tüte und holte einen Muffin mit Schokoguss heraus, den er Dean reichte.

»Wow! Danke.«

»Gern geschehen.«

»Setz dich damit an den Tisch, Honey«, verlangte Paige, weil sie sonst nur wie eine armselige Beobachterin dagestanden hätte. Sie konnte sich nicht erinnern, wann ihr Kind jemals einen fremden Menschen so schnell an sich herangelassen hatte. Dean setzte sich mit dem Frühstück und seinem Lesebuch an den Tisch und plötzlich spürte sie wieder Chogans Blick auf sich ruhen.

»Du würdest nicht nur dir selbst, sondern auch dem Jungen einen Gefallen tun, wenn du meine Hilfe annimmst.«

»Ich treffe mich Morgen mit jemandem.«

Chogans Miene blieb unverändert. »Und wie will dir dieser Jemand helfen?« Bevor sie den Mund aufmachte, um ihm irgendetwas zu erzählen, nur nicht die Wahrheit, sagte er: »Du willst dir Papiere besorgen.«

Sie strich sich die feuchten Haare hinter die Ohren. »Ja.«

»Du willst immer auf der Flucht sein?«, fragte er viel zu ruhig und zugleich ungläubig. »Glaube mir, das macht nichts besser, sondern alles nur noch zermürbender.«

Ich weiß, wovon ich rede, hätte er nur noch anfügen müssen. Er rieb sich über den kahl rasierten Schädel, dann stieß er den

Atem aus. Als er sie ansah, hatte er sich und seine Gefühle wieder fest im Griff.

»Wo triffst du diesen Bekannten?«

»In Wyoming. Morgen am späten Nachmittag.«

Er nickte. »Willst du Dean mitnehmen?«

»Werde ich müssen.«

Chogan sah zum Fenster hinaus, betrachtete eine Weile die wogenden Eichenäste, die der eisige Wind küsste, dann schaute er wieder Dean an, der genüsslich seinen Muffin verspeiste und durch sein Buch blätterte.

»Ich habe neue Reifen bestellt. Sie werden morgen, spätestens übermorgen geliefert. Dein Rover wird zu mir nach Hause gebracht und ich werde die Reifen montieren, sobald sie da sind. Inzwischen borge ich dir meinen Wagen, damit du deine Erledigungen machen kannst. Mein Haus liegt zwischen hier und Wyoming. Wenn ihr wollt, könnt ihr dort so lange bleiben, bis ihr die Papiere bekommen habt.«

Seine Bereitschaft zu helfen und die Selbstlosigkeit, die damit verbunden war, machten sie sprachlos. Sie brauchte einige Sekunden, ehe sie sich gefangen hatte. »Warum tust du das alles?«, wollte sie wissen und hoffte auf eine ehrliche Antwort. Sie versuchte, ihn zu verstehen. Zu begreifen, warum er sie nicht einfach ihrem Schicksal überließ und gleichzeitig wollte sie sich nicht wie eine lästige Verpflichtung vorkommen, für die er sich unwillentlich verantwortlich machte.

»Weil es keinen Gott gibt, der die Dinge für euch wieder richten wird.«

*

Chogan legte den Rucksack in den Kofferraum und schloss die Klappe des Eskalade. Dann wartete er, bis Paige Dean angeschnallt hatte, der die letzten fünf Minuten damit beschäftigt gewesen war, sich ein Spiel für seine Konsole auszusuchen. Sobald Chogan den Motor angelassen hatte, war der kleine Kerl bereits in seiner eigenen Welt und es kehrte Ruhe ein. Zumindest was die beiden betraf. Dean spürte man kaum und Paige schien mit ihren Gedanken woanders, während sie aus dem Fenster sah.

Dabei dankte er dem Himmel, dass sie in ihre dicke Jacke gehüllt neben ihm saß. Was bedeutete, nicht dem Anblick ihrer nackten Schulter und ihrer kleinen, runden Brüste ausgesetzt zu sein, die sich herrlich straff unter dem viel zu dünnen Pullover abzeichneten. Die Fahrt zu seiner Blockhütte dauerte eine gute Stunde und eine Stunde hätte andernfalls eine kleine, unerträgliche Ewigkeit bedeutet. Der Geruch weiblicher Reize, der inzwischen den Wagen und jeden Winkel seines Verstandes erfüllte, reichte völlig, um gewisse Körperteile permanent schmerzen zu lassen. Tatsächlich war er darauf vorbereitet gewesen, dass ihre Nähe sein Blut zum Kochen bringen würde. Allerdings setzte er nach dem Inferno vom Vortag voraus, es nun ertragen zu können. Scheinbar war er ein noch größerer Narr, als er es für möglich gehalten hatte.

Es war alles andere als einfach, sich in Paiges Nähe aufzuhalten und gleichzeitig den Impuls zu unterdrücken, ihren zierlichen Körper an sich zu ziehen, um ihren blumigen Duft und ihr betörendes Licht einzuatmen, das ihn auch heute magisch anzog und jeden noch so primitiven Instinkt in ihm weckte. Die Vorstellung, ihr diesen verdammten Pullover auszuziehen, ihr die enge Jeans über die Beine zu streifen, um sie nackt auf sein Bett zu legen, war mehr als verlockend. Noch verlockender war die Ahnung, wie sie sich unter ihm anfühlte, während er sie überall streichelte und ihre glatten Schenkel über seine glitten. Seidig zart. Weich. Überaus erregend und ...

Stopp! Das musste aufhören! Jetzt. Sofort. Wenn er verhindern wollte, dass das Feuer in seinen Lenden ihn mit Haut und Haaren versengte, bis sein Verstand komplett ausgeschaltet war, musste er diesem absurden und unangemessenen Verlangen auf der Stelle Herr werden. Aber bei allen Heiligen und Unheiligen, Paiges fragile Erscheinung, die Unschuld, die sie verkörperte, samt diesem mächtigen, inneren Strahlen, das ihn fortwährend in eine Art Rauschzustand versetzte, war eine Versuchung, der er nur mühsam würde widerstehen können. Und das, obwohl er sein Leben lang nichts anderes tat und kannte, als sich in eiserner Selbstbeherrschung zu üben. Ihr zarter Duft, der feminine Schwung ihrer Hüften, ihr einnehmendes Lächeln ... Kleinigkeiten reichten bereits und schon begann seine Beherrschung zu bröckeln. Er hatte keinen Schimmer, wie er es zwei Tage in ihrer Gegenwart aushalten sollte, ohne dieser heftigen, unbarmherzigen Lust nachzugeben, die sie mit aller Gewalt in ihm schürte. Besser, er hätte das durchgedacht, bevor er ihr aus ziemlich unvernünftigen Gründen anbot, bei ihm einzuziehen. Das Bedürfnis, Dean und Paige zu beschützen, vor wem auch immer sie davonrannten und ihre Verletzbarkeit auszugleichen, war deutlich stärker als seine Vernunft. Und so wahr ihm Gott helfe, der Kerl, der es gewagt hatte, sich an Paige zu vergehen und ihr noch immer solch große Angst machte, durfte ihm nicht unterkommen. Der Gedanke an den Unbekannten reichte, um Chogans Zorn zu schüren, bis alles in ihm danach verlangte, diesem elenden Feigling das Fürchten zu lehren. Kein normaler Mensch vergriff sich an Schwächeren. Was musste das für ein jämmerlicher Psycho sein?

Als Chogan bemerkte, dass er das Lenkrad umklammerte und die Knöchel an seinen Händen weiß hervorstachen, versuchte er, sich zumindest etwas zu entspannen und die an die Nieren gehenden Grübeleien einzustellen. Keinesfalls wollte er, dass sich Dean oder Paige auch noch vor ihm fürchteten.

Als jemand unvermittelt nach seinem Arm griff, zuckte er zusammen.

»Alles okay?«

Zögernd, als spürte Paige den Tumult in seinem Inneren, sah sie ihn an und Chogan nickte. »Alles gut. Bei dir auch?«

»Bei mir auch«, erwiderte sie und lächelte ihn vorsichtig, fast schon entschuldigend an. »Manchmal möchte ich Gedanken lesen können. Du runzelst seit zwanzig Minuten die Stirn. Ich hoffe, du bereust nicht, uns mitgenommen zu haben.«

Überrascht, dass sie an so etwas Absurdes auch nur denken konnte, sah er sie an und erkannte Unsicherheit, die er im Hotelzimmer bereits wahrgenommen hatte. Nun schien sie sich noch unwohler in ihrer Haut zu fühlen und schuld daran waren offensichtlich er und seine andauernde Schweigsamkeit. Er war es nicht gewohnt, sich in Gesellschaft zu befinden und sich zu unterhalten. Nicht mehr. Früher war das anders gewesen. Früher war vieles anders gewesen.

»Wieso sollte ich etwas bereuen, wenn ich es selbst angeboten habe? Das wäre ziemlicher Unsinn, findest du nicht?«

Sie zupfte an den Bändern ihrer Jacke und wich seinem Blick aus, um wieder aus dem Seitenfenster zu schauen. Es fuchste ihn, dass sie anscheinend noch immer dachte, er würde nur helfen, weil er sich schuldig wegen ihrer Panikattacke fühlte. Es tat ihm leid, dass er der Auslöser dafür gewesen war, aber seine Gründe, ihr helfen zu wollen, gingen tiefer als ein Gefühl der Schuld. Er hatte sich nie jemandem verpflichtet gefühlt, wenn nicht aus freien Stücken und er tat es auch jetzt nicht. Vielleicht musste er deutlicher werden, um es Paige begreiflich zu machen.

»Was wirst du tun, wenn du die neuen Papiere hast?«

Sie schwieg, bis Chogan glaubte, sie würde ihm nicht mehr antworten. Schließlich rang sie sich doch durch, ihn an ihren Plänen teilhaben zu lassen und er wusste das Vertrauen zu schätzen, das sie ihm entgegenbrachte.

»Ich werde in den Norden Kanadas fahren und einen Neubeginn wagen.«

Ein Neubeginn. Dasselbe hatte er auch gewollt, leider war er an sich selbst gescheitert. Inzwischen hatte er die Hoffnung, so etwas wie Normalität und einen Rhythmus in sein Leben zurückzubekommen, aufgegeben. Aber Paige war anders als er. Sie besaß noch diesen naiven Optimismus, der sie stärkte, der ihm längst abhandengekommen war. Allerdings setzte sie sich nicht nur für ihre Zukunft ein, sondern auch für Deans und das würde ihr Kraft verleihen, nicht so schnell aufzugeben. Auf gewisse Weise beneidete er sie für diesen Rettungsanker. So lange er denken konnte, war er auf sich allein gestellt. Von Rückhalt oder Familie hatte er so gut wie keine Ahnung. Seit seine viel jüngere Schwester einem Wahnsinnigen zum Opfer gefallen war, hatte seine Familie nicht mehr funktioniert. Er war zwölf gewesen, als man seine Mutter in eine Nervenheilanstalt einwies und sein Vater sich dem Alkohol zuwandte. Die Erinnerung war mehr als zwanzig Jahre alt. Dennoch schmerzte es, als wäre es gestern gewesen, als er in die ausdruckslosen Augen seiner geliebten Mutter sah, um dort ein erschreckend dunkles Nichts zu erblicken.

Als er spürte, dass Paige ihn betrachtete, erkannte er, gedanklich mal wieder völlig abgedriftet zu sein.

»Worüber denkst du nach?«, wollte sie wissen und biss sich sogleich auf die Unterlippe, als hätte sie sich mit dieser Frage zu weit vorgewagt.

Ihr Blick brannte auf seiner Haut und er wünschte, sie würde etwas anderes sehen als die unschönen Entstellungen und die hässlichen Narben in seinem Gesicht. Dieser Wunsch erschreckte ihn beinah noch mehr als die brennenden Gefühle in seiner Brust und das triebhafte Verlangen, ihre sinnlich vollen Lippen zu kosten, auf denen sie so gern herumknabberte.

»Über nichts Besonderes«, erwiderte er, ignorierte die Hitze in seinen Lenden und versuchte, an ihr Gespräch von vorhin anzuschließen. »Kanada also. Wird sich dort jemand um euch kümmern?«

»Ja.« Sie schenkte ihm ein Lächeln. »Ich habe Verwandte dort.«

»Das klingt gut.« Auf jeden Fall besser als die Befürchtung, die beiden könnten ohne konkretes Ziel da hochfahren wollen. Das hätte ihm Magenschmerzen bereitet.

»Meine Cousine betreibt eine kleine Pension und ich werde dort mithelfen und wohnen können, bis Dean und ich etwas Eigenes gefunden haben.«

»Dean kommt erst nächstes Jahr in die Schule?«

»Ja. Bis dahin sollte alles geregelt sein.«

Sie klang zuversichtlich und Chogan hoffte, ihre Träume würden sich erfüllen. Sich ein neues Leben aufzubauen, wenn die Vergangenheit einen nicht loslassen wollte, war alles andere als einfach. Er wusste es. Aber Paige glaubte fest daran, es zu schaffen und vielleicht reichte dieser unerschütterliche Glaube aus. Er wünschte es ihr.

»Chogan?« Dean schloss den Deckel seiner Spielekonsole und lehnte sich zwischen den Sitzen nach vorn. »Hast du bei dir zu Hause eine Küche? Meine Mom kann nämlich sehr gut kochen.«

»Dean.« Plötzlich nervös schob Paige den Kleinen zurück und bat ihn, sich wieder anzuschnallen.

»Schon gut«, beschwichtigte Chogan und sah Dean durch den Rückspiegel an. »Klar hab ich eine Küche.« Wo gähnende Leere herrschte, wie ihm bewusst wurde.

»Dann könnte Mom etwas für uns kochen, Spaghetti zum Beispiel und morgen Frühstück machen. Moms Pfannkuchen sind super lecker.«

Paige lief knallrot an und er konnte sich ein Schmunzeln nicht verkneifen. »Klingt gut.« Er stieg auf Deans Gespräch ein, nur um Paige noch ein klein wenig verlegener zu machen. Seltsamerweise gefiel sie ihm mit diesen roten Wangen. »Aber dann müssen wir noch ein paar Zutaten einkaufen.«

»Wir brauchen Tomatensoße«, überlegte Dean, der von der Notlage seiner Mutter nichts mitbekam. »Und Salat. Magst du Salat, Chogan?«

»Klar mag ich Salat.« Mit einem ordentlichen Steak drauf. In diesem Fall vermutete er allerdings, dass er sich auch mit Nudeln zufrieden geben konnte.

Dean grinste bis über beide Ohren. »Toll. Wenn Mom kocht, kannst du ihr helfen und ich decke den Tisch.«

»Klingt fair.«

»Find ich auch.«

Oh Mann, worauf hatte er sich bloß eingelassen? Paige schienen ähnliche Fragen durch den Kopf zu geistern. Sie starrte stur aus dem Seitenfenster und knabberte verlegen auf ihrer Unterlippe herum, was die Enge in seiner Hose nicht gerade erträglicher machte. Andererseits, dachte er, für diesen reizenden Anblick hätte er noch ganz andere Dinge getan als einen kleinen Jungen glücklich zu machen.

Zehn Meilen vor seiner Blockhütte gab es einen Supermarkt, wo er einbog und den Wagen abstellte.

»Wir kommen mit«, sagte Dean schneller, als er den Mund aufmachen konnte, um die beiden dazu aufzufordern und öffnete bereits die Wagentür.

»Moment, Honey«, sagte Paige und wandte sich an Chogan.

»Du musst da nicht mitmachen, nur weil du Dean einen Gefallen tun willst. Wirklich nicht.«

Sie sprach leise, damit der Junge sie nicht hören konnte und sein Blick blieb an ihrem verlockenden Mund hängen, was seinen Puls in ungeahnte Höhen jagte. Er räusperte sich. »Kein Problem. Ich mag Spaghetti und Pfannkuchen.« Und dich. Ganz besonders, wenn du in Verlegenheit gerätst.

»Okay«, meinte sie, jedoch klangen ihre Zweifel durch und plötzlich konnte er nicht anders, als den Arm auszustrecken, um ihr eine freche, seidige Haarsträhne aus der Stirn zu streichen.

»Du denkst zu viel«, sagte er und genoss die Wärme ihrer weichen Haut unter seinen Fingern. »Hör auf damit. Hör auf zu glauben, ihr würdet mir Umstände bereiten. Das tut ihr nicht.«

Als würden seine Worte sie bannen, starrte sie ihn aus diesen herrlich leuchtenden Augen an, was Feuerströme durch seine Adern schickte. Himmel, wie schön diese Frau war und wie gut es tat, sie bei sich zu haben. Auch wenn er sich in ihrer Gegenwart ständig in einer Zwangslage befand, konnte er gleichzeitig glatt vergessen, wer er war und was alles hinter ihm lag. Paiges schüchterne, unbedarfte Art erlaubte ihm, sich wie ein Mensch zu fühlen und vertrieb den eisigen Schmerz aus seinem Inneren, der seit so vielen Jahren sein Leben bestimmte.

Aber durfte er es? Durfte er diesen Frieden und diesen Trost empfinden? Für den Moment wollte er die Antwort darauf nicht wissen.

*

Paige benötigte ein paar Minuten, um sich zu sammeln und ihre Gefühle mit ihrem rastlosen Geist in Einklang zu bekommen. Noch nie hatte sie ein Mensch so sehr verwirrt wie Chogan es konnte, und noch nie war sie in schlimmere Verlegenheit geraten, während sie in der nächsten Sekunde nur noch ans Küssen dachte. Chaos war kein Ausdruck mehr, um zu beschreiben, wie es in ihr aussah. Von daher kam ihr der kleine Ausflug in den Supermarkt sehr entgegen. Zeit, um wieder Fuß zu fassen und von dem Himmelstripp herunterzukommen.

Innerlich tief durchatmend half sie Dean, die Zutaten für das Abendessen zusammenzutragen. Für einen Freitagnachmittag war es ziemlich ruhig in dem überschaubaren Supermarkt. Leise Country-Musik rieselte aus den Lautsprechern. Ein Mädchen im Teenageralter schlichtete ohne Hast Lebensmittel in die Kühlvitrine, eine weitere junge Frau stand auf einer kniehohen Leiter und sortierte die Reihe mit den Marmeladen neu, nachdem sie die Warenbretter abgewischt hatte. Außer einer vierköpfigen Familie und einem älteren Mann, der sich nicht zwischen drei Sorten Rasierschaum entscheiden konnte, war nicht viel los. Dennoch brauchte Paige eine Weile, um zu bemerken, dass ihnen immer wieder verstohlene Blicke zugeworfen wurden, während sie zu dritt durch die Gänge schlenderten. Dean quasselte unentwegt, wenn er nicht gerade wie der Blitz zwischen den Regalreihen hindurchflitzte, um Nudeln und Soße vor ihnen zu entdecken und das hatte sie immer wieder abgelenkt.

Nun fiel ihr die mollige Frau Mitte fünfzig jedoch auf, das ergraute Haar streng zurückgebunden, die hinter der Ladentheke stand und sie misstrauisch beäugte. Dennoch glaubte Paige zuerst, sich ihren Argwohn und den der restlichen Angestellten nur einzubilden. Als sie jedoch Chogans Anspannung wahrnahm, wurde ihr klar, dass tatsächlich sie es waren, die diese spürbar ablehnende Aufmerksamkeit auf sich zogen. Nicht sie und auch nicht Dean, stellte Paige ernüchtert fest. Chogan. Ihm galten die vernichtenden, kritischen Blicke und schlagartig kam ihr die blonde Frau von gestern Abend an der Hotelrezeption wieder in den Sinn. Auch sie hatte den kräftigen, großen Mann mit den vielen Narben im Gesicht angesehen, als wüsste sie nicht ob sie ihn davonjagen, oder selbst davonrennen sollte.

Dass die Menschen so auf ihn reagierten, obwohl er weder unfreundlich noch feindselig mit jemandem umging, entzog sich ihrem Verständnis. Schlimmer noch. Es machte sie sprachlos, aber auch gleichzeitig wütend, was eine fast unerträgliche Hitze aufsteigen ließ. Als das Pärchen vorbeikam und der Vater seine Tochter an die Hand nahm, die Chogan jedoch nicht mal registrierte, platzte Paige beinah der Kragen. Was war bloß mit dieser Welt nicht in Ordnung? Woher diese Engstirnigkeit? Warum solche Vorurteile? Gut, Chogan mochte vielleicht eine ziemlich imposante Erscheinung abgeben, und mit den ganzen Muskeln unter seiner schwarzen Kleidung samt seinem dunklen Blick erinnerte er tatsächlich ein bisschen an einen wilden, ungezähmten Krieger. Aber ihn deshalb anzusehen, als könnte er jeden Moment auf einen der Leute losspringen, um demjenigen an die Kehle zu gehen? Das war doch absurd! Offenbar wussten die wenigsten, dass ein schlechter Charakter nicht zwangsläufig etwas mit dem Äußeren zu tun hatte – was sie sehr wohl wusste. Und scheinbar war es noch dazu den meisten egal, jemand anderen mit ihrer Intoleranz zu verletzen. Auch wenn Chogan es nicht bewusst wahrzunehmen schien, was um ihn herum ablief – sie nahm es sehr wohl wahr und sie würde den Teufel tun und zulassen, dass er dafür bestraft wurde, nur weil er einem kleinen Jungen einen so banalen Wunsch wie ein gemeinsames Abendessen erfüllte. Beherzt und entschlossen griff sie nach dem Einkaufskorb zu ihren Füßen und sah hoch zu den Regalen.

»Chogan?«

Er drehte sich zu ihr um. »Ja?«

»Könntest du mir bitte die Sirupflasche von da oben runterholen?«

In dem Moment schoss Dean um die Ecke, pflügte dabei beinah das kleine Mädchen um und zog unweigerlich die Aufmerksamkeit des halben Ladens auf sich, während er im Sturzflug und samt einer Packung Milch in den Händen auf sie zugesegelt kam.

»Hey Kumpel, nicht so schnell«, rief Chogan halb besorgt, halb amüsiert über Deans verkniffenen Gesichtsausdruck und schnappte sich den Kleinen, bevor er die Bruchlandung vollenden konnte. So sollte sich die Sache zwar nicht entwickeln, dachte Paige mit verhaltenem Atem, aber immerhin hatte Dean mit seinem Auftritt ihrem Plan nun die Krone aufgesetzt. Wie Paige vermutet hatte, reagierte Chogan auf ihre Bitte ganz gentlemanlike.

»Hilfst du mir mal?«, fragte er den Jungen, den er noch immer auf dem Arm hatte. »Deine Mom will diese Sirupflasche da oben haben. Wir müssen sie runterholen. Schaffst du das?«

Dean nickte eifrig und Chogan hob den Kleinen hoch, während Paige den Vater beobachtete, der nun nicht mehr ganz so abwertend dreinsah, bevor er mit seinem Anhang weiterzog. Gut so, dachte sie innerlich triumphierend über diesen kleinen, aber für sie nicht unwesentlichen Sieg und nahm die Sirupflasche entgegen.

»Danke, Honey.«

»Gern geschehen«, erwiderte Dean und tippte sich mit zwei Fingern seitlich an die Stirn, wie Chogan es im Hotelzimmer getan hatte. Im ersten Moment wusste Paige nicht, ob sie lachen oder einfach nur verblüfft darüber sein sollte. Aber das bekam Dean nicht mehr mit, denn er hatte sich wieder Chogan zugewandt, um seinen ultracoolen Sturzflug mit Händen und einem extrabreiten Lächeln im Gesicht Revue passieren zu lassen. Dabei beobachtete sie den großen, kräftigen Mann, der geduldig zuhörte und dem Kleinen seine volle Aufmerksamkeit schenkte. Und das, obwohl sie beide Fremde für Chogan waren und er sich nicht im Geringsten auf Dean einlassen müsste. Dennoch tat er genau das und zwar mit einer Gelassenheit und Selbstverständlichkeit, als wäre es das Normalste der Welt.

Himmel, was für ein fantastischer Mann! Chogan war beinah zu fantastisch, um Wirklichkeit zu sein. In ihrer Wirklichkeit existierten keine fantastischen Männer, die plötzlich wie aus dem Nichts auftauchten, um sie zu retten, um ihr zu helfen, um sich um sie zu kümmern. Sie hätte sich kneifen müssen, um sicherzugehen, nicht zu träumen. Was sie nicht tat. Denn wenn das hier ein Traum war, wollte sie nie wieder aufwachen.

»Können wir noch Schlagsahne mitnehmen, Mom? Für die Pfannkuchen?«, fragte Dean und zupfte an den Bändern ihre Jacke, nachdem er in aller Ausführlichkeit das Bauchkribbeln während des Sturzfluges beschrieben hatte, das ihrem sehr ähnlich war.

»Natürlich, Schatz.«

Dean legte den Kopf in den Nacken, um zu Chogan aufzusehen. »Magst du Pfannkuchen mit Schlagsahne?«

»Sehe ich so aus, als könnte ich Pfannkuchen mit Schlagsahne widerstehen?«

Dean kicherte und steuerte das Kühlregal an, während Paige ihm schon wieder verdutzt hinterher sah. »Seit wann bin ich eigentlich nicht mehr Mommy, sondern Mom?«

»Tja, sie werden eben viel zu schnell erwachsen.« Chogan nahm ihr den Einkaufskorb ab und sie bemerkte, ihre Frage laut ausgesprochen zu haben.

»Er ist fünf!«

»Das war auch als Scherz gemeint«, erwiderte Chogan und setzte ein Lächeln auf. Ein unwiderstehliches Lächeln, das ihr einmal mehr weiche Knie bescherte. Himmel, wenn er lächelte, war er einfach nur unglaublich heiß! Ein höllisch heißer Ritter in strahlender Rüstung. Oh ja, dieser Traum war es wert, ihn für immer träumen zu wollen.

»Mit so etwas scherzt man nicht«, gab sie lächelnd zurück und hoffte, er würde nicht bemerken, welcher Aufruhr in ihr tobte. »Mir graut davor, wie schnell die Zeit vergeht. Von mir aus könnte Dean das nächste Vierteljahrhundert so bleiben und über Nacht dreißig werden.«

Chogan lachte. Tief und voll. Das Geräusch schoss direkt in ihren Bauch und stellte dort ganz fürchterliche Sachen mit ihr an. Verbotene, intime Sachen, die ihr das Atmen erschwerten und das brachte sie beinah mehr durcheinander als Chogans charmante Art, die langsam zum Vorschein kam.

»Ich glaube, dann würdest du ganz schön was verpassen«, sagte er und funkelte sie heiter an. »Als ich in Deans Alter war, ging die Party erst so richtig los.«

»Ach ja? Will ich das wirklich wissen?« Und wie sie es wissen wollte. Das und noch einiges mehr über diesen interessanten Mann, dessen Lächeln ausreichte, um dieses behagliche Kribbeln zu entfachen. Ein Kribbeln, das sie wohlig warm durchfloss, während all die Schrecken der letzten Jahre in weite Ferne rückten, um dort zu verblassen. Und es tat gut. So unheimlich gut. Am liebsten hätte sie diese wogenden Gefühle in eine kleine Schatulle gepackt, um sie wie einen besonderen Schatz zu hüten, den sie hervorholen konnte, wenn sie wieder aus diesem himmlischen Traum aufwachen und zurück in die unbarmherzige Realität kehren musste.

»Hm, ich bezweifle, dass du dich danach besser fühlst«, meinte Chogan. »Ich war schon als Siebenjähriger ein ziemlicher Draufgänger.«

Sie ließ sich vom Amüsement in seiner Stimme anstecken. »Du? Ein Draufgänger? Das kann ich mir beim besten Willen nicht vorstellen.«

»Glaub es ruhig«, sagte er und es klang fast so, als ob er sie necken wollte. »Ich hatte einen besten Freund. Railey. Er war genauso verrückt nach Abenteuern wie ich. Zusammen haben wir den Wald hinter unserer Wohnsiedlung unsicher gemacht. Unser Revier, nannten wir es und wir waren die Sheriffs, mit den besten Geheimwegen, um unsere Feinde auszuspionieren. Frag nicht, wie oft unsere Mütter einem Herzinfarkt nahe waren, wenn sie uns wieder mal bis spät nachts suchen mussten. Dabei konnten sie uns gar nicht finden, denn wir hatten die besten Verstecke überhaupt.«

»Mein Gott! Du warst ja ein richtiger Wildfang.«

»Oh ja, wir waren richtig wilde Kerle.«

»Dann kann ich wohl nur hoffen, dass Dean von diesem Abenteuergen verschont wurde.«

Chogan runzelte die Stirn. »Ich denke nicht.«

»Ach nein?«

»Nein. Er hat diesen Blick.«

»Welchen Blick?«, fragte sie entsetzt.

»Den, den auch Railey hatte. Den Hitzkopf-Blick«, erwiderte er in vollem ernst, was Paige dazu veranlasste, ihn zu mustern. Dabei bemerkte sie die anziehenden Grübchen um Chogans verschiedenfarbige Augen, die ihr bisher nicht aufgefallen waren und die sich vertieften, je länger er sie ansah. Er lachte sie aus. Innerlich. Innerlich krümmte er sich vor Lachen. Oder doch nicht?

»Du nimmst mich auf den Arm, nicht wahr?«

»Das würde ich niemals tun.«

»Natürlich tust du es«, sagte sie und klapste ihm auf den Oberarm. Die kurze Berührung reichte bereits, um sie vom Scheitel bis zur Sohle zu entflammen und sie zog die Hand rasch wieder zurück.

»Okay, ein bisschen vielleicht.« Er schmunzelte und strich sich dabei über den Nacken, als wüsste er selbst nicht, wie es dazu kommen konnte, sich ihr zu öffnen und dabei auch noch zu scherzen. Gegen ihre Befürchtung, er würde sofort zurückrudern, sagte er: »Du bist aber auch ziemlich leicht auf den Arm zu nehmen, Lady. Vielleicht sollte ich dir ein paar Tricks verraten, damit du so schamlose Attacken in Zukunft rechtzeitig durchschauen kannst.«

»Dafür gibt's Tricks?« Offenbar konnte sie das Geplänkel ebenso wenig wieder einstellen wie er. Diese freimütige Seite an ihm gefiel ihr viel zu gut.

Paige nickte nachdenklich. »Ach, stimmt. Ich weiß schon, was du meinst.«

»Tatsächlich?« Chogan sah sie mit hochgezogener Braue an.

»Natürlich. Zu Schulzeiten war mein bester Freund ein Kerl. Sozusagen bin ich auch mit allen Wassern gewaschen.«

»Was du nicht sagst.«

»Du brauchst nur ein gutes Pokerface. Das ist alles.«

»Tja, da muss ich dich leider enttäuschen, Baby, das Pokerface braucht nur derjenige, der auf den Arm nimmt.«

»Oh, da täuscht du dich aber gewaltig, mein Lieber. Du musst nur wissen, wann der richtige Zeitpunkt gekommen ist, um dein spezielles Pokerface ins Rennen zu schicken«, erwiderte sie, setzte ihr strahlendes Lächeln auf und zwinkerte ihm aufreizend zu, nachdem sie auf sehr kecke Weise ihr Haar zurückgeworfen hatte. Chogan wusste offenbar nicht, ob er lachen oder ihr sagen sollte, dass sie ihn tatsächlich erwischt hatte und so kam eine Mischung aus Grunzen und Prusten heraus, was Paige auf bezaubernde Weise mitriss. Fast ein wenig zu kameradschaftlich für ihren Geschmack legte er einen Arm um ihre Schulter und zog sie an sich, kurz bevor sie die Supermarktkasse erreichten. Der Geruch nach Mann und Sandelholz war köstlich, ebenso die Hitze, die sein kräftiger Körper ausstrahlte. Als er sich zu ihr beugte und sein Atem ihre Wange streifte, entkam ihr ein leiser Seufzer. »Das war richtig gut, Baby. Vielleicht kannst du mir das ja später noch mal zeigen, wenn wir allein sind.«

»Immer wieder gern«, sagte sie leichthin, während ihr Herz arg ins Stolpern geriet, bevor es einen riesigen Satz tat. Vielleicht waren die Gefühle doch nicht nur einseitig.

9. Kapitel

Wyoming

Insgeheim ahnte Chogan, einen folgenschweren Fehler zu begehen, wenn er nicht bald damit aufhörte, sich gefühlsmäßig immer weiter auf Paige einzulassen. Sie machte es ihm zu einfach, sie zu mögen, sie in sein Herz zu schließen und ihr Vertrauen zu schenken. Zu einfach, zu der Leichtigkeit von damals zurückzufinden und seine Welt nur auf Paige zu reduzieren.

Es musste an der wochenlangen Einsamkeit hier draußen auf seinem abgelegenen Grundstück liegen, dass es ihm viel zu sehr gefiel, sie und den Jungen bei sich zu haben. Sein Haus war ihm noch nie so gemütlich und einladend erschienen wie in den drei Stunden, seit sie angekommen waren.

Nachdem sie gegessen hatten, ließ Paige es sich nicht nehmen, die Küche aufzuräumen, während er das Gästezimmer vorbereitete. Nun lehnte er gegen den Türstock zur Küche und beobachtete, wie Paige mit Dean den Abwasch machte. Er hätte stundenlang hier stehen und zusehen können, wie liebevoll sie mit ihrem Kind umging. Mit wie viel Geduld sie ihm Dinge erklärte, während der Kleine aufmerksam zuhörte und Chogan an ihren sinnlichen Lippen hing, um jedes bedachtsam ausgewählte und liebevolle Wort wie ein Schwamm in sich aufzusaugen.

Paige war ein wunderbarer Mensch. In seinem Leben waren ihm viele Menschen begegnet, aber noch nie jemand, der so viel Güte und Herzlichkeit besaß wie sie. In ihrer Stimme und in ihren wunderschönen Augen lag so viel Wärme, dass er darin zu versinken drohte, während er sie nur beobachtete. Ihr Sanftmut hatte etwas überaus Beruhigendes, während ihr unkompliziertes und natürliches Wesen ihn anzog wie das Licht die Motte.

So sehr er es sich heute Morgen, bevor er zu ihnen aufgebrochen war, geschworen hatte, Abstand zu wahren – er schaffte es nicht. Wie sie dastand, in dieser engen Jeans und in diesem aufreizenden Pullover, der permanent über ihre zierliche Schulter rutschte, was sie unglaublich jugendlich und sexy wirken ließ, täte er nichts lieber, als hinter sie zu treten und die Arme um sie zu legen. Um ihren frischen Duft einzuatmen. Um ihren Herzschlag gegen seine Brust schlagen zu spüren. Um für einen kurzen Augenblick an ihrem und Deans Leben teilzunehmen, anstatt nur die Rolle des Beobachters innezuhaben. Um von dieser Normalität zu kosten, die sie ausstrahlten und die ihn ebenso lockte wie Paiges graziler Körper, ihre sanften Rundungen und ihr liebliches Wesen.

Inzwischen war es nicht mehr nur schwierig, seine Hände bei sich zu behalten. Er konnte auch nicht aufhören, darüber nachzudenken, welchen Plan sie verfolgte. Der Gedanke, dass sie sich Papiere besorgte, um nach Kanada zu flüchten, machte ihm immer mehr Kopfzerbrechen. Er fragte sich, ob es nicht einen anderen Weg gab, damit Paige mit dem, was hinter ihr lag, abschließen und ein neues Leben beginnen konnte. Wenn sie so weit ging, sich eine neue Identität zuzulegen, musste sie befürchten, dass der Kerl, vor dem sie flüchtete, nach ihnen suchen würde und zwar mit einer nicht zu geringen Entschlossenheit, sie zu finden.

War es Deans Vater, vor dem sie davonrannte? Vor dem sie so große Angst hatte? Die Vorstellung, Paige könnte mehr als fünf Jahre von einem Mann schlecht behandelt worden sein, machte ihn krank. Dass sie sich so viel Lebensfreude bewahrt hatte und pure Zuversicht ausstrahlte, war beinah nicht zu glauben. Er würde es auch nicht glauben, wenn er es nicht selbst erlebte und inzwischen zweifelte er nicht mehr daran, dass sie diese besondere Gabe besaß, eine der seltensten überhaupt, von der er bisher nur gehört hatte. Ein Lichtbringer. Ein Mensch, der reine Liebe in sich trug.

Ein alter Volksglaube besagte, dass jedes Jahr ein Engel zur Erde gesandt wurde, der den Auftrag hatte, aus Dunkelheit wieder Licht zu machen. Wo auch immer dieser Engel entlangging, konnte die Liebe wieder frei fließen.

Chogan hatte seinen Glauben an Gott abgelegt, als seine Schwester einem irren Mörder zum Opfer gefallen war und seine Familie zerstört wurde. Gäbe es da oben jemanden, der die Macht besäße, hier unten auf der Erde über Dinge zu richten, würde er wohl kaum so viel Leid und Kummer zulassen, wie er auch sonst überall auf dieser Welt existierte.

Seit er Paige zum ersten Mal gesehen und ihr heilendes Licht gespürt hatte, erinnerte er sich zumindest wieder daran, dass es neben all den schlechten Dingen, neben dieser schrecklichen Verdorbenheit der Gesellschaft, auch noch etwas Gutes gab, wofür es sich zu kämpfen lohnte. Für Menschen wie Paige und Dean.

Sie war nicht die einzige, die diese kleine, helle und überaus besondere Flamme in ihrem Herzen trug. Auch der Junge besaß dieses heilende Licht. Er war es auch, der für ihr inneres Gleichgewicht, für ihren Seelenfrieden sorgte. Paige hatte keine Ahnung von ihrer beider Gabe, das war ihm inzwischen ebenfalls klar. Sie wusste nicht, wie viel Macht sie besaß und vielleicht war es auch gut so. Ihn hatte es zermürbend viele Jahre gekostet, seine telepathische Fähigkeit und gleichzeitig seine Andersartigkeit zu begreifen und damit umgehen zu können. Obwohl Paige ihre Gabe nicht bewusst, sondern instinktiv einsetzte, besaß sie bereits einen unglaublich starken Einfluss, den auch er fortwährend zu spüren bekam. Sie war Trost, Erlösung und Versuchung zugleich und wenn er dieser unglaublichen Frau vor zehn Jahren begegnet wäre, hätte er alles dafür gegeben, sie zu der Seinen machen zu dürfen.

»Chogan«, rief Dean, als er ihn entdeckte und deutete auf den Topf, der in der Spüle stand. »Wir sind fast fertig mit dem Abwasch.«

Paige drehte sich ebenfalls zu ihm um. »Da bist du ja«, sagte sie gut gelaunt. »Ich dachte schon, du hättest dich verlaufen. Und du bist wirklich ganz sicher, dass du hier allein lebst und sich nicht doch irgendwo eine ganze Footballmannschaft versteckt?«

Und wieder hatte sie es geschafft, ihm ein Lächeln zu entlocken. Es war beinah gespenstisch, wie einfach es ihr fiel, ihn für sich einzunehmen. Er wusste nicht, wann er das letzte Mal so oft gelächelt hatte. Es musste über ein Jahrzehnt her sein und so eingerostet fühlte es sich auch an. Eingerostet, nicht unangenehm.

»Da bin ich mir ganz sicher«, sagte er zum wiederholten Mal. Die Blockhütte, die er vor fünf Monaten gekauft hatte, bot mit ihren vier Zimmern und zwei Bädern tatsächlich sehr viel Platz. Der Eindruck wurde durch die breiten Fensterfronten, die für viel Licht sorgten und die offen ineinander übergehenden Räume im Untergeschoss verstärkt – was Sinn der Umbauten sein sollte, die er gleich nach dem Einzug vorgenommen hatte. Keinesfalls wollte er sich auch noch in seinem eigenen vier Wänden wie ein Gefangener fühlen und so hatte er kurzerhand einige Mauern und so gut wie alle Türen im Erdgeschoss entfernt. Nun konnte er sich rühren, ohne sich ständig an die fünf Jahre in seiner sechs Quadratmeter großen Zelle erinnern zu müssen. In einer Einzimmerwohnung mit Ausblick auf den nächsten Betonklotz hätte er spätestens nach einer Woche den Verstand verloren.

Dean kletterte von dem Stuhl, den seine Mom zur Anrichte geschoben hatte und holte ihn damit zurück in die Küche.

»Wir müssen reden, Paige«, sprach er nun endlich aus, was er sich den ganzen Abend vorgenommen hatte und sie nickte, als hätte sie so etwas schon erwartet.

»Dean, möchtest du inzwischen den Tisch abwischen?« Sie reichte ihm ein feuchtes Geschirrtuch und Dean tat, worum er gebeten wurde. Chogan hoffte, dass ihm die DVD, die er eingelegt hatte, ein bisschen mehr Zeit verschaffte, um sich in Ruhe mit Paige unterhalten zu können. Bisher hatten sie kaum ein Wort gewechselt, da Dean ununterbrochen und wie aufgezogen geredet hatte. Nicht, dass es ihn gestört hätte, dem Jungen zuzuhören, aber nun mussten endlich ein paar Dinge geklärt werden, die ihm schon die ganze Zeit im Magen lagen.

Paige schien sich andere Vorstellungen von ihrem Gespräch zu machen.

»Ich habe mich schon gefragt, wo diese beispiellose Courage herrührt, sich mit drei Schlägern anzulegen, um eine Fremde mit ihrem Kind zu retten«, sagte sie anerkennend und deutete hinaus in den Verbindungsgang zwischen Küche und Wohnraum, wo unzählige Abzeichen und Urkunden hingen, mit denen er zu Militärzeiten ausgezeichnet worden war. Allerdings hingen sie dort nicht, um ihn an seine Glanzzeiten zu erinnern, sondern daran, wie tief man sinken konnte, nachdem man all seine Energie jahrelang darauf verwendet hatte, anderen zu helfen.

»Warum hast du mir nicht gesagt, dass du für das Militär arbeitest?«

»Vermutlich, weil ich es nicht mehr tue«, gab er ruhig zurück, obwohl dieses Thema sofort großen Widerwillen wachrief. Das konnte Paige jedoch nicht wissen und wenn es nach ihm ginge, würde sie es auch niemals erfahren. Genauso wenig wie etwas über all die blutigen Schandtaten, die er begangen hatte. Er könnte es nicht ertragen, ihrem Hass zu begegnen, doch sobald sie die Wahrheit über ihn wusste, würde sie genau das tun. Ihn hassen. Abgrundtief.

Paige trocknete sich die Hände an einem Geschirrtuch ab, dann lehnte sie sich gegen die Arbeitsplatte und sah ihn unter langen Wimpern aufmerksam an. »Ich dachte immer, Soldat zu sein ist kein Job, sondern eine Lebenseinstellung.«

»In diesem Land haben die Menschen offenbar eine ziemlich verquere Ansicht, was das Militär betrifft.« Das Militär war ein verlängerter Arm der Regierung und somit jeder Soldat, jeder Offizier und Admiral eine austauschbare Marionette. Nicht mehr und nicht weniger.

»Dann ist es also verkehrt, in einem Mann wie dir einen Held zu sehen?«, fragte sie ehrlich überrascht und die stille Bewunderung in ihrem Blick stach ihm tief ins Fleisch. Gern wäre er der Mann gewesen, den sie sich da zusammendichtete. Allerdings war er weit davon entfernt, dieser Mann zu sein. »Ich bin kein Held, Paige.«

»Nein?« Plötzlich vergnügt, funkelte sie ihn an. »Dann bist du nicht Lieutenant Chogan Stafford?«

Ihm gefiel die Richtung überhaupt nicht, die dieses Gespräch nahm, deshalb fasste er sich kurz und hoffte, dass sie den Wink verstand. »Das ist lange her.«

»Weißt du, diese Bescheidenheit gefällt mir außerordentlich gut«, sagte sie und schenkte ihm ein Lächeln. Ein allumfassendes, ehrliches und strahlendes Lächeln, das ihn Glauben machte, nach einer Ewigkeit in Finsternis würde nun endlich die Sonne aufgehen. Für eine Sekunde vergaß er, worüber gesprochen wurde. Für eine Sekunde vergaß er sogar, zu atmen. Alles, was er noch wahrnehmen konnte, waren ihre leuchtenden Augen, ihr sinnlicher Mund, der wie zu einem Kuss leicht geöffnet war und die Enge in seiner Hose, die zur Qual wurde, sobald sie sich auch noch verlegen über die eigenen Worte auf die Unterlippe biss.

Zur Hölle mit seinen Vorsätzen! Er wollte Paige küssen. Jetzt. Hier. Auf der Stelle. Nur ein einziges Mal, um zu erfahren, ob sie genauso gut schmeckte, wie er es sich seit Stunden ausmalte. Er wollte seine Hände in ihr seidiges, fransiges Haar vergraben und sie an seinen Körper ziehen, damit sie fühlen konnte, wie gut ihm gewisse Dinge an ihr gefielen. Und das hatte ganz sicher nichts mit Bescheidenheit zu tun.

Paige räusperte sich, schnappte sich das Geschirrtuch und wischte über die Arbeitsplatte, nachdem sie ihm den Rücken und somit ihre aufreizende Kehrseite zugewandt hatte. »Es tut mir leid, so war das nicht gemeint.«

Leider hatte er keinen blassen Schimmer, was ihr gerade leidtun könnte und vermutlich sollte ihm das ordentlich zu denken geben.

Herrgott noch mal! Zu solch abenteuerlichen Hormonverirrungen war es nicht mehr gekommen, seit er zwanzig war, was über vierzehn Jahre her war und selbst in jungen Jahren konnte er dabei noch so weit denken und handeln, um früh genug die Notbremse zu ziehen, wenn eine Sache aus dem Ruder zu laufen drohte. Denn das passierte hier gerade und zwar ganz gewaltig. Er war niemand, der seinen Gefühlen nicht in jeder Situation Herr war. Dass er kurz davorstand, sich zu vergessen, nur wegen des Verlangens nach einem Kuss, machte ihm Angst. Es bedeutete gleichzeitig, auch alles Dunkle in ihm nicht kontrollieren zu können. Was verheerende Folgen hätte und niemals passieren durfte, solange Paige oder Dean in seiner Nähe waren. Diese Vorstellung brachte ihn auf den Boden seiner Tatsachen zurück und er verdrängte all diese verrückten Empfindungen.

»Paige?«

»Ja?«

»Könnten wir einen Moment über diesen Bekannten sprechen, zu dem du morgen fahren wirst? Es klingt vielleicht seltsam, aber ich habe kein gutes Gefühl dabei.«

Sie wandte sich ihm wieder zu. »Ein Bekannter ist vielleicht ein unglücklicher Ausdruck. Ich hab dir doch gesagt, dass ich einen männlichen Freund seit Schulzeiten habe. Christopher ist dieser jemand.«

»Du kennst jemanden seit deiner Schulzeit, der Papiere fälscht?«

Paige zog die Nase kraus. »Tja, Christopher war schon immer ein ziemlicher Freak, aber er ist harmlos.«

»Es gibt keine harmlosen Freaks.«

Sie kam näher und legte ihre Hand auf seinen Unterarm, die dort winzig wirkte. Die Wärme ihrer Haut drang durch seinen Pullover und versengte ihn nahezu. Dennoch genoss er die Berührung. Und zwar viel zu sehr.

»Ich weiß es wirklich zu schätzen, was du alles für uns tust, Chogan. Aber du musst dir nicht auch noch meine Sorgen aufhalsen. Das ist unnötig.«

»Hm«, machte er, um sie nicht gleich wieder zu verschrecken, wie es heute Morgen im Hotelzimmer passiert war. »Allerdings gäbe es auch noch eine andere Lösung, als sich eine neue Identität zuzulegen und abzuhauen, weißt du?«

»Ja? Welche denn?«, fragte sie, ohne auf eine Erwiderung zu warten und ließ ihre Hand wieder sinken, was eine seltsame Leere in ihm zurückließ. »Ich muss das tun, Chogan. Ich will von vorn anfangen. Alles hinter mir lassen.«

»Und das kannst du nur unter einem neuen Namen?«

Sie sah ihn an. Lange. Als würde sie ihre Worte sehr genau abwägen. Schließlich seufzte sie tief und ließ sich auf einen der Stühle plumpsen, die um den kleinen Frühstückstisch standen. »Der Mann, vor dem ich davonlaufe, ist ...«

»Deans Vater?«

Sie schüttelte den Kopf. Nein? Himmel, wie viele Idioten gab es auf dieser Welt eigentlich? Und wie viel Pech musste man haben, gleich auf zwei von dieser Sorte zu treffen?

»Dean war vor zwei Jahren sehr krank«, begann Paige und schon der erste Satz ließ ihn verkrampfen. »Es wurde ein Herzfehler diagnostiziert, allerdings fehlte mir Geld, um ihn ordentlich untersuchen zu lassen, geschweige denn mir eine Operation zu leisten.« Ein Schatten huschte über ihre zarten Züge. Scham und Gewissensbisse, und er verstand diese Gefühle. Es musste die Hölle bedeuten, sein krankes Kind nicht richtig versorgen zu können.

»In diesem Krankenhaus, in dem Deans Herzfehler entdeckt wurde, arbeitete ein Arzt. Es war reiner Zufall, dass ich ihm dort eines Abends über den Weg lief. Er war nur für eine Woche dort, um einer Gruppe junger Ärzte eine neue Operationstechnik beizubringen. Als er erfuhr, dass ich mir die lebenswichtige Operation für Dean nicht leisten konnte, bot er mir an, es kostenlos zu tun.«

Kostenlos. Nicht umsonst. Was ihr unsicher ausweichender Blick bestätigte. Dutzende Möglichkeiten, dieses *Kostenlos* zu vergüten, schossen ihm durch den Kopf. Eine um die andere Übelkeit erregender.

»Was verlangte er für seine Hilfe?«

Paige zuckte mit den Schultern und Chogan hockte sich vor ihr nieder. Er war sicher, dass er die Antwort besser verkraftete, wenn er nicht stand. »Was verlangte er, Paige?« Seine Stimme klang gefasst, aber in ihm wütete bereits reinster Zorn, der roten Nebel in seinem Kopf aufwallen ließ. *Reiß dich zusammen, verdammt noch mal! Jetzt ist nicht der richtige Augenblick, um dich zu vergessen!*

»Er wollte, dass ich mit Dean bei ihm einziehe. Ich sollte ihn zukünftig zu Veranstaltungen begleiten.«

Chogan wusste, dass das längst nicht alles war, was dieser Dreckskerl verlangte. Eine solch tragische Situation auch noch auszunutzen, war mehr als krank und er schluckte die deftigen Flüche, die ihm auf der Zunge lagen. Was für ein elender Hurensohn!

»Ich weiß, was du jetzt denkst«, sagte Paige beschämt und blickte wieder zu Boden. Chogan konnte nicht antworten. Er musste sich zusammenreißen, um nicht laut zu werden, um seine Frustration über die Ahnung, was man Paige angetan hatte, nicht hinauszubrüllen.

»Und du hast recht«, flüsterte sie. »Es ist abartig, denn ich habe es freiwillig getan.«

Um ihr Kind vor dem Tod zu retten. Zur Hölle! Er musste hier raus. Er musste sich die Seele aus dem Leib rennen, um wieder klar denken zu können. Er musste ...

»Du musst mich für eine kranke Irre halten«, sagte Paige und wollte aufstehen.

Chogan packte sie an den Schultern und drückte sie auf den Stuhl zurück. Dann nahm er ihre Hände in seine viel größeren und verdrängte mit aller Macht Wut und Empörung, bevor er sie wieder ansah. »Wie heißt dieser Kerl?«

»Chogan ...«

»Ich will seinen Namen wissen.«

»Chogan, bitte. Du hast keine Ahnung.«

»Die Ahnung, die ich habe, reicht. Und nun sag mir, wie der Kerl heißt, der dich dazu gezwungen hat ...«

Sie entzog ihm ihre Hände. »Nein.«

»Paige!«

»Nein, Chogan. Du weißt nicht, wozu dieser Mann fähig ist. Er ist mächtig. Er hat Beziehungen zur Polizei, zu Politikern und zu noch mächtigeren Leuten, die ihn alle hochgradig schätzen. Niemand weiß, wer er wirklich ist, dass er über Leichen gehen würde, um ...« Sie verstummte. Tränen schimmerten in ihren Augen und als sie wieder sprach, tat sie es sehr leise, sodass er sie über seinen dröhnenden Puls beinah nicht verstand. »Jemand hat mir geholfen, mit Dean von ihm wegzukommen, sonst hätte ich es niemals geschafft und dieser jemand ist nun ...«

Tot.

Scheiße! Noch nie hatte Chogan einen Drink nötiger gehabt als in diesem Moment. Barsch fuhr er sich über den Schädel, bis hinunter zu seinem Nacken, nur um seine Hände zu beschäftigen. »Was hast du dann getan? Hast du die Polizei verständigt?«

Paige schloss die Augen. »Nein«, flüsterte sie voller Schuld und Reue. »Ich habe den Mann überfahren, der Niklas erschossen hat. Danach bin ich mit Dean geflüchtet.«

Dean. Er war dabei gewesen. Chogan stieß heftig Luft durch die Nase, um das beißende Empfinden loszuwerden, das ihm den Hals zuschnürte. Verflucht, was hatten die beiden alles mitmachen müssen?

»Verstehst du es jetzt?«, fragte sie. »Verstehst du, dass ich weit weg möchte, um mit Dean ein neues Leben anzufangen?«

Er verstand es. Aber er konnte nicht akzeptieren, dass sie es auf diese unvernünftige Weise tun wollte. Neue Papiere waren kein Garant, dass der Kerl sie nicht doch aufspürte. Außerdem durfte ein solcher Drecksack nicht mit so etwas davonkommen. Niemals!

»Ich muss vergessen, was geschehen ist und von hier fortgehen.« Beschwichtigend streichelte sie über seinen Handrücken und lächelte ihn zaghaft an. »Außer du bietest mir an, für immer hier in deinem Haus zu bleiben und uns zu beschützen.«

»Ich ...«, *bin vermutlich ein noch größeres Arschloch als der Kerl, vor dem du wegrennst.* Verdammt! Es stimmte. Er hatte sich nie in seinem Leben an einer Frau vergriffen, aber was er für das Militär und auch während der Arbeit im Sicherheitsdienst der Regierung getan hatte, machte ihn noch zu etwas viel Schlimmeren. Zu einem Mörder. Zu einem gewissenlosen Bastard. Zu einem Monster.

»Das war nicht ernst gemeint«, sagte sie, vermutlich, weil er dreinsah, als wäre ihm plötzlich schlecht. So war es auch. Ihm war speiübel. Paige strich sich eine Haarsträhne hinter das Ohr. »Ich werde morgen zu Christopher fahren. Es ist richtig, es zu tun.«

»Richtig wäre, wenn du diesen Mann hinter Gitter bringen würdest, damit er das, was er dir angetan hat, niemals wieder tun kann.« Damit du nachts schlafen kannst. Damit du dich nicht jeden Tag fragen musst, ob er dir irgendwo auflauert. Oder Dean.

Gequält verzog sie die Lippen. »Ich würde mit meinen Anschuldigungen nicht durchkommen.«

»Das weißt du nicht.«

»Doch, ich weiß es, Chogan.« Ihre ruhige Stimme und die Endgültigkeit ihres Beschlusses, die sie damit ausdrückte, brachten ihn unglaublich auf.

Er war auch so ein Narr gewesen, der dachte, sich hier draußen zu verbarrikadieren, würde ihm die ersehnte Erlösung bringen. Aber das stimmte nicht. Es war nur schlimmer geworden bis hin zur Unerträglichkeit. Was er getan hatte, verfolgte ihn, brachte ihn innerlich jeden Tag ein bisschen mehr um – ein qualvoller Tod auf Raten, den er bestimmt verdient hatte. Aber doch nicht Paige! Jede einzelne Grausamkeit, die man ihr angetan hatte, würde sie ihr Leben lang verfolgen, sie quälen, sie in ihren Träumen heimsuchen, während sie immer im Ungewissen lief, wo sich der Mann, der ihr dieses Schicksal aufgebürdet hatte, gerade aufhielt. Das war alles andere als gerecht, zum Teufel noch mal!

»Chogan, bitte versteh ...«

Nein, das hier verstand er nicht! »Himmel, Paige, sei doch vernünftig! Ich weiß, was es bedeutet, vor der Vergangenheit wegzurennen. Sie holt dich immer wieder ein. Immer und immer wieder. Du wirst nie zur Ruhe kommen. Ist es das, was du willst? Dass dich dieser ganze Mist für den Rest deines Lebens verfolgt?«

Mitgefühl leuchtete ihm entgegen, so gleißend hell, dass ihr Licht ihn bannte und er nicht anders konnte, als ... mit beiden Händen fasste sie nach seinem Gesicht, kam näher und hauchte ihm einen flüchtigen, jedoch umso zärtlicheren Kuss auf die entstellten Lippen, was jeden Muskel, jede Faser seines Körpers unter Strom setzte, als wäre er mit einer Tausend-Volt-Leitung in Berührung gekommen. Er war derart perplex, dass er sich nicht rühren, sich nicht bewegen geschweige denn sich abwenden konnte, als sie die Arme um ihn legte, ihn noch näher an sich zog, um ihr Gesicht an seinem Hals zu bergen. »Ich wünschte«, flüsterte sie und ihr Atem küsste seinen Nacken, »wir wären uns in einem anderen Leben begegnet.«

Ja, er wünschte sich dasselbe.

»Du musst dir helfen lassen«, sagte er und strich mit den Fingerkuppen über ihren Rücken. Himmel, wie zerbrechlich sie wirkte. Er wagte kaum, die Arme um sie zu legen, aus Angst, er könnte ihr wehtun.

»Ich schaffe das, Chogan. Ehrlich. Es geht mir gut. Was ich tat und zuließ, habe ich für Dean getan. Jeden Tag, wenn ich sein Lachen höre, weiß ich, damals die richtige Entscheidung getroffen zu haben. Ich kann damit umgehen, glaub mir. Womit ich nicht umgehen könnte, wäre, wenn es Dean nicht mehr gäbe.«

Ihre Worte trafen ihn bis ins Mark und Chogan senkte die Lider. Hatte er wirklich gedacht, er wäre der stärkere von ihnen? Denn das war er bei Weitem nicht. Paige sah nur aus wie ein kleines, zierliches Feenwesen. Ihr Herz war das einer Löwin. Sie war nicht nur stark, sie war außerdem tapfer und zäh. Sie war unglaublich. Und die einzige Frau, an die er jemals wieder das bisschen, was von seinem dunklen Herz übrig geblieben war, verlieren könnte. *Ich wünschte, wir wären uns in einem anderen Leben begegnet.*

Das wünschte er sich, während er sie in den Armen hielt, fast schmerzhaft.

10. Kapitel

FBI-Hauptquartier, Colorado

Bei Gott und allen Heiligen, sie würde diesen schleimigen, kleinen Scheißbastard massakrieren, wenn sie ihn das nächste Mal in die Finger bekam!

Josy, die mit dem gesamten Trupp inklusive Miller, dem alten FBI-Chef, um den Besprechungstisch saß, sah zu Will, dem die Hiobsbotschaft ebenfalls nicht zu gefallen schien. Dass Parker so weit gehen würde, ihnen den Fall zu entziehen, war vorhersehbar gewesen. Dass er dazu noch alle Unterlagen von ihnen forderte, die sie bisher zum Hendriks-Fall gesammelt hatten, war reine Schikane. Wenn schlussendlich die Bundespolizei den Fall lösen würde, weil das FBI versagt hatte – denn darauf sollte die Sache wohl hinauslaufen – warf das ein denkbar schlechtes Licht auf sie. Und alles nur, weil ein bockiger Hosenscheißer einmal nicht bekommen hatte, wonach ihm der Sinn stand.

»Was willst du tun, Will?«, fragte sie und es war ihr egal, dass es wie eine Herausforderung klang. Wenn sie Parker damit durchkommen ließen, würde er ihnen nur noch auf der Nase herumtanzen. Bei der Vorstellung bekamen sie alle Zustände. »Willst du das auf dir sitzen lassen?«

Miller, der mit seinen grauen Haaren und den miteinander verwachsenen Brauen etwas von einem netten Großvater hatte, ergriff sofort das Wort.

»Das ist kein Schwanzlängenvergleich, Josephine.«

Josephine. So nannte sie außer Miller niemand. Inzwischen duzten sie sich, allerdings versuchte er auf Biegen und Brechen zwischen ihnen so etwas wie ein distanziert höfliches Verhalten aufrecht zu halten, als befürchtete er, sie könnte ihm andernfalls die Meinung geigen, sobald er wieder einmal die Zügel zu sehr straffte, um seine besten Pferde zurückzuhalten. Ehrlich gesagt war sie gerade nahe dran, den Sicherheitsabstand mit ein paar sauberen Flüchen zu überbrücken. Nicht nah genug allerdings. Sie mochte den alten Kauz. Er konnte gar nicht anders, als immer zu versuchen, die Wogen zu glätten. Zu viele väterliche Gene mussten daran schuld sein.

»Wir können froh sein, dass es nur der Fall ist, den er uns entzieht. Wenn er es darauf anlegen würde, hätte er noch ganz andere Trümpfe in der Hand, um aus uns ein paar Pausenclowns zu machen«, beschwor Miller sie weiter, offenbar, weil ihr anzusehen war, in welcher Stimmung sie sich befand. Sie hätte große Lust, Parker mal richtig in den dürren Arsch zu treten. Und zwar nicht mit ein paar damenhaften Pumps, die sie ohnehin nicht besaß, sondern mit ihren Einsatzschuhen.

»Ganz so einfach sollten wir es ihm dennoch nicht machen«, sagte Will, der mit verschränkten Armen neben ihr saß und Josy dankte ihm stumm dafür, dass er ihr beistimmte.

»Da bin ich ganz eurer Meinung«, schloss sich Jeff an, der zusammen mit Cass vor einer halben Stunde aufgetaucht war, um an der Besprechung teilzunehmen. Cass, deren Hände auf ihrem gerundeten Bauch lagen, stimmte ebenfalls mit ein. Die letzten fünf Monate hatten der Frau, die durch das Band mit ihrem Raben Achak in die Seelen von Menschen sehen konnte, gut getan und sie ziemlich verändert. Aus dem schulterlangen, blonden Haar war dank der Schwangerschaftshormone eine wallende, dichte Lockenmähne geworden, die sie heute zu einem Pferdeschwanz gebunden trug. Ihr herzförmiges Gesicht war ein wenig runder geworden, ihre Brüste voller und ihre Augen glänzten nichts als Stolz über das kleine Wesen, das da in ihrem Bauch heranwuchs. Ein Mädchen. Sie würden bald ein kleines, schreiendes, in Rosa gehülltes Etwas bei sich in der gemeinsamen Unterkunft des *Team Zero* haben. Wenn Josy ihren Job nicht über alles lieben würde, hätte sie Cass und Jeff für das Babyglück sogar ein wenig zu sehr beneidet. In einem Moment wie diesem jedoch war sie ziemlich froh, sich in der körperlichen Verfassung zu befinden, Arschtritte austeilen zu können.

»Party? Ich bin dabei«, murrte Ian, der sich trotz nicht verheilter Knieverletzung und schlechter Straßenbedingungen aufs Motorrad geschwungen hatte, um die Besprechung nicht zu verpassen. Jetzt lehnte er in seiner üblichen Ecke und sah mit dunklen Augen durch die Runde, fast, als wollte er jeden fressen, der etwas dagegen haben könnte, Parker den Schneid abzukaufen. Alexa, die neben dem schweigenden Ray Platz genommen hatte, strich sich das rote Haar hinter die Ohren und lächelte Josy aus grünen Katzenaugen beherzt an. »Ausnahmsweise bin ich auch dafür, dass wir Parker einen Strich durch die Rechnung machen sollten. Wer weiß, welcher Blödsinn ihm noch einfällt, wenn wir ihn mit dieser Aktion durchkommen lassen.«

»Leute, ich verstehe, dass ihr sauer seid«, sagte Miller, als würde er mit einem Haufen trotziger Kinder reden. »Aber ich befürchte, dass mir diesmal die Hände gebunden sind.«

»Inwiefern?«, wollte Will wissen, nachdem er sich zurückgelehnt hatte.

»Es ist nicht nur Parker. Irgendwie scheint mir dieser ganze Fall wie verhext. Von überall werden mir Steine in den Weg gelegt. Sogar der Staatsanwalt ...«

»Sind wir dann fertig damit, um den heißen Brei herumzureden?«, fragte Ray nüchtern dazwischen, was nicht seine Art war und die gesamte Aufmerksamkeit auf sich zog. Bis jetzt hatte er keinen Ton von sich gegeben. Vermutlich hätte das bereits genügen sollen, um sich zu fragen, was er da oben in seinem stillen Kämmerchen ausheckte. Kurz sah er zu Cass und deutete mit dem Kinn zur Tür. »Vielleicht solltest du dir kurz die Beine vertreten, Cass.«

Oh Scheiße!

»Klar doch.« Sie gab Jeff einen Kuss und verließ ohne nachzufragen den Raum. Sobald die Tür hinter ihr zugefallen war, war es totenstill. Ohne eine Gesichtsregung warf Ray einen dicken, braunen Umschlag auf den Tisch. Und zwar mit geöffneter Lasche, sodass der Inhalt herausrutschen und sich über die gesamte Fläche verteilten konnte. Alexa sog hörbar Luft ein. Ian zog eine dunkle Braue nach oben. Will veränderte seine Sitzposition. Miller fiel fast vom Stuhl. Josy lief es eiskalt über den Rücken und Jeff brachte ein ganzes Wort heraus. »Fuck.«

»Herzlich willkommen in Spielrunde Nummer zwei«, warf Ray ein und es war sicher nicht seine monotone Stimme, die Alexa veranlasste, den Stuhl zurückzuschieben und aufzustehen. »Ich helfe dann mal Cass, sich die Beine zu vertreten.«

Ray nickte und sah jedem einzelnen in der Runde ins Gesicht. »Noch jemand mit schlechtem Magen anwesend?«

»Lass die Scherze, Mann«, sagte Jeff und griff nach einer Flasche Mineralwasser.

»Wie viele?«, fragte Josy. »Wie viele Frauen sind das?« Sie deutete auf die Unmengen an Fotos, die auf dem Tisch lagen und die alle ein Gemeinsames hatten. Jedes Bild zeigte eine blutverkrustete, misshandelte und entstellte Frauenleiche.

»Neunzehn.«

»Neunzehn«, wiederholte Josy in einer Art ungläubiger Trance gefangen und atmete tief durch, ehe sie sich dranmachen wollte, die Bilder nebeneinander aufzureihen, um einen besseren Überblick der Scheußlichkeiten zu bekommen. Will hielt sie auf. »Setz dich wieder. Ich mache das.«

Ray half ihm. Sobald alle neunzehn A4 Format großen Fotos nebeneinander lagen, erkannte sie, dass jedes stark überbelichtet und somit kein Hintergrund zu erkennen war. Auf einigen der Bilder war mit einer Klammer ein gelber Notizzettel fixiert worden. Darauf stand jeweils ein Name sowie Geburtstag und -ort und ein weiteres Datum. Die Erkenntnis, was die Notizen zu bedeuten hatte, traf sie wie der Blitz. Entsetzt sah sie zu Ray. »Das sind die vermissten Mädchen, die du im Zuge der Hendriks-Ermittlung gefunden hast.«

»Ja«, erwiderte er und wartete auf die nächste Frage, die ihr vermutlich fast aus dem Gesicht fiel. »Wie bist du zu den Bildern gekommen?«

Er schob ihr den Umschlag zu, den Will an sich nahm und umdrehte. Adressiert an das hiesige FBI-Quartier zu Händen Ray Gutman.

»Scheiße, scheiße, scheiße«, murmelte Josy perplex, auf welch haarsträubende Weise die Dinge sich entwickelten.

»Absender?« Will drehte den Umschlag um.

»Negativ.«

»Wäre auch zu schön gewesen«, meinte Jeff und nahm einen

großen Schluck aus der Mineralwasserflasche. Der Trainer des Teams war nicht dünnhäutig, doch nach dem Anblick der Fotos sah Jeff aus, als sehnte er sich geradezu danach, mit Cass um den Block zu laufen. Josy konnte es ihm nicht verdenken. Die Bilder waren entsetzlich. Dagegen waren die Verletzungen der Leiche, die sie vor wenigen Tagen gefunden hatten, nichts gewesen.

Blutunterlaufene Fesselmale an Händen und Füßen, faustgroße Blutergüsse am gesamten Körper inklusive des Gesichts, Einstiche im Brust- und Beinbereich bis auf die ... großer Gott ... brutal abgetrennte Gliedmaßen, eingeschlagene ... Ihr stülpte es beinah den Magen um und sie nahm Jeff kurzerhand die Mineralwasserflasche ab.

»Der Umschlag wurde großzügig frankiert in Illinois in eine Briefbox geworfen«, erläuterte Ray. »Keine Fingerabdrücke. Dafür gibt es eine nette Zugabe.«

Er griff hinter sich zu seiner Aktentasche, die auf einem Stuhl lag und reichte Will eine Ansichtskarte. Dieser las die Zeilen vor: »Ein ewiges Rätsel ist das Leben und ein Geheimnis bleibt der Tod.«

Jeff atmete scharf aus. »Ein Dichter mit 'nem Serienkillergen. Wie überaus erfrischend.«

»Was wäre dir denn lieber gewesen? Ein Verstümmler, der die Bibel zitiert?«, fragte Ian zu ihrer aller Überraschung, zog sich einen Stuhl heran, den er umdrehte, um sich draufzusetzen. »Schon 'ne Vermutung, was die Zeilen bedeuten könnten, Ray?«

Josy meinte: »Eine makabrer Scherz? Da scheint sich jemand ordentlich lustig über unsere Fähigkeiten als Ermittler zu machen.«

»Ich denke, dass die Zeilen nicht unwillkürlich gewählt wurden«, korrigierte Ray. »Ein Geheimnis bleibt der Tod – das soll vermutlich bedeuten ...«

»Dass wir keine Leichen finden werden«, schlussfolgerte Will mit angespanntem Kiefer. »Raffiniertes Kerlchen.«

Josy nickte zerknirscht. Der Kerl war tatsächlich schlau, denn vor Gericht besaßen diese Fotos absolut keinen Wert, nicht mal dann, wenn man Hendriks den Mord an Tia Wright nachweisen könnte. Sein Name in Verbindung mit den Vermisstenanzeigen war nichts weiter als ein schlechtes Argument. Vor dem Richter zählten nur Beweise, die hieb- und stichfest waren. Davon abgesehen konnten diese Bilder genauso gut ein übler Scherz sein, den sich irgendein Arschloch samt Bildbearbeitungsprogramm ausgedacht hatte, um sie zu verhöhnen. Solange sie keine Leichen hatten, die DNA Spuren aufwiesen, die man eindeutig dem Täter zuordnen konnte, hatten sie nichts in der Hand, außer neunzehn Vermutungen, die selbst dem Staatsanwalt nicht mehr als ein Hochziehen der Augenbrauen und ein Schulterzucken abverlangen würden.

»Schöne Scheiße«, sprach Jeff ihrer aller Gedanken aus und trippelte mit den Fingern auf die Tischplatte. »Die Leiche von Tia Wright wurde vor Hendriks Haus gefunden und könnte genauso gut dort abgeladen worden sein. Was, wenn jemand Hendriks die ganze Sache anhängen will?«

»Solange wir ihm keinen der zwanzig Morde nachweisen können, dürfen wir diese Möglichkeit nicht ausschließen«, bemerkte Ray und Miller räusperte sich lautstark.

»Vielleicht sollten wir jetzt erst recht die Sache an Parker übergeben.«

Alle sahen ihn an, als hätte er eben vorgeschlagen, das nächste Krankenhaus in die Luft zu jagen. Miller machte eine verzweifelte Geste mit den Händen, schließlich seufzte er. »Na schön. Wie ihr wollt. Ich werde mich bei Wolkows für euch einsetzen. Aber sagt nicht, ich hätte euch nicht rechtzeitig gewarnt. Irgendetwas ist gewaltig faul bei der ganzen Hendriks-oder-nicht-Hendriks-Sache. Ich kann zwar nicht den Finger drauflegen, aber ich fürchte, dass der Chirurg ziemlich viele Leute kennt, die uns kräftig in die Ermittlungen pfuschen. Ihr wollt einen Strafregisterauszug des Kerls? Darauf steht nicht mal eine Verkehrsübertretung. Unterlagen über seine Ex-Frau? Existieren nicht.«

Ray war so gut, sie nicht dumm sterben zu lassen. »Mrs Dunnes, Hendriks Ex-Frau, die nach der Scheidung vor zweieinhalb Jahren wieder ihren Mädchennamen angenommen hat, lebt am Rande von Phoenix Arizona in einer Nervenheilanstalt, in die sie sich selbst einwies, nachdem sie fünf Monate nach der Trennung einen

Selbstmordversuch nur knapp überlebte.«

Josy fiel die Kinnlade hinunter. »Und das erzählst du uns erst jetzt?«

»War ein wenig schwierig, es rauszukriegen.« Aber das müsstest du ja wissen, nachdem du dich stundenlag ergebnislos in seinem Kopf herumgetrieben hast. Ja, diesen Blick von Ray kannte sie sehr gut. Unter dem Tisch trat sie nach ihm und er ließ sich dazu herab, mit den Mundwinkeln zu zucken.

»Seht ihr?«, äußerte sich Miller und hob die Hände wie ein Priester zum Gebet. »Hier stimmt etwas nicht.«

»Oh vielen Dank, das wissen wir bereits«, sagte Josy resigniert. Jeff schüttelte nur noch den Kopf, während sich Ian weiterhin mit gerunzelter Stirn und zusammengekniffenen Augen die Fotos durchsah. Will nickte zu Ray. »Wissen wir bereits, warum Hendriks Ex-Frau sich umbringen wollte?«

»Ich bin dran.«

»Gut. Vielleicht können wir auf diesem Weg dem Geheimnis einen Schritt näher kommen.«

»Also was genau brauchen wir, damit wir Hendriks zumindest mal vorläufig aus dem Verkehr ziehen können?«, wollte Jeff nun ebenfalls von Ray wissen.

»Einen brauchbaren von zwanzig DNA-Abgleichen. Oder eines von zwanzig umfangreichen Geständnissen.«

Jeff nickte mit verkniffenen Lippen. »Sehr gut. Geständnisse gibt's bei Macys grad im Sonderangebot. Nimm drei, zahl zwei.«

11. Kapitel

Sonntag, 10. November, Wyoming

Reglos lag Paige im Gästebett im Obergeschoss von Chogans Haus und lauschte in die Stille, um sich davon zu überzeugen, den Stimmen entkommen zu sein, die sie in ihren Träumen verfolgt hatten. Sie hasste diese Träume, in denen sie durch ein ihr unbekanntes Haus irrte, auf der Suche nach etwas, für das es keinen Namen gab. Es war wichtig, dieses Etwas zu finden, doch die Suche war bereits viel zu beängstigend und sie dankte jedes Mal Gott, aufzuwachen, ehe sie dieses Etwas finden oder ihm begegnen konnte.

Paige strich sich das Haar aus dem Gesicht, bevor sie nach Dean tastete, der tief und fest neben ihr schlief. Leise stieg sie aus dem Bett und zog ihre dicke Strickweste über das kurze Nachtkleid. Dann trat sie vor das Fenster, um den sternenklaren Himmel zu betrachten. Friedlich wirkte das weitläufige Grundstück, das von hohen Silbertannen umsäumt wurde. Der gefrorene Rasen funkelte unter dem Einfluss des satten Mondlichts, was der Gegend etwas Märchenhaftes verlieh. Es war wunderschön hier. Chogans Haus und seine Anwesenheit vermittelten eine nie gekannte Sicherheit. Vielleicht verstand sie gerade deshalb nicht, weshalb dieser fürchterliche Traum heute zurückgekehrt war. Darüber nachsinnen wollte sie allerdings auch nicht. Ein Blick auf den Radiowecker, der auf dem Nachttisch stand, eröffnete ihr, dass es halb vier Uhr morgens war. Noch einmal einschlafen würde sie nicht wagen. Keinesfalls wollte sie heute Nacht noch einmal in dieses grässliche Haus zurückkehren. Zudem war sie hellwach. Paige überlegte eine Weile, bis sie beschloss, es sich mit einem Glas warmer Milch unten in der Küche vor dem großen Fenster gemütlich zu machen.

Chogans Zimmer lag ihrem gegenüber und sie schlich so geräuschlos wie möglich über den Dielenboden, um zur Treppe zu gelangen. In einem fremden Haus herumzugeistern mutete seltsam an, jedoch genoss sie gleichzeitig, keine Angst vor der Dunkelheit zu haben. Noch immer strahlte der Kamin eine wohlige Wärme aus und durch die breite Fensterfront des Wohnzimmers fiel genug Mondlicht, um sich nicht blind durch die Gegend tasten zu müssen. Dennoch dauerte es eine Weile, bis sie sich orientiert und den Weg Richtung Küche gefunden hatte. Wo sie nicht ankam, denn bevor sie den letzten Schritt von der Treppe tat, bemerkte sie, nicht allein hier unten zu sein.

Feuerfunken durchrieselten sie, brachten ihre Wangen zum Glühen, sobald sie Chogan entdeckte, der ausgestreckt schlafend auf dem Sofa lag.

Er schlief nackt. Völlig nackt. Die bunte Flickendecke war ihm bis zu den schmalen Hüften gerutscht, sodass sich ihr ein äußerst muskulöser Oberkörper präsentierte. Ein kräftiger Arm lag angewinkelt über seinem Kopf auf dem Kissen, der zweite bedeckte sein Gesicht, sodass sich ein gewaltiger Bizeps abzeichnete. Gebannt von so viel Männlichkeit stand sie da und konnte nicht anders, als ihn fasziniert anzustarren, mit einem Gefühl im Bauch, als würde sie fliegen. Die Muskeln von den Armen bis zu den Schultern traten deutlich hervor, zogen sich selbst in entspanntem Zustand in kräftigen Strängen nach vorn über seine breite, unbehaarte Brust bis hinunter zu seinem flachen Bauch, der jedem Waschbrett Konkurrenz machte. An den Hüften blieb ihr Blick hängen und sie schluckte, als sie die gewaltige Ausbuchtung unter der Decke als das identifizierte, was es war. Sein Geschlecht. Und es wirkte genauso groß und mächtig wie der Rest des anziehenden Mannes.

Gott hilf, dachte sie, gib mir Atem! Chogan war ein Bild von einem Mann. Stark, kräftig, solide wirkend und unverschämt attraktiv. Auf diese derbe, ungezähmte Weise, die sie bei ihrer ersten Begegnung bereits gebannt hatte. Doch nackt wirkte er noch viel ...

Erst jetzt bemerkte sie die Narben und erschrak heftig. Viele. Unglaublich und erschreckend viele schlecht verheilte Wundmale. Überall. Sie schienen seinen gesamten Körper zu überziehen, als hätte ihn jemand ... ausgepeitscht? Gefoltert?

Oh mein Gott! Was hat man dir angetan?

Entsetzt blickte sie hinüber zum Verbindungsgang zwischen Wohnraum und Küche, wo unzählige Abzeichen für außerordentliche Leistungen sowie etliche Danksagungen von Hilfsorganisationen hingen und plötzlich fühlte sich das Wissen, dass Chogan ein Held war, befremdlich an.

Zu welchem Preis?

Mit einem Mal verstand sie, wie ein angesehener Mann, der gebraucht und geachtet worden war, dem Militär den Rücken kehren konnte, um sich auf ein Grundstück in völliger Abgeschiedenheit zurückzuziehen. Genauso, wie sie nun verstand, warum er bei ihrer ersten Begegnung so abweisend, verschlossen und verbittert gewirkt hatte. Ja, regelrecht verhärmt.

Er hatte genug. Genug von den Menschen, die ihm ganz offenbar übel mitgespielt hatten. Genug von der Welt, diesem kalten und unbarmherzigen Ort. Und er erlebte es dennoch immer wieder. Sobald er auf die Straße ging, sahen ihn die Leute feindselig und ablehnend an. Vermutlich hatte er sich bereits damit abgefunden, weshalb er auch in keinster Weise auf das Verhalten anderer reagierte. Ihr jedoch tat diese Ablehnung schrecklich weh und sie ärgerte sich, dass sie diesen ganzen Ignoranten da draußen nicht kräftig Feuer unterm Hintern machen konnte. Sie hatten ja keine Ahnung!

Paige sah Chogan wieder an und plötzlich verspürte sie den verzweifelten Impuls, ihn in die Arme zu nehmen, sowie sie es vor wenigen Stunden schon einmal getan hatte. Bei der Erinnerung, wie sie ihm in der Küche einen Kuss auf die Lippen gehaucht hatte, loderten sofort wieder Flammen in ihr auf. Sie wusste nicht, woher diese Kühnheit gekommen war. Als er sie so ansah, diese unerträglich erscheinende Sorge um sie in den Augen, hatte sie diese Gefühle einfach nur aus ihm vertreiben wollen.

So kühn und mutig fühlte sie sich nun nicht. Wenn sie kühn und mutig wäre, würde sie zu ihm gehen. Sie würde ihn überall berühren, sanft über seinen Körper streicheln, um ihm zu zeigen, dass sie ihn alles andere als abstoßend fand. Sie würde ihm zeigen, dass er noch immer ein äußerst begehrenswerter Mann war und je länger sie darüber nachdachte und ihn dabei betrachtete, desto drängender wurde dieser Wunsch. Es hatte nichts mit Mitleid zu tun, was sie für ihn empfand. Verlangen war schuld, dass sehr intime Stellen köstlich prickelten.

Niemals hätte sie es für möglich gehalten, noch einmal so etwas wie Verlangen oder Begehren zu empfinden. Sie hatte gedacht, Jim hätte ihr all das genommen, neben so vielem mehr. Aber das stimmte nicht, wie sie deutlich spürte. Chogans sehr männlicher Anblick und das Wissen um sein gutherziges Wesen, entfesselte diese Empfindungen, bis alles in ihr ein Strom intensivster Emotionen war, die sie ungestüm und drängend durchflossen.

Paige musste sich dagegenstemmen, um sich nicht mitreißen zu lassen. Sie sollte weitergehen. Sich ein Glas Milch besorgen, um danach schleunigst wieder nach oben zu gelangen. Dorthin, wo sie nicht Gefahr lief, sich zu hitzigen Dummheiten hinreißen zu lassen. In wenigen Tagen würde sie abreisen. Sie würde sich von Chogan verabschieden müssen und sie war sicher, dass er mit diesem Abschied viel weniger Probleme haben würde als sie. Wenn sie weiter für ihn schwärmte, würde sie dieser Abschied mehr kosten als ein paar Tränchen, die es zu verschmerzen galt.

Ja, sie sollte weitergehen. Jetzt.

Mit verhaltenem Atem und auf Zehenspitzen schlich sie sich an dem Sofa vorbei und hätte beinah eines der großen Kissen übersehen, die großzügig verteilt mitten im Weg lagen. Sie schubste es mit dem Fuß zur Seite und wollte ...

Es ging alles so schnell, dass sie nicht einmal Gelegenheit hatte, zu blinzeln, geschweige denn eine Bewegung oder einen Luftzug wahrzunehmen. Noch ehe sie einen erschrockenen Schrei ausstoßen konnte, lag sie bereits mit dem Rücken auf dem Teppich vor dem Sofa und starrte in die wilden, erbarmungslosen Augen eines Raubtiers. Chogans glühender Blick war mörderisch, seine Züge hart und kalt, die Lippen ein dünner Strich und der Körper, der auf ihrem lag, aufs äußerste angespannt. Kampfbereit. Bereit, zuzuschlagen und zu vernichten.

Paige wagte weder einen Mucks von sich zu geben noch vor Bestürzung Luft zu schöpfen, während sich in Chogans Miene nichts als Mordlust widerspiegelte. Noch nie war sie sich einer

Gefahr so sehr bewusst gewesen. Noch nie hatte ihr jemand so große Angst gemacht. Die Aura, die ihn umgab, strahlte pure Gewalt aus und sie glaubte plötzlich, einem völlig fremden Menschen ins Antlitz zu blicken.

Zu ihrer Erleichterung schien er schnell zu erkennen, wen er da niedergestreckt und unter sich begraben hatte. Seine Hand um ihre Handgelenke löste sich, dennoch funkelte er sie weiterhin an. Verärgert und ziemlich außer sich, was nicht weniger bedrohlich wirkte.

»Verdammt, Paige! Was sollte das?«, herrschte er sie an, als wäre sie es, die ihn überrumpelt hatte und deren Körpergewicht nun auf seiner Brust ruhte. Wobei er sicherlich kein Problem mit ein paar ihrer Pfunde gehabt hätte. Nein, ganz bestimmt nicht.

»Eigentlich wollte ich mir nur ein Glas Milch holen«, gestand sie. »Wenn ich gewusst hätte, dass du mich dabei zu Tode erschreckst, hätte ich es sein lassen.«

»Ich dich zu Tode erschreckt?«, fragte er ehrlich überrascht und schaute sie abwägend an. Langsam schien er sich der Situation bewusst zu werden und sein grimmiger Ausdruck verwandelte sich in Sorge.

»Du meine Güte! Geht es dir gut? Habe ich dir wehgetan?«, wollte er wissen und suchte in ihrem Gesicht nach der Antwort. Gleichzeitig glitt seine Hand über die Außenseite ihres Schenkels hoch zu ihrer Hüfte und noch höher zu ihrem Bauch, als tastete er nach Verletzungen, die er ihr zugefügt haben könnte. Dabei verschob er das Nachthemd und seine heiße Handfläche berührte nackte Haut. Ein prickelnder Feuerstrom überzog ihren Leib und Paige hatte Mühe, nicht vor Entzücken aufzuseufzen.

Chogan schien sich der Intimität dieser Geste nicht bewusst, sie sich dafür umso mehr. Als sich dann noch ein kräftiger Oberschenkel zwischen ihren Beinen bewegte, sobald er sich neben ihrem Kopf abstützte, setzte ein dumpfes Pochen in ihrem Schoß ein, das sie halb wahnsinnig machte.

»Du hast mich nicht verletzt. Mir geht es gut, Chogan.« Ihre Stimme klang viel zu atemlos. Selbst in ihren Ohren. Doch statt reglos liegen zu bleiben, um ihren Puls zu beruhigen, drängte sie sich wie unabsichtlich ein bisschen näher, um das Berühren seiner Schenkel noch einmal zu genießen.

Chogan stieß den Atem aus und sie hätte es ihm fast gleichgetan. »Himmel Paige, mach das nie wieder. Hörst du? Nie wieder!«

»Was denn? Mich nachts wegen einem Glas Milch durchs Haus schleichen?«, fragte sie scheinbar ahnungslos, um die Situation ein wenig aufzulockern, vordergründig jedoch, um das eindringliche Flüstern in ihrem Kopf zu übertönen. *Küss ihn. Tu es. Tu einmal etwas nur für dich. Ein einziges Mal nur!*

Chogans Gesicht war ihrem ganz nah. Ein wenig verwegener, ein bisschen mehr Mut und sie hätte ihn dieses kleine Stückchen zu sich gezogen, um ihn zu küssen. Sie wusste, wie sich seine Lippen auf ihren anfühlten, fest und warm, herrlich männlich. Nun wollte sie wissen, wie es war, ihn richtig zu küssen. Kompromisslos? Wild? Leidenschaftlich? Ja, so stellte sie sich Chogans Küsse vor.

»Dich an mich heranschleichen, wenn ich schlafe«, erwiderte er viel milder als noch vor wenigen Augenblicken. Sein Atem streifte ihre Wange und der Geruch nach Mann und Sandelholz stieg ihr in die Nase. Es war der Moment in dem sie sich wieder bewusst wurde, dass Chogan nackt zwischen ihren Beinen lag. Herr, hab Erbarmen!

»Ich werde es mir merken. Fürs nächste Mal«, gab sie leise zurück und entlockte ihm ein träges Lächeln. Zum ersten Mal sah er sie an, ohne ihrem Blick auszuweichen und sie glaubte, in der plötzlichen Stille das erotische Knistern zu hören, das sie von Kopf bis Fuß einhüllte.

Noch immer sahen sie sich an, als wäre die Welt entrückt und hätte nur sie beide zurückgelassen. Und ehe sie wusste, was sie tat, streckte sie die Hand nach ihm aus. Sachte zeichnete sie die Narbe über seiner linken Braue nach, dann die auf seiner Lippe, bis ihre Finger die Brandnarbe auf seinem Hals erreichten, die sich über seine rechte Schulter zog. Statt sich abzuwenden blieben seine Augen auf sie gerichtet und die heftige Leidenschaft, die sie plötzlich darin erkannte, ließ sie vor Lust erschauern.

»Chogan ...«

Es war nur ein Flüstern, aber es sagte mehr über ihr Fühlen als tausend laut ausgesprochene Worte es vermocht hätten. Er rührte sich nicht. Sah sie nur mit diesem hungrigen Blick an, während sie die Arme um seinen Nacken legte, um ihn dieses kleine Stückchen näher zu ziehen.

*

Auf seltsame Weise gelähmt von dem heftigen Begehren, das Paige in ihm auslöste und gefesselt von der Zärtlichkeit, die in jeder ihrer liebevollen, fast schon ehrfürchtigen Berührungen lag, konnte er nicht anders, als zuzulassen, dass sie ihn umarmte. Dass sie ihm nah kam, näher als sie ihm ohnehin schon war und er es hätte zulassen dürfen. Näher, als ihm seit Jahren irgendjemand gekommen war. Nicht die körperliche Nähe irritierte ihn. Oh nein. Paige berührte ihn auf eine Weise, was eine längst ausgelöscht geglaubte Glut aufflammen ließ und weckte Sehnsüchte, die einem Mann wie ihm nicht zustanden. Dennoch schaffte er es nicht, sich abzuwenden. Paige loszulassen. Sie freizugeben. Die Umarmung fühlte sich zu gut an. Zu richtig.

Als ihre leicht geöffneten Lippen seinen Mund streiften und ihre Zungenspitze über seine Unterlippe leckte – tastend, forschend und auf bezaubernde Weise unsicher – war sein erster Gedanke, im Paradies gelandet zu sein. Etwas, das sich so wunderbar anfühlte, konnte nichts mit der Wirklichkeit zu tun haben, nichts mit der Realität, in der er seit vierunddreißig Jahren existierte. Sein zweiter Gedanke war, mehr davon zu wollen. Mehr von Paiges süßem Atem, ihrem sinnlichen Mund, ihren sanften Händen, die zaghaft über seinen vernarbten Rücken streichelten und ihrem sündhaft femininen Körper, der sich geschmeidig wie der einer Katze an seinen schmiegte, bis er sie überall fühlen konnte. Ein intensives Knistern flutete seine Haut, ihre Berührungen schossen wie Lavaströme in seine Lenden.

Das Verlangen, sie anzufassen, jeden Quadratzentimeter ihres Körpers zu erkunden, wurde mit jeder Sekunde mächtiger. Jedoch hatte er Angst, sich zu bewegen, das zärtliche Lippenspiel zu erwidern und seine Empfindungen loszulassen. Er befürchtete, sie mit seinem Verlangen zu Tode zu erschrecken.

Plötzlich zog sie sich zurück, sah ihn aufmerksam an und dann entdeckte sie etwas, das sie lächeln ließ. Dabei liebkoste Mondlicht ihr Gesicht. Weiche vollkommene Züge, herzförmig geschwungene Lippen, lange dichte Wimpern, die betörende Schatten auf ihre Wangen warfen und ein schimmernder Glanz von türkisblauem Meerwasser, der in ihren Iriskreisen leuchtete. Ihre Schönheit raubte ihm den Atem. Ihre Worte beinah den Verstand.

»Küss mich, Chogan. Nur ein einziges Mal, bitte«, flüsterte sie und strich mit dem Daumen über seine entstellten Lippen. »Ich will wissen, wie es sich anfühlt, von dir geküsst zu werden. Wenn es dir nicht gefällt ...«

Ein fast verzweifelter Laut entrang sich ihm. Wie konnte sie nur annehmen, dass ihm irgendetwas an dem hier nicht gefallen könnte? Kurz schloss er seine Augen, um sich zu sammeln. Um sich nicht sofort und haltlos zu verlieren, bevor er Paige an sich zog und sie küsste. Nicht vorsichtig oder rücksichtsvoll, sondern tief und begierig, bis all ihre Zweifel ausgelöscht sein mussten. Paige erwiderte den Kuss mit derselben Leidenschaft, schlang ihre Arme fest um seinen Nacken, ihre Beine um seine Hüften und drängte sich noch näher an ihn, was ihn schier verrückt vor Lust machte. Die Reibung ihrer Körper, die Hitze ihres fiebrigen Kusses, das seidig weiche Gefühl ihrer Haare zwischen seinen Fingern ...

Sein Geschlecht zuckte vor Erwartung, seine Hoden zogen sich zusammen und er musste streng die Zügel anziehen, als Paige über seine Hüfte nach unten strich, um zwischen sie zu greifen, wo sie seinen pochenden Schaft umfasste.

Als ihr dabei ein leiser, erstaunter Laut entfuhr, drohte er die Fassung zu verlieren. Auf überaus bedächtige Weise begann sie ihn zu streicheln, bis alles Blut aus seinem Kopf gewichen war. Es glich purer Folter, während heiße Wonneschauer gegen seine eiserne Selbstbeherrschung drängten. Er musste nachgeben. Nur ein kleines bisschen musste er dem Verlangen nachgeben.

Ohne sich von ihren Lippen zu lösen, öffnete er das Band ihrer Wollweste, und seine Hand schlüpfte unter ihr kurzes Nachthemd.

Zarte Haut, glatt und warm. Langsam, jede Berührung auskostend, strich er über ihren sanft gerundeten Bauch und hoch zu ihren kleinen, festen Brüsten. Vorlaut reckten sich ihm die Spitzen entgegen. Er nahm sie abwechselnd zwischen die Fingerkuppen, zwirbelte sanft, bis die Knospen hart wie kleine Diamanten waren. Süße Erregung schwängerte die Luft, trieb seine Gier nach Paige an, die sich ihm stöhnend entgegenwölbte, zärtliche Worte an seine Lippen murmelnd.

Seine Erregung pulsierte schmerzhaft, sein Puls klopfte ihm bis zum Hals. Zur Hölle, wie konnte er diese Frau nur so sehr begehren? Es kam einer Tortur gleich, sich weiterhin zu mäßigen. Dennoch tat er genau das. Er durfte den Augenblick nicht ruinieren, indem er seinen Emotionen freien Lauf ließ und so zwang er sich, sich Zeit zu nehmen, um Paige zu streicheln, das Gefühl warmer Haut unter seinen Fingern zu genießen. Bedächtig küsste er ihre Wange, ihr Kinn, ihren Hals und schob gleichzeitig ihr Nachthemd weiter nach oben.

Halt suchend klammerte sie sich an ihm fest. Ihre Finger gruben sich in seine Schultern und sie seufzte wohlig auf, als seine Lippen sich um eine harte Knospe schlossen. Während er ihre Brustspitzen liebkoste, streifte er ihr den Slip über die Beine, dabei flüsterte sie immer wieder seinen Namen, als müsste sie sich nicht nur an seinen Schultern, sondern auch an der Realität festhalten. Wie von selbst glitt seine Hand über die Innenseite ihres Schenkels und als er die Nässe ihres Geschlechts fühlte, musste er für wenige Sekunden innehalten, um nicht wie ein Jungspund auf der Stelle zu zerspringen. Sich unter seinen Händen windend stöhnte Paige auf und er öffnete ihre Schenkel, bevor er zwei Finger in sie gleiten ließ. Sofort spürte er eine Reaktion. Ebenso wie er stand auch sie bereits nah dem Abgrund.

»Oh Gott ...« Sie umfasste sein Gesicht. Ihr Mund suchte seinen, um in einem stürmischen Kuss miteinander zu verschmelzen. Gern hätte er sie dort geküsst, wo seine Finger sie weiterhin liebkosten, doch Paiges Lippen schmeckten nach haltloser Verzweiflung und er schaffte es nicht, sich von ihr zu lösen. Dabei drangen seine Finger immer wieder in sie ein, verwöhnten sie in trägem

Rhythmus und er zog sich einige Male zurück, kurz bevor sie kam. Er spielte mit ihr. Mit ihrer Lust; und jeder Laut, der sich ihr entrang, entschädigte ihn für seine Zurückhaltung und die Qualen, die er dabei erlitt.

Er spürte ihren Höhepunkt, das Zucken ihrer inneren Muskeln, noch ehe sie den Ansturm ihrer Gefühle in einem erstickten Schrei Luft machte und sich in Ektase aufbäumte. Vorsichtig zog er seine Hand zurück und Paige an sich. Ihr Atem überschlug sich und ihr Herz flatterte wie der Flügelschlag eines Kolibris gegen seine Brust.

»Lass mich nicht los«, murmelte sie. »Bitte, lass mich jetzt nicht los.«

»Das mach ich nicht.« Er hielt sie fest, wartete, bis das Beben vorüber war und spürte währenddessen das Pochen und Zucken seines Gliedes. Fast qualvoll sehnte er sich danach, in ihr sein zu dürfen. Und sie verwehrte es ihm nicht.

Ihre Atmung hatte sich noch nicht beruhigt, ehe kleine Hände über seinen Bauch nach unten wanderten, was abermals jeden Nervenstrang in ihm unter Spannung setzte. »Schlaf mit mir, Chogan.«, forderte sie ihn mit heißer Stimme auf, die ihn wie ihr Anblick lockte. »Ich will dich in mir spüren.«

Diese Frau brachte ihn noch um, dachte er, bevor er sich in ihren zärtlichen Streicheleinheiten verlor. Vielleicht würde sogar das geschehen. Sterben zu müssen als Strafe für dieses köstliche Spiel, von dem er sich erlaubte, es so freizügig zu genießen. Aber es war ihm egal. Wenn er hierfür sterben musste, würde er es als glücklicher Mann tun.

Paige küsste ihn wie eine Verhungernde, dabei schlang sie fest die Beine um seine Hüften. Ihre feuchte Hitze berührte seine Männlichkeit und er hätte nur ein wenig die Position verändern müssen, um in sie einzudringen. Dieses Wissen war es, was den letzten Rest seiner Beherrschung beiseite wischte. Vernunft und Realitätssinn verabschiedeten sich, ehe etwas in ihm barst. Kurz versuchte er noch, sich über Wasser zu halten, doch der Strudel seiner Empfindungen zog ihn unaufhaltsam und mit brutaler Kraft nach unten, bis er jegliche Kontrolle über sich und sein

Handeln verlor.

Error.

Er fühlte nur noch, wie Dunkelheit aus ihm hinausdrängte. Eine Dunkelheit, die sich zuerst durch seine Adern fraß, bis sein Blut siedete und kochte und er dem Trieb, sich auf Paige zu stürzen, sie wie ein Tier zu nehmen, nicht mehr Herr werden konnte. Er konnte nicht mehr ... er würde ... nein!

Kraftvoll stieß er Paige von sich und sprang so hastig auf, dass er beinah über seine eigenen Beine stolperte. Trotz der Finsternis im Zimmer erkannte er sofort, alles nur in Grau wahrzunehmen und seine Pupillen ... Zur Hölle, verdammt! Sie glühten in hellem Grün, während jeder Muskel in seinem Leib zum Bersten gespannt war. Er war bereit. Bereit, auf alles und jeden loszugehen, der sich in seinem Umfeld aufhielt. Bereit, zu töten. Bestürzt und entsetzt über diese fürchterliche Erkenntnis wich er zurück, obwohl sich der Dämon in ihm heftig dagegen wehrte. Nach vorn drängte. Hin zu Paige. Nein! Mit aller Macht kämpfte er gegen das Dunkel in sich an. Sein Körper bebte vor Anstrengung. Nur langsam kam er gegen den Widerstand an.

»Um Himmels willen, Chogan.«

Paiges Stimme klang belegt. Ängstlich. Unsicher. Dennoch wagte sie sich näher, was sein Tonfall sofort unterband.

»Geh weg, Paige! Verdammt, geh weg!« Immer weiter und mit geschlossenen Lidern bewegte er sich rückwärts, bis er den Sims des Kamins im Rücken spürte. In seinem panischen Fluchtversuch warf er jegliche Bilder auf den Boden, die er dort aufgestellt hatte. Es klirrte. Glas splitterte und er hörte Paige geräuschvoll einatmen, als er sich bückte, um die Bescherung zu beseitigen. Dass er sich dabei schnitt und wie irre blutete, merkte er erst sehr viel später. Im Moment war er so angeekelt von sich, dass ihm selbst das Atmen schwerfiel. *Wie konntest du dich derart vergessen? Warum konntest du deine dreckigen Pranken nicht früher von ihr nehmen? Verflucht!*

Als sich eine kleine Hand auf seinen Rücken legte, zuckte er zusammen. »Lass mich dir helfen«, sagte Paige zärtlich und genau diese Zärtlichkeit war es, die sich wie ein Speer durch seine Brust bohrte. Er hatte es nicht verdient, so behandelt zu werden. Und sie hatte es nicht verdient, dass ein auf ganzer Linie gescheiterter Mann wie ein wildes Tier über sie herfallen wollte, wo ihr doch ohnehin bereits viel zu viel angetan worden war. Verdammte Scheiße, wie hatte er sich nur derart vergessen können? Vergessen, worüber sie erst vor wenigen Stunden geredet hatten?

Weil du ein beschissener Egoist bist! Weil du nur zu gern deinem Schwanz das Denken überlassen hast!

»Hör auf damit«, fuhr er sie barsch an und schüttelte ihre Hand von seiner Schulter. »Geh in die Küche und trink dein Glas Milch.«

Er wagte es nicht, aufzusehen. Zu groß war die Angst, sie könnte ihn nun ansehen wie alle anderen es taten. Zu groß die Angst, sie könnte sich vor ihm fürchten. Ihn vielleicht sogar hassen, so wie Corinna ihn gehasst haben musste, um diesen schrecklichen Verrat an ihm zu begehen. Er würde es nicht ertragen. Nicht noch einmal und nicht von Paige.

Stoff raschelte hinter ihm. Sie zog sich an und machte ihm damit bewusst, noch immer nackt auf dem Boden zu knien, mitten in einem Scherbenhaufen, der sein Leben besser widerspiegelte als irgendetwas sonst es hätte tun können.

»Fuck«, stieß er aus, gefolgt von weiteren deftigen Flüchen, sobald die tapsenden Schritte verklungen waren. Zitternd fuhr er sich über den Schädel. Noch immer schwindelte ihm von den Auswirkungen seiner physischen Veränderung, doch inzwischen hatte die dunkle Seite sich wieder zurückgezogen. Was blieb, war eine peinigende Leere und ein dumpfes Pochen hinter seiner Stirn und in seinem Schwanz. Er wollte besser nicht wissen, was geschehen wäre, hätte er es nicht geschafft, sich in letzter Sekunde zurückzuziehen.

Hätte er sie verletzt? Ihr etwas angetan? Der Gedanke weckte den schlimmsten Schmerz und er atmete scharf aus. Zum Teufel mit ihm! Was hatte er sich nur dabei gedacht, sie anzufassen? Sie überhaupt zu sich in sein Haus zu holen? Eine Frau, die selbst nicht gerade eine segensreiche Vergangenheit besaß. Und nun wohnte sie bei einem Kerl, der sich nicht so weit trauen konnte wie sein Arm reichte.

Ich bin hier, weil ich glaube, dass du einen Freund nötig hast ... Innerlich schnaubte er über diesen Unsinn. Er war sich selbst kein guter Freund. Hatte er ernsthaft gedacht, ihr einer sein zu können? Er war ein Narr, sonst nichts. Ein Narr, der irgendein bescheuertes Gen zu viel abbekommen hatte, das ihn immer wieder dazu brachte, andere retten zu wollen. Dabei hätte er längst begreifen und sich damit abfinden müssen, selbst unrettbar im Sumpf seiner begangenen Schandtaten verloren zu sein.

Vor nicht mal sechs Monaten stand er bis zu den Knien in Blut, das er aus Rache vergossen hatte und das noch immer an seinen Händen klebte. Es würde immer an ihm kleben. Genauso wie der Gestank nach Hass, Angst und Wut samt den Bildern in seinem Kopf von furchtverzerrten Gesichtern und dem Brüllen der Männer, während er sie mit bloßen Händen tötete, ihnen die Kehlen zerfetzte. Er quälte sich mit diesen Horrorvisionen, erinnerte sich auf grausamste Weise, was er war und für immer bleiben würde. Solange hielt er daran fest, bis auch noch der letzte Lustfunken in seinen Lenden erloschen und er wieder ganz bei Sinnen war.

Nein, alles, was er konnte, war zu zerstören und zu vernichten und das Letzte, was er dabei noch tun durfte, war, jemanden wie Paige mit in sein Verderben zu reißen. Zwei, vielleicht drei Tage. Dann würde jeder von ihnen wieder sein eigenes Leben führen. Allein. Und das war gut so.

*

In stummer Seelenqual presste Paige die Lippen zusammen, als sie ins Wohnzimmer kam und Chogan auf dem Boden hocken sah. Nackt und inmitten der vielen Scherben. Seine Hände waren voller Blut, dennoch hob er die Glassplitter weiter auf, als würde er die Verletzungen gar nicht bemerken. Mit einem Verbandskasten, einer kleinen Schaufel und einem Handbesen bewaffnet kniete sie neben ihm nieder, um ihm zu helfen, das Malheur zu beseitigen. Er schien mit seinen Gedanken woanders und registrierte nicht, dass sie da war. Erst als sie nach seinen Händen griff, sah er auf und der Selbsthass in seinem Antlitz kam einer Ohrfeige gleich.

Sofort wollte er sich ihr wieder entziehen, und obwohl Paige nicht leugnen konnte, sich noch immer etwas vor ihm zu fürchten, ließ sie es nicht zu. Fest umgriff sie sein Handgelenk und legte seine Hand in ihren Schoß.

»Lass das sein, Paige.«

»Scht«, erwiderte sie, nahm die Pinzette aus dem Verbandskasten und zupfte jeden Glassplitter aus seiner Handfläche. »Ich weiß nicht, was mit dir geschehen ist. Was man dir angetan hat, dass du diese Wut und diesen Zorn in dir trägst und ich würde lügen, würde ich sagen, es ist mir egal, wie angsteinflößend du sein kannst, denn das stimmt nicht. Dennoch ändert es nichts an der Meinung, die ich von dir habe.«

Er machte ein abfälliges Geräusch. »Deine Meinung? Du hast keine Ahnung wovon du sprichst. Wir kennen uns seit nicht einmal zwei Tagen, deine Meinung über mich zählt nicht.«

»Ach nein? Da irrst du dich aber gewaltig, mein Lieber. Auch ich hätte jedes Recht, alle von mir zu stoßen, die mir zu nah kommen.« Offenbar hatte er bei ihrem Gespräch gestern Abend nicht richtig begriffen, wie ähnlich ihre beiden Vergangenheiten waren. »Zwei Jahre, Chogan. Zwei Jahre habe ich die Hölle erlebt und auch wenn meine Narben nicht so offensichtlich sind wie deine, tun sie dennoch oft und fürchterlich weh. Aber ...« Sie hielt in ihrem Tun inne und sah ihn an. »Aber ich würde niemals einen anderen oder gar mich selbst dafür verantwortlich machen, sondern nur denjenigen, der mir das angetan hat und ich würde auch niemals versuchen, alle von mir zu stoßen, nur aus Angst, wieder verletzt zu werden. Denn täte ich es, würde ich unter vielen Menschen den einen vertreiben, der vielleicht sehr gut verstünde, wie es in mir aussieht und der gleichzeitig den Schmerz in mir erträglicher machen könnte.«

Er schwieg eine kleine Ewigkeit und Paige fuhr unbeirrt fort, seine Hände mit einer Jodtinktur zu säubern.

»Darum geht es nicht«, sagte er nach einer Weile und mit einem abschätzenden Lächeln, das sich nach innen richtete. »Du und ich sind grundverschieden. Im Gegensatz zu dir bin allein ich für das verantwortlich, was ich heute bin.«

»Was bist du denn?«

»Ein Mörder«, sagte er geradeheraus, als müsste er es endlich loswerden und seine Stimme klang beängstigend kalt und ehrlich. Als sie den gequälten Gesichtsausdruck sah, sank ihr das Herz. Sie wollte etwas erwidern, doch sie schaffte es nicht mal, den Mund zu öffnen.

»Siehst du diese Abzeichen? Diese Urkunden?« Er deutete an die Wand zum Zwischengang. »Willst du wissen, warum sie dort hängen? Fein säuberlich aneinandergereiht? Weil ich mich durch sie jeden Tag daran erinnere, wie viele Menschenleben auf meinem Gewissen lasten.«

»Warum?«

»Warum ich getötet habe? Spielt das wirklich eine Rolle? Ist das wichtig oder ändert es etwas an der Tatsache, es getan zu haben?«

Nein. Vermutlich nicht. Sie schauderte innerlich bei der Vorstellung, Chogan könnte tatsächlich getan haben, wovon er sprach. Allerdings war er ein Soldat gewesen. Er hatte dem Land gedient und sein Leben riskiert, um andere zu retten. Durfte er sich für solche Taten verantwortlich machen? Sie konnte sich beim besten Willen nicht vorstellen, dass ihm etwas davon Freude bereitet hatte. Nicht dem Chogan, den sie kennengelernt hatte. Nicht dem, der sie in einer dunklen Gasse vor wildgewordenen Schlägern gerettet und in Sicherheit gebracht hatte. Nicht dem, dem sie heute große Sorge um sie angesehen hatte. Sie weigerte sich, an so etwas zu glauben.

»Das ändert trotzdem nichts daran, dass ich dich für einen wunderbaren Menschen halte«, sagte sie und legte ihm ein Stück Mullbinde in die Handfläche, bevor er ihr seine Hand entzog.

»Dann bist du eine Närrin.« Er stand auf und kehrte ihr seinen vernarbten Rücken zu.

12. Kapitel

Sonntag, 10. November

Paige musste mit ihm reden. Nach einer ausgiebigen Dusche fühlte sie sich gestärkt genug, um sich Chogan und dem, was letzte Nacht vorgefallen war, zu stellen. Es würde ihr ohnehin keine Ruhe lassen. Sie hatte bis in die späten Morgenstunden im Bett gelegen und immerzu daran denken müssen, was er zu ihr gesagt hatte und wie schrecklich verloren er ihr vorgekommen war. Inzwischen durchschaute sie seine schroffe Art, jeden seiner ruppigen Versuche, sie sich vom Leib zu halten. Sie wusste nicht, wie sie es anstellte, aber offenbar war es ihr einmal mehr gelungen, auf direktem Weg einen Nerv zu treffen – wie an jenem ersten Abend auf dem verlassenen Parkplatz. Je länger sie zusammen waren, je näher sie ihm kam, desto verletzbarer schien es ihn zu machen, als würde sich Schicht für Schicht seines harten Panzers lösen. Und er hasste es.

Chogan war nicht der Typ Mann, der sich mit seinen Gefühlen auseinandersetzte, geschweige denn jemand, der sich bereitwillig öffnete. Aber das verlangte sie auch nicht von ihm. Was es auch war, was ihn so sehr quälte und ihn zwang, diesen Schutzkreis immer enger um sich zu ziehen, sie verurteilte ihn nicht. Es war der einfachste Weg, sich abzuschirmen. Sich zu betäuben, um irgendwann abzustumpfen.

Wie oft hatte sie selbst ihre Empfindungen untergraben, um sich ihnen nicht haltlos ausliefern zu müssen? Sie war davor weggerannt und tat es immer noch. Offenbar war sie weniger gut darin, sich innerlich abzuschotten, als zu versuchen, alles hinter sich zu lassen, was sie belastete. Bestimmt war es genauso wenig richtig, aber ebenfalls ein Weg des geringsten Widerstandes. Und außerdem: Mit wem hätte sie ihre Sorgen schon teilen können? Bis vor wenigen Tagen war sie auf sich allein gestellt gewesen. Erst das Gespräch gestern mit Chogan in der Küche, sein Verständnis, sein Mitgefühl und seine aufrichtige Anteilnahme hatten ihr eine andere, neue Möglichkeit offenbart, mit dem Vergangenen umzugehen.

Auf seltsame Weise war ihr Kummer erträglicher geworden – weil sie sich ihm mittgeteilt hatte.

Vielleicht würde, was auch immer ihn derart peinigte, auch für ihn einfacher zu ertragen sein, wenn er begriff, dass sie seinen Schmerz verstehen konnte. Dass sie in ihn hineinsehen und jene Narben erkennen konnte, die ihren erschreckend ähnlich waren. Vielleicht konnten sie zusammen sogar versuchen, etwas von dem Berg Seelenmüll zu bewältigen, den sie mit sich herumschleppten. Einen Versuch war es wert und so schnell würde sie diesen Mann nicht aufgeben, auch wenn er es selbst längst getan hatte.

Paige rüstete sich für ihre Aussprache, legte sich gewissenhaft die passenden Worte zurecht und hoffte inständig, Chogan würde nicht sofort wieder dichtmachen, sondern sich zumindest anhören, was sie zu sagen hatte.

Zwei Stunden später musste sie sich frustriert eingestehen, sich in etwas verrannt zu haben. Sie bekam keine Gelegenheit, mit Chogan zu sprechen. Sie schaffte es nicht mal, den Sicherheitsabstand von geschätzten drei Armeslängen zu überwinden, mit denen er sie auf Distanz hielt. Er mied sie wie der Teufel das Weihwasser, wich ihren Blicken aus, sprach nur das Nötigste, außer mit Dean und fuhr gleich nach dem gemeinsamen Frühstück nach Crawford, um die Reifen für den Rover abzuholen, die heute angekommen waren. Ob sein Verhalten sie verletzte oder nicht, ihr blieb nichts anderes übrig, als seine Zurückweisung hinzunehmen.

Entschlossen, sich die Niederlage nicht anmerken zu lassen, zog sie Dean am frühen Nachmittag warm an und machte mit ihm einen ausgedehnten Spaziergang in der Hoffnung, die kühle Novemberluft würde ihren Verstand klären und sie zurück auf den Boden der Tatsachen holen. Himmel, was war sie für eine Idiotin! Ein hoffnungsloser Teil von ihr hatte tatsächlich gedacht, dass da mehr zwischen ihnen war als bloßes Verständnis für ihre Situation. Etwas, das umfassender nachklang und die sengende Einsamkeit in ihrem Herzen ausfüllen könnte, zu der das Schicksal sie so viele Jahre verdammt hatte. Genauso wie ihn. Dabei hatte sie den Glauben daran, einem Mann zu begegnen, für den sie wieder

Zuneigung empfinden und in dessen Armen sie sich geborgen fühlen konnte, längst aufgegeben. Bis Chogan dieses Feuer entfacht hatte, dass sie nur allzu gern in sich lodern spürte.

Ihre Nähe schien für ihn jedoch nicht wie ein Flächenbrand zu wirken, sondern sorgte eher für Ernüchterung, was unerwartet und heftig wehtat. Verflucht, wie hatte das nur passieren können? Warum musste sich in seiner Gegenwart alles intensiver anfühlen? Besser? Schöner? Richtiger? Sein Lächeln ließ sie innerlich erstrahlen. Seine Berührungen gingen ihr wie pulsierende Stromschläge unter die Haut. Und seine Umarmungen ... es fühlte sich an, wie nach Hause kommen. Gott, was sie für Chogan empfand, war bereits mehr als ihr auf Dauer guttun würde. Er wirkte beständig und solide wie ein Fels in der wüsten Brandung ihres Lebens, an dem sie sich nur allzu gern festklammern wollte, um wieder sicheren Halt zu finden.

Diese Gefühle waren gefährlich. Brandgefährlich. Vor allem für eine Frau, die sich fast verzweifelt nach Beständigkeit und Geborgenheit sehnte. Sie musste es unter Kontrolle bekommen. Aufhören, sich von ihrem Herzen leiten zu lassen und einsehen, dass Chogan seine Entscheidung längst getroffen hatte. Er bot ihr Hilfe an. Nicht, an seinem Leben teilzunehmen.

Paige seufzte. Inzwischen hatten sie den kleinen Bachlauf am Westende des Grundstückes erreicht. Hohe Silbertannen säumten den Besitz in den anderen Himmelsrichtungen. Es hatte zu schneien begonnen. Dicke Flocken wirbelten durch die Luft und verliehen dem weitläufigen Anwesen etwas Märchenhaftes. Es war herrlich still hier draußen, nur das geruhsame Plätschern des halb zugefrorenen Baches war zu vernehmen. Kein Wunder, dass sich Chogan hierher mitten ins Nirgendwo zurückgezogen hatte. Es war ein Ort zum Wohlfühlen. Ein Ort, an dem man die Seele baumeln lassen konnte, und wenn es nach Dean gegangen wäre, hätten sie den ganzen Tag hier draußen verbracht. Überall gab es etwas zu entdecken und zu erkunden. Doch langsam mussten sie den Rückweg antreten. In weniger als zwei Stunden würde sie sich mit Christopher treffen.

Wenig später erreichten sie die Garage der Blockhütte, deren beiden Tore sperrangelweit offen standen. Darin parkte der Range Rover. Als Paige Niklas' Auto sah, flutete Dankbarkeit über sie hinweg. Es war tröstlich, zu wissen, dass der Wagen wieder auf Vordermann gebracht wurde und nicht auf dem Schrottplatz verenden musste.

Dean machte sich von ihr los und rannte auf die Garage zu. »Wir sind zurück!«

»Hey Kumpel.« Chogan wischte sich die Hände an einem bereits ziemlich dreckigen Tuch ab. Er trug eine schwarze Cargo-Hose mit eingenähten Seitentaschen, die ihm tief auf den Hüften saß. Sein anbetungswürdiger Oberkörper wurde von einem grauen, verwaschenen Pullover umspannt, den er bis zu den Ellenbogen hochgestreift hatte, was kräftige, ölverschmierte Unterarme entblößte. Dazu das extrem kurz geschnittene Haar und das störrische, unrasierte Kinn ... Beim Herrn, dieser Mann sah selbst in Arbeitskleidung und völlig eingesaut noch unerhört sexy aus. Verflucht, hör auf, Paige!

»Hattet ihr einen schönen Tag?«, wollte Chogan von Dean wissen, der daraufhin nickte. »Wir waren spazieren. Bis ganz oben zum Fluss sind wir gegangen. Warst du schon mal dort?«

»Ja. Im Spätsommer hab ich dort geangelt.«

Dean rümpfte die Nase. »Du hast die Fische gegessen?«

Chogan schien seine Worte gern zurücknehmen zu wollen. »Ich fürchte schon«, sagte er und Paige kam ihm zur Hilfe, ehe ihr kleiner Naturschutzaktivist ihn in Schwierigkeiten brachte.

»Es ist wunderschön hier. Wir haben drei Stunden damit zugebracht, uns das Grundstück anzusehen. Wirklich hübsch.«

»Schön, wenn euch die Gegend gefällt«, erwiderte Chogan mit dem Fußboden sprechend und deutete auf den Wagen. »Der Rover ist inzwischen gekommen und die Reifen habe ich auch schon hier. Ich werde sie heute noch montieren. Die Batterie ist schon drin.«

»Das ist toll. Danke. Du musst mir sagen, was das alles gekostet hat, damit ...«

»Das geht auf mich.«

»Kommt nicht infrage«, empörte sich Paige und spürte, wie ihre

Wangen ein sattes Rot annahmen. Vorgestern hatte er das Hotel bezahlt, gestern den Einkauf und nun ... nein. Ganz bestimmt nicht. Immerhin war sie nicht mittellos. Nicht völlig zumindest. Er hingegen tat, als wäre sie ohne fremde Hilfe nicht überlebensfähig und das brachte sie in Verlegenheit. Wieder mal. Doch nach allem, was zwischen ihnen vorgefallen oder auch nicht vorgefallen war, fühlte es sich entsetzlich unangenehm an. Zum im Erdboden versinken.

Er schien ihre Notlage zu bemerken und sagte dennoch genau das Falsche. »Wenn du darauf bestehst, gib mir eben, was du geben möchtest.«

»Ich will wissen, was du ausgegeben hast«, sagte sie und kam sich nicht nur gedemütigt, sondern noch mal gut zehn Jahre jünger vor. Was sie wütend machte. Vielleicht rührte diese Wut auch ein wenig daher, weil Chogan sie noch immer keines Blickes würdigte und kein Fettnäpfchen ausließ. »Sei vernünftig, Paige. Mir fehlt das Geld nicht.«

»Mir hingegen schon? Ist es das, was du mir sagen willst? Dass ich es allein nicht schaffe?«

Endlich sah er sie an. »Bist du wütend?«

Ob sie wütend war? »Hör mal, Mr Ich-bin-kein-Held-aber-tue-immer-das-Richtige, ich will wissen, was du ausgegeben hast. Nicht mehr und nicht weniger. Damit ich dir das Geld zurückgeben kann und zwar auf den Cent. Wenn ich in diesen Wagen steige«, sie zeigte auf den Rover, »und dein Grundstück verlasse, will ich nicht das Gefühl haben, dir etwas schuldig zu bleiben. Also hör auf, mich zu bevormunden und sag mir verflucht noch mal endlich, wie viel Geld du von mir bekommst!«

»Paige ...«

»Und hör verdammt noch mal mit diesem Paige auf!«

»Okay«, sagte er und hob beschwichtigend die Hände, während Dean überrascht zwischen ihnen hin und her blickte. »Okay, ich rechne die Ausgaben später zusammen.«

»Gut.« Verflixt! Jetzt fühlte sie sich doppelt so mies. Sie hob das Kinn und funkelte Chogan an, damit er nicht bemerkte, dass ihr in Wahrheit zum Heulen zumute war. Er musterte sie und kurz hatte sie den Eindruck, als wollte er noch etwas sagen, doch schließlich besann er sich eines Besseren und schnappte sich das dreckige Tuch von der Werkbank.

»Gut, dann wäre das nun geklärt«, legte sie nach, um das Thema abzuschließen. »Komm, Dean, wir gehen rein.« Damit machte sie auf dem Absatz kehrt und marschierte auf das Haus zu. Sie hörte noch, wie Chogan etwas zu Dean sagte und beschleunigte ihre Schritte, doch da hatte er sie eingeholt und griff nach ihrem Arm. Die Berührung stieß den Stachel der Frustration noch tiefer.

»Ich wollte dir nicht das Gefühl geben, es allein nicht zu schaffen, Paige.«

»Das hast du aber.«

»Dann entschuldige ich mich dafür.«

»Entschuldigung angenommen.« Sie konnte jetzt nicht mit ihm reden. Es ging einfach nicht. Das Fass war fast am Überlaufen und wenn es so weit war, wollte sie ihn keinesfalls in ihrer Nähe haben. Er hatte sie oft genug heulen oder ausflippen sehen. Jetzt war Schluss damit, sich ständig zu blamieren.

»Wir müssen reden«, sagte er und zog sie sanft herum.

Sein niedergeschlagener Blick traf sie, denn so, wie er sie ansah, war ihr zumute. Aber das musste er nicht wissen. Nicht jetzt. Überhaupt nicht. »Ich denke, wir haben uns bereits ausgesprochen.«

»Haben wir das wirklich?«

Nein. »Ja.«

Chogan nickte. »Ich wollte nicht, dass du böse auf mich bist.«

Ich wollte nicht, dass du mir aus dem Weg gehst. Dass du bereust, was heute Nacht zwischen uns war. »Das bin ich nicht.«

»Okay, gut. Dann können wir ja ganz normal darüber reden, was eben vorgefallen ist.«

Du bist ein Dummkopf und bringst mich dazu, mich aufzuführen wie eine Idiotin. Das ist vorgefallen. »Ich weiß nicht, was du meinst«, sagte sie und entzog ihm ihren Arm, um aus seiner Reichweite zu kommen, bevor er ihr die Stimmung ansehen konnte. »Und jetzt entschuldige mich. Ich will mich umziehen. In einer halben Stunde muss ich los.« *Und vorher will ich mich in Ruhe ausheulen.*

»Ich begleite dich.«

Himmel, warum konnten Männer immer dann nicht zu reden aufhören, wenn Frau absolut nicht in der Stimmung dafür war? »Das ist unnötig, Chogan. Wirklich.«

»Nein, ist es nicht, ich ...«

»Ich will es nicht, okay?«, fuhr sie ihm dazwischen. Gott, sie musste hier weg! »Christopher ist ein alter Freund und ich möchte nicht ...«

Abermals hob er die Hände. »Okay, ich hab's verstanden.«

Was hatte er verstanden?

»Chogan!«, rief sie ihm hinterher, aber er drehte sich nicht mehr zu ihr um.

*

Scheiße! Jetzt hatte er es so richtig schön vermasselt. Wie hatte sich die Sache zwischen ihnen nur derart verkomplizieren können? Er war Paige aus dem Weg gegangen, um sie nicht in Bedrängnis zu bringen, den Vorfall von letzter Nacht wieder aufwärmen zu müssen. Immerhin war es mehr als nur mies zwischen ihnen gelaufen und die Wahrheit war, dass er sie beide nicht in Verlegenheit bringen wollte. Er hatte Paige sehr gern und heute Morgen hatte ihm alles, was er in seinem Zorn auf sich zu ihr gesagt hatte, schrecklich leidgetan. Allerdings war er nicht gut darin, etwas auszudiskutieren. Er war nicht geschaffen dafür, um zwischenmenschliche Probleme zu lösen. Zumindest nicht zwischen einer Frau und ihm. Solange er denken konnte, hatte er sich in Gesellschaft von Männern befunden, dazu zählte er auch jedes weibliche Mitglied, das er während seiner Militärzeiten ausgebildet hatte. Sein Wort war Gesetz. Er teilte Befehle aus und sie wurden ohne Wenn und Aber befolgt. Wenn es Schwierigkeiten gab, wurde das sofort und ohne groß drum herum zu reden geklärt und dann weiter im Text. Aber hier ... Hier waren Gefühle im Spiel und das gestaltete das Ganze um einiges schwieriger.

Und das Ende vom Lied? Er schluckte den saftigen Fluch hinunter. Paige hatte ihn heute so angesehen, wie er von ihr niemals hatte angesehen werden wollen. Zur Hölle! Wütend auf sich und diesen angeblichen Gott, der da oben hockte und ihm so gern in den Arsch trat, schnappte sich Chogan das Stück dreckigen Stoff und klemmte es sich in die Gürtelschlaufe seiner Arbeitshose.

Vielleicht war es ganz gut so, wie sich die Dinge entwickelten. Vielleicht war diese seltsame Sache zwischen Paige und ihm, die sich auf hinterhältigste Weise einzuschleichen versuchte, endlich aus der Welt geräumt. Er konnte sich solche gefühlsmäßigen Verwicklungen nicht leisten. Er durfte nicht einmal daran denken, für Paige so etwas wie tiefere Zuneigung zu empfinden. Er durfte und wollte es nicht. Corinna kam ihm wieder in den Sinn und tausend Flüche gleich dazu. Nein. Das einzige Mal, als er Gefühle zuließ, die über Freundschaft hinausgingen, hatte es ihn alles gekostet, was er sich jemals hart erkämpft hatte. Es hatte ihn ins Verderben gestürzt und nun, wo er langsam wieder anfing, sich etwas aufzubauen oder zumindest eine annehmbare Lösung gefunden hatte, mit alldem umzugehen – nämlich mit ausreichend Grund und Boden auf dem er sich die Seele aus dem Leib rennen konnte, ohne einer Menschenseele begegnen zu müssen und sich abends mit Jack die Lichter auszublasen – würde er nicht wieder einen Schritt zurückmachen. Oh nein, ganz bestimmt nicht.

»Mom und du habt Streit, nicht wahr?«

Mist. Dean. Er stand neben ihm und sah unsicher aus großen blauen Augen zu ihm hoch. »Sieht so aus, was?«

»Mhm. Werdet ihr euch wieder vertragen?«

»Ich hoffe doch.«

»Mom ist sauer auf dich.«

»Ich weiß. Glaubst du, sie wird bald nicht mehr sauer auf mich sein?«

Dean zuckte mit den Schultern. »Das weiß ich nicht. Mom ist sehr selten auf jemanden sauer.«

So was Ähnliches hatte er sich schon gedacht.

»Vielleicht solltet ihr noch mal reden. Meist hilft das.«

»Ich werde es versuchen.« Himmel, führte er dieses Gespräch gerade wirklich? Mit einem Fünfjährigen?

»Sie wird jetzt gleich zu Christopher fahren, stimmt's?«, fragte

Dean und setzte sich auf eine umgedrehte Kiste.

»Ja. Kennst du ihn?«

Dean schüttelte den Kopf. »Ich kann mich nicht erinnern. Mom hat erzählt, dass er mich im Krankenhaus besuchen war. Damals, nach der Operation.«

Chogan verkrampfte, als ihm durch den Kopf schoss, was Paige für diese Operation auf sich genommen hatte. Allerdings, wenn er sich Dean so ansah, hätte er sich an ihrer statt nicht anders entschieden. Das änderte jedoch nichts daran, dass ihn der Gedanke an ihr erbrachtes Opfer krank und unglaublich wütend auf diesen Scheißkerl machte, dem er mehr als nur einen Knochen für diese moralische Entgleisung brechen würde.

»Christopher und Mom waren Freunde, als sie noch zur Schule gingen. Sie kennen sich ziemlich gut«, erzählte Dean weiter und flocht die Bänder seiner Jacke. »Ich glaube, dass er ihr helfen wird. Dann fahren wir zu Großcousine Hilde. Sie hat einen kleinen Stall. Darin wohnen zwei Pferde und eine Kuh.«

Chogan spürte, wie seine Mundwinkel zuckten. Oh Mann, Dean war einfach entzückend und er schaffte es genauso leicht wie Paige, ihn zum Lächeln zu bringen.

»Wirst du uns vermissen?« Die Frage holte ihn wieder zurück. Die Worte klangen viel zu ernst für einen so kleinen Kerl und Chogan hockte sich vor Dean nieder. »Klar werde ich euch vermissen. Vielleicht komme ich euch besuchen. Wie klingt das?«

Dean strahlte bis über beide Ohren, was jedoch den Knoten in Chogans Brust nicht löste. »Das klingt gut«, erwiderte der Junge und dann umarmte er Chogan. Im ersten Moment erstarrte er, denn mit solch einer Geste hatte er nicht ... Dean war Paiges Sohn. Natürlich, hätte er damit rechnen müssen. Wie dumm von ihm. Ungeschickt legte er seine Arme um den Kleinen und drückte ihn an sich.

*

Nachdem sie sich das Gesicht gewaschen hatte, betrachtete sich Paige im Badezimmerspiegel und war erleichtert. Dafür, dass sie sich wie durch den Fleischwolf gedreht fühlte, sah sie recht passabel aus. Zumindest nicht vollkommen verheult, sondern fast wieder gesellschaftsfähig. Alles bestens. Es konnte losgehen. Rasch zog sie die Jacke über den Kapuzenpulli und schlüpfte in ihre Stiefel, dann machte sie sich auf zur Garage, wo sie Dean mit Chogan vorfand, die gemeinsam ein Rad auf den Rover schraubten. Beim Anblick der beiden durchflutete sie Zärtlichkeit, was durch eine Woge von Gewissensbissen zur Unannehmlichkeit wurde. Hatte sie diesen durch und durch anständigen Mann tatsächlich wegen einer lächerlichen Kleinigkeit angefahren? Weil er ihr wieder einmal helfen wollte? Mist, verdammter. Was war bloß los mit ihr? Würde sie sich irgendwann wieder normal verhalten können? Bitte?

Langsam sollte sie anfangen, sich auf die paar Stunden mit Christopher zu freuen, anstatt sich innerlich mit Händen und Füßen dagegen zu wehren, von hier fort zu müssen. Sie konnte die Zeit nutzen, um sich in den Griff zu bekommen. Um sich nach dem Besuch wieder annähernd vernünftig verhalten zu können. Vielleicht konnte sie dann auch endlich das Fluchen wieder einstellen.

»Hey, Mom. Guck, ich darf helfen.«

»Schön«, sagte sie und betrat die Garage.

Chogan erhob sich und versuchte sich in einem Lächeln. Was etwas schief geriet. »Alles klar?«

»Ja, alles klar. Danke.« Sie versuchte, versöhnlich zu klingen und hoffte, dass die Botschaft bei ihm ankam. Chogan nickte, als verstände er sehr gut und ihr fielen tausend Tonnen Ballast von der Brust.

»Kann ich hierbleiben, Mom? Bitte«, fragte Dean. Er hatte sich wie Chogan die Ärmel seiner Jacke hochgeschoben und ein Schmierfleck zierte seine rechte Wange. Paige musste schmunzeln. »Ich weiß nicht recht.«

»Von mir aus kein Problem«, sagte Chogan und legte das Werkzeug, mit dem er die Schraube des Rades angezogen hatte, auf eine der umgedrehten Kisten.

»Bitte, Mom.«

Sie zuckte mit den Schultern. »Na gut. Wenn du das möchtest und Chogan wirklich nichts dagegen hat.«

»Hab ich nicht.«

»Siehst du!«, rief Dean fröhlich. »Außerdem müssen wir noch drei Räder anschrauben.«

»Es könnte später werden«, informierte sie Chogan, der sie daraufhin lange und aufmerksam betrachtete, was sie beinah dazu veranlasst hätte, sich zu rechtfertigen. Es könnte sein, dass ich nach dem Besuch einfach nur in der Gegend rumfahre, um mich ein wenig zu sortieren. So, wie ich mich verhalte, fühle ich mich schrecklich unwohl. Das muss aufhören.

»Ist okay«, meinte er nach einer Weile. »Wir kommen zurecht. Stimmt's, Dean?«

»Ja, Sir.« Der Junge kicherte und Paige sah Chogan verdutzt an. Hatte sie etwas versäumt? Was hatte sich zwischen den beiden abgespielt, während sie nicht hier war? Sie würde keine Antwort darauf bekommen, denn Chogan reichte ihr bereits die Autoschlüssel seines Eskalade, der neben dem alten Truck in der geräumigen Garage parkte. Und nein, hier drinnen versteckte sich auch keine Footballmannschaft.

»Hast du die Adresse?«

»Ja, hier.«

Sie gab ihm den Notizzettel und verabschiedete sich mit einem Kuss von Dean, während Chogan die Adresse in die Navigation eingab. Vierzig Minuten Fahrtzeit. Sie hatte mit einer Stunde gerechnet und war erleichtert, nun schneller ans Ziel zu gelangen. Inzwischen war sie spät dran.

Als sie bereits hinter dem Steuer saß, beugte sich Chogan noch einmal in die Fahrerkabine – eine Hand auf dem Dach abgestützt, in der anderen hielt er etwas, das wie ein Handy aussah. Es war auch eines.

»Hier«, sagte er, gab ihr das Mobiltelefon und sah sie reumütig an. »Ich weiß, du schaffst das auch allein, aber ich dachte mir ...«

»Es tut mir leid, Chogan. Ich wollte mich nicht mit dir streiten.«

»Das ist gut.«

Paige lächelte ob des theatralischen Seufzers, den er ausstieß.

»Danke für das Handy. Wer weiß, bei meinem Glück zieht ein Blizzard vorbei und dann könnte ich deine Hilfe brauchen.«

Seine Augen erwiderten ihr Lächeln. »Ganz genau, deshalb ist auch meine Nummer eingespeichert.«

»Ich werde anrufen.«

»Mach das und fahr vorsichtig, Paige.«

»Ich bringe dir dein Auto schon wieder heil zurück, versprochen.«

»So war das nicht gemeint.«

»Ich weiß.«

»Gut.« Chogan drückte kurz und ein wenig zu liebevoll ihre Hand, als wäre nicht nur sie es, die den Wunsch hegte, die Sache mit Christopher abzublasen, um den Abend mit ihm und Dean zu verbringen. Sag ein Wort und ich bleibe hier, dachte Paige. Der Ausdruck in seinen Augen, der ihren Gedanken viel zu ähnlich war, um missverstanden zu werden, verschwand sehr schnell, als er auch schon die Hand zurückzog und in seine Hosentasche steckte. Empfindungen, wie Paige sie für ihn hegte, gehörten offenbar nicht zu seinem Plan und im Grunde sollten sie auch nicht ihre Pläne durchkreuzen.

Sich selbst aufmunternd, zwinkerte sie Dean zu. »Bleib mir nicht zu lange auf, ja?« Der Kleine salutierte und sie startete den Motor. Im Rückspiegel erkannte sie Chogan, der ihr lange und gedankenvoll nachschaute.

Die Wohngegend, in der Christopher lebte, war alles andere als erstklassig. Sie ähnelte stark der Anlage in New Jersey, wo Paige mit ihren Eltern aufgewachsen war. Ihr Vater war Künstler gewesen und sie hatten mit dem wenigen Geld, das er mit seinen gemalten Bildern und den zig kleinen Nebenjobs verdiente, sehr sparsam haushalten und auf Vieles verzichten müssen. Die Leute hier schienen ein ähnliches Schicksal zu erfahren. Schuhkartonähnliche Häuser. Grau um Grau. Ungepflegt. Vernachlässigt. Der Bürgersteig war überwuchert von Unkraut, das zwischen jeder Ritze der Pflastersteine hervorkroch. Müll häufte sich in den Einfahrten, wo er liegen bleiben würde, bis das Ersparte reichte, um die Säcke abholen zu lassen.

Hinter den Häusern sah es nicht besser aus. Weit und breit nur Gestrüpp und Buschwerk war zu erkennen. Ein kleiner, verwucherter Urwald, der durch das Zwielicht der Abenddämmerung beinah gespenstisch wirkte. Dabei war weit und breit keine Menschenseele zu entdecken. Nicht ein Kind lief durch die verwahrlosten Vorgärten. Niemand blickte aus einem der zahlreichen Fenster oder stand hinter einem der reglosen Vorhänge. Die Einfahrten standen leer. Das Viertel war wie ausgestorben, erzeugte den Eindruck vom Schauplatz eines alten Films, der zu räumen vergessen wurde, nachdem die Dreharbeiten abgeschlossen waren.

Paige fröstelte. Mit einem flauen Grummeln im Magen parkte sie neben dem einzigen Wagen, einem alten Caddie und zog den Zündschlüssel ab. Christophers Haus, das letzte in der Straße, sah zwar nicht prunkvoller aus als die Unterkünfte seiner Nachbarn, aber er konnte es sich zumindest leisten, die Müllmänner zu bezahlen. Dennoch war ihr plötzlich nicht mehr wohl bei der Sache. Einem inneren Antrieb folgend griff sie nach dem Handy, das auf dem Beifahrersitz lag. Es war nur eine Nummer eingespeichert, die mit einem C gekennzeichnet war. Sekundenlang schwebte ihr Finger über der Anrufertaste. Aber was wollte sie Chogan sagen? Es graute ihr davor, in einer Gegend wie dieser aus dem Auto zu steigen? Das war lachhaft. Und kindisch dazu. *Du liebe Zeit, Paige, hör endlich auf, überall Gespenster zu sehen, wo es keine gibt,* sagte sie zu sich und steckte das Mobiltelefon in ihre Jackentasche. Gerade als sie nach dem Türgriff fasste, erkannte sie aus dem Augenwinkel eine Gestalt. Christopher. Wie aus dem Nichts stand er plötzlich vor seinem Haus und hob zum Gruß kurz die Hand. Automatisch erhellte sich ihr Gesicht, während dieser seltsame Druck auf ihrer Brust von ihr abfiel. Christopher sah noch immer aus wie vor zwei Jahren, als sie ihn das letzte Mal gesehen hatte. Groß, dürr, sein zu lang geratenes, blondes Haar hing ihm in die Stirn und kringelte sich über seinen Ohren. Er trug auch heute noch dieselben schrecklichen Flanellhemden, dazu abgewetzte Cordhosen.

»Hey Fremder«, begrüßte sie ihn, nachdem sie ausgestiegen war. Sogleich vermisste sie die Wärme des Fahrzeuges und sie zog fest die Jacke um ihren Körper. Es war jedoch die Freude, einen langjährigen Freund wiederzusehen, die die Kälte vertrieb.

Ein schwaches Schmunzeln umspielte Christophers Mundwinkel, als sie auf ihn zuging. Immer wieder huschte sein Blick die leere Straße hinunter und zu den Nachbarhäusern, wobei er fast unmerklich den Kopf schüttelte, als schämte er sich für die bescheidene Gegend, in der er lebte. Auch wenn er es offenbar erwartete, hatte sie nicht vor, diesen Umstand zu kommentieren und er schien es ihr zu danken. »Paige, ich freue mich, dich zu sehen.«

»Und ich mich erst«, entgegnete sie und legte die Arme um den schlanken Mann. Flüchtig erwiderte Christopher die Umarmung, dabei blickte er zu ihrem Wagen. »Wolltest du nicht Dean mitbringen?«

So war es vereinbart gewesen. Einen irritierenden Augenblick lang sträubten sich die Härchen auf ihren Unterarmen und ihre eigenen Worte ließen sie zusammenzucken. »Dean ist im Hotel geblieben und sieht dort fern.« Warum in Herrgotts Namen log sie ihn an?

»Du lässt einen Fünfjährigen allein im Hotel?«, fragte er ebenso verdutzt und hielt ihr die Eingangstür auf.

Zu ihrer Überraschung betrat sie einen aufgeräumten, sauberen Flur, der, typisch für solche Gegenden, schnurgeradeaus führte und von dem mehrere Zimmer abgingen. Die dunkle Einrichtung schien alt, jedoch war darauf achtgegeben worden.

»Ja. Die Hotelleitung weiß Bescheid«, log sie weiter, ohne etwas dagegen tun zu können. Die Lüge drängte förmlich aus ihr hinaus, als wäre es ihr unmöglich, nun einzulenken und die Wahrheit zu gestehen. Mit einem Stirnrunzeln nahm er ihr die Jacke ab und deutete in das Zimmer zu ihrer Linken. Ein spartanisch eingerichtetes Speisezimmer mit einem rechteckigen Tisch, worauf eine Schale mit Erdnüssen stand, dazu vier Stühle. Dahinter schloss eine kleine Kochnische an. Ein Perlenvorhang trennte die Räume voneinander, dennoch blieb ihr nicht verborgen, dass auch die

Küche aufgeräumt und sauber war. Wenn auch dieser Bereich genauso unpersönlich anmutete wie der Rest – für einen Mann war das wahrscheinlich ausreichend, um sich wohlzufühlen.

»Nett hast du es hier.«

»Tja, das ist nicht mein Verdienst. Eine Studentin bewohnt an den Wochenenden eines der Zimmer. Sie meint wohl, Ordnung halten zu müssen«, räumte er beinah genervt ein und als wäre es völlig belanglos, wie sein Zuhause aussah. Eine solch herabwürdigende Haltung sah ihm nicht ähnlich. Stutzig geworden drehte sich Paige zu ihm um und etwas, das Misstrauen gleichkam, glomm in ihr auf. Warum fühlte es sich plötzlich so an, als würde sie einem Fremden gegenüberstehen? Einem, der außerdem aussah, als hätte er die letzten Nächte durchgezecht. Dunkle Schatten umrandeten Christophers Augen, etwas, das wie ein verblasstes Veilchen aussah, zog sich über seinen Wangenknochen. Seine Lippen waren blass. Das Hemd zerknittert, als hätte er nächtelang darin geschlafen. Es war ihr in der ganzen Aufregung nicht sofort aufgefallen, aber er wirkte angeschlagen.

»Alles in Ordnung mit dir?«, wollte sie wissen. Christopher wich ihrem Blick aus und winkte ab. »Die letzten Tage waren ein wenig anstrengend, nichts weiter.«

»Verstehe.« Paige versuchte sich in einem Lächeln, das keine Erwiderung fand. Eine nervöse Unruhe machte sich breit, die verflog, als er in die Küche wies. »Ich habe Kaffee gemacht. Willst du eine Tasse?«

»Ja, danke.« Er ging an ihr vorbei und strich sich dabei durch das Haar. Dann raschelte der Perlenvorhang und sie stand allein im Speisezimmer. Irgendwo in ihrem Kopf formte sich eine entsetzliche Ahnung – zu widersprüchlich, zu paradox jedoch, um zu etwas Vollständigem anzuwachsen.

»Bist du sicher, dass sich jemand um Dean kümmert, während du hier bist?«, fragte er und Tassen schepperten.

Ein beruhigendes, vertrautes Geräusch, obwohl ihr hier nichts vertraut vorkam. Christopher am allerwenigsten. Selbst seine Stimme klang befremdlich, dabei hätte Paige sie früher unter Tausenden wiedererkannt. Ihr merkwürdiges Empfinden ergab allerdings keinen Sinn. Nicht den geringsten. Christopher war ein Freund. Ein überaus guter. Schon sehr lange. Warum fühlte es sich dann nicht so an?

»Ja. Es kümmert sich jemand um Dean.« Sie wollte sich auf einen der Stühle setzen, aber ihre Beine wollten sich nicht darauf zubewegen. Noch mehr Geschepper klang aus dem kleinen Raum, dann wurde eine Lade aufgezogen und Besteck klapperte.

»In welchem Hotel wohnt ihr denn? In einem auf der Bundesstraße?«

»Mhm.«

Die Geräusche verstummten und eine beklemmende Stille erfüllte das Haus, bis Christophers Stimme sic zerschnitt. »In welchem, Paige?«

»Wie bitte?«

»Wie heißt das Hotel, in dem ihr wohnt?« Er goss Kaffee in die Tassen. Doch dank des Aufruhrs in ihrem Magen würde sie keinen Schluck runterbekommen.

»Warum ist das so wichtig für dich?« Die Frage war eine Mischung aus Argwohn und Hoffnung zugleich, er möge eine Antwort geben, die das bizarre Gefühlschaos, das mittlerweile jeden Winkel ihres Verstandes erfüllte, besänftigen. Christopher zuckte mit den Schultern, dann griff er nach den Tassen und kam zurück ins Esszimmer. »Ich hätte den Jungen gern gesehen, das ist alles. Ein bisschen nervös heute, was?«

Nervös? Mehr als das. Das hohle Empfinden steigerte sich zu etwas sehr Unangenehmen und als sie in Christophers Augen sah, in denen kühle Distanziertheit wie eine dünne Eisschicht über einem winterlichen See lag, bereute sie es, aus dem Wagen gestiegen zu sein. Hier stimmte etwas nicht. Ganz und gar nicht. Doch dann lächelte er sie an.

»Entschuldige bitte. Irgendwie war ich wohl zu sehr darauf eingestellt, nicht nur dich, sondern auch Dean wiederzusehen.«

Sein Argument sollte beschwichtigend wirken. Tat es aber nicht. Ihr Puls beschleunigte sich, als sie sehnsuchtsvoll hinaus in den Flur schaute, wo ihre Jacke samt Autoschlüssel und Handy hing. Christopher sah ebenfalls hinaus und etwas in seinem Antlitz blitzte auf.

»Möchtest du dich nicht setzen, Paige?« Ihr Name klang wie Spott, und Argwohn regnete auf sie herab wie eine Handvoll spitzer Kieselsteine. »Was ist hier los, Christopher?«

»Setz dich, Paige.«

Sie dachte nicht mal daran. Stattdessen machte sie einen Schritt zurück. »Ich glaube, es ist besser, wenn ich ein andermal wiederkomme.«

»Setz dich«, widerholte er gepresst. Sein schlaksiger Körper angespannt wie seine gereizten Züge. Gleichzeitig griff er hinter sich zum Bund seiner Hose. Als er seine Hand wieder nach vorn bewegte, traf die düstere Erkenntnis sie wie ein Schlag in den Unterleib. Zu bestürzt und fassungslos, um Luft zu schöpfen, suchte sie nach seinem Blick. Suchte dort nach irgendetwas, das ihr glauben machen konnte, in einem bösen Traum gefangen zu sein. Aber es war keiner. Die Pistole, die Christopher auf sie richtete, war echt. Real. Ebenso der wahnsinnige Ausdruck, dessen Wirkungsbereich sie viel zu gut kannte. Der ihr eingeprügelt worden war. Zwei Jahre lang. Von Jim. Eine Bilderflut schoss durch ihren Kopf, die den altbekannten Horror zu neuem Leben erwachen ließ. Innerlich taumelte sie vor Bestürzung. Lieber Gott, bitte lass das nicht wahr sein. Alles, nur nicht Jim.

»Warum?«, formten ihre Lippen, während sie nicht gegen die Bestürzung ankam, die ihre Stimmbänder lähmte und ihre Füße taub machte.

»Ich habe da ein kleines Problem, Süße. Falscher Zeitpunkt. Falscher Ort. Falsche Leute. Und das zu oft. Du bist das Versprechen, dass ich da bald wieder rauskomme.«

Geld. Es ging hier um Geld.

»Wie viel hat er angeboten, damit du mich zurückbringst?«

Christopher schnaubte höhnisch. »Zurückbringen? Da muss ich dich leider enttäuschen, Schätzchen. So gut warst du dann scheinbar nicht.«

Kalte Angst strömte durch ihre Adern, lange bevor sie begriff, was das Gesagte bedeutete. Er wollte sie aus dem Weg räumen. Jim bezahlte Geld, um sie töten zu lassen und offenbar hatte er in

Christopher ein williges Opfer gefunden. Der Gedanke fühlte sich derart grotesk und unwirklich an, dass sie langsam aus der wahnhaften Angststarre in die Wirklichkeit zurückkehrte – wo sie noch immer in den Lauf einer Pistolenmündung schaute sowie in zwei Pupillen, in denen nur blanker Hohn glänzte. Augen eines irren Fremden.

»Ich glaube das alles nicht«, flüsterte sie betroffen. »Du bist mein Freund. Jahre waren wir unzertrennlich.«

»Ach? So nennt man das, ja? Freunde?« Ein freudloses Lachen schallte durch den Raum. »Falls ich dich dran erinnern darf, süße kleine Paige, du warst es, die sich damals auf der Schule wie eine Klette an mir festgeklammert hat, weil dich keines der anderen Mädchen auch nur mit der Kneifzange angefasst hätte. Dein Vater hat dir keinen Gefallen getan, wie ein Irrer zu schuften, um sich zumindest eine gute Schulbildung für dich zu leisten. Du warst ein Außenseiter, genau wie ich. Das hat uns zu Verbündeten gemacht, aber nicht zu Freunden.«

Sein Vorwurf tat unerwartet weh, traf sie hart und Paige musste schwer schlucken, um seine Ansicht der Vergangenheit runterzubekommen. Viel zu gut erinnerte sie sich daran, auch Christopher stets beigestanden zu haben im Kampf gegen die hässlichen Boshaftigkeiten der reichen, verwöhnten Mitschüler. Aber davon wollte er offenbar nichts mehr wissen. »Fühlst du dich nun besser?«, fragte sie mit einem faden Geschmack auf der Zunge. »Ist es so leichter für dich, mir das anzutun? Wenn du dir lange genug einredest, dass nie Freundschaft zwischen uns existierte?«

Verächtlich verzog er den Mund. »Wenn du denkst, dass ich mich auf dieses unsinnige ...«

»Warum warst du im Krankenhaus, Christopher? Warum hast du Dean und mich besucht? Weil wir nie Freunde waren?« Es war nicht wichtig, wie seine Antwort lautete. Immerhin war es nicht mehr von Belang, wie er nach diesem Tag zu ihr stand. Aber etwas in ihr, etwas Helles, Heißes, zwang sie zu versuchen, hinter all dem Wahnsinn zu dem Menschen durchzudringen, der immer für sie da gewesen war und dem auch sie immer zur Seite gestanden hatte. Kompromisslos.

»Ich war dort, weil du mir nächtelang die Ohren vollheultest, wie allein und verloren du dich fühlst, Schätzchen. Dank dir hatte ich ein schlechtes Gewissen hoch zehn, das mich bis in meine Träume verfolgte und ich danke Gott, diesen Schuldgefühlen nachgegeben zu haben. Jim hat mir die Entscheidung abgenommen, das, was du Freundschaft nennst, zu beenden oder nicht. Er hat mich dafür bezahlt, keinen deiner Anrufe mehr entgegenzunehmen und den Kontakt abzubrechen.«

Christopher neigte den Kopf und musterte sie, als würde er sich an ihrem Elend ergötzen. Als hätte er jahrelang darauf gewartet, ihr diesen verbalen Hieb zu verpassen. Und er saß, denn so etwas hätte sie niemals erwartet. Schon gar nicht von Christopher, aber auch nicht von Jim, von dem sie glaubte, er wäre Christopher nur einmal kurz auf dem Krankenhausflur begegnet. »Na, Paige? Fühlst du dich nun besser, nachdem du die Wahrheit weißt? Oder wäre es dir lieber gewesen, in der Gewissheit zu sterben, wir wären Freunde gewesen und ich hätte dich nur des Geldes wegen erschossen?«

»Nein«, sagte sie erstaunlich gefasst, obwohl sie sich innerlich leer wie lange nicht mehr fühlte. Die lichte Hoffnung, hier noch etwas zu erreichen, war erloschen. »Nun macht es keinen Unterschied mehr.«

»Schön.« Ein dümmliches Grinsen strahlte ihr entgegen. »Und jetzt raus mit der Sprache. In welchem Hotel ist Dean?«

Unverwandt sah sie ihn an. »Damit du mich danach erschießt? Nein. Solange du nicht die Waffe runternimmst, wirst du nicht erfahren, wo Dean ist.«

Sein Blick war eiskalt, während seine Hand, die die Pistole umfasste, nicht die Spur zitterte. Als er sprach, tat er es leise. Warnend. Drohend. »Im Umkreis von zehn Meilen gibt es genau sechs Hotels. Wenn du es mir nicht freiwillig sagst, suche ich nach ihm, sobald eine Kugel weniger im Magazin steckt.«

Hatte sie gedacht, bereits unerschöpfliche Dankbarkeit dafür empfunden zu haben, dass Chogan ihnen aus dieser Gasse geholfen hatte, dann mutete dieses Gefühl nun überwältigend an. Dean war bei Chogan in Sicherheit. Es ging ihm gut. Niemand konnte ihm etwas antun. Chogan würde das nicht zulassen. Niemals. Diese Sicherheit war das Wertvollste, das sie jemals besessen hatte. Es gab ihr Kraft, das hier durchzustehen, ohne zusammenzubrechen.

Christopher spannte den Hahn, dann legte er den Finger um den Abzug. »Ich zähle bis drei, dann beende ich dieses Spiel.«

Adrenalin flutete ihren Blutkreislauf, löste ein dumpfes Pochen hinter ihrer Stirn aus, das für wenige Sekunden ihre Sicht verschleierte, bis sie ihre Umgebung stechend scharf wahrnahm.

Sie machte einen Schritt zurück, dann noch einen.

»Bleib stehen, Paige. Ich meine es verdammt ernst.«

Sie auch. Dean war zwar in Sicherheit, aber wer würde sich ihm mit dieser Hingabe widmen, die nur eine Mutter für ihr Kind aufbringen konnte? Der Gedanke war wie ein Giftpfeil. Sie musste hier raus und diese Feststellung bedurfte keiner zweiten Aufforderung. Ihre Bewegungen waren fließend. Sie hechtete in den Vorraum, schlitterte um die Ecke und ...

»Abgeschlossen«, rief Christopher, als könnte er sich nicht entscheiden, ob ihn ihr Fluchtversuch amüsierte oder verärgerte. Gleichzeitig vernahm sie bedächtige Schritte, die sich langsam näherten. Angst in ihrer reinsten Form peitschte sie auf wie frostklirrendes Gletscherwasser und klärte zugleich ihren Verstand.

Rücklings stellte sie sich zur Mauer neben dem Zugang zur Küche und ging fieberhaft die Möglichkeiten durch, nach draußen zu gelangen. Die Tür war versperrt. Das Fenster daneben lag zu hoch und war außerdem zu klein, um hindurchzupassen. Nur zwei Meter entfernt hing ihre Jacke samt dem Handy, das Chogan ihr gegeben hatte und zwar exakt gegenüber dem Küchenzugang. Unerreichbar, wenn sie nicht direkt in die Schusslinie laufen wollte.

Sie würde es ohne Chogan schaffen. Sie musste. Paige redete sich gut zu, doch die Hoffnung, dieses Haus lebend zu verlassen, schien aussichtslos. Der Flur zu ihrer Linken führte ebenfalls an dem Zugang zum Esszimmer vorbei. Die Türen zu den restlichen Räumen waren geschlossen und so konnte sie nur raten, in welchem sich ein Fenster befand, das Freiheit verheißen könnte.

Verzweiflung schlug hohe Wellen, schwappte wild schäumend durch ihr Bewusstsein.

»Du willst mich doch jetzt nicht verarschen? Komm schon, Schätzchen. Das Haus ist viel zu klein, um Verstecken zu spielen.« Christopher klang kein bisschen verunsichert. Natürlich nicht, immerhin war er es, der die Waffe bei sich trug.

Er kam näher. Sie wusste es, weil sich jede Faser ihres Körpers zugleich vor Angst und Überlebensgeist straffte. Dabei sah sie sich nach einer Waffe um und wurde fündig. Der Schirmständer. Vorsichtig zog sie ihn näher, hob ihn hoch. Er bestand aus leichtem, geflochtenem Metall. Nichts, womit man großen Schaden anrichten konnte, aber es war das Nützlichste, was ihr momentan zur Verfügung stand.

Dann ging alles rasend schnell. Ein unerwartetes Geräusch schrillte durch den Raum und vibrierte bis in ihre Fußsohlen. Dass es das Handy war, das klingelte, begriff sie erst sehr viel später. Zu sehr war sie darauf konzentriert, die heißglühende Panik zu ihren Gunsten zu nutzen, als Christopher um die Ecke geschossen kam.

Geistesgegenwärtig holte sie aus und zog ihm den Schirmständer mit aller ihr zur Verfügung stehenden Kraft über den Schädel, wobei es ihr vor Schreck über sich selbst den Magen umdrehte. Sie sah nicht, ob sie ihn aus dem Gleichgewicht brachte.

Sie rannte.

Rannte durch den Flur, bis sie das letzte Zimmer erreichte und die Tür aufstieß, die sie mit einem Knall sofort hinter sich schloss. Sie befand sich im Schlafzimmer. Vier Schritte und sie stand vor dem Fenster. Mit zittrigen Händen versuchte sie, den Riegel aufzubekommen. Er klemmte. Komm schon! Geh auf!

»Du elendes Weib!« Christophers Gebrüll drang erstickt und schmerzverzerrt durch die geschlossene Tür. Seine Schritte pochten dennoch laut und im Takt zu ihrem Puls in ihre Richtung. Bitte geh doch endlich auf! Wild rüttelte sie an dem Fensterverschluss.

»Dafür bring ich dich um!«

Endlich ließ sich der Riegel öffnen. Mit einem Ruck schob sie das Fenster nach oben. Kalte Luft schwallte ihr entgegen. Draußen war es düster. Der Tag näherte sich unaufhaltsam seinem Ende.

Mit den Füßen voran schlüpfte sie durch die Öffnung. In diesem Augenblick krachte die Tür gegen die Schlafzimmerwand. Ein Schuss fiel. Sie spürte einen Luftzug. Eine Haarsträhne streifte über ihre Wange. Ebenso ein glühendes Brennen, als sie im selben Moment auf den Beinen landete, die nur kurz einknickten und sofort wieder vorwärtsdrängten. Aus einer Eingebung heraus sprintete sie auf einen Haufen Holzscheite zu, anstatt in die menschenleere Siedlung zu rennen. Hier, am Ende der Straße, wäre sie viel zu leichte Beute, das nächste Haus zu weit entfernt, als dass sie es erreichen konnte, ehe eine Kugel ihr den Garaus machte.

Noch während sie sich hinter dem Holz zusammenkauerte, hoffte sie inständig, die richtige Entscheidung getroffen zu haben. In ihrem erhitzten Kopf surrte es. Ein warmes Rinnsal rann wie eine heiße Träne über ihre Wange. Paige griff danach und spürte, wie sie kalkweiß wurde, als sie das Blut auf ihrem Finger sah. Übelkeit schnürte ihr die Kehle zu. Nicht jetzt! Sie brauchte all ihre Energie, um die nächsten Augenblicke zu überleben. In diesem Moment hörte sie bereits, wie auch Christopher aus dem Fenster stieg. Ein Knoten purer Angst steckte ihr im Hals.

Fahrig blickte sie um sich, um ihre Fluchtmöglichkeiten abzuwägen, die denkbar bescheiden aussahen. Trotz des dämmrigen Lichtes konnte sie nicht einfach auf diesen Urwald zurennen, um dort nach einem möglichen Versteck zu suchen. Die Fläche bis zu den Büschen, Sträuchern und Bäumen, die wild miteinander verwachsen waren, bestand aus mindestens hundert Metern flachem, offenem Feld. Träge Beklemmung stieg empor. Sie saß in der Falle.

»Das wirst du bitter bereuen, Paige. Ich schwöre, wenn ich dich in die Finger kriege, werde ich nicht rücksichtsvoll sein.«

Sie verbat sich, seine Androhung an sich ranzulassen. Vorsichtig spähte sie um die Ecke der Holzscheite. Christopher presste eine Hand gegen seine rechte Schläfe. Er blutete stark aus der Wunde an seinem Kopf und fluchte wie ein Droschkenkutscher. Sie hatte ihn erwischt. Ordentlich. Das erklärte die wertvollen Sekunden, die ihr ermöglicht hatten, das Fenster aufzubekommen.

»Dein Autoschlüssel ist übrigens in deiner Jacke, Schätzchen«, rief er und sie sah zu, wie er achtsam auf die Ecke des Hauses zuschlich. Er dachte, sie wäre zu ihrem Auto gerannt.

Tatsächlich. Christopher verschwand aus ihrem Sichtfeld. Lauf! Und das tat sie auch. Ihr schwindelte vor plötzlicher Zuversicht.

Paige rannte, was ihre Beine hergaben, rannte um ihr Leben und hielt auf das Buschland zu. Sie würde sich ein gutes Stück durch die Sträucher schlagen müssen, um die Waffe in Christophers Hand nutzlos zu machen. Ein Ziel, das sich bewegte, konnte nur ein schlechtes Ziel sein und so dicht, wie dieses Umland bewachsen war, würde man sie noch dazu kaum erkennen.

Was sie nicht einberechnet hatte, war, wie schnell Christopher seine Suche ändern würde. »Paige!«

Sie legte noch an Tempo zu. Das gefrorene, steife Weidengras knirschte unter ihren flachen Stiefeln, bis sie das Dickicht endlich erreichte. Dünne Äste knackten. Ihr hektischer Atem formte sich zu Dunstwolken, während sie sich immer tiefer durch die Büsche schlug. Todesangst trieb sie voran. Ihr war, als würde sich diese Angst zu einzelnen Molekülen zersetzen, um dann wie ein stechender Eisschauer über sie herzufallen. Das durchdringende Kribbeln in ihrem Nacken war schmerzhaft intensiv. Kein einziges Mal wagte sie es, zurückzublicken, zu schrecklich war bereits die Ahnung, er könnte hinter ihr sein. Er jagte sie wie ein Tier.

Schneller! Doch langsam schwanden ihr die Kräfte. Immer mehr Tränen schossen ihr in die Augen, ließen die Umgebung verschwimmen. Sie durfte jetzt nicht aufgeben. Sie wollte nicht sterben! Nicht so!

»Paige«, brüllte Christopher unaufhörlich und sie nahm seinen Zorn körperlich wahr, der wie Wellen durch ihren Leib pulsierte. Seine Wut hatte ihn über die unsichtbare Schwelle des Wahnsinns getrieben, hinter der Vernunft nicht mehr existierte. Er würde nicht aufhören. Nicht aufgeben. Bis er sie erwischt hatte.

Alles, was sie hoffen durfte, war, länger durchzuhalten als er. Jedoch war es unglaublich anstrengend, sich auf diesem unwegsamen Gelände fortzubewegen. Jeder Schritt kostete unendlich viel

Kraft. Sie atmete pfeifend. Ihre Beinmuskeln brannten vor ungeheurer Anstrengung und die kalte Luft, die sie durch den Mund einsog, ging runter wie ein Nadelkissen.

Sie rannte weiter, getrieben von entsetzlicher Furcht. Flugs duckte sie sich unter ein paar tief hängenden Ästen hindurch, die sich wie groteske Lianen aneinanderklammerten, wich Wurzelwerk aus, bis sie unerwartet einen heftigen Druck auf ihrer Kehle spürte. Im ersten Moment wusste sie nicht ... Die Kapuze ihres Pullovers! Der nächste Adrenalinstoß sorgte für einen Schweißausbruch. Bitte Gott, nein! Wie besessen fummelte sie an ihrem Sweater herum, konnte sich aber nicht befreien. Heftige Verzweiflung fuhr ihr durch und durch. Eine Tränenflut strömte über ihre Wangen.

Er kam näher. Immer näher.

Sie hörte seine Schritte. Seinen zischenden Atem. Äste knackten, wurden weggeschoben oder abgerissen.

Und sie konnte sich nicht befreien.

Tu doch was!

Paige griff nach dem Saum ihres Kapuzenpullovers und wollte ihn sich überziehen, als sie im nächsten Augenblick hart gestoßen wurde. Der Druck auf ihrer Kehle explodierte hinter ihrer Stirn. Ihr wurde schwarz vor Augen. Ein ratschendes Geräusch. Stoff, der riss. Japsend und keuchend fiel sie auf Hände und Knie, als eine zweite, qualvolle Explosion bis in jedes Nervenende erblühte. Der brutale Schlag gegen ihren Hinterkopf ließ Sterne vor ihr tanzen. Ihr Bewusstsein drohte sich zu verabschieden, als würde jemand das Licht dimmen. Sie schaffte es gerade noch, sich auf den Rücken zu drehen, bevor Christopher auf ihr niederkniete.

»Du hättest mich nicht schlagen dürfen«, zischte er, holte aus und traf sie mit dem Handlauf der Waffe an der rechten Schläfe. Erneuter Schmerz durchzuckte sie. So stark, so intensiv, dass sie Galle schmeckte.

»Du hättest nicht davonlaufen dürfen«, geiferte Christopher weiter und schlug noch einmal zu. Sie erkannte Abscheu in seinen blutverschmierten Zügen, sobald es ihr gelungen war, die Qualen hinauszuatmen, um wieder zu ihm aufzusehen. Sein Gewicht hielt sie eisern nieder. Seine Knie klemmten ihre Beine ein. Er war stärker als sie. Viel stärker und sein Ausdruck zeugte von Besessenheit. Von wahnhafter Raserei. Von ... Nicht an Jim denken. Nicht auch noch an Jim denken!

»Wie viel ist mein Tod wert?«, flüsterte sie kaum vernehmbar.

Christophers Mienenspiel verhöhnte sie. »Eine Million.«

Eine Million. Das war eine Menge Geld, wofür es sich für ihn zu töten lohnte. Es würde kein Erbarmen geben. Ihr Tod war besiegelt.

Eine seltsame Ruhe überkam sie. Warm floss sie durch ihre Glieder und hüllte ihren Geist ein wie die ersten Sonnenstrahlen eines taufrischen Frühlingsmorgens. Es war keine Resignation. Es war Gefasstheit, die sie tröstend in samtweiche Schwingen hüllte.

Egal was man ihr angetan hatte, was sie erlitten und durchlebt hatte, wie oft sie gedemütigt worden war – sie war nie gebrochen worden und wenn sie nun sterben musste, würde sie es in der Gewissheit tun, stets für sich gekämpft und niemals aufgegeben zu haben. Die Wärme, die sie durchfloss, glomm hell auf wie die Sonne, die ihren Zenit erreichte, bis Paige glaubte, einen Lichtstrom aus ihrem Körper brechen zu spüren. Es war verrückt und dennoch fühlte es sich so selbstverständlich und natürlich an wie das Atmen. Diese lichte Hitze gehörte zu ihr, war Teil ihres Seins, und auch wenn sie nicht verstand, was gerade mit ihr und um sie passierte, wusste sie, dass es richtig war, diese Kraft einzusetzen – wie an jenem Abend in Jims Haus.

Christopher brüllte auf. Ließ tatsächlich von ihr ab. So hastig, als hätte sie ihn getreten. Erleichterung durchwirbelte sie. Aus dem Augenwinkel bemerkte sie etwas, das zu Boden fiel.

Paige reagierte prompt. Sie stürzte sich auf die Pistole und war im selben Moment wie Christopher auf den Beinen. Ihre Hände zitterten. Ihr Körper zitterte und ihr Kopf fühlte sich an, als hätte ein ganzer Bienenstock darin genistet. Dennoch schaffte sie es, die Arme auszustrecken und den Lauf der Waffe auf Christopher zu richten, der sie perplex anblinzelte. Ein Nerv in seiner blutverschmierten Wange zuckte. Es dauerte nur wenige Sekunden, dann hatte er sich gefasst und ein spöttisches Funkeln blitzte ihr entgegen.

»Das würdest du niemals über dich bringen«, sagte er verächtlich und verzog die Lippen zu der Parodie eines Lächelns. Er glaubte, sie zu kennen. Glaubte, sie wäre noch immer das dumme, naive Mädchen von damals, das man immer und jederzeit manipulieren konnte. Aber die Zeiten hatten sich geändert. Sie hatte sich geändert. Und sie hatte es satt, immer und von jedem herumgestoßen zu werden wie ein streunender Hund, der es nicht wert war, gemocht oder gar geliebt zu werden. Sie hatte es satt, hintergangen, geschlagen und gedemütigt zu werden. Genauso wie sie es satt hatte, immer Angst haben zu müssen.

»Ich würde es nicht darauf ankommen lassen«, erwiderte Paige erstaunlich gefasst und mit einer Kälte, die sie sich nicht zugetraut hätte. Christophers Selbstsicherheit bekam Risse. Vermutlich sah sie mit ihren zerzausten Haaren und dem Blut, das über ihre Wange rann, aus wie eine fest entschlossene Irre aus einem dieser Horrorstreifen, wobei der letzte Akt erreicht und das Böse so gut wie besiegt war. Gut so. Christopher hatte es verdient, sich unwohl zu fühlen. Er hatte es verdient, zu denken, sie würde ihn erschießen, so wie er sie hatte erschießen wollen. Das war nur fair.

»Okay Paige, ich habe kapiert. Es tut mir leid, wie es zwischen uns gelaufen ist.« Wie um sich geschlagen zu geben, hob er die Handflächen empor und machte einen Schritt vorwärts. »Hör zu, wir sollten ...«

»Stehen bleiben!« Sie hob die Waffe noch etwas an und legte den Finger um den Abzug.

»Okay, okay.« Er blieb stehen. »Lass uns reden.«

Reden! Zwischen ihnen gab es nichts mehr zu bereden. »Ich schlage vor, du drehst dich um und gehst voraus auf das Haus zu. Dort werden wir die Polizei verständigen.«

Er ließ sie nicht aus den Augen, während er sachte den Kopf schüttelte. Seine Stimme hatte den Klang von Endgültigkeit. »Keine Polizei, Paige. Nur du und ich.« *Einer von uns wird diesen Abend nicht überleben.*

Sie stieß ein Schnauben aus, um das Unausgesprochene zu verdrängen. »Du bist nicht in der Position, das zu entscheiden. Los jetzt. Gehen wir.«

Er starrte sie weiterhin an. Abwägend. Einschätzend. Schließlich nickte er und Paige hätte seinem »Okay«, beinah ein Aufatmen hinterhergeschickt, hätte sein Gesichtsausdruck dieselbe Sprache gesprochen. Aber dem war nicht so.

Alles in ihr verkrampfte, als die Erkenntnis sie mit der Wucht eines Faustschlages traf. Christophers desolater Zustand. Das Veilchen in seinem Gesicht. Jemand setzte ihn gewaltig unter Druck und dieser jemand würde auch die Million für ihren Tod einkassieren. Wenn Christopher das Geld nicht beschaffte, würde er selbst dran glauben müssen. Er hatte nichts mehr zu verlieren. Also spielte es auch keine Rolle, wie das hier ausging.

Einer von uns wird diesen Abend nicht überleben.

Sie reagierte, als er bereits auf sie zustürzte. Eine Hitzewelle schoss über ihre Wirbelsäule, explodierte in ihrem Kopf. Ihre Gedanken verirrten sich. Rollten wie bunte Murmeln bei jedem Herzschlag weiter auseinander.

Zu wenig Zeit, um zu überlegen.

Um die richtige Entscheidung zu treffen.

Sie traf die erstbeste, die ihr in den Sinn kam.

Eine Sekunde zu spät.

*

Als ein Schuss den Frieden der verblassenden Abenddämmerung sprengte, jagte Chogan bereits auf das Umland zu, das sich hinter Christophers Haus erstreckte. Seine Unruhe verdichtete sich zu ausgewachsener Furcht, die ihn durchschnitt wie eine scharfe Klinge. Sein Herzschlag glich einem Presslufthammer, der permanent auf seine zum Zerreißen angespannten Nerven niederhämmerte, während Sorge und Verzweiflung durch seine Venen pulsierte wie Gift.

Er hatte gedacht, bereits durch jede Art von Dreck gewatet zu sein. Nichts war ihm fremd, er hatte alles erlebt. Abgrundtiefe Demütigung. Schmachvollste Erniedrigung. Unermesslichen Schmerz. Seelische Qualen bis in die schwärzesten Tiefen. Doch das hier ... die unheilvolle Ahnung, Paige war etwas zugestoßen, überstieg alles, was er je durchlitten hatte. Es war eine nie gekannte Angst, die wie ein Kurzschluss durch sein Bewusstsein flackerte.

Er kam zu spät. Es hatte zu lange gedauert, Dean bei den Martins abzusetzen, bei den einzigen Menschen, die er in dieser gottlosen Gegend kannte und denen er guten Gewissens einen kleinen Jungen anvertraute.

Zu spät.

Die beiden Worte schlugen auf ihn ein wie stählerne Fäuste, die sein Innerstes nach außen zu kehren drohten. Das tiefe, mächtige Summen, das ihn fortwährend durchfloss, wurde bei jedem Atemzug stärker. Nährte den tödlichen, explosiven Teil in ihm, der nach Vergeltung, nach blutiger Erlösung schrie. Es war wie ein Sog, der ihn mitriss. Ein Rausch, wild, animalisch, der immer verlockender wurde.

Chogans Sicht flirrte. Die Umgebung verzerrte sich, verschwamm zu einem grauen Streifen, als hätte sich ein Schleier über sein Augenlicht gelegt. Fast unwiderstehlich war der Drang, sich in die Farbe des Vergessens fallen zu lassen, doch er konnte nicht. Er kämpfte dagegen an, kämpfte gegen sich selbst, mit düsterer Entschlossenheit.

Egal was passiert war und noch passieren würde, er brauchte einen klaren Kopf. Wenn der Verantwortliche Paige auch nur ein Haar gekrümmt hatte und Chogan ihn in die Hände bekam, wollte er jede Sekunde dieses Blutvergießens mit all seinen Sinnen genießen und nicht eine Erinnerung daran der Dunkelheit überlassen.

Er preschte voran. Verteufelte seine Größe und Statur, die ihm erschwerte, sich einen Weg durch das dicht bewachsene Umland zu schlagen. Indes lockerte er die inneren Blockaden. Ließ seine Sinne schweifen und suchte die Gegend nach Auren ab, als er plötzlich etwas wahrnahm. Licht. Überschattet von Bedauern und Entsetzen.

Paige!

Selbstsüchtige, bodenlose Erleichterung flutete über ihn hinweg. Sie lebte. Die Erkenntnis durchdrang den inneren Nebel wie ein Blitzschlag.

»Paige!« Er schlug sich weiter durch das dichte Gestrüpp, bis sich die Büsche und Sträucher allmählich lichteten.

Als er sie nach einer gefühlten Ewigkeit endlich entdeckte, gefror ihm das Blut in den Adern. Zusammengekauert wie ein hilfloses Häufchen Elend hockte sie am Boden. Die Beine angezogen, die Arme um ihre Knie geschlungen. Ihr Blick leer und seltsam verhangen. Weit weg. Eine üble Platzwunde zierte ihre rechte Schläfe. Blutige Kratzer zeichneten ihre Hände und ihr blasses Gesicht, als wäre sie in einen Dornenbusch gefallen. Etwas, das verdächtig nach einem Streifschuss aussah, zog sich vom Jochbein über ihre Wange.

Obwohl alles in ihm danach verlangte, sich ihr zu nähern, sie in Sicherheit zu bringen, nur fort von hier, sondierte er zunächst die Lage. Er roch Blut. Sehr viel Blut. Ein Geruch, der sich ihm eingebrannt hatte und den er immer und überall erkennen würde. Keine fünf Meter von Paige entfernt lag jemand am Boden. Es bestand kein Zweifel, dass dieser jemand tot und keine Gefahr mehr war. Ein Schussloch in dessen Brust und die weit aufgerissenen Augen waren Bestätigung genug.

Paige hatte sich ihm noch immer nicht zugewandt. Ausdruckslos starrte sie ins Nichts. In der Rechten hielt sie eine Waffe, den Griff so fest umklammert, dass ihre Knöchel weiß hervortraten. Es war das Einzige, das sie bewusst zu steuern schien.

Ihre Teilnahmslosigkeit alarmierte ihn. Akute Belastungsreaktionen aufgrund traumatischer Ereignisse waren ihm nicht fremd. Zu gut kannte er jene Momente, in denen das Adrenalin den Körper verließ und dunkle Schatten zu einer eisigen Umarmung aufforderten. Momente, in denen man die Realität wie durch einen Filter wahrnahm und man weder seinem Verstand noch seinen Gefühlen trauen konnte.

Langsam, um Paige nicht noch mehr aus dem Gleichgewicht zu bringen, ging er in einiger Entfernung in die Hocke. Ihre Atmung ging flach. Ein dünner Schweißfilm überzog ihre Stirn. Trostlosigkeit erklärte den verhärteten Zug um ihre blassen Lippen. Ihre Hände zitterten, doch so lange sie die Pistole gesenkt hielt, konnte er behutsam versuchen, zu ihr durchzudringen, um nicht noch mehr Schaden anzurichten.

»Paige, sieh mich an«, bat er sanft und endlich regte sich etwas in ihrem Gesicht. Bedauern, gepaart mit Verachtung, die sich nach innen richtete. Als sie sprach, schloss sich eine Faust brutal um sein Herz. »Du hattest recht. Es spielt keine Rolle, warum man jemanden getötet hat. Das Wissen reicht aus und es verändert alles.«

Der gleichgültige Ton erschütterte ihn. Sie klang, als hätte sie sich aufgegeben. Sich und den Rest dieser bedauerlichen, trostlosen Welt. Chogan war versucht, sie an den Schultern zu packen und ihr all die Dinge aufzuzählen, die ihr Leben lebenswert machten. Er war versucht, sie wachzurütteln, damit sie all das, was er zu sagen hatte, auch verstand, bis sie wieder zu sich gefunden hatte. Zu jener Paige, deren strahlender Blick ausreichte, um aus Dunkelheit wieder Licht zu machen. Deren Blick ausreichte, um einen Feuerstrom an Glücksgefühlen in seiner Brust zu entfachen. Er wollte diese Paige zurück, aus den egoistischsten, selbstsüchtigsten Gründen, die ihn jemals getrieben hatten.

Dennoch gelang es ihm, sich zurückzuhalten. Was auch immer er gesagt hätte, er hätte sie nur tiefer in das eisige Meer aus Selbstvorwürfen gestoßen. »Paige, leg die Waffe auf den Boden.«

»Er wollte mich umbringen. Christopher wollte mich töten. Jim hat ihm eine Million Dollar dafür angeboten.« Sie atmete ein und stieß die Luft heftig wieder aus. »Unglaublich, nicht wahr? Warum, frage ich mich? An verletztem Stolz kann es nicht liegen. Es wäre doch viel einfacher, mich zu vergessen, als jemanden zu beauftragen, mich zu töten und nun habe ich ... Ich wollte das nicht.« Das erste Mal sah sie ihn an und die Traurigkeit, die aus ihr sprach, fraß sich durch seine Brust wie ein Krebsgeschwür. »Ich wollte ihm ins Bein schießen. Ich wollte ihn außer Gefecht setzen, aber er ... Es ging alles zu schnell. Viel zu schnell. Ich wollte ihn nicht töten, Chogan. Ich wollte das nicht.«

Eine bittere Mischung aus Vorwürfen und Wut sammelte sich in seinem Mund. Hätte er sofort auf sein Gespür vertraut und nicht erst, als auch Dean anfing, nervös zu werden, wäre das hier nicht geschehen. Er hätte es verhindert. Paige hätte diese elende Erfahrung nicht machen müssen, von der er nur zu gut wusste, wie sie schmeckte und welche Spuren sie hinterließ.

Wenn er könnte, er würde ihr diese Last abnehmen. Aber dagegen war er machtlos. Ihm blieb nichts anderes übrig, als es ihr erträglicher zu machen. Nachdem er sie hier rausgeholt hatte.

»Paige ...«

»Das alles hätte nie passieren dürfen.« Sie blinzelte eine Träne aus dem Augenwinkel und Chogan nickte zustimmend. »Wir können über alles reden, aber zuerst musst du die Waffe niederlegen und dann fahren wir nach Hause.«

Ein müdes Lächeln. »Nach Hause. Habe ich ein Zuhause? Ich glaube nicht. Wo ich auch bin, bin ich unwillkommen.«

Inzwischen klang sie ein wenig gefasster, doch ihr Blick war noch immer glasig und trüb. Die Tatsache, dass sie Dean noch mit keinem Wort erwähnt hatte, machte ihm bewusst, wie tief der Schock tatsächlich saß. Die stumme Verzweiflung war Hilflosigkeit gewichen und bald würde sich Hysterie durchsetzen, die unter der Oberfläche schimmerte wie Mondlicht auf einem stillen See. Langsam aber sicher bereitete ihm die Pistole in ihrem festen Griff entsetzliche Bauchschmerzen.

Zwei Möglichkeiten. Er konnte sie mental dazu auffordern, die Waffe wegzulegen oder sie mit wenigen Handgriffen überwältigen. Beides war ihm zuwider. Sie hatte heute eindeutig genug durchgemacht und er wollte außerdem, dass sie ihm vertraute. Dass sie erkannte, bei ihm in Sicherheit und gut aufgehoben zu sein.

»In meinem Haus bist du immer willkommen, Baby, und das weißt du auch. Komm, steh auf und lass uns gehen.«

Sie hörte ihn nicht, sondern fixierte einen Punkt zu ihren Füßen. »Ein stinknormales Leben wünsche ich mir. Ich will glücklich sein dürfen. Ich will morgens aufwachen und dem Tag mit einem Lächeln begegnen. Es ist nicht viel, was ich mir wünsche. Nicht viel. Aber nicht mal das wird mit gewährt. Warum nicht?« Sie wischte sich mit dem Ärmel ihres zerrissenen Pullis über die dreckige, blutverkrustete Wange. »Was habe ich getan, um all diesen Schmerz, all diesen Kummer und dieses Elend zu verdienen?« Sie ballte die Hände. Erbitterung übernahm die Führung. Durchbrach die Starre, die sie bisher gelähmt hatte. Chogan erhob sich. »Paige, leg die Waffe weg.«

»Nein.« Sie schüttelte den Kopf.

»Sofort.«

»Es ist genug! Irgendwann muss ...«

Lass die Waffe los.

Er wusste, wie sich eine mentale Aufforderung anfühlte. Die Worte hallten so deutlich in ihrem Geist wieder, als hätte er sie laut ausgesprochen. Sie spürte ein Brennen im Arm bis hinunter in ihre Fingerspitzen. Der Befehl war direkt in ihrem Gehirn gemündet, wo er jede Synapse erreichte, nur um dann wie eine brennende Lunte durch ihren Körper zu zischen. Auch wenn sie darauf vorbereitet gewesen wäre, sie hätte es nicht verhindern, sich nicht dagegen auflehnen können.

Ihre Finger entkrampften. Die Pistole fiel zu Boden, begleitet von einem überraschten Keuchen. Paiges Blick wurde klarer. Chogan überwand die Distanz. Zog sie zu sich hoch und legte schützend seine Arme um ihren zitternden Leib. Erst als er die zierliche Gestalt gegen seinen Körper gepresst spürte, sie in Sicherheit wiegte, fiel ihm dieser tonnenschwere Brocken vom Herzen, der ihn unter seinem Gewicht fast erdrückt hätte. Zugleich wurde ihm mit der Wucht eines Güterzugs bewusst, was in den letzten Stunden beinah geschehen wäre. Was Dean verloren hätte. Was ... er verloren hätte. Seine Brust zog sich unter Höllenqualen zusammen, bis er kaum noch Atmen konnte. Empfindungen krochen in ihm hoch, die er sich nicht eingestehen wollte, die sich jedoch in keinster Weise abstreiten ließen und für einen langen Moment verschlug es ihm die Sprache über die unerwartete Heftigkeit dieses Ansturms. Auch wenn er gewollt hätte, er hätte Paige nicht loslassen können. In diesem Augenblick hätte er nicht vermocht zu sagen, wer sich an wem festhielt. Es dauerte unendlich lange, bis er sich wieder halbwegs im Griff hatte.

Paige zitterte wie Espenlaub, klammerte sich in schierer Verzweiflung an seinen Schultern fest, wobei die wahnhafte Starre nach und nach zersplitterte und eine Sturzflut an Emotionen seinen Pullover tränkte. »Oh Gott, Chogan ...«, wisperte sie und wurde abermals von einem heftigen Schluchzer geschüttelt. »Ich habe Christopher ... Oh Gott!«

»Es ist alles gut, Baby. Ich bin hier. Alles ist gut.«

Paige drängte sich noch näher, als wollte sie in ihn hineinkriechen. Sich in ihm verstecken. Vor der Wirklichkeit. Vor ihren Gefühlen. Vor sich selbst. Es ging ihm mehr als nur an die Substanz, sie so verzweifelt und hilflos zu erleben, während zugleich eine schier übermächtige Ahnung von Hass in ihm hochstieg. Hass auf jenen Menschen, der Paige das alles angetan hatte und der keine Skrupel besaß, sie weiterhin zu quälen, so lange, bis er sie vernichtet sah.

»Ich ertrage das alles nicht mehr. Mach, dass es aufhört, Chogan. Bitte mach, dass es endlich aufhört.«

Genau das würde er tun. Er würde machen, dass es aufhörte. Niemand würde Paige jemals wieder wehtun. Das würde er nicht zulassen und wenn es das Letzte war, was er tat.

*

»Besser?« Mit noch immer sorgenvoller Miene reichte Chogan ihr eine Tasse Tee und automatisch kam Paige ein »Ja, danke«, über die Lippen. Sie wollte nicht, dass er sich noch mehr Sorgen um sie machte, als es ihm ohnehin schon anzusehen war. Ein Schatten verdunkelte seine Züge, der zunehmend düsterer wurde, immer dann, wenn er ihre Verletzungen betrachtete.

Außerdem stimmte es ja. Sie fühlte sich besser. Zumindest etwas. Nachdem sie heiß geduscht und Chogan ihre Wunden versorgt hatte, hatte er sie in eine dicke Wolldecke gehüllt und auf das Sofa im Wohnzimmer verfrachtet. Inzwischen war ihr wieder warm bis auf die Knochen. Ihre Zähne hatten aufhört zu klappern und ihr Körper zitterte nicht mehr unkontrolliert. Auch das Schwindelgefühl und der pochende Schmerz in ihrem Kopf legten sich langsam. Was blieb, war der irritierende Eindruck, in der falschen Realität gelandet zu sein. Die letzten Stunden hatten einen dunklen Fleck in ihrem Bewusstsein hinterlassen, der entfernt an einen furchtbaren Traum erinnerte, der sich nicht mit der Wirklichkeit verbinden lassen wollte und dennoch viel zu real war.

Erschreckend real. Beängstigend real.

Chogan durchschaute ihren Beschwichtigungsversuch, nickte aber, nachdem er sie eingehend gemustert und sich neben ihr auf dem Sofa niedergelassen hatte. Er war inzwischen ebenfalls geduscht und umgezogen. Ein graues T-Shirt schmiegte sich an seinen gestählten Oberkörper und seine langen, muskulösen Beine steckten in einer schwarzen, locker sitzenden Jogginghose. Man sah ihm nicht an, was vor kurzer Zeit vorgefallen war. Dass er eine Leiche entsorgt und in ein Haus eingebrochen war, um ihre Jacke und die Autoschlüssel mitzunehmen, nachdem er Spuren beseitigt hatte, die sie hinterlassen haben könnte. Auch sein Blick war klar, gefasst und wirkte unerschütterlich, wenn auch immer wieder nachdenklich.

Gern hätte sie gewusst, was in ihm vorging. Ob auch er daran dachte, dass die Sache mit Christopher noch ganz andere Ausmaße hätte annehmen können, wenn Chogan nicht gewesen wäre. Vor zwei Tagen schon hätte sie völlig ahnungslos und noch dazu mit Dean einen Freund besucht, der ihr für eine Million Dollar eine Kugel in den Kopf gejagt hätte. Mit Dean an ihrer Seite wäre ihr eine Flucht aus dem Haus niemals gelungen. Und dann? Hätte er auch Dean getötet? Paige schluckte schwer und versuchte, die markerschütternde Vorstellung zu verdrängen, was ihr nur mäßig gelang. Ihre Gedanken drehten sich permanent ihm Kreis.

»Du musst damit aufhören, Baby.« Chogans tiefer Bariton verscheuchte die schreckliche Szenerie wie einen lästigen Schwarm Fliegen. Seine Finger legten sich unter ihr Kinn und drängten sie, ihn anzusehen. Der Ausdruck in seinen verschiedenfarbigen Augen war warm und verständnisvoll, aber auch ermutigend. »Es hat keinen Sinn, darüber nachzudenken, was hätte sein können. Es gibt kein Hätte und auch kein Würde. Alles, was es gibt, ist ein Jetzt und in diesem Jetzt bist du nicht allein, hörst du?«

Sie rang sich ein Lächeln ab. »Ja, ich weiß.«

»Gut.« Chogans Wärme verließ ihre Haut. Fast hätte sie dagegen protestiert, als er im selben Moment den Arm nach ihr ausstreckte. »Komm her.«

Es bedurfte keiner zweiten Aufforderung. Zu gern tauchte sie in seine Umarmung ein und lehnte die Stirn gegen seine Brust. Seine Nähe war eine Wohltat. Stärkte sie. Richtete sie wieder auf. Nahm ihr all die fürchterlichen Emotionen und Gedanken und war ebenso beruhigend und tröstend wie die Wärme des Kaminfeuers, das den großen Wohnraum mit Knistern und dem Geruch nach Wald und Holz erfüllte. Sie lauschte Chogans ausgeglichenem Puls, spürte seine Fingerkuppen, die sachte über ihren Rücken glitten und seinen Atem, der ihren Nacken küsste. Sie schmiegte sich näher an seinen kräftigen Körper. Genoss die innige Behutsamkeit seiner Hände, jede zärtliche Berührung und atmete tief den Duft nach Mann und herber Seife ein. Allmählich fiel auch der Rest ihrer Anspannung ab. So lange Chogan bei ihr war, konnte ihr nichts geschehen. Niemand konnte ihr etwas anhaben. Niemand konnte ihr wehtun und für das Jetzt und Hier reichte dieses Wissen völlig, um sich beschützt und geborgen zu fühlen. In Sicherheit und verstanden.

»Ich habe vorhin mit William Turner gesprochen«, sagte Chogan, was das leise Gemurmel erklärte, das sie aus der Küche vernommen hatte, als er den Tee für sie zubereitete. »Du erinnerst dich an den Tag im Hotel? Als ich dir von meinem Bekannten erzählt habe, der für das FBI in Colorado arbeitet?«

»Ja.« Sie erinnerte sich, und obwohl sie es inzwischen alles andere als abwegig fand, etwas gegen Jim zu unternehmen, anstatt weiterhin davonzulaufen und sich irgendwo zu verkriechen, zuckte sie bei der Erwähnung der Polizei zusammen. Es war ein Reflex, den sie nicht verhindern konnte, und immerhin war ihr Unbehagen nicht unberechtigt.

Was konnte sie der Polizei schon Großartiges erzählen? Sie hatte so gut wie nichts gegen den Chirurgen in der Hand. Nicht mal eine Anzeige wegen Körperverletzung existierte und der einzige Zeuge, der hätte bestätigen können, dass Jim ein gemeingefährlicher Psychopath war, war tot. Sie hatte ihn erschossen.

Paige biss die Zähne zusammen. Es hatte keinen Sinn, sich selbst zu kasteien. Selbst wenn das Treffen mit Christopher eine andere Wendung genommen und sie Gelegenheit gehabt hätte, sich an die Behörden zu wenden, er hätte nie zugegeben, einen

Deal mit Jim eingegangen zu sein. Wenn er den Chirurgen auch nur ein wenig gekannt hatte, hatte er gewusst, niemals gegen ihn anzukommen – oder schlimmer noch, dass ein Verrat tödlich enden konnte. Mittlerweile gab es nichts mehr, was sie Jim nicht zutraute.

Darüber hinaus war sie sicher, dass Jim Hendriks jede Anschuldigung hätte widerlegen können. Er war ein sadistischer Psychopath. Aber dumm war er nicht. Was er auch tat, er machte es richtig. Das war das Problem an der Sache. Gegen Jim würde sie sich niemals behaupten können. Was sie schmerzlich daran erinnerte, noch immer am Ausgangspunkt ihres Dilemmas zu stehen, ohne einen Schritt vorwärts gemacht zu haben.

Chogan musste ihren Gedanken gefolgt sein. Kurz und sehr vorsichtig, als könnte sie daran zerbrechen, berührten seine Lippen ihre Stirn. »Wir werden eine Möglichkeit finden, Jim Hendriks für seine Taten bezahlen zu lassen.«

Er sagte es leise, aber die Entschlossenheit, die mitschwang, hätte Berge versetzen können. Gern wollte sie daran festhalten, aber die Zweifel waren zu beherrschend. Sie richtete sich auf und Chogan entließ sie aus der Umarmung. »Wie? Es gibt keine Beweise. Nichts, womit ich Jim konfrontieren könnte. Das ist ein aussichtsloser Kampf.«

»Niemand ist unfehlbar, Paige. Es wird einen Grund geben, weshalb er versucht, dich aus dem Weg zu räumen.«

Warum?, frage ich mich. An verletztem Stolz kann es nicht liegen. Es wäre doch viel einfacher, mich zu vergessen, als jemanden zu beauftragen, mich zu töten ... Erschöpft sackte sie gegen die Lehne des Sofas. »Du hast recht. Es muss einen Grund geben, aber welchen?«

Chogan fuhr sich über den rasierten Schädel und mit einem Mal durchschaute sie ihn. »Du hast eine Ahnung, nicht wahr? Deshalb bist du dir auch so sicher, dass wir etwas gegen ihn ausrichten können.« Deshalb war er auf ihr Drängen, nicht sofort die Polizei zu verständigen, weil Jim sie sofort ausfindig machen würde, eingegangen und hatte geholfen, die Sache mit Christopher zu vertuschen. Er glaubte ihr jedes Wort, das sie über Jim verloren hatte. Glaubte ihr, dass sie gegen Windmühlen ankämpfen müssten und dennoch sah er eine Möglichkeit, ihn dranzukriegen. Welche?

»Du hast mir von einem Mann erzählt, der dir geholfen hat, zu flüchten.«

»Niklas, ja.«

»Was hatte er mit Jim Hendriks zu tun?«

»Er war verdeckter Ermittler. Niklas hat nach einem verschwundenen Mädchen gesucht und gedacht, Jim wäre darin verwickelt.«

Chogan nickte. »In dieser Nacht kam ein weiterer Mann dazu, nicht wahr?«

»Ja. Diego«, erwiderte sie und unterdrückte einen Schauder. Der Mexikaner konnte ihr nichts mehr anhaben. Nur noch in ihren Gedanken und diese wusste sie auszublenden.

»Er gehörte zu Jims Leuten?«

»Er war einer seiner Handlanger.«

»Und du hast ihn überfahren, nachdem er Niklas erschossen hat.«

Sie spürte weder Reue noch Befriedigung, als sie antwortete. »Ja.«

»Hat Niklas mit dir darüber gesprochen, was er über Jim im Zusammenhang mit dem Mädchen herausfinden konnte?«

Paige deutete ein Kopfschütteln an. »Ich weiß nur, dass er so gut wie nichts in Erfahrung bringen konnte.«

»Weiß Jim das auch?«, fragte Chogan und nun endlich fiel bei ihr der Groschen.

»Oh mein Gott.« Schockiert sah sie ihr Gegenüber an. »Du meinst, Jim könnte glauben, ich wüsste etwas über Niklas Nachforschungen und will mich deshalb ermorden lassen?«

»Vielleicht. Ich weiß es nicht. Aber es besteht die Möglichkeit.«

»Das könnte gleichzeitig bedeuten, dass er tatsächlich etwas mit dem Verschwinden des Mädchens zu tun hat.« Das Foto, das Niklas ihr gezeigt hatte, kam ihr in den Sinn. Ein hübsches, junges Mädchen mit blonden Haaren, das in die Kamera lächelte.

»Tia Wright«, sagte Paige und etwas Seltsames durchstreifte ihren Verstand. Es war ein flüchtiges Aufblitzen von Vertrautheit, wie in jener Nacht, als sie den Namen der jungen Frau das erste

Mal gehört hatte. Doch genau wie damals war die Ahnung nicht greifbar und verflüchtigte sich, ehe Paige ihr Empfinden näher bestimmen konnte.

Als hätte der Name auch in Chogan etwas ausgelöst, erhob er sich. Seine Lippen zu einem dünnen Strich geformt, eine tiefe Falte zwischen seinen Brauen, entfernte er sich vom Sofa. Paige folgte ihm mit unsicheren Blicken, wobei sie die Decke bis zum Kinn zog. Plötzlich war ihr wieder kalt, trotz des Feuers, das noch immer wärmend vor sich hinglimmte. Viel zu deutlich nahm sie eine Veränderung wahr, die ihr ganz und gar nicht behagte.

Mit in die Seiten gestemmten Händen blieb Chogan vor der breiten Fensterfront stehen und betrachtete den Nachthimmel, der sich als funkelndes Sternenzelt über seinem Grundstück erstreckte. Mondlicht zeichnete die männliche Silhouette, tauchte die Hälfte seines vernarbten Gesichts in Schatten. Dennoch blieb ihr nicht verborgen, dass sein Blick in die Ferne schweifte, als könnte er dort draußen die Antworten auf all seine Fragen finden.

»Der Name sagt dir etwas.« Inzwischen kannte sie den verschlossenen Mann zu gut, als dass er jede Gefühlsregung vor ihr verbergen konnte. Doch diese hier bedeutete nichts Gutes, rankte sich wie Eisblüten um ihr Herz.

»Ja.«

Ehe Paige entschieden hatte, ob sie es wissen wollte, fragte sie bereits nach und betrachtete das Muskelspiel seines Rückens. Jeder einzelne der kräftigen Stränge spannte sich an, als er sagte: »Ich habe für den besten Freund ihres Vaters gearbeitet.«

Das war es also, was ihn aufbrachte? Paige zog die Stirn kraus. »Hast du eine Ahnung, wie viele Wrights allein in Ohio im Telefonbuch stehen?«

Chogans Kiefer mahlte. »Aber die wenigsten dieser Wrights können sich einen privaten Ermittler leisten. Tias Vater ist Abgeordneter und ein Freund des Gouverneurs aus Illinois. Ich habe vom Verschwinden seiner Tochter gehört.«

»Du hast für den Gouverneur gearbeitet?«

»Ich habe für die Regierung gearbeitet.«

Paige war sprachlos. Wie viel wusste sie eigentlich über Chogan?

So gut wie nichts, war die zermürbende Antwort. »Ich dachte, du warst beim Militär.«

»War ich auch. Dazwischen war ich für zwei Jahre ... im Sicherheitsdienst der Regierung beschäftigt.«

»Im Sicherheitsdienst«, echote sie und kam nicht herum, festzustellen, dass das Wort genauso zäh schmeckte wie es sich aussprechen ließ.

Chogan drehte sich zu ihr um. »Wie es aussieht, wird bereits gegen Jim Hendriks ermittelt. Das wird die Sache vereinfachen. Will wird morgen am späten Nachmittag mit seinen Leuten hier ankommen. Dann besprechen wir, wie es weitergehen wird.«

Er hatte seine Fassung wiedererlangt. Seine Züge waren eine glatte, undurchdringbare Maske. Nichts erinnerte an den besorgten, liebevollen und fürsorglichen Mann, der sie die letzten Stunden kaum aus den Augen gelassen hatte. Mit einem Mal erschien er ihr meilenweit entfernt. Entfernter als je zuvor, was eine unerträgliche Enge in ihrer Brust verursachte, bis sie kaum mehr atmen konnte. Ihr war, als wäre das zarte Band, das sich zwischen ihnen gespannt hatte, gekappt. Chogan entglitt ihr mit jeder weiteren Sekunde wie Sand, der haltlos durch ihre Finger floss und sie wusste nicht einmal, weshalb.

Nein. Einen weiteren Rückzug würde sie nicht hinnehmen. Sie brauchte diesen Mann viel zu sehr, der eine längst vergessen geglaubte Sehnsucht in ihr weckte und der ihr versprochen hatte, alles, was nun auf sie zukam, mit ihr durchzustehen. Sie brauchte ihn. Und er brauchte sie auch, auch wenn er ständig alles dransetzte, sie auf Armeslänge entfernt zu halten. Sie konnte es bis in die verstecktesten Winkel ihres Wesens spüren, wie die Schatten, die ihn gefangen hielten, verblassten, je länger sie bei ihm war. Sie ergänzten sich auf eine Weise, für die es keine Worte gab, nur ein Fühlen und wenn sie eines gelernt hatte, dann, dass man seinem Verstand nicht immer trauen konnte, nur seinem Herzen. Er musste es nur auch endlich begreifen.

Entschlossen legte sie die Decke beiseite und stand auf. »Tu das nicht, Chogan. Bitte, stoß mich nicht schon wieder weg, sondern rede mit mir.« *Lass mich nicht allein mit meinen hunderttausend Fragen,*

Gefühlen und Gedanken. Sie ging auf ihn zu und legte die Hände an seine Brust. Stoisch sah er auf sie herab, was ihre Stimme viel zu dünn werden ließ. »Ich vertraue dir, Chogan. Tu du es auch bei mir.«

Er umfing ihre Handgelenke und für einen Wimpernschlag glaubte sie, er würde es tatsächlich tun. Mit ihr reden. Sich ihr anvertrauen. Sie an seiner Welt, wie dunkel sie auch sein mochte, teilhaben lassen und ihr sagen, was gerade in ihm vorging. Aber sie irrte sich.

»Es ist spät, du solltest ein paar Stunden schlafen«, sagte er rau, sah sie jedoch unverwandt an, als wollte er ihr klarmachen, dass es für ihn nichts zu bereden gab.

»Du machst einen Fehler«, erwiderte sie leise und selbst sie hörte das verzweifelte Flehen, das aus ihr drängte. »Seit ich dich getroffen habe, fühle ich mich wie ein anderer Mensch. Ich kann besser mit meiner Angst umgehen, weil du mich glauben machst, dass ich keine haben muss, solange ich bei dir bin. Ich habe dir Dinge über mich erzählt, für die ich mich abgrundtief schäme und die niemand über mich wissen sollte. Dennoch habe ich sie dir anvertraut und es war die richtige Entscheidung, weil ich spüren kann, dass du mich verstehst. Besser als irgendjemand sonst es tun könnte. Zwischen uns ... da ist etwas, das ich nicht erklären kann, aber es ist da und du spürst es auch, Chogan, das weiß ich. Warum kannst du diesem Gespür nicht einfach vertrauen, ihm nachgeben, damit wir gemeinsam herausfinden können, was es ist und wohin es uns führt?«

Er schwieg lange. Hielt ihre Handgelenke fest und sah sie unergründlich an, bis sich das Schweigen zum Davonlaufen anfühlte. Als er sprach, wurde es nicht besser. »Es geht nicht, Paige.« Er gab ihre Hände frei, trat einen Schritt zurück und fuhr sich über den Nacken. »Es ist nicht so einfach, wie du dir das vorstellst. Es ist ...«

»... kompliziert. Ja, ich weiß. Himmel, Chogan, gibt es irgendetwas in unserer beider Leben, das irgendwann mal nicht kompliziert gewesen wäre? Das uns einmal nicht alles abverlangt hätte? Schau doch mal genauer hin und frage dich, warum wir uns begegnet sind. Warum du dich entschieden hast, mir zu helfen?

Aus Mitleid? Aus reiner Nächstenliebe?« Sie schüttelte den Kopf. »Nein. Hier geht es längst nicht mehr nur um ein kaputtes Auto, das du für mich reparieren wirst. Hier geht es um weit mehr und dennoch hast du dich entschlossen, mir weiterhin zur Seite zu stehen. Warum?«

Seine Augen wurden dunkel wie die Nacht. Ein harscher, rauer Sturm zog darin auf und sie wusste, abermals einen sensiblen Nerv getroffen zu haben. Doch diesmal drängte sie ihn gleichzeitig an die Wand, ließ ihm keine Möglichkeit, auszuweichen und sie war nicht sicher, ob sie sich damit einen Gefallen tat. Sie provozierte ihn. Zwang ihn, sich mit seinen Gefühlen auseinanderzusetzen, von denen sie wahrnehmen konnte, dass sie ihm nicht behagten. Dennoch konnte sie nicht aufhören. Sie musste es wissen.

»Was siehst du in mir, was ich in dir nicht schon längst entdeckt habe?«

Diesmal antwortete er sofort. »Einen besonderen Menschen, der es wert ist, gerettet zu werden.«

»Und du bist es nicht wert, gerettet zu werden?«

»Lass gut sein, Paige. Das hier führt zu nichts.«

»Ich weiß, was ich fühle, Chogan.« *Und ich weiß, was du fühlst.* Langsam näherte sie sich und diesmal wich er nicht zurück. Dafür klang seine Stimme beängstigend kalt und emotionslos. »Was du zu fühlen glaubst, ist eine Illusion und diese basiert auf Kleinmädchenträumen. Du willst in mir einen Helden sehen. Einen glorreichen Ritter auf seinem weißen Pferd, der mit dir in den Sonnenuntergang reitet, wenn das hier ausgestanden ist. Aber dieser jemand bin ich nicht und werde ich auch niemals sein. Weder für dich noch für sonst jemanden. Wenn du nicht enttäuscht werden willst, musst du aufhören, dich in diesen Gefühlen zu verrennen.«

Jedes Wort eine Klinge, die in ihrem Magen wühlte. Am liebsten hätte sie ihn für die Demütigung geohrfeigt. Das war die bittere Kehrseite des Vertrauens. Er wusste sehr genau, wo ihre Achillesferse war. Vor wenigen Tagen noch hätte sie sich zurückgezogen, um vor Scham im Erdboden zu versinken. Vermutlich hätte sie an dieser Stelle sogar ihre Taschen gepackt und wäre geflüchtet. Aber mittlerweile wusste sie, dass sie ihren Instinkten vertrauen konnte. Dass nicht sie Ziel seines Ärgers war, sondern er mit jedem seiner verbalen Stiche die Mauer um sich höher ziehen wollte. Es war reine Selbstkasteiung. Aber diesen Teufel würde sie ihm noch austreiben.

»Okay«, flüsterte sie, ohne seinen harten und zugleich beschwörenden Blick loszulassen. Stocksteif stand er ihr gegenüber, und es bedurfte einigem Mut, noch einen Schritt auf ihn zuzumachen. »Ich habe verstanden. Ich will nur ... Lass mich dir zeigen, was ich meine.«

Sie überraschte ihn mit ihrer Reaktion, die er nicht kommen gesehen hatte und nutzte den Moment seiner Verwirrung. Sie stellte sich auf Zehenspitzen, legte die Arme um seinen Hals und küsste ihn. Nicht tief. Nicht leidenschaftlich. Nicht rau. Es war nur ein Hauch von Nähe. Ein flüchtiges Berühren seiner vernarbten Lippen. Ein zartes Vortasten, das nur so lange währte, bis sich ihr Atem vermischt und sich ihr Herzschlag dem seinen angepasst hatte. Es war ein liebevolles Nichts und dennoch Alles.

Ein Strom prickelnder Empfindungen rauschte durch ihren Körper, hüllte sie ein in samtig helle Verheißung und strafte jeden Zweifel Lügen. Wie in jener Nacht auf dem Parkplatz. Wie vergangene Nacht, in der sie sich beinah geliebt hätten. Dieses berauschende Nichts war umfassend genug, die Spannung aus seinem Körper zu vertreiben. Mitreißend genug, ihm ein kaum hörbares Stöhnen zu entlocken, das zugleich sehnsüchtig und abbittend anmutete. Stark genug, die harte Schale zu durchdringen und die Distanz zu überwinden. Ein Nichts und dennoch so gewaltig, das es die Ketten sprengte, mit denen er sich geißelte.

Der Widerstand barst. Was folgte glich einem Befreiungsschlag. Einem Aufeinanderprallen zweier Welten. Licht und Schatten. Es fühlte sich an, als hätte man eine Urgewalt entfesselt, die nun in all ihrer erbarmungslosen Kraft auf sie einwirkte. Eine Kettenreaktion auslösend.

Mit einem ungehaltenen Grollen stieß Chogan seine Zurückhaltung über Bord und übernahm das Ruder. Er griff in ihr Haar, ballte seine Hand zur Faust, die zweite legte sich auf ihren Hintern, dann trieb er sie zurück – wie der Wolf die demütige Wölfin – bis sie einen der Holzbalken im Rücken spürte. Rau. Hart und ebenso unnachgiebig, wie sein gestählter Körper, der ihr den Fluchtweg versperrte und ihr jäh bewusst machte, wie ausgeliefert sie ihm plötzlich war. Ihr überraschter Laut wurde erstickt von seinem Mund, der sich gewaltsam und rastlos auf ihren presste. Er vertiefte den Kuss. Teilte ihre Lippen, drang mit seiner Zunge in sie ein, grob, ungeniert und voll wütender Verzweiflung.

Er hasste sie dafür, was sie in ihm aufriss. Verteufelte, was sie befreite. Verdammte jedes einzelne Gefühl, das aus ihm herausströmte und seine sonstige Gelassenheit verspottete. Er hasste es und kam dennoch nicht dagegen an. War machtlos und diese Machtlosigkeit verwandelte sich in leidenschaftliche Wut, die sie mit jedem Aufeinandertreffen ihrer Lippen begieriger machte.

Paige wehrte sich nicht. Weder gegen seinen Mund, der keine Skrupel, kein Erbarmen kannte. Noch gegen seine Hände, die in primitiver Manier ihren Körper erforschten. In dieser Sekunde brauchte sie diese verführerische Gnadenlosigkeit ebenso wie er seine Wut brauchte.

Ihre Gefühle vereinten sich zu einem bittersüßen Cocktail, der durch ihre Venen rauschte, bis jede Zelle ihres Körpers vor Hitze und Hunger nach diesem Mann erglühte. Der unerbittliche Druck, der sich seit Stunden, seit Tagen, seit Wochen, seit Jahren in ihr aufstaute, fand endlich ein Ventil. Und sie konnte loslassen. Jeden trüben Gedanken. Jede dunkle Erinnerung. Bis es nur noch sie beide gab. Ein Hier und ein Jetzt, angereichert mit prickelnder Sehnsucht und pochendem Verlangen.

Gierig kam sie den derben Streicheleinheiten entgegen. Drängte ihre schmerzenden Brüste an seinen Oberkörper und ihre glühende Mitte gegen seinen harten Schaft, was er mit einem nicht zu milden Biss in ihre Unterlippe quittierte.

»Du hast keine Ahnung, was du da anrichtest«, murmelte er zwischen zwei Küssen und drängte sein Bein zwischen ihre. Er spreizte ihre Schenkel. Kühn stieß er gegen ihre Scham und Paige stöhnte auf unter dem süßen Prickeln, das sich heiß und feucht in ihrem Unterleib ausbreitete.

»Du spielst mit dem Feuer, Paige.« Seine dunkle Stimme liebkoste ihre Sinne. Seine Hände umfassten ihre Brüste, kneteten sanft durch den Stoff seines übergroßen T-Shirts, das er ihr geborgt hatte, bis ihre Knospen fast schmerzhaft hart waren. Gleichzeitig verstärkte er den Druck seines Oberschenkels. Es war eine köstliche, unausgesprochene Herausforderung und sie konnte ihr nicht widerstehen. Sie rieb sich an ihm. Reizte mit kreisenden Bewegungen ihrer Hüfte jenes Zentrum, das sich nach Berührung verzehrte, bis die bohrende Lust in ihrem Schoß kaum noch zu ertragen war.

»Man muss zuerst durch die Hölle gehen, um ins Paradies zu gelangen«, wisperte sie atemlos, erwiderte das erneute Eindringen seiner Zunge und drängte sich noch näher, um jeden Sinnesreiz der köstlichen Reibung zwischen ihren Beinen aufzufangen.

Seine Finger gruben sich in ihren Nacken und Paige erschrak, als er unvermittelt ihren Kopf zurückzog, damit sie zu ihm aufschauen musste. Grün leuchtende Funken tanzten in seinen Iriskreisen – ein geisterhaftes Licht. Seine Pupillen waren schwarz vor unterdrücktem Zorn und zugleich lustvollem Verlangen. Sein gepresster Kiefer zeichnete eine scharfe Linie. Eine Ader pochte seitlich an seinem Hals. Jede Sehne war gespannt wie die Saite eines Bogens.

Noch immer ruhte sein Bein zwischen ihren, trieb das Klopfen ihrer Lust voran, nur das sich nun eine weitere Komponente daruntermischte. Etwas gefährlich Beunruhigendes, das ihren Puls zum Stolpern und die Zeit zum Stillstehen brachte.

»Es bedarf nur eines Rucks.« Paige schauderte, als er mit dem Daumen über ihren Nacken strich. Langsam. Zärtlich. Genussvoll. Dann beugte er sich nach vorn, zog eine heiße Kussspur über ihren Hals bis zu der empfindlichen Stelle unterhalb ihres Ohrs und weiter bis zum Mund, den er nur flüchtig streifte. Sie wagte kaum zu atmen, während seine Hand weiter in ihrem Nacken ruhte. Still, aber unverkennbar kraftvoll.

Ein Zittern durchlief sie. Es war Erregung und Furcht zugleich, die durch ihren Körper rauschte. Sie kannte dieses grüne Funkeln in seinen Augen. Wusste, wann es zum Vorschein kam. Immer dann, wenn seine Emotionen verrücktspielten. So wie in diesem

Augenblick und sie hatte es provoziert. Ihn so lange gereizt, bis er sich selbst nicht mehr Herr war. Und nun? Wie viel von dem Chogan, an den sie ihr Herz zu verlieren drohte, existierte in diesen Momenten?

»Was wir hier machen, ist Wahnsinn«, flüsterte er heiser und gedankenverloren, als würde er zu sich selbst sprechen. Doch mehr brauchte sie nicht als Antwort auf ihre Frage. Mit beiden Händen umfasste sie sein Gesicht. »Ich will dich, Chogan. Und alles, was dazugehört.«

Prüfend sah er sie an. »Du bist verrückt.«

»Ja, nach dir«, erwiderte sie und strich mit dem Finger über seine vernarbten Lippen. Ein gequälter Seufzer entfuhr ihm. Sanft biss er in ihre Kuppe, ohne ihren Blick loszulassen. »Hierfür kommen wir beide in die Hölle. Wenn wir es nicht überleben.«

»Darüber können wir morgen sprechen.«

Ein Lächeln, dem ein gedämpftes Aufstöhnen folgte, sobald ihre Münder wieder zueinanderfanden. Liebevoller dieses Mal. Zärtlicher. Chogan hob sie hoch und trug sie zum Sofa, wo er sie vorsichtig absetzte. Zwei Handgriffe später war sie sein T-Shirt los, danach ihren Slip, der inzwischen durchtränkt war von der Feuchtigkeit, die er ihr entlockt hatte.

Nackt und herrlich erregt kniete er wenig später vor ihr auf dem Dielenboden und schob ihre Schenkel auseinander. Dabei beobachtete er mit einem lustvollen Schmunzeln, wie sie sein prachtvolles Geschlecht in aller Genauigkeit studierte. Es war groß, nein, gewaltig. In stattlicher Arroganz prangte es ihr entgegen, durchzogen von dicken Adern und mit einer zornig roten Eichel, die nun sachte gegen ihren feuchten Eingang stieß, wie um Einlass zu bitten.

»Nicht wieder aufhören«, flehte sie ihn an und stöhnte verzückt, als er ihr Fleisch teilte und sich langsam, Stück für Stück, in sie schob. Harter Stahl, überzogen von warmem Samt, der ihr Innerstes auf köstliche Art beglückte, sie dehnte und weiterdrängte, bis das Gefühl der Enge in ein wohliges Ziehen umschlug. Sie umschloss ihn, hielt ihn fest und entlockte Chogan einen wölfischen Laut. Sein Gesicht verzerrte sich vor Begierde. Er murmelte ihren Namen und saftige Verwünschungen gleich mit dazu, bevor sich seine Hände in die bloße Haut ihres Hinterns gruben, um sie näher an die Kante des Sofas zu ziehen. Um noch tiefer in sie einzudringen.

»Verdammt«, knurrte Chogan und es folgte ein tiefer, harter Stoß, der ein Vibrieren freisetzte. Ihr Innerstes summte ekstatisch, reagierte auf jedes Zurückziehen und erneutes Hineindrängen mit wellenartigen Reizen, die ihren Geist auf Reisen schickten, bis nur noch Verlangen und Erregung ihren Verstand erfüllten und Chogan ihren Körper.

Sie wand sich unter ihm, bog ihm ihre Hüfte entgegen, damit er bis zur Gänze in sie stoßen konnte und sie das Pulsieren seines mächtigen Geschlechts fühlte, während er sie vollkommen ausfüllte.

Es war lustvoller Schmerz. Köstliche Qual. Verführerische Folter.

Eine Hand löste sich von ihrem Hintern. Chogan griff in ihr Haar, zerrte daran, bis ihr Nacken einen Bogen beschrieb. Seine Augen waren nicht länger schwarz, das grüne Funkeln explodierte in seinen Pupillen, bevor er den Rhythmus seiner Hüfte beschleunigte und zugleich seinen Mund auf ihren senkte.

Seine Lippen trieben ihre Lust an, verführten sie wie sein harter Schaft, der immer wieder tief in sie glitt, sie streichelte, sie an den sensibelsten Stellen reizte. Jedes Aufeinanderklatschen von Haut, jedes Eindringen seiner Zunge stachelte den Taumel ihrer Sinne weiter an, jagte ihre Erregung höher und höher. Sie klammerte sich an seinen Schultern fest. Ließ sich fallen. Wurde aufgefangen von den stürmischsten Empfindungen, die sie innerlich zu zerreißen drohten. Stöhnend hieß sie jede kraftvolle Inbesitznahme willkommen. Überall dort, wo Chogan es verlangte.

Ihr Blut rauschte in ihren Adern. Erotisches Knistern, heiß und würzig, hing in der Luft, berauschte sie wie die flackernde Wärme des Kaminfeuers. Gierige Hände bedeckten ihre schweißnasse Haut. Süchtig machende Lippen dämpften ihre lustvollen Schreie, als sie den Punkt erreichte, an dem sie zersprang.

Ihr Körper spannte sich an. Ihre inneren Muskeln umfingen

ihn, als eine gewaltige Erschütterung durch ihren Leib jagte, die keine Nachsicht kannte. Es war ein unbeschreibliches Gefühl, stark und intensiv, dass es einen Ozean in Aufruhr gebracht hätte. Ein überwältigender Sog, der sie hinfortriss, hinab in die hellsten Tiefen.

Mitgerissen von den wildesten Sinnesreizen, klammerte sie sich an Chogan fest, der im selben Moment keuchte und ein letztes Mal in sie glitt, bevor auch er von einem heftigen Höhepunkt erfasst wurde. Ihre Hände ertasteten nur noch gespannte Muskeln, straffe Sehnen, erhitzte Haut, als ein markerschütterndes Beben seinen Körper überwältigte, bis er kraftlos gegen sie sank und schwer atmend seine Stirn gegen ihre lehnte. Seine Stimme war nur noch ein erschöpftes Murmeln. »Und ich sage dir, Baby, es ist Wahnsinn.«

*

Zerstreut strich Chogan über die Innenseite von Paiges Schenkel, zeichnete zusammenhanglose Muster und genoss das Fühlen glatter, weicher Haut unter seinen Fingern. Er lauschte dem Schweigen seiner Gedanken und ihren ruhigen Atemzügen. Ließ die Nähe ihrer Körper auf sich wirken, den Gleichtakt ihrer Herzen und das raue Säuseln des Windes, der um das in Dunkelheit gehüllte Haus schlich, während sie zusammengekuschelt auf dem Sofa vor dem Kamin lagen.

Es war ein seltsamer Friede, der ein dichtes Netz um ihn wob, ihn im Flüsterton umschmeichelte, bis in seinem Verstand ein süßes, himmlisches Nichts zurückblieb. Ein vollkommener Moment innerer Ausgeglichenheit. Im Einklang mit sich und der ruhelosen Welt da draußen. Ein seltsames Empfinden. Nicht unangenehm. Nicht beengend. Nicht fordernd. Eher völlig fremd und daher auch so unberechenbar erscheinend. Fast erwartete er, dass jemand an ihm rüttelte, bis er aufwachte und feststellte, nur geträumt zu haben.

Es war kein Traum, wie er gleich bemerkte. Nur ein kurzer Stillstand seiner bittersüßen Wirklichkeit. Paige regte sich. Stützte ihren Ellenbogen neben seinen Kopf und sah ihn liebevoll aus leuchtend türkisfarbenen Augen an, musterte ihn, als könnte sie bis in die Untiefen seiner Seele sehen. Vermutlich konnte sie es. Ihn sehen. Nicht den Mann, zu dem er geworden war, sondern den Menschen, den er früher gelebt und irgendwann an die Schatten seines Selbst verloren hatte.

»Erzähl es mir«, bat sie leise, jedoch mit Nachdruck und Chogan wusste sehr genau, was sie meinte. Sie wollte den Grund kennen, weshalb er vorhin auf Abstand gegangen war. Sich zurückgezogen hatte und es bei diesem erzwungenen Rückzug auch belassen hätte, hätte sie ihn mit ihrem Frontalangriff nicht völlig überrascht und aus der Bahn geworfen.

Er hätte es besser wissen und darauf vorbereitet sein müssen, doch seinen Instinkten war in ihrer Gegenwart kein bisschen zu trauen. Schon bei der ersten Begegnung hatte er verstanden, dass in dieser Frau weit mehr steckte als ein ängstliches, zerbrechliches Wesen. Sie war eine Kämpfernatur mit dem Mut einer Löwin. Eine widerspenstige Fee, die sich in eine leidenschaftliche Walküre verwandelte, um jeder Widrigkeit zu trotzen, sobald ihr Herz nach Licht und Erlösung schrie. Ein Aufgeben stand für sie nicht zur Debatte. War keine Option und ihn zu erobern, seinen Schutzmantel zu durchdringen, um ihn verletzbar wie nie zuvor in seinem Leben zu machen, hatte sie ganz nach oben ihrer To-do Liste geschubst. Das Problem war, dass sie es tatsächlich mit seinem eisernen Willen aufnehmen und ihn in die Knie zwingen konnte. Mit einem Kuss. Mit einem Lächeln. Mit geflüsterten Worten schaffte sie es, jeden Widerstand in ihm zu bezwingen, um auf liebevollste Weise seine Perspektive zu korrigieren.

Statt weiterhin gegen den immensen Drang, sie zu besitzen, sie für sich zu beanspruchen, anzukämpfen, stürzte er sich Hals über Kopf in die dunkelsten Gefilde. Nicht mehr ganz so widerwillig fügte er sich in das Schicksal, das Paige ihm zugedacht hatte – oder wer auch immer da oben saß und ihn aus Leibeskräften verpönte. Denn genau das war der Punkt. Er hatte es schlichtweg nur verdrängt. Verdrängt, dass jemand wie Paige zu gut für ihn war. Es war außerdem zu einfach. Nichts war jemals einfach für ihn gewesen und nie war ihm jemals etwas geschenkt worden. Schon gar nicht eine solch bedingungslose Zuneigung wie Paige sie ihm von der ersten Sekunde an entgegengebracht hatte. Insgeheim hatte er geahnt, dass die Sache einen Haken hatte und genau so war es auch ...

Vielleicht schuldete er es einem paradoxen Zufall, dass ihm genau jene Frau in die Arme gelaufen war, die ihn im weitesten Sinn mit dem Mann zusammenbringen würde, den Chogan abgeschrieben hatte, um seine Vergangenheit endlich ruhen zu lassen.

Wright – Cunningham – Jim Hendriks – Paige – Chogan.

Ein überaus geschmackloser Zufall, wenn man bedachte, wie viele Menschen in den USA lebten. 300 Millionen oder mehr? Doch spielte es überhaupt eine Rolle?

Er kannte Wright, nach dessen Tochter gesucht wurde. Weil er für seinen besten Freund als Vollstrecker der Justiz gearbeitet hatte. Cunningham, der nun Gouverneur war, hatte damals den Vorsitz des Justizministeriums. Chogan war dafür bezahlt worden, Personen zu exekutieren, bei denen die Anwendung des Rechtssystems versagt hatte. Der einzige Unterschied zu den Morden von damals und jenen, die er für die Organisation begangen hatte, war der, dass er bei den Aufträgen von Cunningham selbst entschieden hatte, ob er ihn annahm oder nicht. Ob er ihn mit seinem Gewissen vereinbaren und weiterhin seinen eigenen Anblick im Spiegel ertragen konnte. Ein kleiner, aber wesentlicher Unterschied.

Im Grunde hätte es nie eine Rolle spielen dürfen, ob Paige etwas von vergangenen Taten erfuhr. Nicht alles, was er getan hatte, war verachtenswert. Zumindest nicht angesichts seiner Moralvorstellungen. Bis zu diesem Augenblick war er dennoch selbstsüchtig genug gewesen, sich zu wünschen, seine Vergangenheit vor ihr fernhalten zu können. Bisher hatte sie nichts von seinem Vorleben gewusst. Nichts von seinen Fähigkeiten. Nichts von der Dunkelheit in ihm und auch nichts darüber, wozu dieses Dunkel fähig war. Und es war gut so, denn durch ihr Nichtwissen war es für ihn leichter gewesen, zu verdrängen.

Innerlich stieß Chogan den Atem aus. Dann fasste er für Paige die ungeschönte Wahrheit zusammen, was Wright, Cunningham und seinen Job für das Justizministerium betraf und wartete auf ihre Reaktion. Fast unmerklich kniff sie die Brauen zusammen und forschte aufmerksam in seinem Gesicht, ehe sie fragte: »Würdest du es wieder tun? Für Cunningham arbeiten?«

Vermutlich hätte ihn nichts mehr überraschen sollen, aber Paige in ihrer Arglosigkeit schaffte es immer wieder. »Nein.«

»Warum nicht?«

Die Antwort war unspektakulärer und zugleich schonungsloser, als sie vermutlich erwartete. »Weil ich mich niemanden mehr verpflichten wollte.« Und weil er es leid war, anderer Leute Drecksarbeit zu verrichten. Diese Jahre hatten ausreichend tiefe Spuren hinterlassen und es würden vermutlich keine zwei Leben reichen, um sie zu verwischen. Damals war er jung gewesen und voller Energie, die über so manchen Tiefpunkt hinweggetäuscht hatte. Heute wollte er einfach nur noch seine Ruhe haben, um sich wiederzufinden. Er bereute es nicht, damals diese Erfahrungen gemacht zu haben, doch eine Wiederholung kam nicht infrage. Jetzt nicht und auch nicht in zehn Jahren. Es war ein abgeschlossenes Kapitel, mit dem er seinen Frieden gemacht hatte. Er hatte diese Seite nicht wieder aufschlagen wollen.

Paige streckte die Hand nach ihm aus und zeichnete die Narben nach, die sein Gesicht, seinen Hals und den Rest seines Körpers entstellten. Sie tat es vorsichtig und zärtlich, doch reichten die leisen Berührungen aus, sein Verlangen nach ihr wachsen zu lassen. Das Bedürfnis, sie wieder in die Arme zu ziehen und ihren wunderschön geschwungenen Mund zu küssen, war intensiv und drängend. Jedoch spürte er, dass ihre Neugierde nicht befriedigt war und so blieb er reglos liegen, ließ sich von ihr streicheln und wartete, bis sie die Frage aussprach, die ihr auf der Seele lag. »Ist dieser Mann schuld an deinen Narben?«

»Nein.«

Paige schwieg erneut, bis sich Begreifen in ihrer Miene widerspiegelte, gepaart mit wacher Intelligenz, die jedem Widersprechen hätte standhalten können. »Es war eine Frau. Sie hat dir das angetan.« Eine Feststellung. Keine Frage und sie wartete gar nicht erst auf eine Antwort. »Deshalb wolltest du mich nicht an dich heranlassen. Sie hat dich viel zu tief verletzt. Wie?«

»So einfach, wie du denkst, ist das nicht.«

»Das ist es doch nie, Chogan«, gab Paige plötzlich ungehalten zurück und ehe er sich versah, saß sie auf ihm und funkelte von oben auf ihn herab. Ihr fransiger Pagenkopf umschmeichelte ihre weichen, jugendhaften Züge und es juckte ihn in den Fingern, ihr ins Haar zu greifen, um ihr Gesicht zu sich zu ziehen. »Was hat sie getan?«

Sein Mund wurde trocken, als sie noch einmal nachrutschte, um es sich bequemer zu machen. »Mich um einen Gefallen gebeten.«

»Und du hast ihr diesen Gefallen getan, weil du sie geliebt hast?«

»Ja.« Oder zumindest dachte er, dass es Liebe war, was Corinna und ihn verbunden hatte. Damals. Vor etwas mehr als fünf Jahren. Paige verzog das Gesicht. Nicht voller Mitgefühl. Es erinnerte entfernt an Eifersucht, was unerwartet in ihren Augen aufflammte. »Und dann? Was war das für ein Gefallen?«

»Sie hat wie ich für das Militär gearbeitet«, hörte er sich sagen und wunderte sich nicht darüber, wie einfach es Paige fiel, ihm diese Information zu entlocken. Sie hätte eine bezaubernde Agentin abgegeben und vermutlich hätte kein männlicher Angeklagter ihren Befragungen standgehalten. Nicht in dieser aufreizenden Position. Und schon gar nicht nur mit dem dünnen Slip, den sie trug, samt dem übergroßen Lakers-T-Shirt, das ihr über die linke Seite gerutscht war und ihre zierliche Schulter freigab.

»Sie war Wissenschaftlerin und es gab ein Experiment, an dem sie mitgearbeitet hat.«

Paiges Augen wurden groß. »Ein Experiment ... Oh mein Gott!« Mehr brachte sie offenbar nicht heraus, bevor sie sich, unsicher, was sie nun denken sollte, auf die Unterlippe biss. Chogan senkte die Lider, um dem erregenden Anblick und der damit verbundenen Versuchung zu widerstehen. Paige wollte reden. Dann redeten sie eben.

»Corinna kannte mein Geheimnis«, begann er zu erzählen. »Sie wusste Bescheid über meine telepathische Gabe, lange bevor jemand beim Militär etwas davon erfuhr. Meine Stärken, die in körperlicher Ausdauer, außergewöhnlicher Körperbeherrschung und enormer Belastbarkeit lagen, waren jedem bekannt, aber Corinna wollte es genauer wissen, weil sie eben diese Leistungsfähigkeit auf meine übernatürliche Gabe schloss.

Es begann alles ganz harmlos. Ein dummes Spiel unter Erwachsenen. Erst als das Militär am Einsatz eines Virus scheiterte, wendete sich das Blatt. Was ich damals nicht wusste, war, dass Corinna selbst an der Erschaffung des Virus beteiligt gewesen ist. Es sollte im Kampf gegen Terrorismus eingesetzt werden. Eine simple Möglichkeit, auf einen Schlag eine Terrorzelle auszuschalten. Aber etwas ging daneben und die Probanden mutierten zu blutrünstigen Zombies, über die man keine Kontrolle mehr hatte, bis sie innerhalb weniger Tage an den Folgen der Zellveränderung einen grausamen Tod starben, wenn sie sich vorher nicht abschlachteten. In die Erschaffung des Virus ist jede Menge Geld gepumpt worden und dennoch war es so gut wie wertlos. Die Verantwortlichen sollten zur Rechenschaft gezogen werden, darunter wäre auch Corinna gewesen. Es hätte das Aus ihrer Karriere als Wissenschaftlerin bedeutet, doch sie war nicht so weit gekommen, wäre sie nicht bereit gewesen, über Leichen zu gehen. Sie wusste, dass es Menschen gibt, die das Virus aufgrund genetisch veränderter Zellen überleben könnten. Menschen wie ich ...«

»Sie hat dich verraten.« Ein kaum hörbares Flüstern, in dem ein solches Entsetzen mitschwang, das Chogan die Zähne zusammenbeißen musste.

Paige schlug sich die Hand vor den Mund, dann rappelte sie sich ungelenk auf und irrte durch das Wohnzimmer, gefangen in einer Ruhelosigkeit, die sich auch auf ihn übertrug. Chogan setzte sich auf, ehe er weitererzählte. »Ich wusste nicht, dass Corinna es war, die mich verraten hat. Ein befreundeter Offizier kam eines Morgens zu mir und erzählte mir, dass sie in Gefahr sei. Er erzählte mir von dem Experiment, in dem das Virus erneut erprobt werden sollte und dass gewisse körperliche Voraussetzungen erfolgversprechend waren. Man habe Corinna weniger ein Ultimatum gestellt als sie unter Androhung ihres Lebens erpresst, jemanden zu finden, der sich als Proband eignen würde. Ich glaubte ihm.

Immerhin drehte es sich bei dem ganzen Dilemma um mehrere Millionen Dollar, die in den Sand gesetzt worden waren. Außerdem wusste ich, dass von den Leuten, die an dem Virus gearbeitet hatten, niemand Skrupel kannte und dass Corinna mehr unfreiwillig in die Sache hineingerutscht war, denn genau das hat sie mir erzählt. Ich bot mich freiwillig an, an dem Experiment teilzunehmen, wenn man mir zusicherte, dass Corinna nichts geschehen würde. Man ging auf meine Forderung ein. Danach stand ich fünf Jahre im Dienst der Organisation, die unter dem Deckmantel der Viruserprobung befehlbare Killer mit übermenschlichen Fähigkeiten heranzüchtete.«

Paige sog scharf Luft ein. »Fünf Jahre! Verdammt, das ist ... einfach unglaublich.«

»Paige, hast du mir gerade zugehört?« Die Tatsache, dass er fünf Jahre unterjocht worden war, war wohl der unwichtigste Teil der Erzählung.

»Ja. Ja, das habe ich.« Sie blieb vor dem breiten Fenster stehen und sah ihn an. In ihrem Rücken funkelten die Sterne genauso hell wie ihr Licht, das immer kräftiger leuchtete, je größer ihr Entsetzen wurde. »Wann hast du erfahren, dass ... Corinna es war, die dich verraten hat?«

»Vor sechs Monaten.«

»Lieber Himmel!« Sie schüttelte den Kopf, als wollte sie ihn frei bekommen. »Jetzt wird mir Vieles klar. Deine Wut auf Gott und die Welt. Die grünen Funken in deinen Augen, wenn dich deine Gefühle überwältigen. Es verändert dich. Dieses Virus ... Es ist noch immer in dir drinnen. Himmel, Chogan, wie hältst du das nur aus?«

Er stand auf und ging auf sie zu. Als er vor ihr stand, nahm er ihre Hände in seine und sie sah zu ihm hoch. »Ich habe dir gerade erzählt, dass ich paranormale Fähigkeiten besitze. Dass ich zum Monster mutiere, das auf Befehl Menschen getötet hat. Es spielt überhaupt keine Rolle, wie ich damit zurechtkomme, die Frage ist, wie du damit zurechtkommst.«

»Ich?«, fragte sie ehrlich verblüfft. »Mir geht es gut. Ich bin nur ... abgrundtief schockiert. Was ist mit dieser Welt nicht in Ordnung, Chogan?«

Zum Henker, sie hatte ja keine Ahnung, was hinter verschlossenen Türen so alles abging – im Rahmen der Weltverbesserungsmöglichkeiten, versteht sich.

»Ich weiß es nicht«, sagte er stattdessen und sie atmete tief durch, bevor sie ihre Finger mit seinen verflocht. »Zeig es mir.«

»Wie bitte?«

»Wie du das machst. Gedanken übertragen.«

Perplex starrte er sie an. »Das lassen wir mal lieber sein.«

»Warum?«

»Weil du heute schon genug erfahren hast.«

»Ich will es wissen. Was macht es jetzt noch für einen Unterschied?« Sie ließ seine Hand los und trat zurück. Er hatte den Eindruck, ihr Herz über das Dröhnen seines eigenen Pulses wahrzunehmen. Unter langen Wimpern schaute sie ihn an. Nicht verurteilend, sondern ... neugierig und er würde diese Neugierde hart bestrafen. Es hatte keinen Sinn, ihr zu verheimlichen, wozu er fähig war oder welches Ausmaß seine Gabe heute annehmen konnte. Sie wollte es wissen, also sollte sie es erfahren.

Knie nieder.

Ein verblüffter Laut entkam ihr, obwohl er ihr ansah, dass sie jegliche Reaktion, die ihm nicht gefallen könnte, verbissen zu unterdrücken versuchte. Ihre Beine gaben nach. Sie sackte auf die Knie. Den Kopf gesenkt. Überdeutlich war sie sich der Demütigung bewusst, die er provozierte, damit die Fronten ein für alle Mal geklärt waren.

»Das hast du schon einmal mit mir gemacht. Bei Christopher, damit ich die Pistole fallen lasse.«

»Ja.« Chogan ging vor ihr in die Hocke, um nicht von oben auf sie herabsehen zu müssen. Die Wahrheit war jedoch, dass ihn die Befürchtung, sie könnte spätestens jetzt ihre Sachen packen und davonstürmen, in die Knie zwang.

Aber das passierte nicht. Paige blieb ganz ruhig, blickte ihn nur offen an und legte ihre Handfläche auf ihr Brustbein, genau über ihrem Herzen. »In mir drinnen ist auch etwas, nicht wahr? Etwas Anderes. Ein Licht. Es wird stärker und drängt aus mir hinaus, wenn ich große Angst habe.«

Chogan nickte. »Als wir uns das erste Mal berührt haben, ist genau das passiert. Dieses Licht war es, das uns auf dem Parkplatz einhüllte.«

»Ja«, erwiderte sie, einerseits überrascht, weil er es wusste und zugleich erleichtert, weil es eine Erklärung dafür gab. »Es fühlt sich an, als würde ich in Flammen stehen. Du weißt, was das ist? Was ... ich bin?«

»Man nennt es einen Lichtbringer. Vereinfacht und völlig sachlich ausgedrückt, bist du in der Lage, negative Ausstrahlungen einer Person in positive umzuwandeln.«

»Das klingt nur halb so schlimm wie es sich anfühlt. Aber vermutlich ist das lange nicht alles, richtig?«

»Nein. Deine Fähigkeit hat auch seine Schattenseiten. Du ziehst das Schlechte im Menschen wie magisch an. Ganz besonders Menschen wie mich und auch wie ...«

»Jim.«

»Ja.«

Paige presste die Lippen aufeinander, dann nickte sie. »Das Alberne an der ganzen Sache ist, dass ich mir einreden wollte, das zwischen dir und mir wäre schicksalhafte Fügung. In Wirklichkeit habe ich auf deine inneren Dämonen reagiert. Wie unromantisch.«

Trotz oder gerade wegen der Absonderlichkeit des Augenblicks musste Chogan schmunzeln. Diese Frau war eine Bereicherung.

»Wegen meines Lichts bist du an jenem Abend auch so wütend geworden. Weil ich etwas in dir verändert habe.«

»Weil du etwas in mir berührt hast, Baby. Und du tust es noch immer. Jedes Mal, wenn du mich anlächelst, erreichst du einen Teil in mir, den ich lange Zeit für nicht mehr lebensfähig gehalten habe. Anfangs war das unerträglich.«

»Und jetzt? Ist meine Nähe noch immer unerträglich für dich?«

»Deine Nähe weckt offenbar den Masochisten in mir.«

»Gut zu wissen.« Paige lächelte, dann strich sie sich das Haar hinter die Ohren. »Puh, das war ziemlich viel auf einmal. Und wie kommen wir aus dem Schlamassel wieder raus? Gibt's eine fünfte Dimension oder so was? Wir könnten uns an den Händen fassen und ein wenig ...«

Chogan fasste ihr ins Haar, zog sie an sich und küsste sie. Mit der Hingabe eines Besessenen nahm er ihre Lippen in Besitz und sie erwiderte den Kuss nicht minder aufgewühlt. Dann packte er sie an den Hüften, hob sie hoch und trug sie nach oben in sein Schlafzimmer.

Für diesen Tag hatten sie genug geredet.

13. Kapitel

FBI-Hauptquartier, Colorado

»Verdammt miese Auflösung«, murrte Josy und trat näher an den Monitor heran, den Ray vor wenigen Minuten in ihr Büro geschoben hatte. Die Bilder der Überwachungskamera waren grobkörnig und an einigen Stellen verzerrt, was eine insgesamt eher schlechte Qualität der Aufnahmen bot. Dennoch gab es keine Zweifel, wer der Mann war, den sie zu sehen bekamen.

Josy hatte keine Ahnung, wie Ray es geschafft hatte, an das Material ranzukommen, ohne viel Aufsehen zu veranstalten. Solange Miller den Polizeipräsidenten nicht weichgeklopft hatte, ermittelten sie weiterhin im stillen Kämmerlein. Dabei bezweifelte sie stark, dass Parker oder einer seiner Jungs ihre Kisten mit Beweismaterial nur annähernd so schnell mit wichtigen Indizien befüllen konnten wie Ray es nicht müde wurde, zu tun. Er war ein Genie, was das Beschaffen von Beweisen anbelangte. Wo andere bereits lange aufgehört hatten, tiefer zu graben, fing er erst richtig an und mit diesen Bildern bewies er einmal mehr, dass seine Strategie die richtige war. Die Aufnahmen zeigten Hendriks in der Tiefgarage einer vornehmen Wohnsiedlung in Utah, wo eines der neunzehn Opfer mit seinem Freund gelebt hatte. Auch wenn diese sehr unscharfen Bilder vor keinem Gericht der Welt als Beweis anerkannt wurden, solange sie nicht die Leiche der jungen Frau hatten, so bestätigten sie dennoch, dass sie auf dem richtigen Weg waren.

Es konnte purer Zufall gewesen sein, dass Hendriks kurz vor ihrem Verschwinden auf Tia Wright in einem Einkaufszentrum gestoßen war. Aber ein weiteres Mal in der Nähe eines Opfers aufzutauchen, noch dazu an einem nicht öffentlich zugänglichem Ort, an dem das Mädchen eine Woche später zuletzt gesehen worden war – da hätte es schon mit dem Teufel hergehen müssen. Das Datum der Überwachungsbänder war eine Woche vor dem Verschwinden des letzten von neunzehn Vermisstenopfern ausgestellt worden, was ihnen einen großen Vorteil verschaffen würde, sobald eine Anklage zustande kam. Eher nachteilig war die Tatsache, dass Hendriks sich nur kurz umsah, um dann durch die Tiefgaragentür des gegenüberliegenden Hauses zu marschieren und nicht durch jene des Opfers. Aber darauf würden sie es ankommen lassen müssen.

Josy richtete sich unter lautstarkem Protest ihres Rückens wieder auf und wandte sich an Ray, der trotz später Stunde wie frisch aus dem Ei gepellt in seinem maßgeschneiderten Dienstanzug an der Kante ihres Schreibtisches lehnte. Sie würde nie kapieren, wie er das machte. Sie sah nach 28 Stunden ohne Pause aus wie gut zerkaut und ausgespuckt. Das hinderte sie aber nicht daran, ihre Begeisterung über Rays Fund kundzutun.

»Sehr schön, Mr Holmes. Zumindest wissen wir nun, dass wir keinem Gespenst hinterherjagen.«

»Ja. Leider reicht das Band genauso wenig aus, um ihn dranzukriegen, wie die Informationen, die ich über Hendriks Ex-Frau zusammentragen konnte.«

»Du hast etwas über den Selbstmord rausgefunden?«

»Sagen wir mal ein wenig.«

Josy seufzte. »Bitte komm zur Sache, Ray. Ich bin echt groggy, fühle mich dank Koffeinüberschuss völlig stoned und bin nicht mehr in Stimmung für Kinkerlitzchen.«

»Kinkerlitzchen?«

»Ja, Kinkerlitzchen. Noch nie was davon gehört?«

Ray zog eine blonde, perfekt geschwungene Augenbraue in die Höhe und Josy verdrehte die Augen. Niemand konnte sich ohne Worte so klar ausdrücken wie Ray. »Gut, schon kapiert. Unser Wortschatz wird sich vermutlich nie näher kommen als New York und Kalifornien. Also was soll's? Komm schon, Alter, was steht an?«

»Wenn du von dem Gräschen noch was übrig hast, würde ich auch was davon ...«

»Ach, halt doch die Klappe.« Josy ließ sich in ihren Sessel plumpsen und schwang die Füße auf den Tisch, die in nicht mehr ganz nagelneuen Sneakers steckten. Ray verzog keine Miene. Nur kurz zuckte ein Muskel in seinem rechten Arm, als müsste er arg an sich halten, um ihre Füße nicht mit einem Wisch vom Tisch zu kehren. Sein innerer Kampf amüsierte sie und verschaffte ihr eine gewisse Befriedigung. Es war ein Heidenspaß, zu versuchen, Ray aus der Balance zu bringen und sie würde ein kleines, rotes Kreuzchen auf ihrem Stehkalender machen, sobald er wieder aus ihrem Büro raus war.

»Also zurück zu Hendriks Ex-Frau und dem Selbstmordversuch. Hast du erfahren, wie sie sich umbringen wollte?«

»Tabletten«, gab Ray zurück. »Die Nachbarin fand sie bewusstlos, nachdem sie den Zweitschlüssel benutzte, um ein Paket in die Wohnung von Mrs Dunnes zu bringen, das bei ihr abgegeben wurde.«

»Okay und nach dem Krankenhausaufenthalt wurde sie in die Psychiatrie eingewiesen?«

»Zwangsläufig. Allerdings stand es ihr wenige Tage später frei, wieder zu gehen. Sie hat die Klinik allerdings seit gut zwei Jahren nicht verlassen.«

»Weshalb?«

»Paranoia. Sie fühlt sich von ihrem Exmann verfolgt, den sie sechs Monate vor dem Selbstmordversuch verlassen hat, um zu Verwandten nach Phoenix zu flüchten.«

»Lass mich raten«, sagte Josy. »Hendriks ist nie in Phoenix gewesen.« Wenn man diesen Kerl zum Freund hatte, brauchte man wahrlich keine Feinde mehr.

»So ähnlich. Mrs Dunnes hat Buch geführt über die Zeitpunkte, in denen sie Hendriks in ihrer Nähe gesehen haben will. Mit diesen Aufzeichnungen ist sie zur Polizei gegangen und bat um Durchsetzung einer einstweiligen Verfügung, die allerdings nicht durchgegangen ist. Hendriks hatte tatsächlich für so gut wie jeden Zeitpunkt ein Alibi.«

»Oder es reichte der Zeitraum nicht aus, um zwischen Ohio und Phoenix hin- und herzupendeln«, fügte Josy hinzu, worauf Ray nickte. »So viel zum Thema Gespenst.«

»Leider kommt noch der Umstand hinzu, dass Freunde und Verwandte Mrs Dunnes als labilen Menschen beschreiben, der sich schnell in etwas hineinsteigert.«

»Ich vermute, der Trennungsgrund war häusliche Gewalt und niemand wusste davon?«

»Ja«, stimmte Ray zu. »Sie hat Hendriks kurz vor ihrer Flucht nach Phoenix angezeigt, die Anzeige aber einen Tag später zurückgezogen.«

»Sie hatte Angst.«

»Vermutlich.«

»Wenn wir schon so großzügig Vermutungen anstellen, dann vermute ich mal geradeheraus, dass Mrs Dunnes sich nicht als Zeugin für uns einsetzen wird?«

»Sie lehnt jedes Gespräch kategorisch ab.«

Josy knirschte mit den Zähnen. »Warum werde ich das Gefühl nicht los, dass uns jemand in ganz großem Stil verscheißern will?«

»Soll ich eine Vermutung anstellen oder war das eine rhetorische Frage?«

»Idiot.« Josy grinste, dann wurde sie wieder ernst. »Eine Idee, wie wir aus den vielen Sackgassen rauskommen?«

»Ich habe den dringenden Verdacht, dass uns jemand äußerst wichtige Informationen vorenthält«, sagte Ray und fügte nach einer netten Kunstpause hinzu: »Wir müssen uns mit Parker zusammentun.«

Josy verschluckte sich beinah an ihrer Spucke. »Was?«

»Du hast mich schon richtig verstanden.«

»Ja, ich kann nur nicht glauben, dass die Ansage deinem Mund entfleuchte.«

Ray stützte sich mit beiden Händen auf der Tischplatte ab und lehnte sich mit wild entschlossener Miene nach vorn, während Josy entschied, dass sie heute zwei Kreuzchen machen würde. »Um es in deinen Worten auszudrücken: Wir haben es hier offenbar mit einem Psychoarschloch der Eliteklasse zu tun, dem wir, ohne unsere Ressourcen mit Parkers zu vereinen, nicht mal in Gedanken die Fresse polieren werden. Es ist mir scheißegal, wer von uns den längeren Atem oder den längeren Schwanz hat. Fakt bleibt, dass wir hier keinen Eiertanz veranstalten können, solange dieser Wichser da draußen herumrennt und sich jedes Mal einen runterrubbelt, nachdem er den nächsten Schlag mitten in das

Gesicht der Behörden platziert hat.«

Josy erhob sich. »Ruhig Blut, Kumpel, wir müssen ja nicht gleich vulgär werden.«

Ray richtete sich zu seiner vollen Größe auf, strich sich sein blondes Haar zurück und glättete sein Jackett. »Wir müssen mit Will reden.« Was so viel hieß wie: Du musst mit Will reden. Mir reißt er schon für den Gedanken den Arsch auf. Dich verschont er vielleicht, wenn du ausnahmsweise deinen Charme spielen lassen würdest, *Chica*.

»Ist schon gut, Ray, ich bin ja deiner Meinung.«

»Wer ist wessen Meinung?«, fragte in diesem Moment Will, der mit zwei Kaffeetassen ins Büro kam, um mit einem galanten Tritt die Tür hinter sich ins Schloss zu befördern. »Gibt's Neuigkeiten?«

»Ziemlich viele, aber sie helfen uns alle nicht weiter«, antwortete Josy und warf Ray einen Halt-die-Klappe-ich-mache-das-schon-Blick zu, bevor sie eine der dampfenden Tassen entgegennahm.

Will verzog das Gesicht. »Jetzt weiß ich genauso viel wie vorher. Du solltest weniger Zeit mit Ray verbringen.«

»Ich bin dann mal raus«, meinte dieser und hob die Hände in einer Art Abwehrhaltung.

»Wenn du wissen willst, was ich rausgefunden habe, solltest du besser hierbleiben«, sagte Will. »Chogan hat mich heute angerufen.«

Ray zog die Hand vom Türgriff zurück und Josy fragte: »Was ist passiert?«

»Paige Prescott ist passiert. Chogan hat sie vor ein paar Tagen in Crawford, Nebraska aufgegabelt.«

»Das nenn ich mal einen Volltreffer«, meinte Josy.

»Ich hoffe, dass sagst du auch noch, nachdem ich dir ihre Geschichte erzählt habe.« So wie Will dreinsah und angesichts dessen, was sie bisher über Paige Prescott erfahren hatte, bezweifelte sie das. Oh Mann, was für ein Scheißtag.

14. Kapitel

Montag, 11. November, Wyoming

Nackt und atemberaubend schön schlief Paige im Käfig seiner Arme. Zufriedenheit zeichnete ihre feenhaften Züge. Ihre Wange ruhte auf seiner Brust. Ihr schlanker Arm umfasste seinen Bauch. Ihr Atem strich über seine Haut. Eine angenehme, beruhigende Wärme ging von ihr aus. Ihr weiblicher, blumiger Duft erfüllte sein Schlafzimmer und jeden Winkel seines Verstandes.

Himmel, es fühlte sich gut an, hier mit ihr zu liegen. Viel zu gut. Eine wilde, rohe Zärtlichkeit sang in seinen Venen, während er Paige betrachtete. Ein tiefes, mächtiges Verlangen, sie festzuhalten und nie wieder loszulassen – koste es, was es wolle. Chogan hatte nicht geahnt, wie intensiv diese besitzergreifenden Gefühle sein konnten. Der Wunsch, sie nie wieder gehen zu lassen, beherrschte ihn, ließ ihn keine Sekunde los, seit sie sich die halbe Nacht geliebt hatten, und er ertappte sich bei dem Gedanken, dass es ab nun immer so sein könnte. Mit ihr in seinen Armen einschlafen und am nächsten Morgen aufwachen. Für den Rest seines Lebens, in das Paige ihn sanft zurückgeholt hatte.

Unwillkürlich musste er schmunzeln. Wenn er nicht aufpasste, würde dieses zierliche Geschöpft noch ein richtiges Weichei aus ihm machen. Zu keinem Zeitpunkt in den vergangenen vierunddreißig Jahren hatte er darüber nachgedacht, eine Frau für sich zu beanspruchen. Sie zu der seinen zu machen. Ihr sein Herz zu schenken. Kein einziges Mal.

Es hatte lange vor Paige bereits Frauen gegeben, lange vor Corinna, für die er Zuneigung empfunden hatte, dennoch hätte sich eher die Sonne für alle Ewigkeit verdunkelt, als dass er jemals eine flüchtige Idee daran verschwendet hätte, sich zu binden. Ein Unwiderruflich daraus zu machen. Ein ... für alle Zeit.

Ein solches Zugeständnis hätte ein viel zu hohes Risiko bedeutet. Die Angst, Entscheidungen zu treffen, die ihm Gefühle auferlegten, war immer schon horrend für ihn gewesen. Auch ohne die Intensität an Empfindungen, die Liebe mit sich brachte, war er stets todessehnsüchtig genug gewesen, für Menschen alles zu geben, die ihm etwas bedeuteten.

Wie weit wäre er für jemanden bereit zu gehen, den er liebte?

Er hoffte, nie eine Antwort auf diese Frage zu bekommen. Sich auf Paige einzulassen, bedeutete bereits, Emotionen zuzulassen, die ihm alles abverlangen würden, die ihn öffneten und verwundbar machten an Stellen, die geschunden genug waren, aber diesmal war es das Risiko wert. Paige war dieses Risiko wert.

Sobald diese Hendriks-Sache ausgestanden war, wollte er mit ihr reden. Ihr sagen, was er für sie empfand. Er hatte keine Ahnung, wohin diese Reise sie beide führen würde und welche Hindernisse sie zu überwinden hatten, aber er wollte es herausfinden. Mit Paige an seiner Seite.

Vorerst war jedoch wichtig, sich auf das Gespräch mit Will vorzubereiten. Es war halb zwei Uhr nachmittags. In weniger als drei Stunden würde der Leiter des *Team Zero* samt Eskorten hier aufmarschieren und Chogan hatte Paige versprochen, davor Dean von den Martins abzuholen. Nun würde er allein fahren. Er wollte Paige nicht wecken. Er brachte es nicht über sich, sie aus dem Schlaf zu reißen. Die Strapazen der letzten Wochen waren ihr deutlich anzusehen. Vor allem die gestrigen Ereignisse. Die Stelle um ihre Verletzung über ihrer rechten Schläfe, die er mit Heftpflaster geklebt hatte, spielte jede nur erdenkliche Farbe und vermutlich würde ihr auch sonst jeder Knochen wehtun. Hinzu kam, dass er vergangene Nacht auch nicht gerade zimperlich mit ihr umgegangen war. Chogan verzog das Gesicht. Er würde es wiedergutmachen und gleich damit beginnen, indem er sie ausschlafen ließ.

Sehr vorsichtig nahm er ihren Arm von seiner Brust und schlüpfte aus dem Bett. Bevor er ging, wollte er noch eine Nachricht hinterlassen. Vielleicht schaffte er es ja, zurück zu sein, bevor sie aufwachte.

»Chogan!« Mit einem strahlenden Lächeln in den großen, blauen Augen kam Dean wie der Blitz auf ihn zugesaust und fiel ihm überschwänglich um den Hals. Chogan erwiderte die Umarmung nicht weniger gefühlvoll, hob den Jungen hoch, drückte ihn an sich und verspürte eine unerwartet große Freude, den kleinen Kerl bei sich zu wissen. »Hey Kumpel. Alles in Ordnung?«

»Ja«, erwiderte Dean gut gelaunt und zeigte über Chogans Schulter auf den Eskalade. »Wo ist Mom?«

»Deine Mom schläft noch. Es geht ihr gut, keine Sorge.«

»Es gibt sie also doch«, ertönte die Stimme von Lukes Frau Isabell, und Chogan wandte sich der vollschlanken Brünetten zu, die aus dem Blockhaus der Tierarztpraxis kam. Hinter ihrem Rücken versteckte sich Sascha, ihr sechsjähriger Sohn. Wie vor vier Monaten, als er dem Kleinen das erste Mal begegnet war, musterte Sascha ihn auch heute mit einer Mischung aus Misstrauen und Neugierde. Damals hatte Chogan einen verletzten Labradormischling vorbeigebracht, den er am Straßenrand aufgegabelt hatte, worauf Isabell nun anspielte. »Ich dachte schon, der süße kleine Racker ist dir zugelaufen wie damals der aufgeweckte Streuner.« Sie zwinkerte, dann deutete sie zum Haus. »Ich habe Kaffee aufgesetzt und würde dir gern eine Tasse anbieten. Wenn ich ehrlich bin, interessiert es mich brennend, wie ich zu der unerwarteten Ehre gekommen bin, auf Dean aufpassen zu dürfen. Gestern warst du ja mal wieder alles andere als gesprächig.«

Chogan fuhr sich über den Nacken, nachdem er Dean abgestellt und an die Hand genommen hatte. »Vielen Dank, Isabell, aber gerade ...«

»... passt es dir überhaupt nicht«, beendete sie den Satz für ihn und wirkte ehrlich enttäuscht. »Das habe ich schon befürchtet.«

»Tut mir leid. Ein andermal vielleicht.«

»Ein andermal. Okay. Vielleicht möchtest du Deans Mom ausrichten, dass sie jederzeit vorbeikommen kann. Du weißt ja, in der Gegend geht nicht gerade die Post ab und die beiden Jungs verstehen sich prima, von daher ...« Sie ließ das Angebot so stehen und Chogan nickte. »Ich werde es ihr ausrichten. Und danke noch mal, dass Dean so kurzfristig hier übernachten durfte. Damit hast du mir einen großen Gefallen getan.«

Isabell lächelte. »Jederzeit gern.«

*

Ein knarrendes Geräusch weckte Paige aus einem herrlich erholsamen Schlaf. Sie versuchte, die Lider öffnen, die Traumseligkeit abzuschütteln, aber es gelang ihr nicht sofort. Eine wohlige Trägheit umhüllte ihren Geist. Wärme kribbelte angenehm in ihren Gliedern und sie kuschelte sich tiefer in das weiche Kissen, das nach Chogan roch. Nach dunklen Gewürzen. Herb männlich und unerhört verführerisch.

»Hm, Chogan, bist du schon wach?«, murmelte sie schlaftrunken und tastete blind neben sich. Die zweite Hälfte des Bettes war leer. Paige seufzte und richtete sich auf, als ein dumpfes Pochen in ihrem Kopf einsetzte, das sich bis über ihre Wirbelsäule zog. Himmel, sie kam sich wie durch den Fleischwolf gedreht vor. Wenn sie so aussah, wie es sich anfühlte, war es kein Wunder, dass Chogan Reißaus genommen hatte. Trotz lädierten Zustandes musste sie lächeln. Selbst wenn sie sich den ganzen Tag wie gerädert fühlen würde, was sie letzte Nacht zusammen mit Chogan erleben durfte, waren diese Nachwirkungen wert. In seiner Umarmung einzuschlafen, eng an ihn gekuschelt, war himmlisch gewesen. Noch himmlischer wäre es allerdings, auch in seinen Armen aufzuwachen. Wo war er?

»Chogan?«, fragte sie abermals, als ihr Blick auf ein Stück Papier fiel, das samt dem Handy, das er ihr schon einmal geborgt hatte, auf dem Nachttisch lag.

Hole Dean ab. Bin gleich zurück. Aspirin liegt auf dem Tisch in der Küche. In der braunen Kanne ist frischer Kaffee. Frühstück bekommst du, wenn ich wieder da bin.
Chogan
PS: Es war schön, mit dir in meinen Armen aufzuwachen.

Ihr Lächeln vertiefte sich. Ihr Herz jubilierte vor Freude, während sie die letzte Zeile immer und immer wieder las. Dabei genoss sie die Schmetterlinge, die wild durch ihren Bauch flatterten. Meine Güte, fühlte sich dieses Verliebtsein gut an. So viel besser als alles, was sie jemals empfunden hatte.

Noch immer lächelnd wie ein junges Mädchen griff sie neben das Bett, wo Chogan ihren Rucksack abgestellt hatte und zog sich an – beschwingt wie lange nicht mehr. Ein Dielenbrett knarrte, gerade als sie aufstand, um das Schlafzimmer zu verlassen. »Chogan? Dean? Seid ihr schon zurück?«

Sie lief die Stufen nach unten. Die beiden Männer, die im verstecken Winkel unter der Treppe auf sie lauerten, bemerkte sie erst, als es zu spät war.

*

Dean war ungewöhnlich still. Chogan bemerkte es erst, als die Nachrichten zu Ende gegangen waren und der nächste Song eingespielt wurde. Im Rückspiegel beobachtete er den Kleinen, wie er nachdenklich aus dem Seitenfenster sah, die gefurchte Stirn gegen das kühle Glas gelehnt und an seinen Fingern herumknubbelnd.

Chogan stellte das Radio leiser. »Was ist los, Dean?«

Schweigen, dann: »Ist Mom sauer auf mich?«

Eine tiefe Falte bildete sich zwischen Chogans Brauen, als ihn ein flüchtiges Gefühl von Beklemmung streifte. Es war so schnell weg wie es gekommen war und innerlich schüttelte er den Kopf über seine paranoiden Anwandlungen. Paige ging es gut. Sie lag in seinem Bett in seinem Haus, dessen Standort so gut wie niemand kannte, und schlief.

»Wieso sollte deine Mom böse auf dich sein, Honey?«

Das Kosewort, das Paige immer benutzte, ließ Dean aufblicken und nun antwortete er sofort. »Sie ist nicht mitgekommen, um mich abzuholen.«

»Ich sagte doch schon, dass deine Mom schläft. Sie war gestern Abend schrecklich müde. Es wurde sehr spät und ich wollte sie nicht wecken. In zwanzig Minuten sind wir zu Hause. Bestimmt ist sie inzwischen aufgewacht und wartet schon auf uns.« Er fragte sich, wen er mit dieser Antwort eigentlich beruhigen wollte. Dean oder sich. Zumindest bei einem von ihnen schien der Beschwichtigungsversuch zu wirken.

»Okay«, sagte Dean und lehnte sich in seinem Sitz zurück, bevor Chogan seinen Blick wieder auf die Fahrbahn richtete. Es hatte zu schneien begonnen. Dicke Flocken wirbelten durch die Luft und erschwerten ihm die Sicht auf die glatte Fahrbahn. Er brachte eine weitere Meile hinter sich, ehe ihn der Drang überwältigte, zum Handy zu greifen, um sich zu überzeugen, dass mit Paige tatsächlich alles in Ordnung war.

Als hätte er mit seiner innerlichen Unruhe den Teufel heraufbeschworen, ging im selben Moment der Klingelton los. Es war Will, der anrief. Chogan nahm den Anruf entgegen, doch alles, was er vorerst hörte, war ein statisches Rauschen in der Leitung. Es dauerte etliche, nervenaufreibende Sekunden, ehe die gedämpfte Stimme seines Freundes durchdrang, die jedoch immer wieder abbrach.

»Chogan, gut dass ich dich ... Mann, wo steckst du? Kannst du mich ...?«

»Ich höre dich sehr schlecht, Will. In fünfzehn Minuten bin ich zu Hause, dort ist der Empfang besser.«

»... um Gottes ... Hör mir zu, Chogan ...«

Ein Piepton kündigte eine SMS an und Chogan drückte Will einfach weg. Es hatte keinen Sinn. Ab der zehnten Meile nach dem Supermarkt bis zu seiner Blockhütte existierte ein verdammtes Funkloch. Während er einen Truck auf der Gegenspur überholte, tippte er sich blind durch das Menü des Mobiltelefons, um zu der eingegangenen Nachricht zu gelangen. Sie war von dem Handy versendet worden, das er Paige auf den Nachttisch gelegt hatte. Eine eiserne Faust schloss sich um sein Herz, als er erkannte, dass nicht sie es war, die die Mitteilung verfasst hatte.

*

Paige musste es schaffen, ruhig zu bleiben. Sich zusammenreißen. Die Fassung wahren. Solange sie nicht wusste, warum sie entführt worden war, durfte sie nicht die Nerven verlieren.

Gott, wenn das nur so einfach wäre! Ein Schluchzen kroch ihre Kehle empor. Ihre Augen schwammen in Tränen. Blankes Entsetzen drohte ihren Brustkorb zu sprengen. Die Hände auf dem Rücken gefesselt, den Mund mit einem dicken Klebestreifen zugeklebt, saß sie auf der Ladefläche eines geschlossenen, dunkelblauen Lieferwagens und kämpfte fortwährend gegen die Panikattacke an, die sie mit Haut und Haaren zu verschlingen drohte.

Die beiden Männer, die sie mit wenigen Handgriffen überwältigt und in den Wagen gezerrt hatten, hüllten sich in grimmiges Schweigen. Außer den Fahrtgeräuschen war es bedrückend still in der kleinen Ladekabine, und Paige hatte bei jedem Ruckeln erneut mit dem Gleichgewicht zu kämpfen – körperlich wie seelisch. Dabei spürte sie ständig die undeutbaren Blicke des Dunkelhäutigen auf sich ruhen, die er ihr durch die Trennscheibe zuwarf. Die Worte, die er für sie übrig gehabt hatte, bevor sich die beiden Ladeklappen schlossen, kreisten unaufhörlich in ihrem Kopf wie Geier über dem Aas. »Wenn Sie sich ruhig verhalten, wird Ihnen nichts geschehen, Ms Prescott.«

Der Kerl konnte sich seine Zusicherungen sonst wohin stecken, dachte sie, nahe an einer Hysterie vorbeischrammend. Dann stieß sie langsam Luft durch die Nase aus. Okay, ruhig bleiben. Es nützte ihr überhaupt nichts, sich auch noch kopfüber in den Wirbel ihrer Gefühle hineinzustürzen. Was sie tun musste, war, sich gegen die Verzweiflung zu behaupten, die ihr sonst unweigerlich den Rest des Bodens unter den Füßen wegreißen würde. Stattdessen musste sie daran festhalten, hier irgendwie rauszukommen. Unbeschadet und am besten lebend.

Unweigerlich kam ihr Jim in den Sinn, doch sie verbat sich vehement, Vermutungen aufzustellen. Den berechtigten Einwand zuzulassen, dass nur er eine ungefähre Vorstellung haben konnte, wo sie sich aufhielt – in der Nähe von Christopher. Einer der beiden Entführer hatte außerdem ihren Namen genannt. Woher, wenn nicht von Jim, sollten diese Männer wissen, wie sie hieß? Wie sie aussah? Davon abgesehen. Wer, wenn nicht der Chirurg, konnte Interesse daran haben, sie verschleppen zu lassen? Würde Jim, sobald sie bei ihm war, zu Ende bringen, was Christopher nicht geschafft hatte? Nein! Bis hierhin und nicht weiter!

Paige schluckte trocken. Schloss fest die Augen und lehnte den

Kopf gegen die glatte, kalte Kabinenwand. Sie würde hier rauskommen. Chogan würde nach ihr suchen. Er würde sie niemals im Stich lassen. Daran hielt sie fest wie an einem Rettungsanker.

Eine Ewigkeit verstrich in quälender Ungewissheit, die an ihren letzten Reserven zehrte, ehe der Lieferwagen in ein Gebäude einfuhr und das Motorengeräusch zum Erliegen kam. Es war eine große Lagerhalle, wie sich herausstellte, sobald die Ladeklappen geöffnet wurden. Paige blinzelte gegen die schrille Beleuchtung der Neonröhren an, die an dünnen Drahtseilen von der hohen Decke hingen und ächzte stumm auf, als der Blonde mit dem militärischen Kurzhaarschnitt sie grob am Arm packte, um ihr wenig galant aus dem Fahrzeug zu helfen. Er war es gewesen, der sie geknebelt und gefesselt hatte und dabei war er ebenso wenig zimperlich mit ihr umgegangen wie er es jetzt tat. Es war allerdings weniger sein taktloses Verhalten oder sein schonungsloser Griff, der einen Hitzeschauder nach dem anderen durch ihren Körper schickte. Seine seelenlosen Augen schienen sich bis in ihr Innerstes zu bohren und Paige musste all ihre verbliebenen Kräfte zusammenraffen, um sich gegen seine Kälte abzuschotten.

Eine Maßnahme, die ihre Wirkung nicht verfehlte. Als wäre sie ihm plötzlich zuwider, stieß er Paige mit einem Zischen von sich – was sie heftig zum Straucheln brachte. Verzweifelt suchte sie nach Halt, doch ihre Beine hatten sich offenbar entschlossen, ihr keinen Dienst mehr zu erweisen, solange ihre Hände nicht mithelfen konnten. Es war der Dunkelhäutige, der an ihre Seite kam und sie stürzte, bevor er seinen Kumpanen böse anfunkelte. »Jetzt reicht's, schön langsam, meinst du nicht auch?«

Der Blonde schwieg, strafte sie mit einem harten, mitleidlosen Blick und versperrte den Wagen. Dann führte er sie durch die riesige Halle, die vollgestellt war mit Kartons und Kistenstapeln. Die Luft war kühl und feucht, und es roch nach Moder und Abgasen wie in einer Tiefgarage. Außer ihnen war niemand zu sehen. Zu hören waren nur die widerhallenden Schritte der abgetragenen Männerstiefel sowie ihr eigenes Blut, das wie ein reißender Strom durch ihre Adern peitschte. Das Adrenalin in ihren Venen machte sie schwindlig. Beunruhigender waren jedoch die Wände, die sich immer weiter auf sie zuzubewegen schienen. Das Licht der Neonröhren wurde immer aufdringlicher, genauso das panische Zittern, das ihren Körper vereinnahmte.

Am Ende der Halle erreichten sie eine Stahltür. Dahinter verbarg sich eine Art Vorraum, der ebenfalls bis obenhin vollgestellt war. Was sie nur bemerkte, weil sie fast in einen der Kartonstapel hineingerannt wäre, hätte sie ihr Bewacher nicht im letzten Moment vor dem Zusammenstoß bewahrt.

Dem Vorraum schloss sich ein Großraumbüro an. Zielstrebig, sie nicht eine Sekunde ansehend, als könnte dadurch seine Entschlossenheit ins Wanken geraten, führte sie der Dunkelhäutige durch die schmale Bürogasse, die von weißen, mannshohen Trennwänden gesäumt wurde. Noch immer war keine weitere Person zu sehen, was sich erst änderte, als sie einen Aufenthaltsraum betraten und sich ein älterer Mann von einem der Stühle erhob, die um einen runden Tisch standen. Er war genauso groß wie die beiden Entführer, jedoch trug er keine legere Alltagskleidung sondern einen dunkelblauen Anzug, ein weißes Hemd, dazu eine himmelblaue Krawatte und schwarze Halbschuhe. Sein dichtes Haar besaß die Farbe von poliertem Stahl, genauso seine Augen, die jedoch eine Nuance wärmer wirkten und Paige auf sehr freundliche Weise aufmerksam musterten.

Nach weiteren Augenblicken des Schweigens und eingehenden Betrachtens öffnete sich sein Mund. Er sagte etwas. Redete mit ihr. Aber sie konnte ihn nicht hören. Ihre Wahrnehmung beschränkte sich ausschließlich auf das wilde Hämmern ihres Pulses, das zugleich Wellen der Erschöpfung durch ihr Bewusstsein trieb. Sie hatte keine Ahnung, ob es Erleichterung war, sich nicht Jim Hendriks gegenüberzusehen oder ob es schlicht an den Strapazen der letzten Stunden lag, weshalb ihr Körper schlagartig den Betrieb einstellte. Als hätte man einen Schalter gekippt, wurde sie von einem schwarzen Nichts umfangen.

»Es ist alles in Ordnung, Ms Prescott«, drang eine Männerstimme durch den trüben Nebel der Bewusstlosigkeit und rüttelte sie wach. »Hier wird Ihnen nichts geschehen. Niemand wird Ihnen etwas tun, das garantiere ich Ihnen. Sie haben mein Wort.«

Vorsichtig öffnete Paige die Lider und begegnete dem nachsichtigen Blick des älteren Mannes im Anzug, der unentwegt und in ruhigem, fast väterlichem Ton auf sie einsprach. Das Klebeband über ihrem Mund war entfernt worden, was das Luftholen entschieden einfacher machte. Auch die Fesseln an ihren Händen waren fort. Ihre Handgelenke fühlten sich wund und aufgeschürft an, dort, wo die Kabelbinder sich in ihre Haut gefressen hatten und auch der Rest ihres Körpers schmerzte, als wären ihre Muskeln ein einziger Krampf, der sich nur langsam löste. Allerdings würde sie den Teufel tun und sich den zerschlagenen Zustand anmerken lassen. Ihre augenscheinliche Unterlegenheit drei Männern gegenüber, samt dem leidigen Nichtwissen reichte ihr zur Genüge zum Nachteil. Sie musste sich nicht auch noch *leichtes Opfer* auf die Stirn schreiben.

»Geht es Ihnen besser?«, wollte der alte Mann wissen, wobei er sich weiter Mühe gab, einen netten und zugleich beruhigenden Eindruck zu vermitteln. Wenn er mit dieser Masche ihr Vertrauen gewinnen wollte, konnte er noch gut zehn Jahre so weitermachen und hätte nichts weiter getan, als seine Zeit zu verschwenden. Ob nett oder nicht, Fakt war, er hatte sie entführen lassen. Wenn er eines ganz sicher nicht verdiente, war es ihr Vertrauen.

Sie lag noch immer auf dem glänzenden Linoleumboden und es dauerte, bis sie sich einigermaßen in der Lage fühlte, sich aufzurichten und ihrerseits eine Frage zu stellen. »Wer sind Sie?«

»Mein Name ist Andrew Wright«, erwiderte der Mann ohne Umschweife und in Paiges Kopf machte es augenblicklich Klick. »Tias Vater?«

Verwunderung machte sich bemerkbar. »Ja. Woher wissen Sie von meiner Tochter? Nicht einmal die Medien wissen von ihr.«

»Ich ...« Paige sammelte sich kurz und beschloss, die Wahrheit zu sagen. Wenn sie sich kooperativ zeigte, würde sie vielleicht endlich erfahren, was hier gespielt wurde. »Niklas Heavers hat mir von ihr erzählt, nachdem er mir geholfen hat, von Jim Hendriks zu fliehen. Er sagte mir, dass er als verdeckter Ermittler arbeitet, um etwas über das Verschwinden Ihrer Tochter herauszufinden.«

Wright nickte und deutete dem Dunkelhäutigen, einen der Stühle ranzuschaffen, auf den sich Paige setzen sollte. Ehe sie sich versah, waren ihre beiden Handgelenke mit Handschellen an die seitlichen Lehnen des Stuhls befestigt. »Was zum ...?«

»Ich bitte Sie um Verzeihung für die Unannehmlichkeiten, Ms Prescott«, entschuldigte sich Wright mit bedauernder Miene. »Aber Sie sind meine Versicherung, dass Hendriks mit dem Mord an meiner Tochter nicht ungeschoren davonkommt.«

»Mord?«

Wright sah plötzlich ziemlich elend drein, was ihm ungewollt ihr Mitgefühl einbrachte. »Man hat ihre Leiche vor knapp zwei Wochen auf seinem Grundstück in Illinois gefunden.«

Illinois. Sie hatte noch nie von einem Besitz in diesem Bundesstaat gehört und offenbar war ihr diese Tatsache anzusehen.

»Sie kennen sein Sommeranwesen in Illinois nicht?«

»Nein. Jim hat Vieles vor mir geheim gehalten. Unsere Beziehung zueinander, war ... speziell«, erklärte sie und senkte zugleich den Kopf, damit weder Wright noch einer der beiden Männer, die Position bei der Tür bezogen hatten, ihr die Beschämung ansehen konnten. Wrights Stimme nahm eine unerwartete Sanftheit an. »Ich weiß, wie Hendriks seine Frauen behandelt, Ms Prescott und ich garantiere Ihnen, dass er für seine Taten bezahlen wird. Und zwar mit seinem Leben.«

Paige zuckte zusammen. »Wie bitte?«

»Sie haben mich richtig verstanden«, erwiderte Wright. »Um ehrlich zu sein: Bis heute Morgen hatte ich nicht vor, in die letzte Instanz zu gehen. Erst als ich erfahren habe, dass man Jim Hendriks für neunzehn weitere Morde verantwortlich macht, habe ich beschlossen, dem Ganzen ein Ende zu bereiten.«

Neunzehn Morde. Mit Tia Wright zwanzig. Das musste sie erst mal sacken lassen, bevor sie fragte: »Was ist mit der Polizei? Müssten in so einem Fall nicht die Behörden Maßnahmen ergreifen?«

»Ihnen sind die Hände gebunden.«

Daher wehte also der Wind. Man konnte Jim die Morde offenbar nicht nachweisen. Vorsichtig formulierte sie diese Frage, worauf sich Wrights Miene verfinsterte. »Er hat es getan. Er hat Bilder von den Leichen an das FBI geschickt, um die Leute zu narren. Haben Sie eine Ahnung, wie er all die Frauen umgebracht hat?«

Sie verneinte. »Eigentlich ...«

»Er hat sie gefoltert. Ihre Körper verstümmelt. Meiner Tochter wurden Gliedmaßen abgetrennt. Als man sie fand, fehlten ihr Zehen sowie alle Finger der rechten Hand. Ihr Schädel wurde eingeschlagen. Ihr Kiefer und das Jochbein wurden gebrochen. Genau so hat er auch seine anderen Opfer zugerichtet. Zu Tode gequält.«

»Oh mein Gott.«

»Sie haben es erfasst«, sagte Wright und Bitterkeit zeichnete seine Züge. »Wissen Sie, was das Schlimmste an der ganzen Sache ist? Er läuft noch immer da draußen herum und sucht sich vielleicht gerade jetzt sein nächstes Opfer. Meine Tochter war siebzehn, als er sie entführt hat.«

»Das tut mir aufrichtig leid, Mr Wright. Aber ich wüsste nicht, wie ich Ihnen behilflich sein könnte.« Sie hatte kaum ausgesprochen, überfiel sie eine unheilvolle Ahnung, die sich wie scharfe Klauen in ihre Eingeweide schlug. Wright war Cunninghams engster Freund und Vertrauter, für den wiederum Chogan als Vollstrecker der Justiz gearbeitet hatte. Andrew Wright wollte mit ihr als Trumpf ...

»Himmel, Andrew, das kann unmöglich Ihr ernst sein!«

15. Kapitel

Polizeipräsidium, Colorado

Josy und Will waren sofort nach Parkers Anruf losgefahren. Den Treffpunkt erreichten sie wenige Minuten nach Chogan, dennoch bot sich ihnen ein überaus beunruhigendes Szenario, sobald sie das blockartige Gebäude betraten. Die blonde Sekretärin hatte sich auf ihrem Stuhl hinter dem Empfangstresen zusammengekauert und starrte ihnen mit weit aufgerissenen Augen und bleichem Gesicht entgegen. Sie sagte kein Wort. Deutete nur zum letzten Raum am Ende des Ganges, aus dem nun ein lauter Rums zu vernehmen war.

Josy und Will sprinteten los, stoppten jedoch abrupt wieder, sobald sie das geräumige Besprechungszimmer erreichten und sich fünf der zehn Beamten mit geladenen Pistolen nach ihnen umwandten.

»Waffen runter«, blaffte eine vertraute und zugleich erstickte Stimme. Parker. Die Beamten gehorchten und machten ihnen Platz. Wäre die Situation nicht dermaßen scheiße gewesen, hätte Josy den Anblick, der sich ihnen bot, in vollen Zügen genossen.

Chogan war zum Rachegott mutiert, hatte Parker am Revers seines Maßanzuges gepackt und gegen die Wand gewuchtet. Die Füße von Parker baumelten dreißig Zentimeter über dem Boden und langsam schien ihm die Luft auszugehen, was Chogan nicht im Geringsten juckte. Schweigend, mit leicht gespreizten Beinen und ausgestreckten Armen stand der Lieutenant da und hielt Parker, als wöge dieser nicht mehr als ein Kleinkind. Einzig das Muskelspiel von Chogans Schultern, das man unter dem schwarzen, eng anliegenden Langarmshirt nicht bloß erahnen konnte und die angespannte Kinnpartie verrieten, wie viel es ihn kostete, Parkers Kehle nicht auf der Stelle zu zerquetschen.

Wenn Josy auch bisher nicht vollkommen sicher gewesen war, wie nahe sich der Lieutenant und Paige Prescott in den letzten Tagen gekommen waren, bestand nun kein Zweifel mehr, wie Chogan zu ihr stand. Auch ohne sich an eine Frau gebunden zu haben, war es besser und wesentlich gesünder, nicht den Zorn des Lieutenants auf sich zu ziehen. In diesem Fall jedoch glich Chogans Unmut einer tickenden Zeitbombe und Parker bekam diese Lektion gerade in ihrer ganzen Unbarmherzigkeit verpasst.

»Du kannst ihn nun loslassen«, versuchte Will die Situation unter Kontrolle zu bekommen, wobei auch er seine liebe Müh zu haben schien, sich die Genugtuung über den Anblick des rotgesichtigen Parkers nicht anmerken zu lassen. Der dämliche Trottel hatte sich diese Suppe selbst eingebrockt und musste sie nun wohl oder übel auslöffeln.

Paige würde nichts geschehen, solange Wright sie festhielt, das musste auch Chogan bewusst sein. Dennoch war er außer sich über die bodenlose Unverfrorenheit, sein Mädchen aus seinem Haus zu entführen, um eine 1:0 Verhandlungsbasis zu schaffen und Josy verstand seine Verärgerung nur zu gut. Jeder andere an seiner Stelle wäre ebenso wütend und entsetzt über diese dreiste Vorgehensweise.

»Lass ihn los, Chogan«, bat Will erneut und machte einen Schritt auf den Lieutenant zu. Eine dicke Ader pochte an dessen Hals und halb erwartete Josy, dass Parker noch einmal mit der Faust des Lieutenants Bekanntschaft machen würde, bevor dieser ihn losließ. Aber das passierte nicht. Chogan hatte sich wieder im Griff. Zumindest halbwegs. Okay, gar nicht. Wutentbrannt wandte er sich an Will, nachdem er Parker unsanft abgestellt und wie ein lästiges Etwas von sich gestoßen hatte.

»Du hättest es mir sagen müssen«, presste Chogan hervor und ballte seine Hände erneut zu Fäusten. »Du hast gewusst, dass diese miese Ratte mich beauftragen wollte, Hendriks aus dem Weg zu räumen. Du und ich, wir haben gestern telefoniert, wenn ich dich daran erinnern darf. Ich habe dir von Paige erzählt. Du wusstest, dass sie bei mir ist. Warum – verflucht noch mal – hast du mir nichts von euren Ermittlungen gegen Hendriks gesagt?«

Will hatte seinen Fehler längst erkannt und machte ein Gesicht wie zehn Tage Regenwetter. »Ich hatte keine Ahnung, dass Wright die Sache in die Hand nehmen würde, das schwöre ich dir. Bis heute Morgen Punkt sieben Uhr fand nicht mal eine Zusammenarbeit zwischen Parkers Leuten und meinen statt, was diesen Fall betrifft.«

»Dann darf ich also davon ausgehen, dass du mit den Informationen, die ich dir im Vertrauen über Paige gegeben habe, zu diesem Arschloch hier gerannt bist, um dir eine Zusammenarbeit zu erkaufen?«

Will blieb wie immer ruhig, trotz der harten Anschuldigungen, die nur zur Hälfte gerechtfertigt waren und versuchte es mit Vernunft. »Chogan, hier geht's um zwanzig Morde, die wir Hendriks nicht nachweisen können, was denkst du ...«

»Ich fasse es nicht.« Chogan wirkte ehrlich erschüttert über den Verrat seines Freundes und Parker nutzte den Moment, um das Wort zu ergreifen, nachdem er sich lautstark geräuspert hatte. »Hören Sie, Lieutenant, ich hatte keine Ahnung ...«

Chogan fuhr herum, worauf zehn bewaffnete Beamte einen Schritt nach vorn machten. Der Lieutenant schenkte ihnen keine Beachtung. »Sie kleiner Drecksack haben diesen ganzen Bullshit doch überhaupt erst angezettelt, also halten Sie verdammt noch mal die Klappe oder ich reiße Ihnen Ihr beschissenes Lächeln aus dem Gesicht und stopfe es ihnen in ihr dreckiges Arschloch.«

Parker schnaubte empört, dann richtete er seine Krawatte, die nach wie vor perfekt saß. »Sie wollen mir doch nicht etwa drohen?«, fragte er süffisant und nun war es Chogan, dessen Mundwinkel zuckten. Das Lächeln, das darauf folgte, war so kalt wie das Herz eines Gletschers und als hätte diese eisige Drohung nicht gereicht, flammten grüne Funken in seinen verschiedenfarbigen Augen auf. »Das, Parker, war ein Versprechen und glauben Sie mir, ich mache niemals leere Versprechungen.« Chogan sprach leise, doch der warnende Unterton reichte, um Josy eine Gänsehaut zu bescheren. Hilfe suchend blickte sie zu Will, der wie es schien beschlossen hatte, Chogan gewähren zu lassen. Oder aber er wusste so gut wie sie, dass er gegen eine Mauer aus Granit rannte, würde er sich einmischen.

Parker schluckte, wollte lächeln, verkniff es sich aber im letzten Moment. Bevor er erneut ansetzen konnte, Chogan gegen sich aufzubringen, schneite die Empfangsdame in das Besprechungszimmer. Die Wangen der vollbusigen Blondine waren vor Aufregung und Nervosität stark gerötet und man sah ihr an, dass sie nur ungern in die Nähe des Lieutenants kam. Sie holte tief Luft, bevor sie sagte: »Ich habe Andrew Wright in der Leitung.«

Chogan verkrampfte merklich, während Will nickte, als hätte er diesen Anruf erwartet.

»Stellen Sie ihn durch«, wies Parker an und wedelte mit den Händen durch die Luft. »Und nehmen Sie um Himmels willen den Haufen Wachhunde mit, wenn Sie rausgehen, Christine.«

Sobald sich der Raum geleert hatte, nahmen Josy und Will am Ende des Tisches Platz. Parker tat es ihnen gleich. Nur Chogan blieb stehen und stützte die Handflächen auf der Tischplatte ab, seinen finsteren Blick auf den Telefonapparat gerichtet, als könnte er Wright mit bloßer Willenskraft durch die Leitung hindurch hinrichten.

»Es freut mich, dass Sie dieses Gespräch so kurzfristig einrichten konnten«, ertönte Wrights Stimme, nachdem Parker ihn kurz und bündig begrüßt hatte. »Der Grund für meinen Anruf dürfte Ihnen inzwischen bekannt sein, nehme ich an.«

»Sie sind zu weit gegangen, Andrew«, sagte Chogan in einem unmissverständlichen Ton, worauf eine kurze, unerwartete Pause entstand.

»Lieutenant Stafford, ich hatte sehr auf Ihre Anwesenheit gehofft. Offenbar haben Sie sich sofort auf den Weg gemacht, nachdem Sie meine Nachricht erhalten haben. Sehr schön, das erspart uns allen eine Menge Zeit und Ärger. Ich würde vorschlagen, wir überspringen die Floskeln und gehen sofort dazu über, die Details unseres Deals zu sprechen.«

»Ich will mit Paige reden«, verlangte der Lieutenant.

»Es geht ihr gut«, erwiderte Wright ohne jede Spur von Spott oder Gehässigkeit. »Und es wird ihr weiterhin gutgehen, sofern Sie bereit sind, meine Forderungen zu erfüllen.«

Ein Muskel in Chogans Wange zuckte. »Bevor ich nicht mit ihr gesprochen habe, können Sie sich ihre Forderungen sonst wohin stecken.«

»Also gut«, gab Wright sich geschlagen. Es folgte längeres

Schweigen, in dem die Spannung im Raum fast greifbar wurde. Dann endlich erklang die unsichere Stimme einer Frau. »Chogan? Ist bei dir und Dean alles ... in Ordnung?«

Der Lieutenant schloss kurz die Augen und Josy presste die Lippen aufeinander, sobald sie die Erleichterung erkannte, die er langsam ausatmete. »Ich bin hier, Baby. Dean ist bei Freunden und gut aufgehoben. Wie geht es dir? Hat dir jemand etwas getan?«

»Nein. Ich ... bin okay, bitte mach dir um mich keine Sorgen«, bat sie, doch selbst Josy entging die Bestürzung nicht, die Paige zu unterdrücken versuchte, um Chogan die Situation erträglicher zu machen. Will verzog nun ebenfalls das Gesicht und verschränkte die Arme vor der Brust, als müsste er sich dringend beschäftigen. Es war verdammt noch mal zum Kotzen.

»Hör zu, Baby, ich werde dich da rausholen, sobald es mir möglich ist. Bis dahin will ich, dass du ...«

»Nein, Chogan!«, fuhr Paige ihm dazwischen. »Tu bitte nicht, was man von dir verlangt. Das ist Irrsinn. Niemand weiß, ob Jim wirklich getan hat, was man ihm vorwirft. Bitte, du darfst dich nicht auf diesen Wahnsinn einlassen. Es wird dich ...« Doch weiter kam sie nicht. Etwas, das sich verdächtig nach einer Ohrfeige anhörte, unterbrach den Wortschwall, und Josys Magen krampfte, während Chogan immer ruhiger wurde. Es war eine konzentrierte, gefährliche Ruhe, die schwerer wog als die Wut von vorhin. Will legte die angespannten Unterarme auf den Tisch und sah Parker mit einer Mischung aus Verachtung und abgrundtiefer Abscheu an, bevor er kaum hörbar sagte: »Wenn das hier ausgestanden ist, Parker, werden Sie keinen einzigen Schritt mehr in die Nähe meiner Leute tun oder ich schwöre Ihnen, bei allem was mir heilig ist, ich werde Sie in Stücke reißen.«

Parker, der inzwischen nicht minder entsetzt über die Angelegenheit zu sein schien, wich Wills Blick aus. Er wusste inzwischen sehr genau, welch großen Fauxpas er begangen hatte, als er Wright in das Gespräch einweihte, dass Will und er am frühen Morgen geführt hatten. Parker war lange genug im Geschäft, um zu wissen, dass man einen verzweifelten Vater nicht in Ermittlungen miteinbezog. So etwas ging in neun von zehn Fällen gewaltig schief. Es war bereits eine Frechheit gewesen, Chogan beauftragen zu wollen, einen Mord zu begehen. Eine dritte und völlig unschuldige Person in die Sache zu verwickeln, um ihn unter Druck zu setzen, war unverzeihlich.

»Ich denke, wir haben genug geredet«, ließ Wright verlauten. »Sie haben zwei Tage Zeit, Stafford, um die Sache mit Hendriks zu erledigen. Danach werde ich mich erneut mit Ihnen in Verbindung setzen.«

Dann war die Leitung tot.

Chogan richtete sich auf, ganz der Krieger, zu dem er ausgebildet worden war. »Ich brauche eine Ausrüstung.«

Will erhob sich ebenfalls. Er wirkte jedoch alles andere als einverstanden mit der getroffenen Entscheidung. »Hör mal, Kumpel, ich verstehe wirklich ...«

»Ich habe nicht vor, Hendriks zu töten«, schnitt Chogan ihm das Wort ab. »Ich werde ihn zum Reden bringen.« Damit wandte er sich an Josy. »Du könntest inzwischen für mich rausfinden, wo sich der Chirurg aufhält und Ray bitten, mir einen Grundriss für dessen Haus zu besorgen.«

Josy zögerte. Zu gut wusste sie, was Chogan für diesen Auftrag riskierte. Denn egal wie das Gespräch mit Hendriks endete, der Lieutenant musste dafür alles aufs Spiel setzen, was er sich im letzten halben Jahr hart und mühevoll erkämpft hatte. Seine Ausgeglichenheit. Seinen Seelenfrieden. Aber vor allem die unerschütterliche Selbstkontrolle, für die er Blut geschwitzt hatte, um sie auch nur ansatzweise wiederzuerlangen. Nun sollte er den verhassten, dunklen Teil wieder aufleben lassen, was mächtig schiefgehen konnte. Josy war nicht sicher, wie viel von diesem Mann übrig bleiben würde, wenn er seine Dämonen nicht in Schach halten konnte. Der Gedanke bereitete ihr Übelkeit.

»Josy, hast du mir zugehört?«, fragte Chogan und sie erkannte in seinen Augen, dass egal welche Argumente sie oder Will vorbringen würden, er sich nicht davon abbringen ließe, für das Mädchen, das er liebte, in die Bresche zu springen. Wenn sie ehrlich war: Sie würde für Will nicht weniger auf sich nehmen, also ignorierte sie die mahnenden Blicke ihres Partners und nickte stattdessen. »Wird erledigt.«

»Gut.«

»Ich bewundere Ihren Einsatz, Lieutenant«, mischte sich Parker ein, vorsichtiger diesmal. Anscheinend hatte er kapiert, wie dünn das Eis bereits war, auf dem er wandelte. »Aber darf ich fragen, wie Sie es anstellen wollen, ein Geständnis aus Hendriks rauszubekommen? Meinem Wissen nach sind Ihre sehr begabten Kollegen allesamt an diesem Vorhaben gescheitert.«

»Falls Sie es noch nicht mitbekommen haben. Ich kann sehr überzeugend auftreten. Den Rest lassen Sie mal meine Sorge sein.«

Parker nickte. »Ich weiß, dass Sie zu Cunninghams besten Leuten zählten und ich ...«

Chogan stieß hart den Atem aus. »Sparen Sie sich den Mist, Parker. Mein Ego braucht keine Streicheleinheiten und jetzt besorgen Sie mir die Ausrüstung, um die ich gebeten habe.«

*

Empörung summte in Paiges Körper wie abertausende Bienen, die aufgebracht in ihrer Brust schwirrten. Abscheu hüllte ihren Geist in eine träge rote Wolke, und obwohl ihre Wange noch immer wie Feuer brannte, hielt sie dem Blick des Blonden beharrlich stand. Er war es gewesen, der sie geohrfeigt hatte. Nun stand er neben der Tür und verströmte sein mürrisches Schweigen. Dabei ließ er sie keine Sekunde aus den zusammengekniffenen Raubtieraugen, als würde er nur darauf lauern, sie erneut bestrafen zu können.

Komm schon, du elender Feigling, versuch es doch. Die Flamme in ihrem Inneren glomm so hell, so intensiv, dass sie keinerlei Beklemmung spüren konnte und das, obwohl sie seit Beendigung des Telefonats wieder gefesselt auf ihrem Stuhl saß. Ausgeliefert und allein in einem Raum mit einem Mann, der keinerlei Skrupel kannte, sich an einer Frau zu vergreifen. Die Sorge über dieses Wissen hielt sich in Grenzen. Instinktiv wusste sie, nicht wehrlos zu sein. Nicht mehr. Sie hielt das Glimmen des Lichtes in sich fest wie einen Feuerball, den sie mit aller Macht losschicken würde, sollte dieses blonde Scheusal auch nur versuchen, sich ihr zu nähern. So weit, dass er sie anfassen konnte, würde es nicht kommen.

Der Gedanke, dass man Chogan zu etwas zwang, was er niemals wieder hatte tun wollen, tat sein Übriges, um ihren Groll ins Unermessliche anwachsen zu lassen. Ihr war danach, laut zu schreien, um diesen blonden Mistkerl aus der Fassung zu bringen. Vielleicht würde sie, wenn er auf sie losging, endlich diese bohrende, schier unerträgliche Frustration loswerden, die sie in eisernem Griff hielt wie ein Schraubstock, der sich enger und enger um sie zuzog.

Sie würde Chogan verlieren! Wenn er tat, was man von ihm verlangte, würde es ihn zerstören. Ihn dorthin zurückbringen, wo er gestanden hatte, als sie ihm begegnet war. Am Rand des Abgrundes, wo es nur mehr eines Schrittes bedurfte, um sich aufzugeben. Sie hatte es zu Beginn nicht verstanden. Nicht begriffen, wie viel es ihn kostete, das, was in ihm war, in Schach zu halten. Es zu kontrollieren, damit es nicht die Führung übernahm und jeglichen Funken Menschlichkeit auslöschte.

Seit sechs Monaten kämpfte er verbissen gegen diesen inneren Dämon und die damit verbundene Vergangenheit, damit ihn beides nicht endgültig vernichten konnte. Er hatte versucht, fernab menschlicher Zivilisation seine Ausgeglichenheit zurückzuerlangen, um irgendwie seinen Frieden zu machen und nun wurde er geradewegs zurück in die Hölle geschickt.

Gefühle und Sinnesempfindungen leiteten Chogan, verführten diese dämonische Seite, bis sie mächtig genug war, ihn zu beherrschen. Sobald er der Dunkelheit begegnen würde, die in Jim Hendriks wütete, würde er diesen dunklen Teil nicht mehr kontrollieren können – egal wie eisern sein Wille war. Sie hatte selbst erlebt, wie gewaltig und erbarmungslos Jims Emotionen wirkten. Sie hatten sich durch ihren Körper, durch ihren Verstand gefressen, wie Maden durch den Speck, dabei hatte ihr Licht nicht im Entferntesten so stark reagiert, wie Chogans dunkle Seite es tun würde. Und dann? Was passierte, sobald er Hendriks getötet hatte? Würde er jemals wieder zu dem Chogan werden, zu dem sie nur beschwerlich hatte durchdringen können?

Sie würde keine Antwort darauf erhalten, denn soweit würde es nicht kommen. Den Teufel würde sie tun und zulassen, dass man ihr Chogan wegnahm, ihn aus ihrem Leben riss, das alles andere als lebenswert gewesen war, bevor sie ihm begegnete. Auch wenn er es vielleicht anders auslegen würde, hatte er sie gerettet. In vielerlei Hinsicht. Nun würde sie dasselbe für ihn tun. Eine simple Gleichung, die aufgehen würde. Und sie wusste bereits, wie.

Wenig später wurde die Tür zum Konferenzraum aufgestoßen und Andrew Wright betrat den Raum. Er hatte sein Jackett abgelegt und die Ärmel seines Hemdes bis zu den Ellenbogen hinaufgekrempelt. Sein dichter, silbergrauer Haarschopf sah aus, als hätte er ihn sich gerauft und er hatte den Mund verzogen wie jemand, dem etwas gewaltig gegen den Strich ging. Immerhin, da hatten sie etwas gemeinsam.

»Sie haben gegen unsere Abmachung verstoßen«, erklärte er aufgebracht und stapfte auf sie zu. Die drückenden Schwingungen, die von ihm ausgingen, glichen weniger dem Zorn, der sich auf sie richtete, als unerträglicher Verzweiflung über den Verlust seiner Tochter, die er mit Hendriks Tod begleichen wollte.

Paige verstand seine Beweggründe. Sie verstand sein dringendes Verlangen nach Vergeltung. Sie war Mutter und auch wenn sie Wrights Empfindungen nicht überdeutlich wahrgenommen hätte, hätte sie erahnt, wie elend ihm seit Monaten – seit man Tia entführt hatte – zumute sein musste. Dennoch. Rache würde ihm niemals die Genugtuung bringen, die er sich wünschte, um loslassen zu können. Selbst dann nicht, wenn er Chogan in die Schlacht schickte. Was nicht geschehen würde, solange sie es verhindern konnte.

»Sie machen einen Fehler, Andrew«, sagte Paige bestimmt und bei jedem Atemzug spürte sie, wie ihre innere Flamme heller wurde. Das Summen verstärkte sich, floss heiß bis in ihre Fingerspitzen und erwärmte das Metall des Stuhls, dort wo ihre Hände die Lehnen umfassten.

»Hören Sie auf, mir zu sagen, was richtig oder falsch ist«, fuhr Wright zurück und sein Gesicht nahm einen leichten Rotton an. Paige ließ nicht locker. Sie konzentrierte sich auf ihr Licht und versuchte, es auf ihr Gegenüber zu übertragen. »Wenn Sie zulassen, dass Chogan Jim tötet, sind Sie nicht besser als der Mörder ihrer Tochter.«

»Sie wollen mich mit einem Psychopathen vergleichen? Wie schmeichelhaft.«

»Denken Sie nach, Andrew«, beschwor Paige ihn weiter. »Hätte Ihre Tochter gewollt, dass Sie sich ihretwegen eines Mordes schuldig machen? Dass Sie sich den Rest ihres Lebens ruinieren? Denn nichts anderes tun Sie gerade.«

Wright lachte freudlos auf. »Den Rest meines Lebens ruinieren? Mein Leben ist bereits ruiniert und zwar vollständig! Vor nicht ganz einer Woche habe ich die verstümmelten Überreste meiner Tochter beerdigt und mit ihr meine Frau, die den brutalen Tod unseres Kindes nicht verkraftete. Denken Sie ernsthaft, mich könnte noch irgendetwas erschüttern?«

Vermutlich nicht, dachte Paige und missachtete das spöttische Schnauben des Blonden, der unentwegt den Kopf schüttelte. Dabei musste sie sich zerknirscht eingestehen, dass er zumindest bedingt recht hatte. So würde sie nicht weiterkommen. Zwar konnte sie ihre Gabe nun bewusst wahrnehmen, aber wie sie ihr Licht dazu bringen konnte, auf Wright überzugehen, damit er aufhörte, sich in etwas zu verrennen, davon hatte sie keine Ahnung. Bisher war diese Hitze nur aus ihr hinausgebrochen, wenn ihre Gefühle explodiert waren, was nun nicht passieren würde. Wright stellte keine Bedrohung für sie dar. Er war einfach ein verzweifelter Mann, der weder Ein noch Aus wusste und die erstbeste Entscheidung getroffen hatte, um seine entrückte kleine Welt irgendwie in Ordnung zu bringen. Himmel, er besaß ihr vollstes Mitgefühl, aber sie konnte nicht zulassen, dass durch sein Vorhaben ihre Welt entgleiste.

Zeit für Plan B.

Paige atmete tief durch. »Ich kann es tun. Ich kann Ihnen helfen und Jim Hendriks ein Geständnis entlocken.«

Der Blonde sah sie scharf an, während Wright die Brauen zusammenkniff, doch ehe einer der beiden etwas erwidern konnte, fuhr sie bereits fort: »Das ist es doch, was Sie wollen, Andrew? Jim

Hendriks zur Rechenschaft ziehen. Wenn Sie mich helfen lassen, muss niemand zu Schaden kommen. Sie müssen niemanden losschicken, um für Sie Rache zu üben. Glauben Sie mir, auf meine Weise werden Sie genauso bekommen, was Sie wollen, nur dass Sie weiterhin ein reines Gewissen haben werden.« Und sie die Gewissheit, Chogan nicht an die Dunkelheit zu verlieren.

Andrew Wright setzte sich auf den Tisch neben ihr und sah sie interessiert an. Noch bevor er sich zu ihrem Vorschlag äußerte, wusste sie, ihn am Haken zu haben. »Und wie, wenn ich fragen darf, wollen Sie es anstellen, Hendriks zum Reden zu bringen?«

16. Kapitel

Polizeipräsidium, Colorado

»Auf gar keinen Fall wird sich Paige mit Hendriks treffen!«, herrschte Chogan die Partnerin seines ältesten Freundes an und damit war das Gespräch für ihn beendet. Josy konnte noch so gute Argumente vorbringen, ihm noch so oft sagen, dass Paige jede Sekunde während des Treffens überwacht werden würde. Er würde sich nicht umstimmen lassen. Eher fror die Hölle zu. Im Nachhinein ärgerte er sich maßlos, Josy überhaupt die Chance gegeben zu haben, den Plan zu erläutern.

»Paige will Hendriks unter Druck setzen und zwar mit Informationen, die Niklas Heavers ihr angeblich gegeben hat«, hatte Josy erklärt und ihn daran erinnert, dass er selbst es gewesen war, der Paige auf die Idee gebracht hatte, durch Niklas Heavers womöglich Wissen zu besitzen, das Hendriks in Bedrängnis bringen konnte. »Außerdem wird sie vorgeben, dass Christopher mit ihr und Dean untergetaucht ist. Er hat ihr von dem Deal mit Hendriks erzählt, ihn verraten und die Seiten gewechselt – womit sie durchkommen wird, denn der Chirurg weiß nicht, wie das Zusammentreffen mit Christopher endete.« Natürlich nicht. Immerhin war Chogan es, der die Leiche entsorgt und jegliche Spuren vernichtet hatte, um Paige zu schützen. Dafür, dass Paige diesen Trumpf ausspielen konnte, hatte also auch er gesorgt, dachte Chogan grimmig, und Josy fuhr unbeirrt fort. »Dass Paiges bester Freund sie auf Geheiß von ihrem Ex hätte umbringen sollen, ist bereits eine ungeheuerliche Anschuldigung, die sich jeder Polizeibeamte gern anhören würde. Samt Zeuge hätte Hendriks keine Chance und Paige baut darauf, dass er das weiß. Nach allem, was ihm momentan vorgeworfen wird, wird er mit Sicherheit versuchen, sie davon abzuhalten, die Behörden einzuschalten und da kommen Niklas vorgetäuschte Informationen ins Spiel, die sie ihm verkaufen will.«

»Sie will Geld von Hendriks erpressen?«, fragte Chogan, verblüfft darüber, wie abgebrüht und durchdacht Paige ans Werk ging. Niemals hätte er ihr auch nur im Ansatz eine solche Arglist zugetraut und es machte ihm ehrlich Angst. Was war nur in sie gefahren? Warum wollte sie unbedingt die Heldin markieren? Verdammt noch mal, das war doch völlig idiotisch und lebensgefährlich noch dazu!

»Genau das hat sie vor und wenn ich ehrlich sein soll, die Idee ist wirklich gut. Denk doch mal nach, Chogan. Hendriks hat Christopher eine Million Dollar für den Mord an ihr geboten. Nun gibt sie vor, mit Christopher ein Team zu bilden. Gemeinsam werden sie versuchen, sich für das Wissen von Niklas das Doppelte herauszuschlagen. Hendriks wird drauf reinfallen, das garantiere ich dir.«

Chogan schnaubte. »Und was bitteschön will sie vorgeben zu wissen, das zwei Millionen Dollar wert sein soll? Hendriks ist kein Idiot. Er wird sich nicht auf ein Treffen einlassen, wenn Paige keinen Köder auszuwerfen hat.«

Noch bevor Josy sprach, dämmerte es bereits und Chogan gefror das Blut in den Adern. »Sie wählt seine Adresse in Illinois als Treffpunkt.«

Den Ort, wo man Tias Leiche fand und von dem nur Niklas wissen konnte, wenn er tatsächlich tief genug gegraben hatte.

Scheiße, das würde funktionieren.

Im Geiste führte Chogan den Plan weiter aus. Paige würde sich mit Hendriks auf seinem Anwesen treffen, wo sie ihn aus der Reserve locken musste und zwar mit deutlichen Anspielungen auf das Verschwinden und den Mord von Tia Wright. Die Sache mit dem erpressten Geld müsste bereits ausreichen, um Jim auf hundertachtzig zu bringen, bevor das Treffen überhaupt stattgefunden hatte. Alles, was Paige dann noch tun musste, war, ihn in die Enge zu treiben, bis er derart außer sich war und Einzelheiten über den Mord preisgab, nur um sie abgrundtief zu schockieren. Was er mit ziemlicher Sicherheit tun würde, immerhin hatte Hendriks, was Paige anbelangte, rein gar nichts zu verlieren. Er sowie Josy wussten sehr genau, dass Hendriks dem Treffen nicht zusagen würde, um zwei Millionen Dollar in den Wind zu schießen. Er wollte Paige loswerden und dabei würde es weniger das Geld sein, das sie zum Schweigen bringen würde.

Himmel Herrgott noch mal, was Paige vorhatte, war der reinste Wahnsinn. Mit diesem Treffen sagte sie einem Selbstmordkommando zu. Das konnte sie sich sofort abschminken. Keinesfalls würde Chogan zulassen, dass sie mit offenen Armen mitten ins Verderben rannte.

Das Risiko, dass Paige etwas zustieß, war viel zu hoch und den Preis bei Weitem nicht wert. Diese Sache war schlichtweg indiskutabel. Sollte sich Wright sein Geständnis sonst wohin stecken. So leid es Chogan um dessen Tochter tat, es war nicht Paiges Aufgabe, sich in die Löwengrube zu begeben, damit Andrew sein Gewissen erleichtern konnte. Denn nichts anderes trieb den Abgeordneten an. Er war über zwanzig Jahre damit beschäftig gewesen, sich für die Rechte und Werte anderer Menschen einzusetzen. Sich für Fremde starkzumachen. Was seine Familie betraf hatte der gute Mann sträflich versagt. Genau dort lag sein Problem. Er war all die Jahre blind durchs Leben gerannt und gab sich nun die Schuld am Tod von Tia. Soviel Chogan inzwischen erfahren hatte, war er auf Geschäftsreise gewesen, als das Mädchen entführt wurde und nun dachte er, sein Gewissen reinzuwaschen, wenn er den Schuldigen an den Pranger stellte. Um diesen Schuldigen zu finden, war er sogar bereit, eine unschuldige Person dem Löwen zum Fraß vorzuwerfen. Aber nicht mit Chogan. Keinesfalls würde er zulassen, dass sich Paige mit Hendriks traf. Wenn es sein musste, würde er Wright mit Gewalt zum Einlenken bewegen und Paige notfalls knebeln und fesseln, bis sie sich diesen Schwachsinn aus dem Kopf geschlagen hatte. Morgen Vormittag würden sie sich in einem Hotel in Illinois treffen, dann würde er sich beide zur Brust nehmen.

Chogan schnappte sich seinen Parka, den er über einen der Stühle des Aufenthaltsraumes geschmissen hatte und marschierte auf die Tür zu.

»Wo willst du hin?«, fragte Josy und bemühte sich nicht, ihre Besorgnis zu verbergen. Er tat, als würde er es nicht bemerken. Er brauchte dringend Abstand und niemanden, der in rücksichtsvoller Umsicht um ihn herumtänzelte.

»Einfach nur raus hier.« Die Luft in dem kleinen Pausenraum war inzwischen derart aufgeladen und vollgesogen mit negativen Energien, dass seine Nähe hier drinnen praktisch zur Lebensgefahr wurde. Er musste raus. Musste sich abreagieren, um sein Emotionsbarometer wieder auf null zu fahren. So wie die Dinge sich entwickelten, fühlte er sich entsetzlich unwohl in seiner Haut.

»Und was willst du draußen tun?«

»Nachdenken«, gab er knapp zurück und zog sich seinen Parka über. Chogan hatte die Türklinke bereits in der Hand, als Josys Worte ihm Einhalt geboten.

»Ich fürchte, zum Nachdenken ist es bereits zu spät, Lieutenant.«

Die Art, wie sie diese Aussage machte, stieß ihm einen Dolch in die Brust, und Chogan wandte sich noch einmal um. »Wie meinst du das?«

»Paige hat Hendriks bereits angerufen.«

17. Kapitel

Dienstag, 12. November, Illinois

Es war kurz vor Mitternacht. Das Laken bis zum Kinn hochgezogen, lag Paige im Bett ihres Hotelzimmers und versuchte, endlich einzuschlafen. Vergebens. Das mulmige Gefühl, das sich seit dem Telefonat mit Jim in ihre Magengegend geschlichen hatte, hielt hartnäckig an und das, obwohl inzwischen mehr als 24 Stunden dazwischen lagen. Noch immer hatte sie seine Stimme im Ohr. Schmeichelnd und viel zu charmant, als würde er mit einer Geliebten sprechen. Innerlich schaudernd hatte Paige mitgespielt. Ihm die Führung überlassen. Das war, was Jim brauchte. Den Eindruck, über ihr zu stehen, sie zu steuern, selbst wenn sie es war, die zwei Millionen Dollar forderte. Und es hatte geklappt. Er hatte dem Treffen zugestimmt.

Irgendwie hatte sie gehofft, so etwas wie Genugtuung zu empfinden, weil sie es diesmal war, die Jim in der Hand hatte, wenn auch nur metaphorisch, aber dieses Gefühl wollte sich nicht einstellen. Genauso wenig wie Müdigkeit, die sie herbeisehnte, um Jim wieder aus ihren Gedanken rauszubekommen.

Die unzähligen Besprechungen mit dem *Team Zero* samt einem gewissen Parker, der ein zusätzliches Einsatzkommando zur Verfügung stellte, um das Anwesen während des Treffens zu überwachen, hatten sie den Tag über auf Trab gehalten. Seit sie am Vormittag mit Wright das Hotel erreicht hatte, hatte sie keine Minute für sich gehabt, um ein wenig runterzukommen. Nur das Gespräch am späten Abend mit Dean hatte sie etwas geerdet. Der Junge war in einem Kloster in Colorado, der Unterkunft des *Teams Zero*, untergebracht. Es ging ihm gut. Cass sowie ihr Freund Jeff, die beide ebenfalls zum Team gehörten, kümmerten sich liebevoll um den Kleinen, wofür Paige unendliche Dankbarkeit spürte. Sie besaß nicht mehr die nötigen Nerven, um sich auch noch auf Dean zu konzentrieren oder sich gar Sorgen um ihn machen zu müssen. Es war ihr versichert worden, dass er in guten Händen war und nachdem sie mit Cass und danach mit Dean telefoniert hatte, wusste sie, dass sie diesen Ballast vorerst ablegen konnte.

Blieb nur noch der Druck auf ihrer Brust, den ihr Chogan mit seinem abweisenden Verhalten auferlegte. Als sie im Hotel angekommen war, hatte er sie bereits erwartet. Er hatte die Arme um sie gelegt, sie an seine Brust gezogen und einige Momente festgehalten, nur um sich darauf schweigend abzuwenden. Bisher hatte er kein einziges Wort mit ihr gesprochen.

Paige hatte weder seine Zustimmung erwartet noch dass er ihre Beweggründe verstand, weshalb sie nicht erst zu einer Erklärung ansetzte. Was sie allerdings erwartet oder sich besser gesagt gewünscht hatte, war seine Unterstützung. Dass er sich in seiner Verärgerung über ihren Alleingang einfach zurückziehen würde, war das Letzte gewesen, worauf sie vorbereitet war. Seine Ablehnung tat höllisch weh, fühlte sich fürchterlich an. Dabei sehnte sie sich mit einer Heftigkeit nach seiner Nähe, dass es sie erschütterte. Gott, sie brauchte diesen Mann wie die Luft zum Atmen. Dass es ihm nicht genauso erging, sondern er das, was zwischen ihnen war, einfach ausblenden konnte, machte sie elend.

Aufseufzend warf sie die Decke beiseite und setzte sich an den Bettrand. Das Hotelzimmer war modern eingerichtet mit einem riesigen Doppelbett, einem ausziehbaren Sofa samt stapelweise Kissen und einer angrenzenden Badeoase. Mehr als genug Platz für zwei Personen, aber sie war allein in diesem Zimmer untergebracht. Chogan hatte mit einer Selbstverständlichkeit das Quartier am Ende des Ganges bezogen, als wäre es ihm nicht mal in den Sinn gekommen, mit ihr zusammen die Nacht zu verbringen. Bis in die Haarspitzen deprimiert über diesen Zustand zog sie den Bademantel über ihr Nachtkleid und schlüpfte in ihre Sneakers. Sie musste mit ihm reden. Und zwar sofort, ansonsten würde sie noch durchdrehen. Was er ihr auch zu sagen hatte, sie wollte es hören und sei es eine rüde Abfuhr, dann wusste sie zumindest endlich, wo sie standen und konnte aufhören, sich märchenhaften Illusionen hinzugeben.

Überaschenderweise hielt sich Chogan nicht in seinem Zimmer auf, wo sie ihn nach dem Abendessen verschwinden sehen und nun erwartet hatte. Sie fand ihn allein in der Hotelbar. Die Gäste hatten sich vor Stunden schon zurückgezogen. Der Kellner hatte längst Feierabend gemacht. Die Lounge mit den gemütlichen Sitzbänken und kleinen Tischchen war völlig in Finsternis gehüllt. Nur wenige der Deckenspots waren aktiv und tauchten den vorderen Barbereich in schummriges Licht. Chogan saß am Ende des polierten Tresens, auf einem der Hocker. Nachdenklich schwenkte er ein Glas in seiner Hand, dessen Inhalt wohl aus der halb leeren Whiskeyfalsche stammte, die vor ihm stand. Er schien ihre Anwesenheit nicht zu bemerken und wenn doch, machte er keine Anstalten, darauf zu reagieren. Erst als sie neben ihn trat und die Hand auf seinen Unterarm legte, tat sich etwas in seinem Gesicht. Gequält verzog er seine Lippen. Seine Stimme klang rau, als hätte er bereits mehrere Nächte durchgezecht. »Warum tust du mir das an, Paige?«

Sie öffnete den Mund, schloss ihn jedoch sofort wieder. Seine Frage verwirrte sie. Sein gepeinigter Ausdruck war wie ein Schlag ins Gesicht. Es war pure Sorge, die aus ihm sprach und Paige musste sich eingestehen, sich bisher keine Gedanken gemacht zu haben, wie ihm bei der Geständnissache zumute sein könnte. In dem ganzen Trubel des vergangenen Tages hatte sie nur daran gedacht, wie sie das Treffen mit Jim unbeschadet überstehen konnte – psychisch wie auch physisch. Und davor war sie es gewesen, die sich Sorgen um ihn gemacht hatte. Chogan wirkte auf sie viel zu solide, um anzunehmen, dass er unter irgendwelchen Ängsten einknicken könnte. Selbst in jener Nacht, als er sie bei Christopher gefunden hatte, war er ihr unverwüstlich erschienen. Wie ein Fels, den der stärkste Sturm nicht aus dem Gleichgewicht bringen konnte. Sie hatte gedacht, ihn inzwischen zu durchschauen, doch das gelang ihr offenbar noch immer nicht. Er war viel zu gut darin, seine Empfindungen zu verbergen, um ihr nur dann einen Einblick zu gewähren, wenn er es wollte. Wie jetzt. Wo sie allein waren.

»Es tut mir leid, Chogan. Ich ...«

Zähneknirschend schüttelte er den Kopf. »Lass gut sein, Paige und geh wieder schlafen.« Es klang eher wie eine Drohung als ein gut gemeinter Ratschlag. Er nahm das volle Glas und trank den

Inhalt in einem Zug aus, bevor er es vernehmbar auf dem Tresen abstellte, als täte er sich ungeheuer schwer, seine Verärgerung nicht ungehindert auf sie loszulassen. Unerwartet wallte auch in ihr Ärger auf. Wie oft wollte er dasselbe Spiel weiterspielen? Sie wegschicken? Sie von sich stoßen? Sie ausschließen? »Ich habe gehofft, auf dich zählen zu können, Chogan«, fuhr sie ihn an und fühlte, wie sie von heftiger Verzweiflung über sein kindisches Verhalten durchwirbelt wurde. Am liebsten hätte sie ihn an den breiten Schultern gepackt und ordentlich gerüttelt, damit er endlich aufwachte und kapierte, dass das nicht ewig so zwischen ihnen weitergehen konnte. Sie wollte ihn. Sie brauchte ihn. Aber diese ewigen Rückzüge würden sie auf Dauer kaputt machen. Er sollte es erfahren. Spüren, wie elend ihr gerade zumute war und zwar mit jedem Wort, das sie ihm nun lautstark an den Kopf knallte. »Du hast versprochen, für mich da zu sein und das alles mit mir durchzustehen. Du hast es mir versprochen! Doch scheinbar zählt dein Versprechen heute nicht mehr oder eben nur zu deinen Bedingungen. Okay, kapiert, Lieutenant! Du willst, dass ich gehe? Gut, dann gehe ich eben! Denn ich werde deine Bedingungen nicht erfüllen.«

Sie machte auf dem Absatz kehrt, als Chogan sie plötzlich von hinten packte, um sie zwischen seine Beine zu ziehen. Sie sah es nicht, aber sie wusste, dass seine Augen Funken sprühten. Mit einem Mal verpuffte ihr Ärger und sie fühlte sich winzig im Käfig seiner gestählten Arme, während sein Herz in wildem Stakkato gegen ihren Rücken hämmerte. Er war außer sich und sie hatte wieder mal nichts Besseres zu tun gehabt, als ihn auch noch herauszufordern. Mist, verdammter! Offenbar wurde sie selbst kein bisschen klüger aus Erfahrung.

»Du rennst mit offenen Armen in den Tod, Paige und bittest mich, dabei zuzusehen? Das kannst du nicht von mir verlangen«, knurrte Chogan und sie schloss die Augen, als er rüde die Bänder ihres Bademantels öffnete, um seine Hand unter ihr Nachthemd und über ihren bebenden Bauch gleiten zu lassen. Seine raue Handfläche war glühend heiß. Er versengte sie nahezu, überall dort, wo er sie berührte. »Was ist es, das dich antreibt? Die

Gefahr? Ist es das, was du suchst? Den Kick? Dafür brauchst du Hendriks nicht. Das kannst du auch von mir haben«, sagte er mit einer zornigen Kälte, die sie ehrlich ängstigte, während er mit einem Ruck ihr Höschen zerriss, um es achtlos auf den Boden zu werfen. Ungewollt wallte tosende Hitze in ihrem Unterleib auf. Ihre Reaktion erschütterte sie. Sie war wütend. Sie fühlte sich mies. Ihre Knie zitterten angesichts Chogans derben Verhaltens und dennoch wurde sie für ihn feucht. Großer Gott, das war doch nicht normal! Niemand sollte eine solche Macht über sie besitzen, auch Chogan nicht. Doch egal wie sehr sie dagegen ankämpfte, das flüssige Feuer in ihrem Körper breitete sich weiter aus, als würde es seiner Hand folgen, die über die Innenseite ihres Schenkels nach oben strich.

»Hör auf damit, Chogan.«

»Womit? Dir Angst zu machen? Wie denkst du, fühle ich mich, seit ich erfahren habe, was du vorhast?«

»Ich ... weiß es nicht«, gab sie zu und biss sich auf die Unterlippe, als seine Hand ihre Scham erreichte, um von dort aus ein Stückchen tiefer zu gleiten, wo seine Finger verharrten, um sanften, kreisenden Druck auszuüben.

»Es macht mich wahnsinnig«, raunte er ihr zu und sein Atem, der leicht nach Whiskey roch, streifte ihre Wange. »Meine Angst um dich macht mich verrückt, raubt mir das letzte bisschen Verstand und alles, was du dazu zu sagen hast, ist, dass ich mein Versprechen nicht einhalte?«

Innerlich zuckte sie zusammen. Oh Gott! Es stimmte. »Das wollte ich nicht. Ehrlich, Chogan, es tut mir leid, so habe ich das nicht gemeint«, versuchte sie etwas zu rechtfertigen, was nicht zu rechtfertigen war, aber er hörte ihr ohnehin nicht zu.

»Wenn ich dich verliere, Paige ... Wenn Hendriks dir morgen etwas antut, dann Gnade ihm Gott, werde ich nichts von ihm übrig lassen, das es wert wäre, in die Hölle geschickt zu werden.« Ein leises, raues Wispern, in dem weniger Wut als ungeheure Verzweiflung mitschwang. Paige musste einige Male schlucken, um den dicken Kloß in ihrem Hals runterzubekommen. »Es wird mir nichts passieren. Ich kriege das hin. Ganz bestimmt. Bitte vertrau mir.«

Chogan antwortete nicht. Stattdessen presste er seine vernarbten Lippen an die Stelle unterhalb ihres Ohrs, was sie gegen ihren Willen zum Aufstöhnen brachte. Sie sank gegen seine Brust. Ihre Lider schlossen sich flatternd. Jeder Versuch auf Gegenwehr wäre zwecklos gewesen und Chogan wusste, welch leichtes Spiel er mit ihr hatte. Es ging ihm nicht viel anders, wie sie bemerkte. Hart drängte sich seine Erektion gegen ihre Hüfte. Sein Arm, der um ihren Brustkorb lag, hielt sie fest, während er das Streicheln zwischen ihren Beinen intensivierte. Sachte drängten seine Finger zwischen ihre Schamlippen, öffneten sie und drangen ein Stück in die feuchte Hitze ihres Schoßes. Pochende Lust überschwemmte sie. Ein so heftiges Verlangen nach diesem Mann, dass ihr schwindlig wurde.

»Du musst es nicht tun, Paige.«

»Ich weiß«, murmelte sie.

»Du könntest samt Dean mit mir kommen und bei mir bleiben«, flüsterte Chogan weiter und zog eine Spur aus Küssen über ihren Hals. Seine Finger zwischen ihren Schenkeln nahmen einen sehr aufreizenden Rhythmus an, drängten vor und wieder zurück, wobei sein Handballen immer wieder gegen ihren Lustpunkt stieß, was kleine, köstliche Stromstöße durch jeden ihrer Nervenbahnen schickte. Das Reden wurde beschwerlich. Immer weiter sagte sich ihr Verstand von ihrem Körper los, um einzutauchen in das Meer aus prickelnden Impulsen, die Chogan ihr entlockte.

»Zusammen könnten wir alles hinter uns lassen, Baby. Jetzt gleich«, beschwor er sie und biss ihr sachte in die Schulter. Zusammen mit der Stimulation seiner Finger in ihrem Inneren, wurde selbst das Denken zu einem Ding der Unmöglichkeit. Alles, was ihre innere Stimme noch hergab, war: Mehr! Mehr von diesem Mann. Mehr von seinen geschickten Händen. Seinen Lippen, auf ihrer erhitzten Haut. Seinen Zärtlichkeiten. Um für wenige Augenblicke zu vergessen, worüber sie gerade sprachen.

»Ich ... kann nicht.«

»Wieso nicht?«

»Weil ich nicht immer ... davonrennen kann. Ich muss ... das tun.« Um dich zu schützen, fügte sie im Geiste hinzu. Aber auch für sich selbst, um ein für alle Mal mit Jim abzuschließen. Um danach das nächste Kapitel in ihrem Leben aufzuschlagen, für das eine neue Geschichte verfasst wurde. Eine, die vielleicht ein Happy End für sie bereithielt.

»Ich hätte getan, was Wright wollte. Du hättest es nicht verhindern dürfen«, sagte Chogan und sie wurde sich gewahr, wie er die Knöpfe seiner Jeans öffnete, nachdem er von seinem Hocker gestiegen war. Dass sie sich mitten in der Hotelbar befanden, schien ihm entgangen zu sein. Um der Wahrheit Genüge zu tun: Es war auch ihr völlig egal. Sie war trunken vor Begierde. Die Welt um sie längst entrückt. Reduziert auf ihre Erregung, die in heißen Strömen durch ihren Körper rieselte und ihre intimsten Stellen küsste, wie Chogans Mund, der die Linie ihres Kiefers nachzeichnete.

Sie hätte sich am helllichten Tag mitten in einem Park befinden können, in diesem Augenblick wäre sie nicht mehr fähig gewesen, kehrtzumachen. Alles, was sie noch schaffte, war, zu einer Erwiderung anzusetzen: »Es ist mein Kampf, nicht der deine.« Und sie würde ihn gewinnen. Diesmal würde sie über ihre Ängste und Jim siegen. Ein für alle Mal. Danach würde sie frei sein. Befreit von den Fesseln der Vergangenheit und bereit, einen neuen Weg zu gehen. Mit dem Mann, dem sie ihr Herz geschenkt hatte.

Zur Antwort drängte Chogan sie gegen den Tresen und drang in sie ein. Die Hitze, die zwischen ihren Körpern entstand, verschlug ihr den Atem. Immer tiefer tauchte er in sie, um dann in einen langsamen, behutsamen Takt zu verfallen, als wollte er jedes Eins werden bis zur Neige auskosten.

Paige erzitterte vor Begehren. Verlor sich in einem Wirbel aus glühender Lust und tiefer Zuneigung für diesen Mann, der sie festhielt, als spürte auch er den Wunsch, nie wieder loszulassen. Der sie an seine Brust presste und ihr zärtliche Worte zuflüsterte. Ihr sagte, sie zu brauchen, sie nicht verlieren zu wollen, sie nie wieder gehen zu lassen, weil sie zu ihm gehörte. Und ja, sie gehörte zu ihm, wie er zu ihr gehörte.

Minuten später verharrten sie noch in derselben Position und sie genoss Chogans Umarmung und den stillen Moment des Nachglühens, bis jemand diesen Moment empfindlich störte. Chogan versteifte sich bereits, noch ehe sie sich des Eindringlings bewusst wurde. »Ähm ... Entschuldigung«, tönte eine unsichere Männerstimme durch den Raum. »Sie, ähm, wissen nicht zufällig, wo hier der Nachtportier abgeblieben ist?«

»Herrgott noch mal, raus hier!«, donnerte Chogan und raffte den Bademantel um sie zusammen, als wäre seine Nacktheit ab Hüfte abwärts völlig nebensächlich. Paige konnte sich ein Kichern nicht verkneifen. »Damit wäre die Erinnerung an diese Nacht auch gesichert.« Für den Kerl ebenso, der den Anblick von Chogans Knackarsch bestimmt im Gedächtnis behielt.

»Ich hätte mich auch ohne diesen Blödmann daran erinnert«, retournierte Chogan bei Weitem weniger amüsiert, drehte sie zu sich um und küsste sie auf die Stirn. »Du wirst dir dein Vorhaben nicht doch noch ausreden lassen?«, fragte er und sah sie aufmerksam aus seinen verschiedenfarbigen Augen an, in denen sie nichts als Zuneigung erkannte. Sein Blick erwärmte ihr Herz und sie hätte nichts lieber getan, als wieder in seine Arme zu sinken, um jeden Gedanken an morgen auszublenden. Dennoch sagte sie: »Ich fürchte nicht, nein.«

Chogan atmete aus, dann nickte er. »Du bist die störrischste, dickköpfigste und unbelehrbarste Frau, die ich jemals getroffen habe, habe ich dir das schon mal gesagt?«

»Darf ich mich jetzt geschmeichelt fühlen?«

»Wenn sich hier einer geschmeichelt fühlen darf, bin es wohl ich, nachdem du mich noch immer willst, obwohl ich noch unmöglicher sein kann als du.«

Paige lächelte, dann wurde sie wieder ernst. »Wirst du morgen da sein?«

Liebevoll strich Chogan ihr eine Haarsträhne aus dem Gesicht. »Ich werde da sein, Paige. Ich werde immer da sein, solange du mich willst.«

18. Kapitel

Mittwoch, 13. November

»Bist du bereit?« Chogan, der wie der Rest des umherschwirrenden Teams dunkle Einsatzkleidung trug, hielt sie an den Schultern fest und sah ihr in die Augen. Ihr war klar, dass er sie beim geringsten Anzeichen von Schwäche nicht gehen lassen würde, also nickte sie und bemühte sich, Entschlossenheit auszustrahlen. »Ich bin bereit.«

»Du trägst deine schusssichere Weste?«, wollte er weiter wissen und tastete unter dem Blazer des Hosenanzuges über ihren Brustkorb, wo er fand, wonach er suchte. »Also gut«, meinte er mehr zu sich selbst und warf einen kurzen Blick zu den anderen, wohl um zu sehen, wie weit das Einsatzkommando mit den Vorbereitungen war, bevor er sich wieder auf Paige konzentrierte. »Du hältst dich an die Abmachungen, hörst du? Komm bloß nicht auf dumme Ideen. Du musst niemandem etwas beweisen, Baby. Am allerwenigsten mir. Ich weiß, wie tapfer du sein kannst und ich bewundere dich für deine Courage, das hier durchzuziehen, auch wenn es mir nicht gefällt. Aber wie die Sache mit Hendriks ausgeht, ist mir ehrlich gesagt schnuppe. Alles, was ich will, ist, dich da heil wieder rauszubekommen. Ich und auch Dean. Wir brauchen dich.«

Trotz der enormen Anspannung, die sie unter dem Deckmantel aus gespielter Selbstsicherheit verbarg, stahl sich ein Lächeln in ihre Mundwinkel und Wärme in ihr Herz. »Ich werde da heil rauskommen. Versprochen. Du und das *Team Zero* werdet da sein und auf mich aufpassen. Mir kann also überhaupt nichts passieren.«

Chogan hatte darauf bestanden, zusammen mit Josy in einem Zivilfahrzeug das Taxi zu verfolgen, das ebenfalls von einem FBI Agenten gefahren wurde und das sie zu Jims Villa brachte. Am Vormittag bereits waren im Wald hinter dem Anwesen Scharfschützen positioniert worden, die das Haus observierten. Darüber hinaus würde sich Josy während dem Treffen in Paiges Verstand einklinken und dem Einsatzkommando sowie Chogan ein Zeichen geben, um einzuschreiten, sollte Jim sie angreifen. Somit war der

Ablauf des Treffens zu jedem Zeitpunkt überwacht. Diese Tatsache samt der Gewissheit, von William Turner gut auf das Gespräch mit Jim vorbereitet worden zu sein, gab ihr die nötige Sicherheit, die sie brauchte, um sich von Chogan zu lösen und in das Taxi zu steigen. Sie schaffte es außerdem, sich nicht anmerken zu lassen, welch großen Respekt ihr die Situation trotz aller Vorsichtsmaßnahmen abnötigte.

*

Chogan spürte Paiges Unsicherheit körperlich. Beklemmung, auch wenn sie sie zu unterdrücken versuchte, ging in pulsierenden Wellen von ihr aus, die ihn wie Schläge mitten ins Gesicht trafen. Alles schrie in ihm, sie nicht gehen zu lassen. Sie nicht in dieses Taxi steigen zu lassen, das sie in die Nähe des Mannes bringen würde, der ihr bereits genug Schaden zugefügt hatte. Er hatte das dringende Bedürfnis, sich Paige über die Schulter zu werfen und zurück in das Hotelzimmer zu schleifen, in dem sie die Nacht verbracht hatten.

Er tat nichts dergleichen. Stattdessen ließ er ihre Hände los und sah zu, wie sie in den Wagen stieg, ein aufmunterndes Lächeln auf den viel zu blassen Lippen, das nicht im Geringsten beruhigend wirkte.

Die Ahnung, gerade einen folgenschweren Fehler zu begehen, traf ihn mit der Wucht eines Güterzugs. Seine Brust wurde eng und ihm brach der kalte Schweiß aus, sobald das Taxi außer Sichtweite war. Außer Reichweite. Außerhalb seines Einflussbereiches.

Scheiße!

»Können wir?«, fragte Josy und riss ihn aus der Betäubung. Wie ferngesteuert folgte Chogan ihr zu dem Audi, der für sie bereitstand und setzte sich hinter das Steuer. Nun hatte er gut dreißig Minuten Zeit, sich an seinem Elend zu ergötzen. Bis das Schicksal seinen Lauf nehmen und ihn endgültig verdammen würde.

*

Es war das Geisterhaus aus ihren Träumen.

Bestürzt und zugleich perplex stand Paige da und starrte die pompöse Villa in griechisch-italienischem Stil an, die vor ihr aufragte. Mit den imposanten Säulen, die von Efeu umrankt wurden und den mannshohen Sprossenfenstern, die hohe Bögen beschrieben, thronte die Villa wie eine erhabene Königin zwischen den knorrigen Eichen, die sich mit ihren langen Ästen vor ihr zu verneigen schienen. Dicke, von Moos bewachsene Wurzeln ragten aus der Erde, schlängelten sich wie Lianen über den Boden auf den Eingang des Hauses zu, als wollten sie dem Besucher den Weg weisen.

Nur hereinspaziert ...

Sie unterdrückte ein Frösteln und mühte sich ab, den schaurigen Anblick und den Schreck zu verdauen, der sie heimgesucht hatte, sobald sie aus dem Taxi gestiegen war.

Wie war so etwas möglich? Wie hatte sie über Jahre von einem Haus träumen können – noch vor Jim – das sie noch nie in ihrem Leben gesehen, geschweige denn betreten hatte? Dabei bestand kein Zweifel. Es war das Haus aus ihren Träumen. Exakt dasselbe. Und sie erlag auch im Wachzustand dem Eindruck, das Haus würde sie aus seinen dunklen Fenstern wie aus weit aufgerissenen Augen anstarren. Die trübe Jahreszeit, die alles in ein bedrückendes Grau tauchte und der kalte Wind, der wie Eisfinger an ihrem Haar zerrte und die kahlen Äste der Eichen zum Ächzen brachte, trug wesentlich zum Anschein bei, mitten in einen Gruselfilm geraten zu sein. Einem äußerst bizarren Gruselfilm, bei dem sie nicht mitwirken wollte.

Aber sie konnte nicht einfach kehrtmachen. Diese Blöße konnte sie sich nach allem, was sie auf sich genommen hatte, um das hier durchzusetzen, nicht geben. Es ging einfach nicht. Statt umzukehren und Hals über Kopf das Weite zu suchen, wonach es sie mit jeder Faser ihres Seins verlangte, gab sie sich einen Schubs und setzte sich in Bewegung. Dabei fragte sie sich, ob Josy nicht nur durch sie sehen, sondern auch ihr wachsendes Unbehagen wahrnehmen konnte. Ihr Zögern jedenfalls konnte nicht unbemerkt geblieben sein.

Der Kies knirschte unter ihren Schuhen, war jedoch neben dem Säuseln des Windes das einzige Geräusch, das sie begleitete. Es war sehr still hier draußen. Bedrückend still und unheimlich, trotz des Wissens, von unzähligen Beamten beobachte zu werden.

Um das Haus führte ein Säulengang. Der aufdringliche Geruch nach wildem Efeu und tiefgrünem, feuchtem Moos, das sich auf den Steinplatten zu ihren Füßen wie ein Parasit festgesetzt hatte, war ihr ebenso vertraut wie die aus Holz geschnitzte, massive Eingangstür, die einem Torbogen ähnelte. Sie stand einen Spaltbreit offen, wie um Paige zu locken und es funktionierte, wenn auch aus anderen Gründen, die schlagartig ihre Aufmerksamkeit verlangten.

Engelsstatuen.

Auf kniehohen, mit Stuck verzierten Säulen standen geschätzte zwanzig Stück, die das Foyer zu beiden Seiten säumten. Leblose, weiße Augen blickten ihr entgegen, als hätten die Engel gerade ihre Köpfe gewandt, um den Eindringling zu studieren. Es war eine wahre Herausforderung, die heftige Reaktion auf diesen Anblick zurückzudrängen. Ein »*Das gibt es doch nicht*«, blieb ihr im Hals stecken, während eisige Finger auf ihrer Wirbelsäule Piano spielten.

Sie hätte darauf vorbereitet sein können. Nein, müssen. Jim hatte ebensolche Barockengel auch in Ohio gesammelt, warum also nicht auch welche hier vorfinden? Das Problem war nur, dass Jim grundsätzlich Unikate sammelte. Jede Engelsfigur war handgemacht und unterschied sich wesentlich von der anderen. Dennoch erkannte Paige jede der Figuren wieder. Sie hatte sie schon einmal gesehen. In diesem Haus. In ihren Träumen.

Die detailgetreuen Übereinstimmungen waren skurril. Noch skurriler war der Fakt, dass diese Skulpturen in ihren Träumen lebendig waren. Sie streckten die kleinen Hände nach ihr aus, öffneten die winzigen Münder wie zu einem Schrei, während Paige mit rasendem Puls über den glänzenden Marmor hastete, um dieses namenlose Dunkel zu finden ...

Auf makabre Weise von den Figuren angezogen, machte sich Paige von der Benommenheit los und ging ein paar Schritte vorwärts, hinein in das Haus. Was sollte das alles? In welch perfides Spiel war sie hineingeraten? Langsam und sorgfältig darauf bedacht, jede mögliche Bewegung der Engel zu bemerken, schritt sie über den dunkelroten Läufer, der in der Mitte der Halle auf die ausladende Treppe zuführte.

Nichts bewegte sich. Alles blieb reglos. Steinern. Wie konnte sie auch bloß auf die bescheuerte Idee kommen, diese Engel könnten ihre Position verändern? Sich bewegen? Die Arme nach ihr ausstrecken? Das waren Steine! Himmel noch mal, Paige! Jetzt werde doch endlich mal ...

Du solltest nicht hier sein ...

Du musst wieder gehen, Paige ...

Darfst nie wieder kommen ...

Verlasse diesen Ort ...

Paige hielt inne und lauschte dem beschwörenden Flüstern aus ihren Träumen. Den flehenden Stimmen, die auch in Ohio vor großem Unheil gewarnt hatten. Zum ersten Mal erlaubte sie sich, sie bewusst wahrzunehmen. Sie nicht aus ihrem Kopf zu verbannen, sondern die Sinnesempfindungen zuzulassen, die sie nach wie vor ungeheuer ängstigten, einfach, weil sie nicht in die Realität zu gehören schienen. Paige schlang die Arme um ihren Körper. »Wer seid ihr?«

Wir sind Licht ...

Wie du, Paige ...

Aus reiner Liebe erschaffen ...

Um zurück ins Licht zu gehen ...

Das hier war nicht Licht. Was sie hier fühlte, war Dunkelheit. Eine düstere, drückende Atmosphäre, die das Innere des Gebäudes bis in jedes Versteck erfüllte. Ein Grab, schoss es Paige durch den Kopf. Das Grab der toten Mädchen. Diese Stimmen ... Es waren ihre Seelen, die in diesem Haus verweilten. Doch, warum? Was hielt sie gefangen?

Hör auf, Fragen zu stellen ...

Du willst die Antworten nicht wissen ...

Es bringt dein Verderben ...

Geh ...

Oder er wird dich töten ...

»Oh mein Gott.« Paige konnte förmlich fühlen, wie sie kreidebleich wurde. Sie fasste sich an den Hals. »Wer? Von wem redet ihr?« Stille. »So antwortet doch. Sagt mir, warum ich euch hören kann. Wieso ich euch fühlen kann.« Wieder keine Antwort. »Ich könnte euch helfen, nicht wahr? Deshalb kann ich euch wahrnehmen, weil ich ... ein Lichtbringer bin«, sagte sie und es fühlte sich nicht halb so seltsam an, es auszusprechen, wie sie vermutet hatte. Ein Lichtbringer. Ein Mensch, der reine Liebe brachte, hatte Chogan ihr erklärt. Aber was bedeutete das? Sie wusste es nicht und nun ärgerte sie sich über alle Maßen, Chogan nicht die letzten Nächte ausgequetscht zu haben, bis ihr Wissensdurst befriedigt war. Im Moment hätte sie all diese Antworten dringend gebraucht, um zu verstehen, was hier vor sich ging. Wozu ihre Gabe fähig war und was sie damit erreichen konnte, wenn sie sie einsetzte.

Es ist deine Bestimmung ...

Seelen zu erlösen ...

Sie ins Licht zu begleiten ...

»Wie?«, fragte Paige. »Wie kann ich euch ins Licht begleiten?«

Du musst die Dunkelheit finden, die uns bannt ...

Und sie zerstören ...

Bevor sie dich zerstört ...

Wo um Himmels willen sollte sie nach dieser Dunkelheit suchen? An diesem Ort schien es nichts Lichtes zu geben, nur Düsterkeit und diese war überall. Unvermittelt fiel ihr Blick hinter die Treppe, die den Eingangsbereich dominierte. Auf der Rückseite erkannte sie eine Nische, in die eine hohe, dünne Stahltür eingelassen war, verziert mit verschnörkelten Ornamenten. Ein langer, antik wirkender Schlüssel steckte im Schloss, als wartete er darauf, benutzt zu werden. Bevor sie auch nur einen Gedanken an mögliche Konsequenzen verschwenden konnte, ging sie bereits auf diese Tür zu, die eine ungeheure Anziehungskraft ausübte. Wie süße Geheimnisse auf ein kleines Kind.

Nicht, Paige ...

Es ist zu stark ...

Viel stärker als du ...

Kehre um ...

Es war nicht möglich, umzukehren, denn je näher sie der Tür kam, desto einflussreicher wurde der Sog, der ihr den Willen zu entziehen schien. Wie in Trance setzte sie einen Fuß vor den anderen, griff nach dem Schlüssel und musste ihn nur einmal kurz kippen, damit das Schloss aufsprang, das nicht abgeschlossen war. Mit einem leisen Klack trennten sich die beiden Flügel ein Stück voneinander. Ihre Finger glitten zwischen den Spalt und sie zog einen der beiden Flügel auf. Dahinter führte eine schmale Steintreppe in die Tiefe. Es war jedoch nicht der Blick in das schwarze Kellerloch, der Paiges Kehle plötzlich eng werden ließ.

Kaum war der Zugang geöffnet, sank die Temperatur rapide ab. Eine Gänsehaut überzog ihren Körper. Ihr war, als würde eine flüsternde Eisböe aus dem Kellerloch strömen, was die ohnehin beklemmende Atmosphäre verdichtete; wie kühler, schwarzer Rauch, der sich wie ein Leichentuch über das Anwesen legte. Kälte drang in sie, rauschte durch ihren Körper, bis sie glaubte, etwas in sich einrasten zu spüren – ein Zahnrad, das sich in das nächste verkeilte, um sich weiterzudrehen.

Nein, nicht vorwärts. Mit einem Mal fühlte sie sich zurückversetzt in ihren Traum, der sie seit vielen Jahren begleitete. Wie aus weiter Ferne sah sie sich dabei zu, wie sie den Lichtschalter neben der Tür umlegte. Fackelähnliche Lampen, die an den glatten, braunen Wänden des Kellerabgangs hingen, spendeten trübes Licht und warfen wabernde Schatten an die Lehmwände gegenüber, die wie Schlangenzungen bis zur Decke emporleckten.

Paige betrat die Stufen. Folgte ihnen in den Keller, wo sie kurz innehielt. Keine Fenster. Nur nackte Glühbirnen, die an Drähten von der Decke hingen und ihr den Weg wiesen. Es roch nach Erde. Feucht, moderig.

Sie sah sich um, betrachtete den endlos erscheinenden Gang, von dem aus mehrere Räume abgingen. Es war das letzte Kellerabteil, zu dem es sie unaufhaltsam hinzog.

Hier lauert die Gefahr, Paige ...

Kehre um ...

Bevor es dich findet ...

Nun mischte sich auch Chogans Stimme unter die körperlosen. Er beschwor sie, sofort Halt zu machen. Wieder hinaufzugehen. Auf der Stelle den Keller zu verlassen. Doch Paige konnte nicht. Ein irrationaler Zwang hatte sie erfasst. Sie konnte das Dunkel spüren, dass dort hinten auf sie lauerte und sie hatte das perfide Bedürfnis, diesem Dunkel zu begegnen. Instinktiv versuchte sie noch, sich dagegen aufzulehnen, sich an Chogan und den Stimmen festzuhalten, doch sie war machtlos gegen den Drang, sich vorwärtszubewegen. Sich hineinfallen zu lassen in die dunkelsten Gewässer, die auf ihrem blass schimmernden Grund ein düsteres Geheimnis bargen.

Der erdige Boden federte ihre Schritte. Sie fühlte sich seltsam leicht, als würde sie schweben. Losgelöst von ihren Empfindungen, von jeglicher Furcht und wie betäubt, zog es sie durch den schwach beleuchteten Kellergang.

In diesem Moment hörte sie es.

Ein Ächzen. Ein geplagtes Aufstöhnen, das von Schmerz und ungeheurer Qual erzählte. Ein irritierendes Geräusch, das den Nebelschleier wie eine Klinge zerschnitt und Paige aus dem bizarren Sinnesrausch riss. Eine schreckliche Ahnung rieselte über ihren Rücken, traf sie mitten ins Herz und brachte die kleine Flamme in ihrer Brust zum Brennen. Paige straffte sich, beschleunigte ihre Schritte, bis sie die letzten Meter rannte, um zu dem Raum zu gelangen – wo sie abrupt stehen blieb.

Etwas, worauf nichts auf dieser Welt sie hätte vorbereiten können. Ein Andreaskreuz war in die gegenüberliegende Wand geschlagen. Und daran hing ... ein Mann. Ein grausam zugerichteter Mann, den sie viel zu gut kannte und für den sie niemals gedacht hatte, so etwas wie Mitgefühl empfinden zu können. Nun empfand sie es, neben so vielem mehr, das sie mit aller Macht niederdrückte. Entsetzen in seiner reinsten Form wollte ihr den Magen nach außen stülpen, bis sie Galle schmeckte. Fassungslos stand sie da und klammerte sich an den Rahmen der Eisentür, während sie versuchte, das fürchterliche Bild zu verdauen, das sich ihr bot.

»Um Himmels willen, Jim, was ...?« Fast unmerklich wiegte dieser den Kopf, als würde es ihn unendlich viel Kraft kosten. Er war nackt. Sein Körper von Blutergüssen, Stichen und Verbrennungen übersät. Die Arme gestreckt, die Beine gespreizt, war er an das Kreuz fixiert, was an eine zu Fleisch gewordene, geschundene Jesusstatue erinnerte. Blut tropfte aus unzähligen Wunden auf das Plastik, mit dem der Raum ausgelegt war. Der aufdringliche Blutgeruch sowie der Geruch nach verbranntem Fleisch bereiteten ihr zusätzliche Übelkeit, waren jedoch nichts gegen den bestialischen Anblick.

»Gott, was ist geschehen?« Sie ging auf Jim zu. Langsam. Ihre hektischen Gedanken, die das hier zu begreifen versuchten, hinkten hinterher. Da bemerkte sie, dass er etwas zu sagen versuchte, zu sehr war sie auf das Entsetzen konzentriert gewesen, das ihr Licht in einen reißenden Hitzestrom verwandelte und das Summen in ihrer Brust verstärkte, bis sie zu glühen glaubte.

»Nicht ... Paige ... er ...«

Ihre Nackenhaare sträubten sich, noch ehe Jims Krächzen verebbt war. Ihr Herz geriet ins Stolpern, hörte für eine kleine Ewigkeit auf zu schlagen, sobald der metallische Klang der zuschlagenden und sich verriegelnden Eisentür durch ihr Bewusstsein hallte. Wie in Zeitlupe drehte sie sich um, um in die seelenlosen Augen von Jims Abbild zu blicken.

»Schön, dass du gekommen bist, Täubchen.«

*

»Verflucht, Ray! Sag, dass das nicht wahr ist«, rief Josy in das Handy und rannte Furchen in den Boden neben dem Einsatzwagen.

»Es ist eine Mutmaßung, Josy«, erwiderte Ray sachlich. »In den Unterlagen des inzwischen verstorbenen Arztes, der die alte Mrs Hendriks vor über achtunddreißig Jahren betreute, wird auch nur gemutmaßt. Es existiert ein Ultraschallbild aus den ersten Schwangerschaftswochen, aber darauf ist nur schwer zu erkennen, ob es sich tatsächlich um Zwillinge handelt. Danach gab es keine weiteren Untersuchungen durch diesen Arzt und auch durch keinen anderen. Laut Geburtenbucheintragung gibt es nach wie vor nur ein Kind, das sie in Illinois geboren hat.«

»Jetzt sag schon endlich, was los ist«, verlangte Will, der neben ihr hermarschierte.

Josy klappte das Handy zu. »Es könnte zwei von Jims Sorte geben«, sagte sie und schickte einen Fluch hinterher, da sie diese Möglichkeit zwar zu Beginn ihrer Untersuchungen in Betracht gezogen, aber dank der Geburtenbucheintragung hatten ausschließen können. »Ist das Einsatzkommando bereits drinnen?«

»Ja, zusammen mit Chogan«, erwiderte Will und packte sie an den Schultern. »Wie viele Personen halten sich in dem Haus auf, Josy?«

Seit Paige die Kellertür geöffnet hatte, war der mentale Kontakt zu ihr abgebrochen. Josy konnte sie nicht mehr spüren. Sie konnte niemanden spüren.

»Ich weiß es nicht.«

*

Verdammte Scheiße, das war doch überhaupt nicht möglich! Mit seinem gesamten Gewicht wuchtete sich Chogan gegen diese vermaledeite Kellertür, die keinen Deut nachgab. Es war, als wollte er durch Granit brechen. Der Schlüssel war abgerissen, sobald er ihn auch nur angefasst hatte, als wollte dieses verdammte Haus ihn mit aller Macht davon abhalten, in den Keller zu gelangen.

Will, beweg auf der Stelle deinen Arsch hierher, brüllte er auf mentalem Weg seinen Freund an, während er abermals seine gesamte Kraft mobilisierte, um sich gegen die Stahltür zu stemmen, die viel zu dünn zu sein schien, um seinem Entgegenwirken standhalten zu können. Schweiß rann über sein Gesicht, unter der Einsatzkleidung war er klatschnass, was weniger von der enormen Anstrengung herrührte als vielmehr von der horrenden Angst um Paige. Ihm war, als würde bei jedem Atemzug ein Nagel durch seinen Leib getrieben.

Mittlerweile konnte er nicht mehr einschätzen, wie lange er es noch fertigbringen würde, die inneren Barrieren geschlossen zu halten. Seine überschäumenden Emotionen drohten längst, die

Kontrolle zu übernehmen und die Veränderung einzuleiten, die ihn unweigerlich in die Tiefe ziehen würde – und mit ihm alle, die sich in seiner Nähe aufhielten. Sich seiner dunklen Seite nicht zu bedienen, um Paige da schneller rauszubekommen, kostete ihn genauso viel Konzentration und Entschlossenheit, wie sich dagegen aufzulehnen.

Er durfte sich nicht gehen lassen. Noch nicht. Zuerst musste er wissen, was da unten los war, seit der Kontakt zwischen Josy und Paige abgebrochen war.

»Aus dem Weg«, tönte Wills Bariton durch die Halle, die angesammelte und ebenso ratlose Agentenschaar auffordernd, ihm Platz zu machen. Noch während Will auf die Gruppe zumarschierte, ließ er mit einer fließenden Handbewegung seine Telekinese auf die Tür los – was ungefähr so viel Wirkung erzielte wie eine gigantische Faust, die eine Delle in das Metall schlug. Fuck!

Mit düsterer Miene und zusammengekniffenen Brauen startete Will sofort den nächsten Versuch, die Tür aus den Angeln zu heben. Doch das Ergebnis war nicht weniger ernüchternd als Versuch Nummer eins.

Verflucht, das gibt's doch nicht! Unglaublicher Zorn ballte sich in Chogan zusammen, detonierte wie eine Handgranate in seinem Verstand. Dieses verfluchte Haus hatte ein Problem mit ihnen? Gut, dann würde er für ein weiteres sorgen. Nichts leichter als das.

»Raus hier. Alle raus«, bellte Chogan. Hätte sein unmissverständlicher Ton nicht ausgereicht, um jedem der Anwesenden Beine zu machen, sein wutentbrannter Anblick schaffte es mit Leichtigkeit, alle, bis auf Will, zu verjagen. Offenbar war sein Freund genauso lebensmüde wie er.

Nun gut, das war nicht seine Entscheidung. Damit ließ er sich in den schwärzesten Abgrund seiner Seele fallen und krachte samt der Tür in den Keller.

*

Minuten davor …

»Wer bist du?«, flüsterte Paige gehemmt von Fassungslosigkeit und setzte im selben Kriechtempo zurück, wie der Mann auf sie zuging, um seine Beute einzukreisen.

»Ich bin alles, was Jim nicht ist«, erwiderte er gleichgültig lächelnd. »Und du, Täubchen, bist der letzte Stein in diesem Mosaik, um das Gesamtbild meiner Geschichte zu vervollkommnen.«

Hatte sie gedacht, kein Mensch könnte mehr Wahnsinn und Grausamkeit ausstrahlen als Jim, dann hatte sie sich gewaltig geirrt. Wenn es das ultimative Böse gibt, dann verkörperte es dieser Mann, der wie Jim in seiner Attraktivität einem Engel glich. Doch dieser Eindruck zerplatzte sofort, sobald man in seine Augen sah. Sie waren tiefschwarz wie das Seidenhemd, das er trug und in ihnen glänzte nichts als Unbarmherzigkeit.

»Lass ... sie ... gehen ... Jace«, krächzte Jim.

Der Teufel hatte einen Namen, und seinen starren Blick unentwegt auf sie gerichtet. »Welche Ironie, nicht wahr, Bruderherz? Hier unten hat vor achtunddreißig Jahren alles begonnen und hier wird es enden. Was für eine romantische Familiengeschichte, was meinst du, Täubchen?«

»Es ... ist ... nicht ... ihr ...«

»Nicht ihre Schlacht? Das ist richtig. Sie wäre längst Vergangenheit, wenn du sie mir vor Wochen schon überlassen hättest. Aber das konntest du nicht. Weil du ein Schwächling bist, Jim und deine Schwäche werden dich heute töten.«

Diese Schwäche war offenbar Jace selbst, dachte Paige bebend vor Bestürzung und betrachtete aus dem Augenwinkel das kleine, metallene Tischchen, das rechts neben der Eisentür stand und auf dem reichlich Folterwerkzeug lag. Skalpelle, zwei Messer mit gezackter Klinge, eine handliche Säge, ein Meißel, Zangen und ein Bunsenbrenner. Tiefrote Tücher lagen daneben am Boden, mit denen die Werkzeuge offenbar immer wieder gereinigt worden waren und eine blutbesprenkelte Schürze aus weißer Plastikfolie, wie sie Pathologen in Filmen trugen.

Der Anblick der Utensilien war makaber. Die Vorstellung, wie viele Menschen durch ihren Einsatz bereits ihr Leben gelassen hatten, war vollkommen abwegig. Zu absurd, um wahrhaftig zu sein. In all ihrer Arglosigkeit klammerte sich Paige an die absurde Hoffnung, tatsächlich nur zu träumen. Nicht wirklich mitten in einer Folterkammer zu stehen und dem Teufel ins Gesicht zu blicken, während der personifizierte Albtraum ihrer letzten beiden Jahre gefoltert an einem Kreuz hing. Mehr tot als lebendig.

Das Grauen, das sich wie eine Schlingpflanze um sie wand und sich immer fester zuzog, fühlte sich allerdings viel zu echt an, um unwirklich sein zu können. Es war die bittere Wirklichkeit, in die sie sich gestürzt hatte, um Antworten zu finden. Schleichend wie eine Krankheit nagte diese Gewissheit an ihrem Geist. Sie selbst hatte sich in diesen Irrsinn hineingeritten. Sie selbst! Hysterie flammte auf und sie wollte nur noch raus hier. Raus aus diesem Wahnsinn und außer Reichweite dieser irren Psychopathen.

Gedämpftes Gepolter riss Paige aus der heftigen Verzweiflung und erinnerte sie daran, nicht allein hergekommen zu sein. Oh mein Gott, Chogan! Er würde sie hier rausholen. Es konnte sich nur um wenige Augenblicke handeln, bis er bei ihr war, sowie der Rest des Einsatzteams. So lange musste sie durchhalten. Ihr Körper vibrierte inzwischen unter dem Einfluss ihrer Gabe und Paige griff sich mit zur Faust geballten Hand an die Brust. Sie konnte es. Sie konnte diesen Wahnsinnigen von sich fernhalten, bis Chogan es geschafft hatte, in diesen Raum einzudringen.

Weiterer Krach drang zu ihr durch, als wärfe sich jemand gegen eine Tür. Auch Jace hörte die Geräusche. Sein gnadenloses Lächeln vertiefte sich, bis die beiden Grübchen zum Vorschein kamen, die sie an Jim so sehr gehasst hatte. Die beiden Einkerbungen an seinen Wangen erinnerten an einen arglosen, kleinen Jungen – drückte in Jaces Gesicht jedoch nichts als Spott und Gehässigkeit aus. »Du bist nicht allein gekommen, Täubchen? Natürlich bist du das nicht. Ist es Christopher, der dich retten will?«

Ohne eine Blick von ihr zu nehmen griff Jace sich eines der Messer von dem Tischchen und näherte sich Jim, der in seiner Lethargie kaum darauf reagierte. »Man kann einen Menschen wochenlang am Leben halten. Man darf nur nicht zu gierig werden.« Damit stieß Jace seinem Bruder die Klinge durch den linken

Unterarm, um das Messer gleich wieder herauszuziehen. Jim bäumte sich auf. Sein gellender Schmerzensschrei ging ihr durch Mark und Bein.

»Du bist so blass, Täubchen«, bemerkte Jace und spielte mit dem Messer in seinen Händen. »Gefällt es dir nicht, Jim leiden zu sehen? Er hat dich jahrelang geschlagen, dich gequält und gedemütigt, müsste es nicht einer Genugtuung gleichkommen, ihm beim Sterben zuzusehen?«

Paige schluckte trocken. Ihre Beine hatten sich in Gummi verwandelt. Alles, was sie daran hinderte, ohnmächtig zu werden, war weiteres Gepolter, das jedoch noch immer viel zu weit weg klang, um sie in Sicherheit zu wiegen, wie es ihre Gabe tat, die aus ihr herausquoll und sie in einen schützenden Kokon aus Licht hüllte.

»Nicht?«, legte Jace ihr eine Antwort in den Mund. Das Hellerwerden des Raumes schien ihm zu entgehen. Er neigte leicht den Kopf, um sie besser zu studieren. »Jim wollte Christopher dafür bezahlen, dich zu töten. Was ist damit? Ändert diese Erinnerung deine Meinung?«

Diese Erinnerung ging runter wie ein Nadelkissen. Paige sah Jim an, der aus geschwollenen, blutunterlaufenen Augen zurückstarrte. Sein Blick war flehend – nicht um Hilfe bittend, sondern ... um Verzeihung?

»Ich ... wollte ...«

»Er wollte dich vor mir beschützen, Täubchen, wie er Tia beschützen wollte, indem er sie zum Sterben vor das Haus legte«, erklärte Jace fast schon amüsiert und zuckte mit den Schultern. »Verquere Denkweise eines kranken Irren. Dabei hätte dir dieser Tod – wie Tias – keine Erlösung gebracht, Paige.« Die Art, wie er ihren Namen sagte, machte ihr beinah mehr Angst als der sanfte Ausdruck, der sich nun auf sein Gesicht legte.

»Läuterung bringt Erlösung. Die Reinigung der Seele. Ich weiß, wovon ich rede, ich bin mein halbes Leben lang geläutert worden. Unter der Hand der Menschen, die sich meine Familie nannten. Hier, in diesem Raum.« Er breitete die Arme zu beiden Seiten aus. »Zwillinge. Wir hätten unsere Mutter bei der Geburt beinah umgebracht. Nein«, verbesserte er sich und Paige hielt den Atem an. »Ich hätte unsere Mutter beinah umgebracht, der jüngere der beiden Söhne. Der, den sie später Teufel nannten.« Jace schnaubte, dann lachte er aus vollem Hals. »Achtzehn Jahre war dieser Raum mein Zuhause, bis sich der große, vielgeliebte Bruder meiner annahm, um mich weiterhin zu läutern. Kannst du dich erinnern, Jim, wie du mir das Böse austreiben wolltest? Wie du mich zähmen wolltest? Den wilden, unbelehrbaren Jungen, der keine Ahnung hatte, wie man sich als Mensch unter Menschen verhielt?«

Unter einem Aufstöhnen, das einem Zugeständnis gleichkam, schlossen sich Jims Lider. Jace machte zwei Schritte auf ihn zu und schlug ihm hart ins Gesicht, bevor er sich nach vorn beugte und seine Stimme senkte. »Es ist dir nicht gelungen, Bruderherz, weil man den Teufel nicht brechen kann. Aber das wolltest du zu keinem Zeitpunkt begreifen. Weshalb nicht? Du selbst weißt, wie stark der Trieb ist, zu zerstören und zu vernichten. Wir haben nie etwas anders erlebt. Warum hast du diesem Verlangen nicht einfach nachgegeben? Es nicht zugelassen? Es macht so vieles leichter und erträglicher.«

»Das ... ist der Grund, warum all diese unschuldigen Mädchen sterben mussten?«, hörte sich Paige fragen und endlich war da ein anderes Gefühl als Angst, die in den Hintergrund rückte.

»Unschuldig?«, empörte sich Jace. »Keines dieser Biester war unschuldig. Jede von ihnen war ein Miststück, das ihr fürstliches Leben kein bisschen zu schätzen wusste. Sie alle waren unzufrieden bis in ihre perfekt gestutzten Haarspitzen. Ich war es, die sie zum Umdenken brachte. Ich habe ihnen gezeigt, was es bedeutete, ein unmenschliches Dasein zu fristen.«

»Du hast sie gefoltert. Du hast sie getötet!«

»Ich habe sie geläutert. Sie von ihrem Leid erlöst«, fuhr Jace zurück und nun kam der ganze Wahnsinn zum Vorschein, der in ihm wütete. Was für ein kranker Mensch!

»Sie sind nicht erlöst«, hob Paige die Stimme und fühlte eine nie gekannte Stärke aus sich sprechen. Es waren die Seelen der Mädchen, die ihr Kraft gaben, Zuversicht einflößten. »Keine von ihnen wurde von dir erlöst, Jace. Sie sind alle hier. Ihre Seelen ... sie sind gefangen in diesem Haus. So wie man dich gefangen hat.«

Kurz blitzte etwas in seinen schwarzen Augen auf. Unsicherheit? »Nein. Hier ist nichts. Niemand.«

Wir sind hier ...

Erzähle ihm von uns ...

»Du hast Tia die Finger abgetrennt, weil sie dich berührt hat. Sie konnte sich aus einer ihrer Fesseln befreien und hat dir ins Gesicht gefasst«, wiederholte Paige die Worte, die ihr die Stimmen zuflüsterten. Jace wurde leichenblass. »Das ...«

»Melanie hast du zu Tode gewürgt, weil sie dich einen Waschlappen nannte. Sie war erst zwei Tage hier. Du wolltest sie länger dabehalten, wie später die anderen auch, aber deine Erbitterung ist mit dir durchgegangen. Du hattest dich nicht unter Kontrolle.«

Jace stolperte rückwärts, als Paige einen Schritt auf ihn zumachte. Seine Fassung war dahin. Ungläubigkeit und düsteres Erstaunen erschütterten seine Gefasstheit. »Melanie war die erste. Danach hast du dir geschworen, nie wieder die Kontrolle zu verlieren. Aber es ist wieder passiert, nicht wahr, Jace? Bei Kristy. Sie hat dir versprochen, bei dir zu bleiben, wenn du sie von ihren Fesseln losmachst. Sie hat dir gefallen. Ihre langen, blonden Haare. Die manikürten Fingernägel. Ihre vollen Lippen und der pralle Busen. Aber sie hatte dein Vertrauen nicht verdient. Sie hat dir etwas vorgemacht und das sollte ihr Leben frühzeitig beenden. Fünf Tage, Jace, richtig?«

»Ja, ich ... Kristy, sie ...«

»Sie hat dich gehasst, Jace. Sie alle haben dich gehasst und du hast keine von ihnen erlöst. Nicht eine einzige.« Ihre Flamme wuchs zu einem gewaltigen Hitzeball, je weiter sie sich in Rage redete. *Wir sind Licht. Aus reiner Liebe erschaffen, wie du, Paige,* hatten die Seelen gesagt und nun konnte sie das ganze Ausmaß der Seelenlichter spüren, die sich mit ihrem vermischten. Sie ging weiter auf Jace zu, der seine Hände gegen seine Schläfen presste – in der Rechten hielt er noch immer das Messer, dessen Klinge auf den Boden zeigte.

Du musst ihn berühren ...

Um seine Dunkelheit zu zerstören ...

Sie hatte sie alle berühren müssen, um ihr Licht wirken zu lassen. Jim. Chogan. Christopher.

Metall knirschte. Etwas wurde gegen die massive Eisentür gerammt, die den Raum versperrte. Ein Brüllen drang zu ihr durch, das wie Donnergrollen anmutete. Chogan. Er war hier. Ganz in ihrer Nähe. Erleichterung wollte sie überfluten, doch sie drängte sie beiseite, um sich auf ihre Aufgabe zu konzentrieren. Unbeirrt überwand sie die Distanz, redete weiter auf Jace ein, der sich zusammenkrümmte und jammerte, als litte er starke Schmerzen. Vielleicht war es so. Vielleicht quälten ihn die Seelen, wie er sie gequält hatte. Ihre Qualen hatte er verdient. Bei seinem eigenen Seelenleid, das die vielen Jahren hier unten angerichtet hatten, war sie sich allerdings nicht sicher, ob er es verdient hatte. Der Gedanke ließ sie zögern.

Nicht, Paige ...

Nein ...

Er hat dein Mitleid nicht verdient...

Doch, das hatte er. Kurz erlaubte sie sich, das zu sehen, was Jace war. Eine gequälte, gepeinigte Seele, die das Schicksal dazu verdammt hatte, ihr Leben lang zu leiden, unter dem, was sein eigen Fleisch und Blut ihm angetan hatte. War wirklich er das Monster? Oder war er nicht vielmehr zu einem gemacht worden? Änderte diese Tatsache etwas daran, was er heute war und getan hatte?

Eine Sekunde stand sie diesem Gedanken gegenüber. Eine Sekunde, in der sie ihren Vorteil verspielte. Eine weitere, in der sie sich von der aufschlagenden Eisentür ablenken ließ. Jace brüllte seinen Zorn hinaus, als er aufsprang und ihr das Messer in den Unterbleib rammte.

*

Alles lief wie im Zeitraffer ab, sobald Chogan in den Raum stürmte. Es war unnatürlich still, als platzte er mitten in einen alten Stummfilm, wobei es ihm aus unerfindlichen Gründen weiterhin gelang, durch die Augen des Dämons zu sehen, wenn auch nur in einem schemenhaft Grau. Es war, als hätte man die

Farbtöne gefiltert und ihm neben jeglichem Einfluss auf sein Handeln zudem die Orientierung genommen. Aber er konnte fühlen. Die Atmosphäre, die ihn empfing, knisterte wie Holzscheite in einem Kamin. Wie übergroße Regentropfen prasselten elektrostatische Impulse auf ihn nieder, versengten ihn, als hätte er sich direkt ins Fegefeuer gestürzt.

So war es auch. Er war direkt in der Hölle gelandet. Am Ort seiner Verdammnis, wo er mit ansehen musste, wie die Klinge eines nicht zu kleinen Messers ... in Paiges Unterleib getrieben wurde, genau unterhalb der schusssicheren Weste.

»Nein!«, brüllte er und sein unmenschlicher Schrei zersplitterte die Geräuschlosigkeit wie ein Rammbock, der durch eine Glasscheibe getrieben wurde. Ehe der Mann noch einmal zustechen konnte, packte Chogan ihn an den Schultern und riss ihn herum. Die dunkle Seite in ihm, die Chogan nur wenig Spielraum ließ, lechzte danach, den Kerl in Streifen zu reißen. Ihn auszuweiden und literweise Blut zu vergießen. Doch irgendwo in diesem Rausch wütete das Wissen, dass dafür keine Zeit war.

Keine Zeit für Paige.

Für den Bruchteil einer Sekunde richtete Chogan seine Sicht nach innen. Sog mit einem tiefen Atemzug das Knistern der Atmosphäre in sich auf und damit die Helligkeit, die Paige verströmt hatte, um dann mit aller Macht gegen die innere Dunkelheit anzukämpfen, die ihn wie ein Stahlkorsett gefangen hielt. Das Lichterwerden verbrannte ihn von innen heraus. Schien seinen Brustkorb aufzureißen wie ein Erdbeben Risse in den Asphalt. Trotz höllischer Qualen nahm er immer mehr von Paiges Licht in sich auf, bis es ihm mit einem Aufbrüllen gelang, die Fesseln zu sprengen, die der Dämon um seinen Geist gelegt hatte.

In abstruser Klarheit und mit einem gewaltigen Ruck brach Chogan dem Kerl das Genick, noch ehe dieser begriffen hatte, was vor sich ging. Der tote Körper war noch nicht auf den mit Plastikfolie ausgelegten Boden geprallt, da kniete Chogan bereits über Paige, die ihn mit schreckgeweiteten Augen und voller Schmerz ansah. Beide Hände presste sie kraftlos gegen die Wunde an ihrem Bauch, aus der bei jedem Herzschlag noch mehr Blut strömte, das bereits eine Lache unter ihrem zitternden Körper gebildet hatte.

»Sanitäter sind unterwegs«, rief Will ihm zu, doch Chogan konnte nur noch nicken. Sein Mund war staubtrocken. Seine Brust so eng, dass er kaum Luft bekam und seine Bewegungen wirkten ungelenk, als er sich über Paige beugte, um ihr das Haar aus dem aschfahlen und mit einem dünnen Schweißfilm überzogenen Gesicht zu streichen.

So viele Schlachten hatte er in seinem Leben geschlagen. Dutzende Male hatte er sich um Verletzte gekümmert oder Menschen beigestanden, die kurz davor waren, diese Welt zu verlassen. Er hatte immer gewusst, wie er sich in solchen Momenten zu verhalten hatte. Wie man den Schmerz und die Angst erträglicher machen konnte. Dafür war er ausgebildet.

Jetzt fiel es ihm nicht mehr ein. Sein Kopf war leer, sein Puls ging so langsam wie der von Paige, die mit dieser klaffenden Bauchwunde in seinen Armen sterben würde. Er schmeckte Salz auf den Lippen. Seine Sicht verwischte, als immer mehr Tränen in seine Augen stiegen. Er hatte noch nie geweint. Nicht mal, als man seine Schwester beerdigte, denn damals musste er für seine Familie stark sein. Aber mit Paige in den Armen, die immer bleicher, ihre Haut immer kälter wurde, konnte er nicht mehr an sich halten. Ein Klagelaut blieb in seiner Kehle stecken, er erstickte fast daran.

Er würde sie verlieren. Den Menschen, der ungefragt in sein Leben geplatzt war, um ihn aus dem lethargischen Sumpf aus Resignation zu reißen, in dem er eher früher als später ertrunken wäre. Den Menschen, der ihm gezeigt hatte, dass er noch immer vertrauen, noch immer lieben konnte und der ihn sanft dazu gezwungen hatte, ihre Liebe zu erwidern, die sie ihm mit offenen Armen entgegengebrachte. Paige hatte aus einem Monster wieder einen Menschen gemacht. Ihm Hoffnung auf Normalität geschenkt, die er längst aufgegeben hatte.

Zum Teufel, es war die Wahrheit. Irgendwann hatte er aufgegeben. Er hatte einfach aufgegeben, weil er ein gottverdammter Feigling gewesen war. Doch das würde ihm nicht wieder passieren. Er würde nie wieder aufgeben. Paige schon gar nicht. Er durfte sie nicht verlieren. Er brauchte sie. Dean brauchte sie. Er konnte sie nicht gehen lassen. Nicht so. Nicht hier. Und auch wenn es eines verdammten Wunders bedurfte, diese Verletzung zu überleben, dann ... scheiße, Paige hatte dieses Wunder verdient, und wenn es einen Gott da oben gab, hatte er verflucht noch mal dafür zu sorgen, dass ihr dieses Wunder zuteilwurde.

»Nicht aufgeben«, murmelte er und umfasste mit beiden Händen Paiges Gesicht, bevor er sich über sie beugte. »Baby, hör mir zu, wir schaffen das. Du musst bei mir bleiben. Wage es nicht, mich zu verlassen.«

Ihr Mund öffnete sich, aber sie schaffte es nicht, zu sprechen.

»Scht, du musst nicht reden. Gleich kommen die Sanitäter. Sie bringen dich in ein Krankenhaus. Es wird alles gut werden, Paige. Du wirst wieder gesund. Du musst nur mit mir daran glauben und darfst nicht aufgeben.«

Aus großen, türkisfarbenen Augen sah sie ihn an und das Vertrauen, das ihm daraus entgegenstrahlte, bestärkte ihn, während er etwas tat, das er noch niemals getan hatte. Er schickte ein Stoßgebet in den Himmel. Betete für das Wunder, das Paige benötige, um das hier zu überleben, bevor er sie ein letztes Mal auf die Stirn küsste. »Alles wird gut werden, Baby. Alles wird gut.«

»Ich ...« Paige schluckte. »... liebe dich.«

»Ich liebe dich auch«, flüsterte er erstickt, als zwei Sanitäter ihn zur Seite drängten und er sie loslassen musste. Auf mentaler Ebene hielt er sie weiterhin fest. *Ich liebe dich, Paige. Für alles, was du bist und was ich bin, wenn du bei mir bist.*

19. Kapitel

Donnerstag, 14. November

Josy fand Will in der Cafeteria des Krankenhauses. Er saß am hintersten Tisch und rührte teilnahmslos in einer Tasse Kaffee. Während sie sich zwischen den voll besetzten Tischen entlangschlängelte, die um die Mittagszeit von Ärzten und Schwestern belagert wurden, sah er auf und seine Miene klärte sich, sobald er ihren Gesichtsausdruck richtig gedeutet hatte.

»Es geht ihr gut.«

»Sie ist endlich stabil. Chogan ist jetzt bei ihr.«

»Oh Gott sei Dank«, sagte Will und fuhr sich über das Gesicht, als könnte er die Anstrengungen und Sorgen der letzten 24 Stunden einfach wegwischen. Josy setzte sich neben ihn und nahm einen großen Schluck aus dem Wasserglas, das neben seiner Kaffeetasse stand. Sie hatte große Lust, einen Scherz zu reißen, damit auch noch die letzten Reste der trüben Wolke, die die ganze Zeit über ihnen gehangen hatte, verpufften. Aber ihr wollte nichts einfallen. Sie war einfach nur überglücklich, dass Chogan sein Mädchen nicht verloren hatte und der Junge nicht seine Mutter.

»Hast du schon mit Cass telefoniert?«

»Sie, Jeff und Dean sind auf dem Weg hierher.«

»Sehr gut. Paige wird sich freuen, den Kleinen zu sehen, wenn sie aufwacht«, sagte Josy. »Hast du Cass wegen der Stimmen gefragt? Weshalb Paige sie auch in Ohio hören konnte?« Bei der Erinnerung an die Stimmen, die sie in Paiges Kopf ebenso hatte wahrnehmen können, lief ihr ein kalter Schauder über den Rücken. Scheiße, war das gruselig gewesen. Das ganze Haus war gruselig gewesen. Sie wusste nicht, wann sie jemals einen Ort betreten hatte, der mehr negative Energien ausgestrahlt und ein regeres Eigenleben geführt hatte als dieses Hendriks-Anwesen. Josy hatte während ihrer Dienstzeit mit genug Psychopathen und gestörten Familienbanden zu tun gehabt, aber die Ausmaße menschlicher Abgründe und ihrer Dunkelheit, die die Hendriks Familie diesem Ort über Jahrzehnte einflößten, hatten selbst sie schockiert, wie alle anderen Agenten auch, die nicht ihre Sinne und Feinfühligkeit besaßen.

In den frühen Morgenstunden hatte Ray zusammen mit einem Einsatzteam Jim Hendriks Haus in Ohio auseinandergenommen. Unter den Dielenbrettern des Schuppens hinter dem Herrenhaus fand er Tagebücher, die die alte Mrs Hendriks seit der Geburt ihrer Söhne bis zu ihrem Tod vor zwanzig Jahren geführt hatte. Jede Scheußlichkeit, die ihrem jüngeren Sohn angetan worden war, hatte sie darin niedergeschrieben. Josy kannte nur einen Bruchteil davon, aber das reichte, um den Rest erst gar nicht erfahren zu wollen.

Auch wenn die vielen neuen Erkenntnisse ein ziemlich fahles Licht auf die ganze Sache warfen und runtergingen wie Teer, war sie überaus erleichtert, diesen Fall abschließen und ad acta legen zu können. Die Hendriks-Sache hatte sie alle weiß Gott genug Nerven gekostet.

»Ja, ich habe Cass nach den Stimmen gefragt«, erwiderte Will. »Sie meint, dass sich das mit diesen Stimmen verhält wie mit Menschen, die sehr viel Kontakt zueinander haben, bei denen der eine mit der Zeit auf den anderen abfärbt. Diese Stimmen sind Seelenabdrücke, die Jace angehaftet sind. Da Jim sein Zwilling war und die beiden ohnehin eine starke Verbindung zueinander hatten, hat er diese Abdrücke übernommen. Dafür genügte auch nur sporadischer Kontakt.«

Josy nickte. »Wer von beiden die Fotos geschickt hat und warum, werden wir wohl nie erfahren, was?« Die Hendriks-Zwillinge waren tot. Chogan hatte Jace das Genick gebrochen und Jim war noch im Keller seinen Verletzungen erlegen, die ihm sein Bruder zugefügt hatte. Obwohl Jim scheinbar trotz sadistischer Neigungen immer wieder versucht hatte, seinen Bruder zu bekehren und selbst ein relativ normales Leben zu führen, empfand sie kein Mitleid über seinen Abgang. Weder der eine noch der andere der Hendriks war ein Verlust für diese Welt. Im Gegenteil. Es machte sie nur sicherer. Bis der nächste Psycho Anlauf nahm.

Will zuckte mit den Schultern. »Wie vielen Arschlöchern ist nach dem zwanzigsten Mord langweilig geworden? Vielleicht brauchte Jace langsam Publikum, weil sein Bruder ihm nie applaudieren wollte.«

»Mag sein«, sagte Josy und dachte an den Anruf, den sie vor wenigen Minuten getätigt hatte. »Ein Gutes hat das Ganze ja. Mrs Dunnes kann jetzt beruhigt ihre Paranoia ablegen und wieder versuchen, ein Leben zu führen.«

»Du hast Jims Ex angerufen?«, fragte Will scheinbar erstaunt, dass sie an so etwas auch nur gedacht haben konnte. Sie boxte ihm gegen die Schulter und warf ihm einen empörten Blick zu, was ihr ein verdammt sexy Lächeln einbrachte.

»Klar hab ich. Oder besser gesagt, ich habe ihren Arzt angerufen, der mit ihr reden wird. Ich finde, sie hat ein Recht darauf, zu wissen, dass Jim tot ist und sie nie Geistererscheinungen hatte, weil vermutlich Jace es war, der ihr nachstellte, um sie in den Wahnsinn zu treiben.«

»Das hast du gut gemacht, Josy.« Will tätschelte ihre Schulter, was sie ungefähr so sehr mochte wie tote Ratte zum Abendessen.

Sie wischte seine Hand weg. »Okay, danke für deine Anerkennung. Ist angekommen, mein Lieber. Wenn du mich heute noch in die Horizontale bekommen möchtest, solltest du allerdings mit ein paar Flugtickets auftrumpfen können. Ich brauche Urlaub. Mit dir. Allein. Dringend.«

Zu ihrem Erstaunen zog er einen Umschlag aus der Hosentasche und warf ihn wortlos auf den Tisch.

»Sag bloß ...«

»Drei Wochen Urlaub. All inklusive. Nur du und ich.«

Josy linste in den Umschlag. Tatsächlich. Aber ... »Hawaii? Da wollten wir ja den Rest unserer Leutchen hinschicken.«

Ein zweiter Umschlag folgte. »Den Rest schicken wir auf die Philippinen. Ganz weit weg, damit wir unseren Urlaub auch wirklich genießen können.«

»Idiot«, kicherte Josy und küsste den Mann, den sie über alles liebte.

20. Kapitel

Sonntag, 17. November

Sonnenstrahlen kitzelten Paige wach. Der süße Duft nach frischen Schnittblumen stieg ihr in die Nase, der den Krankenhausgeruch beinah vollständig überdeckte. Für einen Moment blieb sie still liegen. Hörte in sich hinein, doch alles, was sie spürte, war die Wärme der Sonnenstrahlen, die über ihr Gesicht streichelten. Probehalber blinzelte sie, dann öffnete sie die Lider und ihr Blick fiel auf einen dunkelgrauen Fauteuil, der in der Ecke des Zimmers stand.

Ihr Herz weitete sich beim Anblick der beiden schlafenden Männer, die es sich auf dem bequemen Sessel gemütlich gemacht hatten. Chogans Arme lagen beschützend um Dean, der sich eng und mit einem Ausdruck vollster Zufriedenheit an die breite Männerbrust kuschelte, wie auch sie es am liebsten tat.

Als hätte er gespürt, dass sie aufgewacht war und ihn betrachtete, machte Chogan die Augen auf. Die bedingungslose Zuneigung, die seinem Blick innelag, und mit der er sie eine Weile stumm bedachte, zauberte ihr ein Lächeln aufs Gesicht.

»Hey«, flüsterte sie.

»Hey«, erwiderte er ebenso zärtlich. Ganz vorsichtig hob er Dean von seinem Schoß, der weiterschlief, als hätte er seit Tagen kein Auge mehr zugetan. Chogan bestätigte diese Vermutung. »Der kleine Kerl wollte mit dem Schlafen warten, bis du aufgewacht bist. Er ist echt sehr zäh, doch heute Nacht ging es nicht mehr.«

»Danke, dass du dich um ihn gekümmert hast.«

»Ich hätte diese Aufgabe auch niemandem sonst überlassen«, antwortete Chogan und strich ihr liebevoll durchs Haar, als spürte auch er das dringende Verlangen, sie anzufassen, sich davon zu überzeugen, dass sie auch wirklich hier war. Hier bei ihm und wohlauf. Seufzend schmiegte sie sich in seine warme Handfläche und atmete tief den vertrauten Geruch nach Mann und Sandelholz ein, von dem sie glaubte, ihn selbst in bewusstlosem Zustand vermisst zu haben.

»Du hast auch uns gefehlt«, erriet Chogan ihre Gedanken und setzte sich zu ihr auf die Kante der Matratze. Nun, wo er so nahe war, musste sie erkennen, dass er etwas mitgenommen aussah. Sein Haar war deutlich länger, als sie es gewohnt war. Sein störrisches Kinn wirkte durch den Bartschatten noch kantiger und er hatte vermutlich mehr als nur ein oder zwei Pfund abgenommen. Dabei bemühte er sich erst gar nicht, zu verbergen, wie besorgt er um sie gewesen war. Sie griff nach seiner Hand.

»Wie lange bin ich schon hier?«

»Drei Tage.«

Da entdeckte sie die Reisetasche, die neben ihrem Nachttisch auf dem Linoleumboden stand. »Und ihr wart die ganze Zeit hier?«

»Ja. Dean und ich sind uns schnell einig geworden, dass wir dich nicht allein lassen möchten. Ehrlich gestanden weiß ich nicht, ob ich dich jemals wieder auch nur für fünf Minuten aus den Augen lassen werde.«

»So schlimm?«

Chogan verflocht ihre Finger ineinander. »In den letzten drei Tagen bin ich um mindestens zehn Jahre gealtert, Baby. Bitte, versprich mir, dass du mir nie wieder so große Angst einjagen wirst. Ich glaube nicht, dass ich so etwas noch einmal überstehen werde.«

Er war so ernst geworden, dass auch ohne das Wissen, dass ihr Einsatz beinah in einem nicht wiedergutzumachenden Desaster geendet hätte, keine andere Antwort infrage kam. »Ich verspreche es.«

»Solche Einsätze überlassen wir in Zukunft den Leuten, die dafür ausgebildet sind, okay?«

»Okay.«

»Es reicht der Gedanke an Dummheiten, Paige, und ich werde dich dafür übers Knie legen, das schwöre ich dir.«

Daran zweifelte sie nicht. Allerdings war sie sicher, dass ihr in nächster Zeit ohnehin nicht nach Dummheiten zumute sein würde. Von daher ...

»Akzeptiert«, erwiderte sie fest. »Noch etwas, was ich unbedingt einhalten sollte?«

Chogan nickte. »Da wäre noch so Einiges. Fangen wir damit an, dass du, sobald du aus dem Krankenhaus entlassen wirst, aus dem Gästezimmer der Blockhütte in mein Schlafzimmer umziehst.«

Paige tat sich schwer damit, sich nicht anmerken zu lassen, wie glücklich sie diese Worte machten. Dennoch zog sie die Brauen in die Höhe. »Werde ich eigentlich überhaupt noch gefragt, Lieutenant?«

Chogans Mundwinkel zuckten, als hätte er genau diese Erwiderung erwartet. »Kommt drauf an, wie deine Antwort lauten würde, wenn ich dich frage, ob du den Rest deines Lebens mit einem exzentrischen, sturen und besitzergreifenden Mann verbringen möchtest, der alles dafür tun wird, um dich jeden einzelnen Tag aufs Neue glücklich zu machen und der gleichzeitig alles dransetzen wird, um für Dean ein guter Vater zu sein.«

Paige musste vor Freude schlucken, während sie glaubte, ihr würden Flügel wachsen, die sie direkt in ihr ganz persönliches Paradies trugen. »Himmel, Chogan, Ja! Natürlich will ich mit dir zusammen sein. Für den Rest unseres Lebens.«

Zärtlich küsste Chogan sie auf den Mund und strich ihr eine Haarsträhne hinters Ohr. »Eine andere Antwort, Baby, hätte ich auch niemals akzeptiert.«

Epilog

10 Monate später ...

»Ja, Dean! Lauf!«, rief Paige und sprang von ihrem Tribünenplatz hinter dem Baseballfeld der Grundschule auf. Cass tat es ihr gleich und klatschte vor Freude über Deans grandiosen Schlag in die Hände. Jetzt musste der Junge nur noch die letzte Base erreichen, bevor sein Ball gefangen wurde. Und es sah gut für ihn aus. Noch jedenfalls.

»Schneller, Dean! Du schaffst das!«, setzte die Blondine nach, während Jeff mit der kleinen Amy auf dem Arm zur Seite rückte, damit das sechs Monate alte Mädchen bei dem Gebrüll der beiden Frauen nicht aufwachte.

Amy schlief selig weiter, bekam nichts von dem Freudentaumel ihrer Mom mit, die jedoch etwas an Gesichtsfarbe verlor, als der gegnerische Spieler mit der Nummer 10 auf seinem T-Shirt Deans Ball gefährlich nah kam. Auch Paige zog die Nase kraus. Der einzige, der Ruhe bewahrte, war wie immer Chogan. Immerhin hatte er nicht vor, den Vorteil, den Dean für die Mannschaft rausgeholt hatte, wieder zu verspielen.

Okay Junge, beschwor er den halbwüchsigen Gegner mit der Nummer 10, *Du willst den Ball gar nicht fangen, bevor Dean nicht die letzte Base erreicht hat. Also schön langsam mit den jungen Pferden.*

Der Spieler reduzierte sein Tempo, während Dean bereits auf die Zielbase zusauste und sich im Sturzflug begleitet von wildem Gegröle der restlichen Eltern auf die schwarze Gummimatte stürzte.

»Ja!«, riefen Paige und Cass wie aus einem Mund und rissen die Arme in die Höhe. »Dean hat es geschafft! Die *Wild Tigers* haben gewonnen!«

Überschwänglich drückte Paige Chogan einen Kuss auf den Mund. Dann lief sie mit Cass die Treppe nach unten auf das Spielfeld, wo Dean von seinen Kameraden bereits ausgiebig gefeiert wurde. Dank Dean durften die Jungs der Schulmannschaft heute den dritten Sieg infolge verbuchen. Chogan musste schmunzeln, als der Junge seine Baseballmütze in die Luft warf, wie Chogan es ihm bei ihren Trainings vorgemacht hatte.

»Du hast da eben nicht ein bisschen nachgeholfen?«, wollte Jeff wissen und hielt schützend seine Hand über Amys blonden Lockenkopf. Vermutlich wollte er verhindern, dass die Kleine jetzt schon mitbekam, wie ihr Patenonkel in spe die Welt manipulierte, um seinem eigenen kleinen Jungen eine Freude zu bereiten.

»Das würde ich niemals tun«, erwiderte Chogan in gespielter Empörung, konnte sich aber das Schmunzeln nicht verkneifen, das in Jeffs Gesicht Erwiderung fand.

»Oh Mann, Lieutenant. Und wie willst du das nächste Woche hinkriegen? Bei dem Sportfest? Werden dann alle Kids über ihre eigenen Beine stolpern, damit Dean eine Medaille bekommt?«

Belustigt über diese Vorstellung zuckte Chogan mit den Schultern. »Wenn's sein muss, ja.«

Dean lernte schnell. Er war wissbegierig, aufgeweckt, neugierig und unersättlich, wenn es darum ging, sich von Chogan etwas Neues beibringen zu lassen. Sein Herz war völlig gesund und er durfte sich auch körperlich wieder anstrengen, also übte Chogan regelmäßig mit ihm Dinge, die ein Kind in seinem Alter bereits können sollte. Inzwischen fuhr der Kleine mit dem Fahrrad bis zu seinem besten Freund Sascha, wenn sie an den Wochenenden einen Ausflug zu den Martins machten. Seit dem Sommer konnte er schwimmen und auch das Baseballspielen hatte Chogan ihm beigebracht. Dass Dean noch immer kleiner und schmächtiger war als seine Schulkameraden, fiel nur noch selten ins Gewicht und wenn doch, half Chogan eben ein wenig nach, um seine Schwächen auszugleichen. Früher oder später würden seine Chancen ausgewogen sein.

Jeff lachte. »Du bist wirklich verrückt, Mann.«

Ja, das war er, dachte Chogan und beobachtete Paige und Dean, die sich freudestrahlend über den Sieg unterhielten. Er war verrückt nach diesen beiden Menschen, die sein Leben auf wunderbarste Weise bereicherten. Er liebte es, Dean etwas beizubringen oder ihm vor dem Zubettgehen eine Geschichte vorzulesen, genauso wie er es liebte, Paiges Augen zum Strahlen zu bringen, ihr Lachen zu hören oder ihre Stimme, wenn sie ihm zuflüsterte, wie sehr sie ihn begehrte.

Wenige Wochen, nachdem Paige aus dem Krankenhaus entlassen worden war, hatte Will ihm angeboten, für das *Team Zero* zu arbeiten. Chogan wusste, dass sein Freund Unterstützung gut gebrauchen konnte und das nicht nur, weil Jeff gerade Vater geworden war. Chogan hatte vor, das Angebot annehmen oder zumindest einzuspringen, wenn der Hut brannte – allerdings noch nicht heute und auch nicht morgen. Im Moment genoss er es viel zu sehr, Zeit mit Dean und Paige zu verbringen und Pläne für ihre gemeinsame Zukunft zu schmieden. Etwas, das ihn jeden Tag aufs Neue zu einem glücklichen und zufrieden Mann machte.

Mit einem einnehmenden Lächeln, als hätte sie seinen Überlegungen gelauscht, sah Paige zu ihm hoch und zwinkerte, sobald sich ihre Blicke begegneten.

Ich liebe dich, sagte er Kraft seiner Gedanken.

Ich liebe dich auch, formten ihre Lippen. *Für alles, was du bist und was ich bin, wenn du bei mir bist.*

ISBN-Paperback: 978-3-902972-89-7
ISBN-EPUB: 978-3-902972-90-3

Daughters of Darkness: SCARLETT
von Bianca Iosivoni

ISBN-Paperback: 978-3-902972-86-6
ISBN-EPUB: 978-3-902972-93-4

Sie will Rache – er will Gerechtigkeit
Die Auftragskillerin Scarlett Morrington traut ihren Augen kaum, als ausgerechnet Garrett Winter sie nach einem erfolgreichen Job zur Rede stellt. Vor sechs Monaten war der HUNTERS-Agent selbst das Ziel der Daughters of Darkness, doch statt ihn zu töten, rettete Scarlett ihm das Leben. Nun ist er auf der Suche nach dem Mann, der ihn tot sehen will – und bereit, jedes Risiko einzugehen, um ihn zu finden. Selbst wenn er dafür der verführerischen Auftragskillerin näher kommen muss, als ihm lieb ist …

HUNTERS Special Unit - Verloren
von Bianca Iosivoni

ISBN-Paperback: 978-3-902972-68-2
ISBN-EPUB: 978-3-902972-77-4

Als die NSA der Computerspezialistin Riley Beckett ein Jobangebot unterbreitet, ist sie versucht, es anzunehmen und die HUNTERS zu verlassen – und damit auch ihre Jugendliebe Logan Ryder, der sich erst in dieser Situation seinen Gefühlen bewusst wird. Doch bevor sie ihre Entscheidung treffen kann, gelingt es einer Hackergruppe, das System der HUNTERS zu infiltrieren. Das gesamte Team droht zum Ziel eines Anschlags zu werden und es liegt an Riley und Logan, das Leben ihrer Freunde zu retten.